DER TROTZIGE HERZOG

DIE UNBERÜHRBAREN
BOOK FÜNF

DARCY BURKE

Translated by
PETRA GORSCHBOTH

Zealous Quill Press

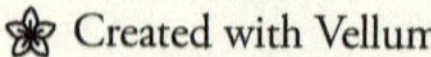 Created with Vellum

DER TROTZIGE HERZOG

Bran Crowther, Earl of Knighton, war als Kind schwierig und ein Trotzkopf. Als junger Mann kehrte er England den Rücken auf der Suche nach Unabhängigkeit und Abenteuern. Nie hat er damit gerechnet, einmal den Titel zu erben, und als ihn die Pflicht nach Hause ruft, empfindet er die gesellschaftlichen Normen immer noch als einschränkend, und die Erwartungen anderer als bedrückend. Trotz allem braucht er eine Frau, die sich wie eine Mutter seiner kleinen Tochter annehmen würde und bevorzugt wäre sie eine Frau von Intelligenz und Herzlichkeit, die sich vor allem gegen seine Eigenheiten immun zeigt - und immun gegen die Liebe.

Die Witwe Joanna Shaw interessiert sich nicht für eine zweite Ehe. Nicht nach der lieblosen, leidenschaftslosen Verbindung, die sie zuvor hat ertragen müssen. Sie widmet ihre Aufmerksamkeit und Zuneigung lieber ihrer jungen Nichte und ihrem Neffen, denn diese beiden werden wahrscheinlich die einzigen Kinder in ihrem Leben sein ... bis sie ein aufgewecktes Mädchen kennenlernt, das dringend eine Mutter braucht. Doch ihr Vater, der sogenannte trotzige Herzog, ist ebenso eigentümlich wie attraktiv, und Jo wird in Herzensangelegenheiten kein weiteres Risiko eingehen. Ihre Regeln sind jedoch dazu bestimmt gebrochen zu werden, selbst wenn die Folgen sie beide vernichten könnte.

*Für meine Freundin Elisabeth
Du inspirierst mich auf so vielerlei Art und Weise, und Du bist
so unterhaltsam.*

KAPITEL EINS

»Ich wollte dir unsere aufregenden Neuigkeiten mitteilen.«

Joanna Shaws Magen krampfte sich zusammen. Sie konnte sich sehr gut vorstellen, welche Neuigkeiten ihre Schwester Nora ihr anvertrauen wollte. »Erwartest du ein weiteres Kind?« Sie war stolz auf sich, wie sie ihre Stimme frei von Qual oder ... Eifersucht hielt.

Nora nickte und ihre Lippen verzogen sich zu einem breiten Lächeln. »Titus ist begeistert.«

Ein Gefühl der Freude überkam Jo und sie fühlte sich schrecklich, sich gestattet zu haben, auch nur einen Moment lang verärgert gewesen zu sein. Nach allem, was Nora in ihrer Jugend hatte durchmachen müssen, hatte sie dies und noch so viel mehr verdient. Sie hatte einen Skandal überstanden und war nun glücklich verheiratet – mit einem Herzog, der sie verehrte – und hatte eine zauberhafte Familie. Es war ein Traum, der wahr geworden war.

Ohne jeden Zweifel war dies einmal Jos Traum gewesen.

In diesem Moment stürmten drei Kinder in den Salon. Der dreijährige Junge lief an der Spitze und kreischte vor Vergnügen, während die beiden Mädchen – in einem Alter von etwa fünf Jahren – ihn mit seltsam geformten Holzstücken in ihren kleinen Händen verfolgten.

Nora lächelte, ohne sich darüber aufzuregen, dass sie einfach in das Zimmer gestürmt waren. Sie und ihr Mann, Titus, waren begeistert von ihren Kindern, und das zeigte sich. Christopher und Rebecca besaßen eine Lebensfreude und eine Meinungsfreiheit, die Jos Herz erwärmten. Wenn sie sich ausmalte, wie ihre eigenen Kinder, hätte sie welche gehabt, von ihrem Vater behandelt worden wären, war es vielleicht das Beste, dass sie unfruchtbar war.

Das Kindermädchen, eine fröhliche Frau in den Fünfzigern, trat in den Raum. Ihr Blick war auf die Kinder gerichtet, die jetzt quietschten, als die Mädchen Christopher um eines der Sofas jagten. Geräuschvoll stieß sie die Luft aus und sah zu Nora. »Euer Gnaden?«

Nora kicherte. »Es ist schon gut. Wir übernehmen sie. Evies Vater wird ohnehin bald hier sein.«

Mit einem Nicken drehte das Kindermädchen sich um und verließ das Zimmer. Zweifelsohne hatte sie sich eine Pause verdient.

Jo drehte sich auf ihrem Stuhl herum, damit sie den Kindern zusehen konnte, die sich auf der anderen Seite des Raumes in einer Pattsituation befanden. Christopher stand mit keuchender Brust vor dem Sofa, während die Mädchen sich dahinter befanden und ihre Köpfe nur gerade noch hinter der Sofalehne sichtbar waren.

»Mama, sie hecken etwas aus«, rief Christopher. Er wandte den Kopf nicht zu seiner Mutter um. Jo machte ihm auch keinen Vorwurf daraus, denn es war klar, dass die beiden *etwas* austüftelten.

Jo erhob sich und ging auf ihren Neffen zu. »Spielt ihr wieder Piraten?« Seit sie vor ein paar Wochen zu Nora und ihrer Familie gekommen war, hatte sie Christopher und Becky recht gut kennengelernt. Sie erkannte die ›Waffen‹, welche die Mädchen bei sich trugen, als deren Pistolen. Sie hatten es mit Schwertern versucht, aber Nora hatte ihnen verboten, mit Stöcken herumzulaufen.

Becky bedachte ihre Tante mit einem kurzen Blick, und kniff ihre haselnussbraunen Augen absichtlich zusammen. »Ja. Wir denken uns aus, wie wir Christopher dazu bringen können über die Planke zu gehen, wenn wir ihn erwischen.«

Christopher rannte an Jos Seite und fasste sie an der Hand. »Ich will nicht über die Planke laufen.«

Jo drückte seine kleinen Finger. »Natürlich nicht. Wie wäre es stattdessen mit etwas Kuchen?«

Seine haselnussbraunen Augen leuchteten und er fuhr sich mit der Zungenspitze über die Lippen. »Ja, bitte, Tante.«

Lachend führte Jo ihn dorthin zurück, wo seine Mutter saß. Auf dem Tisch war ein Teetablett mit Kuchen und Keksen angerichtet.

Christopher kletterte auf den Schoß seiner Mutter und griff nach einem Stück Kuchen.

Nora half ihm, sich zurechtzusetzen, während er fröhlich kaute. »Ich bin überrascht, dass du nicht sofort hierhergekommen bist. Du warst bestimmt zu sehr damit beschäftigt, deiner Schwester und ihrer neuen Freundin zu entwischen.«

»Wie sollen wir ihn jetzt dazu bringen über die Planke zu gehen?«, jammerte Becky von der anderen Seite des Zimmers aus.

»Finde einen anderen Zeitvertreib«, schlug Nora vor und lächelte ihre Tochter an. »Zeig Evie doch dein Lieblingsbuch.«

Das Buch – ein bebilderter Pflanzen- und Vogelführer Englands – lag auf dem Tisch in der Nähe des Teetabletts. Becky lief los, um es zu holen, und auch gleich zwei Kekse mitzunehmen, und einen Moment später lagen die beiden Mädchen in der Ecke und glücklich kauend sahen sie sich das Buch an.

Nora betrachtete sie auf eine Art, wie eine Mutter ihre Kinder anschaut: mit einer Liebe, die so fühlbar war, dass das ganze Zimmer davon zu strahlen schien. »Ich bin so froh, dass sie eine gleichaltrige Freundin gefunden hat. Es war ein Zufall, dass wir ihren Vater kennengelernt haben.«

»Wie habt ihr seine Bekanntschaft gemacht?«

»Seine Patentante ist Lady Dunn, und wie du dich vielleicht erinnerst, ist sie eine Freundin von Genie.« Genie war Lady Satterfield, Noras Schwiegermutter. »Als er seinen Titel geerbt hat, ist er nach England zurückgekehrt und er kennt kaum jemanden. Er ist vor Ewigkeiten fortgegangen – es war vor fünfzehn Jahren, glaube ich – und hatte eigentlich vor, nie wieder zurückzukehren. Er ist der dritte Sohn und jetzt ist er der Graf.«

»Knightley?«, fragte Jo und versuchte, sich an den Namen zu erinnern, den sie vor kurzem im Vorbeigehen gehört hatte.

»Knighton. Seine Besitzungen liegen an der walisischen Grenze.« Nora hielt Christopher fest, als er nach einem weiteren Stück Kuchen langte. »Nur noch eines«, raunte sie leise.

»Das muss ein Schock gewesen sein«, sinnierte Jo. »Der dritte Sohn zu sein und es zu schaffen, den Titel zu erben. Wo ist er denn gewesen?«

»In den Tropen. Er besitzt eine Zuckerplantage.«

»Wie exotisch.« Jo konnte sich einen solchen Ort nicht vorstellen. Sie hatte England nie verlassen. Dies war in der

Tat erst ihre dritte Reise nach London. Sie hatte ein recht behütetes Leben in dem winzigen Dorf St. Ives geführt.

»Habe ich dir schon gesagt, dass er einen Spitznamen hat?«

Jo nahm einen Keks vom Tablett. »Er ist also ein Unberührbarer?« Das war das Wort, das sie in ihrer Jugend gewählt hatten, um die Männer zu beschreiben, von denen sie träumten - Männer, die in der Gesellschaft weit über ihrem eigenen Ansehen standen. Sie hatten endlos darüber gekichert. Und natürlich war es der Inbegriff der Ironie, dass Nora jetzt eine Herzogin war.

»Wahrscheinlich«, sagte Nora. »Die Zeit wird zeigen, ob er wirklich ›unberührbar‹ ist, aber einen Spitznamen hat er trotzdem. Er ist der trotzige Herzog.« Der Ursprung dieser unsinnigen Namen war Noras Trio von Freundinnen zu verdanken, die ebenfalls Unberührbare geheiratet hatten, und die sie allesamt, ihrem Ruf entsprechend, als Herzog sowieso bezeichnet hatten.

»Wie hat er sich denn diesen Namen bloß verdient?«, wollte Jo wissen.

Nora warf einen Blick in die Zimmerecke. »Mir fällt gerade ein, dass wir vielleicht leise sprechen sollten. Oder überhaupt nicht.«

Du lieber Himmel. Jo hatte vollkommen vergessen, dass die Tochter des trotzigen Herzogs gleich hier war ... auf der gegenüberliegenden Seite des Zimmers. Zugegeben, sie schien mit Becky völlig in das Buch vertieft zu sein. Jo lächelte sie an. »Das erinnert mich an uns, als wir klein waren.«

Damals hatten sie unzählige Stunden damit zugebracht, die Bibliothek ihres Vaters zu durchforsten. Und auf Bäume zu klettern. Und in der Erde zu wühlen. Und in die Küche zu stürmen – und zwar um zu essen, aber auch um kochen zu lernen. Die Haushälterin war mehr als glücklich gewesen, sie zu unterweisen.

Jo erinnerte sich an die freundliche Frau mit ihrem lockigen weißen Haar und den strahlend blauen Augen. Sie hatte sie mit behaglichen Umarmungen getröstet, nachdem ihre Mutter gestorben war. »Ich frage mich, wo Mrs. Birch jetzt ist.« Sie hatte kurz vor Jos Heirat ihre Anstellung bei deren Vater aufgegeben und war in den Ruhestand getreten.

»Sie wird verstorben sein, nehme ich an«, meinte Nora leise.

»Ich stelle mir sie mir lieber in einem Häuschen in Cotswolds beim Backen vor.«

Nora lächelte. »Ja, das klingt besser.«

»Entschuldigung.« Eine zarte weibliche Stimme veranlasste sie beide, sich umzudrehen. Evie stand ein paar Meter von ihren Stühlen entfernt und blickte auf den Tisch. »Darf ich noch einen Keks haben?«

»Ja, das darfst du«, antwortete Nora. Mit Christopher auf dem Arm stand sie auf und setzte ihn sich auf die Hüfte. »Ich muss Christopher nach oben bringen, um seine Hände zu waschen. Und dann ist es Zeit für ein Nickerchen. Ich bin gleich zurück.« Nora ging.

Auf Zehenspitzen ging Evie vorsichtig zum Tisch, zögerte jedoch und ließ ihre Finger über die Süßigkeiten kreisen.

»Kannst du dich nicht entscheiden?«, fragte Jo.

Evie warf ihr einen kurzen Blick zu. »Ich möchte den, den ich vorhin hatte, aber ich kann sie nicht unterscheiden.«

Jo rückte bis zur Sesselkante vor. »Hmm. Sie haben sehr feine Unterschiede, glaube ich. Dieser hier hat einen Zitronengeschmack«, sie zeigte auf eine Sorte. »Ich kann kleine Stückchen Zitronenschale erkennen.«

Evie verzog das Gesicht. »Der nicht. Ich mag sie ganz normal, ohne alles.«

»Ah, dann vielleicht dieser hier.« Jo zeigte auf ein mit einer Blume gestempeltes Quadrat.

Für einen kurzen Moment schweifte der Blick des Mädchens mit seinen blaugrünen Augen zu Jo, ehe sie den Keks vorsichtig vom Teller nahm. Sie hielt ihn an die Lippen und leckte am Rand. Nach einem Weilchen biss sie ein kleines Häppchen ab. Ein Ausdruck der Erleichterung legte sich auf ihre Züge und sie nahm einen zweiten, größeren Bissen.

»Ist das der Richtige?«, fragte Jo.

Evie nickte. »Danke.« Sie hielt ihre freie Hand vor den Mund. Nachdem sie geschluckt hatte, sagte sie: »Entschuldigen Sie bitte. Ich sollte nicht mit Essen im Mund reden. Zumindest hat Nanny mir das immer so gesagt.«

»Wer ist Nanny?«

» Mein Kindermädchen in Barbados. Ich vermisse sie.«

»Sie ist nicht mit euch nach England gekommen?«

Evie schüttelte den Kopf und ihre blonden Locken wippten. »Die Umstellung sei viel zu groß für sie, hat Papa gesagt. Wir werden eine neue einstellen. Sobald Papa sich eingelebt hat. Das hat Papa gesagt.«

Jo konnte sich vorstellen, dass es für alle eine große Veränderung war. »Gefällt es dir hier?«

Evie zuckte die Achseln. »Es ist kalt. Ich vermisse den Strand und das Meer.«

Das Bild von diesem blonden Mädchen, wie sie in den Wellen tobt, brachte ein Lächeln auf Jos Lippen. »Das würde mir auch fehlen. Ist das Meer dort warm?«

Die Augen des Mädchens leuchteten. »Oh ja. Und der Sand kann ziemlich heiß werden.«

Bei diesen Worten wackelte Jo mit den bestrumpften Zehen in ihren Schuhen. »Das klingt wundervoll. Was kannst du mir sonst noch über Barbados erzählen?«

»Wir haben Palmen und Affen. Und Schildkröten. Sie machen Nester im Sand.«

»Tatsächlich?«

Evie verzehrte den Rest ihres Kekses und kam einen Schritt näher auf Jo zu. »Wenn sie schlüpfen, flitzen alle kleinen Babyschildkröten über den Sand zum Wasser. Sie sehen aus wie Krabben, aber sie sind viel niedlicher. Ich wollte eine als Haustier haben, aber Papa sagte nein, es wäre nicht gerecht, sie in einem Käfig zu halten.«

»Dein Papa klingt wie ein weiser Mann, finde ich.«

Evie grinste sie an und enthüllte einen fehlenden Schneidezahn an der Unterseite. »Oh, das ist er.«

»Und was ist mit deiner Mama?«

Das Lächeln des Mädchens verblasste. »Sie ist gestorben.«

Jos Herz krampfte sich vor Schmerz zusammen. »Meine Güte, das tut mir so leid. Das wusste ich nicht.«

Abermals zuckte Evie die Achseln. »Ich kann mich kaum an sie erinnern.«

»Lord Knighton«, verkündete Noras Butler Abbott.

»Papa!« Evie rannte zur Tür und schlang die Arme um die Taille ihres Vaters.

Jo erhob sich aus ihrem Sessel, strich sich über den Rock und entfernte dabei einen Krümel.

Der Graf schloss seine Tochter kurz in die Arme. »Hast du dich amüsiert?«, fragte er leise.

Blonde Locken fielen auf Evies Schultern, als sie den Kopf zurücklegte, um zu ihrem Vater aufzublicken. »Ja. Darf ich wiederkommen?«

Der Earl sah zu Jo hinüber. Seine Augen waren von einem tiefen Dunkelblau, fast Indigo. Sein Blick war direkt und eindringlich, aber nur für einen Moment, ehe er seine Aufmerksamkeit wieder Evie zuwandte. »Wenn du eingeladen bist.«

»Natürlich ist sie eingeladen!«, rief Becky aus dem Zimmerwinkel. »Ich habe das Bild des Falken gefunden, Evie. Komm und sieh!«

Evie zögerte, bis ihr Vater ein leichtes Nicken andeutete. Dann löste sie sich von ihm und lief zu Becky zurück.

Jo knickste vor dem Earl. »Ich bin Mrs. Shaw, die Schwester der Herzogin.«

Er verbeugte sich. »Ich freue mich, Ihre Bekanntschaft zu machen. Ich bin Cr - Knighton.« Er schüttelte den Kopf.

»Ihre Tochter ist sehr charmant«, sagte Jo.

»Hat sie Sie zum Einschlafen gebracht?« Seine Gesichtszüge waren teilnahmslos. Es klang, als wäre es als eine scherzhafte Bemerkung gemeint, aber sie konnte nicht den geringsten Anflug von Humor in seinem Ausdruck finden.

»Hm, nein. Wie gesagt, sie ist sehr charmant. Sie hat mir von Barbados erzählt.«

Er hielt seinen Blick auf die Mädchen gerichtet. »Sie spricht kaum von etwas anderem.«

Auch jetzt konnte sie die Emotion hinter seiner Aussage nicht klar bestimmen. Störte ihn das? »Es klingt sehr schön. Besonders der warme Sand.«

»Ja, das vermisst sie sehr. Sie konnte nie genug davon bekommen, vergrub immer ihre Beine und rollte sich darin herum.« Er sah Jo an. »Nicht besonders damenhaft, fürchte ich.«

Es erinnerte Jo an ihre Abenteuer mit Nora, als sie noch Mädchen waren. »Nein, aber manchmal wird damenhaftes Verhalten überbewertet. Ehrlich gesagt, geschieht dies viel zu oft.« Jo hatte acht Jahre damit verbracht, sich als Frau eines Pfarrers mit größtem Dekorum zu verhalten. Und sie war glücklich gewesen, dies zu tun. Bis sie erfuhr, was ihr Mann hinter ihrem Rücken alles getan hatte.

Sie weigerte sich, auch nur an Matthias zu denken. Er

hatte weder ihre Zeit noch ihr Interesse verdient. Nicht, dass sie von den Toten schlecht denken wollte. Nein, sie wollte überhaupt nicht an ihn denken.

Der Earl sah sie einen Moment lang an, sein Blick war unergründlich und sie befürchtete, sich falsch ausgedrückt zu haben. Vielleicht war er furchtbar streng und schätzte ihre Kommentare zum überbewerteten, damenhaften Verhalten nicht. Sie sah zu Evie, die ein lebhaftes Kind war. Ganz bestimmt konnte sie nicht der Spross von jemandem sein, der streng und bieder war?

Die Stille wurde etwas peinlich, und Jo versuchte, der Situation die Spannung zu nehmen. »Evie erzählte, Sie wären auf der Suche nach einem Kindermädchen.«

Wieder sah er sie an, und vielleicht war da ein Hauch von ... Erleichterung? »Ja, ich werde ein paar Bewerbungsgespräche führen, aber was weiß ich schon über die Einstellung eines Kindermädchens?«

In diesem Moment kam Nora herein. »Guten Tag, Lord Knighton. Ich sehe, Sie haben meine Schwester bereits kennengelernt, Mrs. Shaw.« Sie lächelte strahlend und trat zu ihnen.

»Ja.« Er warf Nora einen kurzen Blick zu und Jo hatte das Gefühl, dass er vielleicht nervös war. Ja, das könnte gut sein. Sich von einem Zuckerplantagenbesitzer in Barbados mit Sonne und Stränden und Babyschildkröten in einen Earl in London zu verwandeln, wo es viel weniger Sonne gab und sicherlich keine Babyschildkröten außer in der Suppe, musste nervenaufreibend sein.

»Falls Sie Hilfe bei der Suche nach einem Kindermädchen benötigen, kann Nora Ihnen vielleicht helfen«, schlug Jo vor und wusste, es würde ihrer Schwester nichts ausmachen, dass sie ihm ein solches Angebot machte.

»Ich möchte keine Mühe machen«, sagte er.

»Es ist kein Problem«, sagte Nora. »Ich würde mich freuen, Ihnen zu helfen.«

»Die Vorstellungsgespräche sind übermorgen. Möchten Sie mir dabei Gesellschaft leisten?«

»Auf jeden Fall.«

»Ausgezeichnet. Ich werde Ihnen die Einzelheiten durch meinem Sekretär zukommen lassen.«

Nora lächelte herzlich. »Ich freue mich darauf.« Sie wandte sich zu den Mädchen um, die immer noch über das Buch gebeugt waren. »Oh, ich hasse es, die beiden zu stören. Mädchen!« rief sie. »Es ist Zeit für Evie, sich zu verabschieden.«

Dies wurde mit einem Chor von Protesten beantwortet, gefolgt von der Bitte beider um mehr Zeit.

»Ich verspreche euch, dass ihr euch sehr bald wieder sehen werdet«, verkündete Nora. Sie zuckte zusammen, als sie zu dem Earl hinüberblickte. »Vorausgesetzt, dein Vater ist einverstanden.«

»Er hat bereits gesagt, wenn ich eingeladen werde, dürfte ich wiederkommen«, rief Evie.

Nora lachte leise. »Dann betrachte dich als eingeladen.«

Die Mädchen umarmten sich und als sie sich trennten, machte Becky große Augen. »Mir ist gerade klar geworden ... Tante Jo ist nicht verheiratet und dein Vater auch nicht. Sie könnten heiraten und dann wären wir Kusinen!«

Jo versteifte sich und wünschte, das heiße Gefühl, das in ihrem Nacken aufstieg, würde aufhören, bevor es ihre Wangen erreichte und sie in einem beschämenden Purpurrot erröten ließ.

Evie drehte sich zu ihrem Vater um. »Oh ja, Papa! Du hast doch gesagt, du solltest mir eigentlich eine Mutter suchen.«

Der Earl sah seine Tochter stirnrunzelnd an. »Unsinn, ich werde nicht die erste Frau heiraten, die ich kennenlerne,

Evie. Ich muss mich vergewissern, dass sie unsere Anforderungen erfüllt.«

Jo wollte nicht heiraten, aber trotzdem fiel es ihr schwer, sich nicht beleidigt zu fühlen. Es war sonderbar, so etwas in ihrem Beisein zu sagen. Sie erwartete eine Entschuldigung oder zumindest einen entschuldigenden Blick.

Er war zu beidem nicht bereit.

Stattdessen sah er Nora an und dankte ihr noch einmal, Evie eingeladen zu haben und für ihr Angebot, ihm bei seiner Suche nach einem Kindermädchen zu helfen. Er verneigte sich vor ihr und drehte sich um. Er richtete sich erneut auf und verbeugte sich kurz vor Jo. »Mrs. Shaw.«

Dann nahm er seine Tochter an der Hand und gemeinsam verließen sie den Salon.

Becky seufzte. »Ich mag sie so sehr.«

»Ich auch, Liebes«, pflichtete Nora ihr bei und bückte sich, um ihre Tochter auf den Kopf zu küssen und dabei strich sie ihr über die dunklen rotbraunen Locken. »Es ist an der Zeit, für deine nachmittägliche Lesestunde nach oben zu gehen.«

»Ja, Mama.« Sie hüpfte aus dem Zimmer und Nora sah ihr lächelnd nach. Wieder einmal erschien ihr die Liebe einer Mutter wie eine lebendige, atmende Sache.

»Das war eine ziemlich merkwürdige Reaktion, die er da an den Tag gelegt hat«, bemerkte Nora an Jo gewandt.

»Ja. Du hast mir nicht erzählt, wie er zu seinem Namen gekommen ist – der trotzige Herzog.«

Nora runzelte die Stirn. »Ich versuche, mich zu erinnern. Ich glaube, es war Ivy, die verlauten ließ, dass Lady Dunn gesagt hatte, er sei ein trotziges Kind gewesen. Ja, das war es.« Nora schürzte die Lippen. »Zweifellos ist das eine voreingenommene Einschätzung, aber vermutlich ist das bei all diesen Namen der Fall. Wir sollten wohl aufhören, sie auf solche Weise zu betiteln.«

Ja, möglicherweise. Aber selbst Noras Mann hieß immer noch der Verbotene Herzog. Allerdings geschah dies mit Ehrerbietung und sogar Bewunderung. »Der Spitzname wurde nicht publik, oder?«

Nora schüttelte den Kopf. »Das glaube ich nicht. Nicht so, wie beim Herzog der Begierde.«

Dabei handelte es sich um Ivys Mann, dem Herzog von Clare. Er war für seine unerhörten Liebesbeziehungen bekannt, aber all das war inzwischen Vergangenheit, denn seit dem letzten Herbst war er glücklich mit Ivy verheiratet.

»Nun, aufgrund meines begrenzten Austauschs mit ihm würde ich sagen, dass der Herzog des Unbehagens eine treffendere Beschreibung sein könnte. Er schien sich überhaupt nicht entspannt zu fühlen.«

Nora ging zu ihrem Sessel zurück und ließ sich darin nieder. »So kam es mir auch vor. Eigentümlich, um es milde auszudrücken.«

Jo setze sich ebenfalls hin. »Es muss schwierig sein, hierher zurückzukehren, für ein Leben, mit dem er nie gerechnet hat.«

»Stimmt.« Nora füllte die Teetassen wieder auf. »Es ist erstaunlich, wie schnell sich die Dinge ändern können.«

»Und normalerweise liegt dies außerhalb unserer Kontrolle.« Vor allem als Frau. Jo hatte aus einer Notwendigkeit heraus jemanden geheiratet und war eine Ehe eingegangen, die ein sicherer Hafen zu sein schien und sich als Hölle entpuppt hatte.

Jetzt war sie in der Lage, vielleicht ein gewisses Maß an Zufriedenheit zu finden. Das würde jedoch Glück erfordern …und das entzog sich natürlich Jos Kontrolle.

*V*on der gegenüberliegenden Seite des Ankleidezimmers schienen ihn die Kleidungsstücke, die er nun bald anlegen musste, zu verspotten. Bran Crowther, Earl of Knighton wider Willen, schloss die Augen, ignorierte sie und konzentrierte sich auf den intensiven Druck, den sein Kammerdiener gerade auf seine Schultern ausübte als er sich tief in die Muskeln arbeitete.

Hudson besaß lange Finger und ausnehmend kräftige Hände. Bran konnte sich nicht vorstellen, einen Tag ohne seine Massagetechniken zu beginnen. Er arbeitete sich an Brans rechtem Arm hinunter und endete an seinem Handgelenk, ehe er zur linken Seite überging.

Während er sich von Hudson bearbeiten ließ, dachte Bran über seine bevorstehenden Termine nach. Es ging darum, Bewerbungsgespräche mit Kindermädchen zu führen. Schon bald würde die Herzogin von Kendal eintreffen, um ihm Hilfestellung zu leisten. Bran war froh darüber, zumal er ziemlich sicher war, dass er die Situation verpfuscht hatte, ehe er neulich ihr Haus verließ.

»Hudson, ich wollte Sie etwas fragen. Ich fürchte, ich habe mich vorgestern bei der Herzogin von Kendal misslich ausgedrückt.«

Der Kammerdiener massierte Brans Ellenbogen. »In welcher Weise?«

»Evies Freundin hatte vorgeschlagen, ich solle die Schwester der Herzogin heiraten, da wir beide unverheiratet seien. Ich entgegnete, in dieser Angelegenheit einige Anforderungen zu haben. Das war wohl vermutlich eine Beleidigung für Mrs. Shaw.«

Hudson arbeitete sich zu Brans linkem Handgelenk vor. »Wahrscheinlich. Sie haben tatsächliche eine gewisse Art, die Menschen gelegentlich unbeabsichtigt zu beleidigen.«

Bran stieß die Luft aus. »Wie Sie schon sagten, geschieht dies unbeabsichtigt.«

Hudson kam zum Ende, und Bran öffnete die Augen. »Ich sollte mich vielleicht entschuldigen.«

»Es hat den Anschein. Allerderdings *war* das bereits vor zwei Tagen, und sie ist bloß eine flüchtige Bekannte. Es sei denn, Sie vermuten, Sie hätten ihre Gefühle stark verletzt.«

»Nein.« Bran erhob sich und legte letzte Hand an sein Erscheinungsbild an.

»Sie sehen prachtvoll aus«, erklärte Hudson und bürstete einen Fussel von Brans Frack.

Bran sah ihn mit Luchsaugen an. »Mir fehlt, wie ich mich zu Hause kleiden konnte.«

»Natürlich.«

»Und ich vermisse meinen Schneider. Gibt es irgendwelche Neuigkeiten in dieser Angelegenheit?«

Hudsons dunkle Augen leuchteten auf, und mit seinem kahlen Kopf deutete er ein subtiles Nicken an. »Tatsächlich habe ich jemanden gefunden. Er kann morgen anfangen, wenn es recht ist.«

»Ja. Ich bin verzweifelt. Sie haben ihm doch erklärt, dass es sich um eine vorübergehende Situation handelt?« Das musste so sein, um sich zu vergewissern, ob seine Fähigkeiten akzeptabel waren. In Bezug auf seine Kleidung war Bran besonders eigen. Es schien, als hätte er in allen Angelegenheiten eigene Anforderungen.

»In der Tat.«

»Ich muss mich nach unten begeben«, erklärte Bran. Beim Verlassen seiner Schlafräume traf er in der Galerie auf seinen Butler, einem schwerfälligen Mann namens Kerr.

»Da sind Sie ja, Mylord.« Wie gewöhnlich schwang ein leicht pompöser Ton in seiner Stimme mit. »Mrs. Shaw ist eingetroffen.«

Mrs. Shaw? »Nicht die Herzogin von Kendal?«

Kerr blinzelte hinter seinen Brillengläsern und schien von Brans Frage beleidigt. »Den Unterschied kann ich, denke ich, erkennen, ganz abgesehen davon, dass ich imstande sein sollte, eine Visitenkarte zu lesen.«

Bran unterdrückte ein missmutiges Brummen. »Ich hatte die Herzogin erwartet.« Er stolzierte an seinem Butler vorbei und lief die Treppe hinunter. »Ist sie in meinem Büro?«

»Nein«, widersprach Kerr hinter ihm. »Sie wartet in der Eingangshalle.«

Bran drehte sich blitzschnell herum, und Kerr musste plötzlich stehenbleiben. Er hielt sich am Treppengeländer fest und riss die kleinen grauen Augen vor Schreck weit auf, während er sein Gleichgewicht wiederherstellte. Bran ignorierte die Notlage des Mannes – es geschah ihm recht, wenn er so verdammt dicht hinter ihm ging. Hatte er seinen neuen Bediensteten nicht deutlich erklärt, dass er sich nach seinem Freiraum sehnte, nein, ihn gar *brauchte*? »Merken Sie sich das für die Zukunft. Wenn ich einen Termin habe, möchte ich, dass Sie die betreffende Person in mein Arbeitszimmer bitten, und sie dort auf meine Ankunft warten lassen.«

»Was ist, wenn Sie sich bereits in ihrem Arbeitszimmer aufhalten?«

»Dann werden sie nicht auf mein Eintreffen warten müssen, oder?« Mit einem Kopfschütteln wandte Bran sich ab und ging die Treppe in die Halle hinab, wo Mrs. Shaw in der Nähe der Tür stand. Es schien nicht, als ob sie etwas von der Unterhaltung auf der Treppe mitbekommen hatte, doch andererseits hätte sie die Worte aus dieser Entfernung wohl auch nicht verstehen können.

Sie sank in einen Knicks. »Guten Morgen, Mylord. Meine Schwester möchte ihr tiefstes Bedauern übermitteln, sich entschuldigen zu müssen, aber ihr Sohn ist erkrankt, also bat sie mich, an ihrer Stelle zu kommen.«

Bran nahm die ordentliche Aufsteckfrisur ihres dunkelbraunen Haars, das Grünbraun ihrer ernsten Augen sowie die Schlichtheit ihres bescheidenen schiefergrauen Kleides wahr. Sie war eher einfarbig, bis auf diesen Anflug von Grün in ihren Augen, und den winzigen goldenen Sprenkeln, die um die Pupille tanzten. Er erinnerte sich, dass sie verwitwet war, was vielleicht ihr etwas verdrießlich wirkendes Aussehen erklärte. Oder vielleicht lag es einfach daran, dass er an Wärme und Lebendigkeit und Farben gewöhnt war, die sich den Möglichkeiten hier in England widersetzten. Barbados schien inzwischen wie eine imaginäre Welt.

»Ich verstehe. Haben Sie eigene Kinder?«, fragte er.

Ein Anflug von blassrosa stieg in ihre Wangen und betonte sie. Es war kaum als Farbe zu bezeichnen, doch er bemerkte es. Wie hätte er dies bei der stumpfen Farbpalette, die sie bot, auch übersehen können?

Stumpf?

Nein, das war keine treffende Beschreibung. Ihre Aufmachung war stumpf, ihre Frisur ein wenig zu streng, doch sie besaß eine attraktive, feminine Figur. Im Grunde waren ihre Brüste vielleicht sogar spektakulär. Und sie war hübsch, mit langen, dunklen Wimpern, die ihre Augen umrahmten, und rosafarbenen Lippen, die einfach ein bisschen üppig waren. Nicht *zu* üppig, gestand er ein.

»Das habe ich nicht«, antwortete sie und lenkte seine Aufmerksamkeit damit auf die Frage zurück, ob sie Kinder habe.

»Wie können Sie dann also qualifiziert sein, mich bei diesem Unterfangen zu unterstützen?«

»Meine Schwester hat eine Liste mit Eigenschaften und Anforderungen gesandt, nach denen Sie Ausschau halten sollten. Sie straffte die Schultern und sah ihm in die Augen. »Sie hat auch mich mit ihrem ausdrücklichen Vertrauen geschickt.«

Ihre Standhaftigkeit gefiel ihm. »Nun, dann gehe ich davon aus, dass Sie genügen werden. Kommen Sie mit.«

Nur ganz leicht flatterten ihre Nasenflügel, die Augen weiteten sich um eine Winzigkeit und die goldenen Sprenkel schienen heller zu werden. Als er sich umwandte, um sie in sein Büro zu führen, überlegte er, sie vielleicht gerade erneut beleidigt zu haben. Er hatte ihre Fähigkeiten in Frage gestellt, aber warum auch nicht?

Er marschierte in Richtung des hinteren Teils des Hauses, wo sich sein Arbeitszimmer befand. Es war ein großer Raum mit einer Wand voller Bücherregale und Fenstern, die einen Blick auf den Garten boten. Er begab sich hinter den Schreibtisch und bedeutete ihr, auf der gegenüberliegenden Seite in einem Sessel Platz zu nehmen.

Mit zurückhaltendem Blick und einem gespannten Zug um den Mund setzte sie sich.

Er runzelte die Stirn. »Ich entschuldige mich vielmals, falls ich Sie beleidigt haben sollte.«

»Wenn es Ihnen lieber ist, dass ich nicht bleibe, müssen Sie das nur sagen.« Sie versteifte die Schultern zu einer stählernen Haltung und ihre Stimme hatte einen scharfen Ton, als sie sprach. »Nora wollte Ihnen helfen, doch ich werde verstehen, wenn Sie zu dem Schluss kommen, dass ich nicht *genügen* werde.«

Er ließ sich in seinen Stuhl fallen. Sie hatte den Mumm, ihre Standhaftigkeit beizubehalten. Auch das gefiel ihm. Bei seiner Rückkehr nach England war er darauf eingestellt gewesen, mit Weichlingen und Einfaltspinseln zu tun zu haben – Menschen, wie seine Mutter und seine Brüder. Es war nicht so, dass sie in Wirklichkeit Weichlinge oder Einfaltspinsel waren, doch es gefiel ihnen, sich so zu verhalten, als seien sie es, und irgendwie hielten sie dies für attraktiv. Die Annahme, dass ein ganzes Volk die gleichen Charakteristiken wie seine Familie aufwies, war nicht fair, vermutete er.

»Ich muss mich auch für neulich entschuldigen, fürchte ich. Ich hatte es nicht als Beleidigung gemeint. Manchmal ... rede ich, ohne mir bewusst zu sein, wie meine Worte vielleicht klingen könnten.«

Sie hob eine ihrer dunklen, schmalen Augenbrauen. »Verzeihen Sie mir meine Worte, aber ich habe festgestellt, dass diese Eigenschaft den meisten Männern innewohnt.«

Ihm entwischte ein kurzes, scharfes Lachen. »Sie haben möglicherweise Recht.« Verdammt, sie hatte absolut Recht. Doch ihm war bewusst, dass er noch etwas schlimmer als der Durchschnitt war. Die ersten achtzehn Jahre seines Lebens hatte seine Mutter damit zugebracht, ihm dies immer wieder zu versichern. »Ich sollte Sie warnen. Ich werde es wahrscheinlich wieder tun. Ich meine, ich werde Sie unbeabsichtigt beleidigen.«

»Nun, solange es unbeabsichtigt geschieht.«

Ja, sie besaß Mumm im Überfluss.

Sein Blick fiel auf das Retikül in ihrem Schoß. »Sie sagten, ihre Schwester hätte eine Liste von Anforderungen gesandt?«

»Ja.« Sie öffnete den Verschluss des Retiküls und zog einen Bogen gefalteten Pergaments hervor. Sie rutschte bis zur Stuhlkante, legte es vor sich auf den Rand des Schreibtisches und strich es glatt. »Nora empfiehlt eine Bewerberin, die auf den Gebieten des guten Benehmens, Nähen und Ausbessern, sowie Medizin sehr versiert ist.« Sie sah von dem Schriftstück auf. »Hatte Evie auf Barbados ein Kindermädchen?«

»Ja, und diese hat sich in all diesen Punkten hervorgetan.« Er dachte an Amalie zurück und wie schwer der Abschied für Evie gewesen war. »Abgesehen vielleicht von den Manieren. Nicht, dass sie sie nicht gelehrt hätte – das hat sie getan. Es ist nur so, dass die Dinge dort anders waren. Nie hätte ich gedacht, dass Evie als die Tochter eines Earls aufwachsen müsste.« Er sträubte sich, denn der Titel lastete auf ihm wie ein Mantel aus Ziegelsteinen.

»Ihr Leben hat sich auf einschneidende Weise verändert, vermute ich?«

In einer Zeitspanne von achtzehn Monaten war er vom drittgeborenen Sohn zum Earl geworden. Er hatte sein Leben mit den Wurzeln ausreißen und zudem seiner Tochter das einzige Heim nehmen müssen, das sie je gekannt hatte. »Nichts ist mehr gleich«, entgegnete er schlicht.

Mit Ausnahme seiner Gefühle, wieder zurück in England zu sein. Obwohl es fünfzehn Jahre her war, seit er zum letzten Mal einen Fuß auf diesen Boden gesetzt hatte, war er noch immer derselbe exzentrische Bran. Allerdings wurde jetzt von ihm verlangt, als Familienoberhaupt der Familie vorzustehen und ein Earl zu sein. Das bedeutete, er müsse sich mit seiner Mutter, den Witwen seiner Brüder und ihren Töchtern auseinandersetzen, von denen es sieben gab. Glaubte er. Zugegebenermaßen war er sich nicht sicher.

Vergessen ist der Mantel aus Ziegelsteinen, vielleicht ist er aus Blei. Und Granit. *Und* Ziegelsteinen.

Doch an erster Stelle kam Evie. Immer Evie.

»Wer auch immer sie ist, die ich einstelle, muss sie Geduld und Güte besitzen. Evie ist ... sensibel.«

»Außerdem hat sie eine große Veränderung durchgemacht. Ja, ich muss zustimmen, dass es überaus wichtig ist, jemanden zu finden, der sie bei ihrer Umgewöhnung an ihr neues Leben in England unterstützt.«

Bran presste seine flache Hand gegen die glatte Arbeitsflächeseines Schreibtisches. Wohl eher dem Schreibtisch seines Vaters. Wie alles in diesem Haus, war es nicht seiner. Wie zum Teufel soll er sich diesen Ort nur als Heim vorstellen – wie soll Evie es als Zuhause betrachten – wenn alles darin jemand anderem gehört hatte?

»Verstehen Sie etwas von Inneneinrichtung?«

Sie sah ihn einen Augenblick lang an, ehe sie blinzelte und diese dunklen Wimpern sich kurz über das funkelnde haselnussbraun ihrer Augen schlossen. Sie waren bemerkenswert, stellte er fest. Wie war er bloß auf das Wort stumpf in Bezug auf sie gekommen?

»Inneneinrichtung?«, wiederholte sie. »Ähm, nein. Wenigstens nicht hier in London. Einmal musste ich neue Vorhänge in Auftrag geben. Und ein neues Sofa bestellen, nachdem das alte zerbrochen war.«

»Und wie haben Sie das bewerkstelligt? Vor allem, da Sie nicht in London waren.«

Sie sog die Luft ein, als ihr Blick durch den Raum schweifte. »Für die Vorhänge habe ich eine Näherin aus dem Dorf angestellt und das Sofa wurde von einem Möbelhersteller in Cambridge geliefert.«

»Ich verstehe.«

»Sicherlich könnte Nora ihre Hilfe anbieten. Oder Lady Satterfield. Sie ist Noras Schwiegermutter.«

Bran hatte sie vergangene Woche während eines Besuchs bei seiner Patentante Lady Dunn kennengelernt. Eigentlich sollte er die Viscountess fragen – viel lieber würde er ihren Rat suchen als den seiner Mutter. Und würde das seine Mutter nicht verärgern? Sie hatte Lady Dunn nie gemocht, welche die Wahl seines Vaters als Taufpatin gewesen war.

Er schob die Gedanken an seine Mutter beiseite. Bald genug schon würde er sich mit ihr auseinandersetzen müssen, wenn sie aus Durham eintraf, wo sie sich bei ihrer Schwester aufgehalten hatte.

»Ich werde sie konsultieren, vielen Dank.« Oder vielleicht würde er einfach die Neumöblierung an seinen Sekretär delegieren. Würde der biedere, pedantische Dixon nicht seinen Spaß daran haben?

Verdammt, was Bran wirklich brauchte, war eine Frau. Und auf diesem Gebiet war er ungefähr ebenso versiert, wie in der Suche nach dem richtigen Kindermädchen und passenden Möbeln. Auf Barbados war es einfach gewesen – es hatte einfach nicht so eine große Auswahl gegeben.

Er beäugte Mrs. Shaw und stellte fest, dass er ihren Ratschlag zu *diesem* Thema nicht einholen konnte.

Er rief sich die Bemerkung in Erinnerung, welche die Tochter der Herzogin neulich gemacht hatte, … dass sie beide, er selbst und Mrs. Shaw unverheiratet waren. Sie erweckte allerdings nicht den Eindruck, als sei sie bereit, erneut zu heiraten. In Anbetracht ihrer Aufmachung schien sie vielmehr sogar noch in Trauer zu sein.

»Wie lange liegt der Tod Ihres Gatten denn zurück?«, erkundigt er sich.

Sie setzte zum Sprechen an und als sie ihn ansah, bemerkte er ein leichtes Zucken ihrer Schultern. »Es ist etwa ein Jahr her.« Sie strich glättend über den Stoff, der ihr Knie bedeckte. »Und Ihre Gattin?«

»Beinahe vier Jahre. Sie ist vom Fieber heimgesucht worden. Evie war auch krank gewesen, aber sie hat sich zum Glück erholt.«

»Meine Güte, das muss furchtbar gewesen sein. Ich bedauere Ihren Verlust.«

»Und mir tut es leid für Ihren.« Ihm fiel auf, dass sie keine Todesursache genannt hatte, und er würde sie nicht danach fragen. Er konnte frei heraus und gelegentlich barsch sein, aber er war kein kompletter Grobian. In der Regel.

Auf ein leises Klopfen an der Tür kündigte Kerr die Ankunft der ersten Bewerberin an.

»Bitten Sie sie herein«, bat Bran und ignorierte den beständig verkniffenen Ausdruck auf Kerrs Gesicht.

»Erwarten Sie von mir, mich während der Dauer der Befragung ruhig zu verhalten?«, erkundigte sich Mrs. Shaw.

Bran hatte noch gar nicht darüber nachgedacht. »Nein,

wenn Sie noch etwas wissen wollen, nachdem ich mit meiner Befragung fertig bin, fragen Sie bitte.«

Mrs. Shaw nickte und dann reckte sie den Rücken gerade. Während sie dies tat, ließ sie die Zunge zwischen den Lippen hervorspitzen, um sie zu benetzen. Sie schien sich dessen absolut unbewusst, doch Bran war es *nicht*.

Durch diese rasche, harmlose Geste wurde eine Hitzewelle direkt in seine Leistengegend gesandt. Der Zeitpunkt hätte nicht unpassender sein können ... Die Bewerberin trat ins Arbeitszimmer, und er war gezwungen, alle Gedanken an Mrs. Shaw aus seinem Verstand zu drängen.

Vorerst.

KAPITEL ZWEI

Als sie das dritte Interview hinter sich gebracht hatten, konnte Jo eine klare Favoritin nennen, aber sie hatte keine Ahnung, was Lord Knighton dachte. In seiner Befragung war er gründlich vorgegangen, wenn auch ein bisschen monoton. Wenn sie raten müsste, würde sie behaupten, er hätte sich für keine von ihnen interessiert. Was sie für möglich hielt.

Sie öffnete den Mund und wollte sprechen, erstarrte jedoch prompt. Aber nur für eine Sekunde. Dann klappte ihr Kiefer vor Verblüffung auf, als er sein Krawattenband löste, den Stoff lockerte und zog, bis dieser in zwei schneeweißen Bändern über seine Brust herabhing. Der obere Teil seines Hemdes klaffte auf und enthüllte ein Dreieck gebräunter Haut.

»Was tun Sie da?« Sie platzte mit ihrer Frage heraus, ehe sie sie überhaupt zensieren konnte.

»Ich befreie mich von diesem verdammten Hindernis.« Er zerrte sich die Krawatte vom Hals und schleuderte sie auf den Schreibtisch. Dann zog er an seinem Hemdkragen, was die Kluft oberhalb seines Hemdes verbreiterte und wiederum noch mehr von seiner gebräunten Haut entblößte.

Jo wurde bewusst, dass sie ihn anstarrte und abrupt wandte sie den Blick ab. »Ähm ...« Sie hatte Mühe, die richtigen Worte zu finden. Gab es in diesem Fall falsche Worte? »Ich kann nicht wissen, welche Gewohnheiten Sie in Barbados pflegten, aber in England gilt es für einen Gentleman als unangebracht, sich vor einer Dame zu entkleiden.«

»Zum Teufel«, murmelte er. »Ich hatte dies hier nicht als *Entkleidung* angesehen. Zu Hause waren die Dinge anders.« Er blickte finster drein. »Ich bitte um Verzeihung, aber ich kann dieses lästige Kleidungsstück nur für kurze Zeit tragen. Auch wenn Sie es möglicherweise als außerordentlich beleidigend empfinden, sehe ich mich nicht imstande, es wieder anzuziehen.«

Würde sie das beleidigen? Das sollte es sicherlich, doch bislang hatten die Exzentrizitäten des Earls sie neugierig gemacht. Außerdem hatte er die Worte »kann nicht« verwendet, und nicht »werde nicht«. »Warum ist Ihnen dies lästig? Wenn ich fragen darf.«

Für einen kurzen Moment kniff er die Augen zusammen, möglicherweise, weil er abwog, wie er darauf antworten sollte. »Es ist einengend. Es juckt.«

Das konnte sie verstehen. Manchmal war ihr Korsett äußerst unangenehm. Allerdings würde sie es in einer Situation wie dieser niemals ablegen. Doch andererseits war das Ausziehen ihres Korsetts auch nicht so unkompliziert, wie das Ablegen einer Krawatte. Warum waren die Dinge für Männer stets unkomplizierter?

Ehe sie darauf antworten konnte, kam Evie in das Zimmer gerannt. Ihre blau-grünen Augen waren weit aufgerissen und das Haar ein Durcheinander widerspenstiger Locken. »Papa! Papa!« Beim Anblick von Jo blieb das Mädchen abrupt stehen. »Sie sind es.«

»Ja, ich bin es.«

Evie wandte sich von ihr ab und marschierte auf den Platz ihres Vaters zu. Der Earl schwenkte herum und beugte sich nach vorn, womit sein Gesicht ihrem ganz nahe war. »Was ist los, mein Liebling?«

»Ich habe mir den Finger weh getan.« Sie hielt ihren Zeigefinger hoch und stach ihm dabei praktisch in das Auge.

»Lass mich mal nachsehen.« Sanft umschloss er ihren Fingerknöchel und runzelte die Stirn beim Anblick der Fingerkuppe. »Dieser kleine Schnitt an der Spitze?«

Sie nickte. »Das Pergament hat mich verletzt.« Sie klang, als wolle sie den Papierbogen zu einem Duell herausfordern.

Der Earl senkte die Brauen tief über die Augen. »Was für ein ungezogenes Pergament. Sag mir, wo es ist, und ich werde es in den Kamin werfen.«

»Oh nein, Papa. Ich bin wütend darauf, aber du darfst es nicht verbrennen. Ich habe unser Schiff darauf gemalt, und es ist ziemlich schön.«

»Ich verstehe. Dann hat es sich eine Begnadigung verdient. Was sollen wir mit deiner Wunde machen?«

Sie zuckte mit den Schultern. »Foster wusste nicht, was sie tun sollte. Sie hat mir gesagt, ich soll zur Köchin gehen. Aber ich bin hierhergekommen.«

Knighton warf einen kurzen, suchenden Blick zu Jo. Bat er sie um Hilfe?

»Darf ich mal sehen?«, fragte Jo.

Evie zögerte einen Augenblick, doch als ihr Vater sie mit einem kleinen Nicken ermunterte, umrundete sie den Schreibtisch und kam vor Jo zum Stehen. Sie reckte den Finger unter Jos Nase. »Sehen Sie?«

Jo konzentrierte sich auf die Kuppe an der Fingerspitze des Mädchens und musterte den geröteten Schnitt. »Hat es geblutet?«

»Ein bisschen. Ich habe es an meinem Unterrock abgewischt.« Sie hob den Saum ihres Kleides, um ihr den schmalen rotbraunen Streifen am Rande ihrer Unterwäsche zu zeigen. »Foster sagt, ich hätte das nicht tun sollen.«

»Nun, was hättest du denn tun sollen?«, fragte Jo und blickte zum Vater des Mädchens hinüber, der den Austausch mit Interesse verfolgte. Abermals ertappte sie sie sich dabei, wie sie den Blick starr auf seine entblößte Haut gerichtet hielt und wieder riss sie sich los.

»Foster hat gesagt, ich hätte daran lutschen sollen, bis es zu bluten aufhört.« Evie zog ein Gesicht und streckte die Zunge aus dem Mund. »Aber das ist eklig.«

»Ich bin ganz deiner Meinung. Du hast das einzig Vernünftige getan, glaube ich. Tut es weh?«

Evie nickte. »Nicht so schlimm wie am Anfang, aber es brennt.«

»Weißt du, was meine Mutter immer mit mir gemacht hat, wenn ich mich geschnitten habe?« Jo erinnerte sich nicht wirklich daran, dass ihre Mutter das getan hat, aber Nora hatte ihr davon erzählt, also stimmte es natürlich. Nora, die zwei Jahre älter war, erinnerte sich besser an sie als Jo.

Mit entschlossenem Blick schüttelte Evie den Kopf.

»Sie hätte darauf geblasen und ihn dann mit einem Kuss versiegelt.«

Evie riss die Augen auf. »Der Kuss würde den Schnitt verschließen?«

Jo lachte leise. »Nein, aber das wäre schön, nicht wahr? Vielleicht war das nicht die richtige Ausdrucksweise. Sie hätte einen Kuss auf die Wunde gedrückt, und sie hätte sich sofort besser angefühlt.«

Evie schien skeptisch.

»Soll ich es vielleicht einmal versuchen? Ich verspreche, dass es nicht noch schlimmer wird.«

Mit einem Nicken stieß Evie den Finger noch einmal nach vorn, bis er nur wenige Zentimeter von Jos Mund entfernt war. Jo blies für einen Moment vorsichtig auf die Kuppe und drückte dann einen zarten Kuss auf die Fingerspitze des Mädchens.

Langsam zog Evie die Hand zurück und starrte ihren Finger an. Mit einem erfreuten Gesichtsausdruck drehte sie die Hand auf die eine und dann die andere Seite. Dann zog sie die Lippen zu einem breiten Lächeln auseinander, und lief um den Schreibtisch herum zurück zum Stuhl ihres Vaters. »Papa! Es tut nicht mehr weh.« Sie sah zu Jo hinüber und ihr Grinsen gab den Blick auf die Lücke in ihrer unteren Zahnreihe frei. »Mrs. Shaw ist eine Zauberin.«

»Zauberin«, murmelte er und sein dunkler Blick lag auf Jo.

Irgendetwas nicht Greifbares an der Art und Weise, wie er das Wort aussprach, löste einen Schauder auf Jos Armen aus. Sie kaschierte ein Zucken, indem sie mit den Schultern rollte und sich auf ihrem Stuhl gerade aufsetzte.

Knighton wandte seine Aufmerksamkeit wieder seiner Tochter zu. »Bist du jetzt genügend geheilt, um nach oben zurückzukehren, während ich mit Mrs. Shaw zum Ende komme? Wir müssen entscheiden, welches Kindermädchen eingestellt werden soll.«

»Oh ja, du hast dich heute mit einigen getroffen.« Sie sah vom Earl zu Jo und wieder zurück. »Waren sie nett?«

»Ziemlich«, antwortete Knighton.

»Wirst du eine aussuchen?«, fragte Evie.

»Ich bin mir nicht sicher, und deshalb muss ich das mit Mrs. Shaw besprechen.«

»In Ordnung.« Sie drehte sich um und marschierte zur Tür, doch an der Schwelle schwenkte sie herum, um sie beide mit einem ernsten Blick anzuschauen. »Wählt mit Bedacht.

Mein Glück ist davon abhängig.« Sie wirbelte herum und lief hüpfend aus dem Zimmer.

Ein Lachen entkam Jo unbeabsichtigt über die Lippen, als sie dem Mädchen hinterherzwinkerte. Schnell hüstelte sie, um ihre Reaktion zu verbergen.

»Ich erinnere mich vage daran, dass meine jüngere Schwester solch theatralischen Unsinn von sich gab«, bemerkte Knighton. »Ist das womöglich bei allen Mädchen so?«

Jo nahm das kaum merkliche Funkeln in seinem Blick wahr. »Ich fürchte ja. Nora und ich waren ziemlich theatralisch. Wenn man fast sechs Jahre alt ist, ist alles von lebensentscheidender Wichtigkeit.«

Das war Jo ganz besonders nach dem Tod ihrer Mutter, als sie fünf Jahre alt war, sicherlich so erschienen. Sie konnte sich an eine tiefe und allgegenwärtige Traurigkeit erinnern … und an die angestrengten Bemühungen ihrer Schwester, sie bei jeder sich bietenden Gelegenheit zum Lächeln zu bringen. Nora hatte sich ausgeklügelte Pläne ausgedacht, um sie beide zu amüsieren, damit sie nicht traurig wären.

Der Blick des Earls war starr auf eine Ecke des Zimmers gerichtet und seine Augen wirkten glasig, als sei er in Trance verfallen.

»Mylord?«, sprach sie ihn an.

Er schüttelte den Kopf und blinzelte. »Ja, von lebensentscheidender Wichtigkeit. Sollen wir uns über die Bewerberinnen unterhalten?«

Jo hatte das Gefühl, als hätte er sich in seinen eigenen Erinnerungen verloren. Waren sie ebenso traurig, wie die ihren oder waren sie ganz anders? Sie bezweifelte, das jemals herauszufinden. »Mir hat die letzte zugesagt, Mrs. Poole.«

Auf seinem Stuhl sitzend lehnte er sich nach vorn und stützte die Ellenbogen auf seinen Schreibtisch. Sein Hemd verrutschte und gab nun einen größeren Hautbereich frei. Jo gelobte, dies zu ignorieren. »Was hat Ihnen an ihr gefallen?«, erkundigte er sich.

»Sie –« Jo brachte das Wort mit kratziger Stimme hervor, sodass sie zart hustete. »Sie war die Sachkundigste, denke ich, nachdem sie ihre eigenen Kinder aufgezogen hat.«

»Sie sind der Meinung, das hätte mehr Gewicht als die jahrzehntelangen Erfahrungen, welche die anderen beiden in vorbildlichen Haushalten gesammelt haben?«

»Das tue ich. Mrs. Poole besitzt eine Wärme, die meiner Meinung nach wichtig für Evie ist.« Jo konnte erkennen, dass Evie sich nach einer weiblichen Bindung sehnte. »Sie vermisst ihr altes Kindermädchen sehr, habe ich Recht?«

Jo war aufgefallen, wie der Earl die Frau während der Interviews mehrmals erwähnt hatte. Er hatte Bemerkungen zu verschiedenen Dingen gemacht, die ihr altes Kindermädchen getan hatte, und dann die Kandidatinnen gefragt, ob sie dasselbe tun könnten, wie zum Beispiel zu singen. Offenbar mochte Evie es gern, wenn ihr vorgesungen wurde. Mrs. Poole hatte sie prompt mit einem Wiegenlied belohnt, das sie in einem sanften, angenehmen Ton vortrug.

»Ja, das tut sie.« Er zog seinen Frack aus, den er über die Ecke seines Schreibtisches legte. Gleich danach warf er ihr einen Blick zu. »Das ist auch unanständig, oder?«

»Das ist es.« Oh, aber er sah göttlich aus, seine Hemdärmel bauschten aus den Armlöchern seiner dunkelblauen Weste. »Sie werden nicht noch mehr ausziehen, oder?«

Für einen Moment trommelte er mit den Fingern auf den Schreibtisch. »Möglicherweise. Aber ich werde versuchen, das nicht zu tun. Ich entschuldige mich, aber ich … es ist unerlässlich.«

Weil es ihn juckte. Sie fragte sich, wie er eine Sitzung im House of Lords durchstehen wollte. Vielleicht wäre dies unwichtig. Wahrscheinlich saßen sie dort in Hemdsärmeln herum. »Welche Bewerberin würden Sie bevorzugen?«

»Sie alle waren qualifiziert. Die erste, Miss Chambers, verfügte sicherlich über die besten Empfehlungen.«

Diese Kandidatin hatte Jo am wenigsten zugesagt. Sie war etwa fünfzig, mit dunklen, wissenden Augen und hatte Jo das Gefühl vermittelt, *alles* zu sehen. Und zu richten. »Ja, aber ... Hmpf.«

Knightons Blick weitete sich kaum merklich. Dann lachte er scharf. »Hmpf?«

Jo fühlte die heiße Röte an ihren Hals aufsteigen, doch sie hielt seinem Blick stand. »Sie schien ein bisschen ... salbungsvoll.«

»Das ist eine interessante Beschreibung. Sie hatte eine Aura von Überlegenheit an sich, und aus diesem Grund stimme ich Ihrer Wahl für Mrs. Poole zu.«

»Tatsächlich?« Jo war erleichtert. »Sie wird eine ausgezeichnete Ergänzung zu Ihrem Haushalt sein, glaube ich. Sie erfüllt sämtliche Ihrer Anforderungen *und* sie ist gutherzig. Am wichtigsten ist aber, dass sie jemand ist, den Evie lieben könnte.« Jo fügte die letzten Worte leise hinzu, und beim Gedanken an die Kinder, die sie nie haben würde, schnürte sich ihr die Kehle zu. Vielleicht sollte sie über eine Karriere als Kindermädchen oder Gouvernante nachdenken.

»Ich denke, sie wird die anpassungsfähigste und verständnisvollste bei unseren kleinen Kavaliersdelikten sein.«

»Sie beziehen sich auf Ihre Abneigung gegen Krawatten, vermute ich. Aber Sie haben den Plural benutzt. Gibt es denn noch mehr ... Kavaliersdelikte?«

»Ja, Krawatten und generell zu viel Kleidung. Ich fürchte, die meiste Zeit bewege ich mich in diesem Aufzug durch das Haus. Einige der derzeitigen Bediensteten heißen das eindeutig nicht für gut. Evie läuft gerne barfuß herum, obwohl sie dies hier weniger tut, da es nicht so warm ist wie zu Hause.« Er fuhr sich mit der Hand durchs Haar und ließ die braunen Locken praktisch in alle Richtungen abstehen. Sein Haar war ohnehin ein bisschen lang und verwuschelt, und es verlieh ihm ein wildes, waghalsiges Aussehen, was durch seinen aktuell entkleideten Zustand noch hervorgehoben wurde. »Ich muss aufhören, es als unsere Heimat zu betrachten«, murmelte er.

»Ich kann mir gar nicht ausmalen, wie schwierig dieser Übergang sein muss.«

Sein Mundwinkel zuckte und hob sich zu einem kurzen, verzagten Lächeln. »Es war ein Schock.«

Jo war bemüht, nicht daran zu denken, wie schockierend es wäre, wenn jemand sie sehen könnte. Moment, wäre das so? Sie war Witwe. Waren ihr nicht bestimmte Verhaltensweisen erlaubt, die einer unverheiratete Dame versagt waren? Nicht, dass dies irgendwie wichtig wäre, da absolut kein Grund vorlag, ihren guten Ruf zu wahren. Einmal abgesehen davon, dass es auf ihre Schwester zurückfallen würde. Niemals würde sie Nora oder ihre Familie einem Skandal aussetzen wollen. Schon gar nicht nach dem Skandal, den Nora bereits damals als junge Debütantin in ihrer zweiten Saison hatte erleiden müssen.

Um sich selbst zu zwingen, sich ihre Unterhaltung in Erinnerung zu rufen und aufzuhören, über den Zustand seiner Frisur sinnieren zu wollen und wie attraktiv ihn dies machte, sah Jo aus dem Fenster. »Bedeutet das, Sie werden Mrs. Poole anstellen?«

»Ja. Sie haben Recht damit, dass Evie jemanden braucht, der geduldig ist und Verständnis dafür hat, dass ihr Leben auf den Kopf gestellt wurde.« Er runzelte die Stirn ein wenig. »Mrs. Poole ist die Einzige, die sich nach Evies Ergehen erkundigt hat.«

Das war richtig. Sie schien auch in Bezug auf Evies Essgewohnheiten nicht besorgt zu sein, die Lord Knighton mit jeder der drei Bewerberinnen besprochen hatte. Sie war in Hinsicht auf ihr Essen sehr eigen, und während die anderen beiden Bewerberinnen gelobt hatten, dafür zu sorgen, dass sie dieses Problem überwindet, hatte Frau Poole gekichert und gesagt, dass alle Kinder auf die eine oder andere Weise eigen seien. Ja, es gab Kavaliersdelikte im *Plural*.

Er verschränkte seine Hände auf dem Schreibtisch. »Und damit ist unser Unternehmen wohl abgeschlossen, nehme ich an.«

Jo spürte ein stechendes Gefühl der Enttäuschung. Heute hatte sie sich nützlicher als an allen anderen Tagen seit Matthias´ Tod gefühlt. Nicht, dass sie keine Unterstützung für Nora wäre oder es nicht genoss, mit ihr und ihrer Familie zusammen zu sein. Aber Jo war die Schwester, die Tante. Hier, heute war sie einfach Jo gewesen.

Ein Gedanke kam ihr. »Ja, so ist es. Allerdings sollten Sie vielleicht auch eine Gouvernante anstellen. Ich bin mir nicht sicher, ob Mrs. Poole imstande wäre, zu ihren Aufgaben noch Unterricht hinzuzufügen. Außerdem wollen Sie ja jemanden, der Evie in gesellschaftlichen Dingen erziehen kann. Sie ist schließlich die Tochter eines Earls.«

Er zuckte zusammen. »Ist sie nicht ein bisschen jung, um sich darüber schon Gedanken zu machen?«

Jo schüttelte den Kopf. »Meine Schwester gedenkt, schon bald eine Gouvernante einzustellen, und die Mädchen sind gleich alt.«

»Kann ich Evie nicht einfach ein paar Mal in der Woche zu Ihnen nach Hause schicken?«

Jo vernahm die Verstimmung in seinem Tonfall und wollte ihn nicht überfallen. »Gibt es einen Grund, warum Sie keine Gouvernante einstellen möchten?«

»Es geht nicht um eine Gouvernante im Speziellen, nein. Ich bevorzuge einen schlichten Haushalt. Es gibt zu viele Bedienstete hier.« Er breitete die Handflächen flach aus, während er den Kopf nach rechts und dann nach links neigte. Er schien sich unbehaglich zu fühlen.

»Sie sind der Earl. Sie können entscheiden, wie viele Bedienstete Sie benötigen. Es gibt keinen Grund, warum Sie die Anzahl Ihres Personals nicht verringern sollten.«

»Ja. Das werde ich vielleicht tun.« Er fand ihren Blick. »Aber ich *brauche* eine Gouvernante, sagen Sie?«

»Ich fürchte ja.«

Seufzend stieß er die Luft aus, während er sich in seinem Stuhl zurücklehnte und für einen Moment nachdenklich an die Decke sah. Als er sie wieder anblickte, strahlten seine dunklen Augen vor Intensität. »Dann sollten Sie mir vielleicht helfen.«

Mit einem Ruck überkam sie die Verblüffung und beschleunigte ihren Puls. »Ich? Würden Sie nicht eher meiner Schwester den Vorzug geben?«

Er zog einen Bogen Pergament aus der oberen Schublade seines Schreibtisches. »Nein. Ich bin mehr als zufrieden mit Ihnen.« Das war wohl kaum als überwältigende Bestätigung zu betrachten.

»Ich bin erfreut, Ihre Musterung bestanden zu haben.«

Er sah von dem Schriftstück auf, das er vor sich liegen hatte. »Habe ich mich wieder falsch ausgedrückt?«

»Nichts Schlimmes. Ich ziehe Sie ein wenig auf. Entschuldigung.«

»Ich verstehe. Necken. Mir war nicht bewusst, dass die Menschen hier so etwas tun.« Immer wieder zog er Vergleiche, was natürlich zu verstehen war.

»Tut man das auf Barbados?«

»Ja.«

»Sie denken, England ist so ganz anders?«, fragte sie.

Er nickte. »Nach meinen Erfahrungen.«

Und sie wäre bereit zu wetten, dass der Unterschied

zugunsten von Barbados ausfiele – in jeder Hinsicht. »Es gefällt Ihnen hier nicht.«

Er zuckte die Achseln, doch sein Kiefer stand unter einer Anspannung, die ihr verriet, dass er doch nicht so gleichgültig war. »Es ist nicht der Platz, an dem ich mich selbst gesehen habe.«

Und auf einmal war sie ziemlich begierig, seine Geschichte zu erfahren. Den Grund dafür wusste sie allerdings nicht. »Sie sind vor vielen Jahren fortgegangen, nicht wahr?«

»Vor fünfzehn Jahren.«

»Mir ist zu Ohren gekommen, dass Sie nie wieder zurückkehren wollten.« Als er keine Antwort gab, erkannte sie, eine Grenze übertreten zu haben. Abrupt stand sie auf. »Ich entschuldige mich. Ich habe mich nicht aufdrängen wollen.«

Er erhob sich von seinem Stuhl, reckte sich zu seiner vollen Größe auf, was gut fünfzehn bis zwanzig Zentimeter über ihren ein Meter fünfundsechzig sein musste. Er gab ihr das Gefühl, eher zierlich zu sein. Nachdem sie acht Jahre lang mit Matthias verheiratet gewesen war, mutete dies als sonderbare Empfindung an, denn dieser war kaum ein paar Zentimeter größer gewesen als sie.

»Sie sind nicht aufdringlich. Ich hatte nicht die Absicht, je wieder hier zu leben, nein. Das bedeutet allerdings nicht, dass ich keine Besuche hier geplant hatte.«

»Das hatten Sie also?«

»Würden Sie mir glauben, wenn ich gestehen würde, es nie in Erwägung gezogen zu haben? Ich hatte dies weder geplant noch ausgeschlossen. Ich habe einfach nie darüber nachgedacht.« Er zuckte die Schultern. »Bei meinem Fortgehen damals trug ich mich nicht mit dem Gedanken, meinen Vater oder meine Brüder niemals wiederzusehen, würde ich sagen.«

Sie nahm den leisen Anflug von Bedauern in seiner Stimme wahr. »Ihre Verluste tun mir sehr leid.«

»Ich weiß Ihre Anteilnahme zu würdigen, aber lassen Sie mich auch klarstellen, dass ich erwartete sie wiederzusehen, aber keinen besonderen Wunsch danach hegte. Zumindest nicht zum Zeitpunkt meiner Abreise.«

Seine Offenbarung überraschte sie. Was war wohl passiert, dass ihm nichts an seiner Familie lag?

Er umrundete den Schreibtisch und hielt an der Ecke inne. »Ich werde meinen Sekretär beauftragen, sich nach einer Gouvernante umzuschauen.«

»Wünschen Sie, dass ich Nora um Empfehlungen bitte?«

»Wird sie welche preisgeben? Wir werden um die beste Bewerberin konkurrieren.«

Jo lachte leise. »Das würden Sie, vermute ich. Obwohl, ich allerdings einwenden möchte, dass Sie nicht nach der gleichen Person suchen. Nora braucht jemanden, der imstande sein wird, mit mehreren Kindern fertig zu werden. Das trifft zumindest in Zukunft zu – Christopher bleiben noch ein paar Jahre Zeit, bevor er bereit ist, mit dem Lernen zu beginnen. Ich weiß von ihrem Wunsch, dass die Gouvernante all ihre Kinder unterrichten soll, bis sie ein gewisses Alter erreicht haben.«

»Das ergibt einen Sinn; jedoch werde ich ebenfalls dasselbe suchen.«

Einen kurzen Moment war Jo verwirrt. »Haben Sie weitere Kinder?«

»Noch nicht. Aber ich werde heiraten und – so hoffe ich – noch mehr haben. Offensichtlich hängt es von mir ab, der Grafschaft einen Erben zu verschaffen.«

Ja natürlich. Jo dachte an Beckys Einfall, dass er sie heiraten solle. Allerdings konnte Jo keine Kinder bekommen. Das würde sie auf jeden Fall davon ausschließen, seine Gräfin zu werden. Als ob er tatsächlich die Empfehlung eines Kindes in Bezug auf eine Frau in Betracht ziehen könnte, die er kaum kannte. Und dennoch war Jo in dem Moment, als er seine Krawatte ablegte, klargeworden, dass sie anfing, andersartige Gedanken über ihn zu entwickeln. Und das ging überhaupt nicht.

Fest umklammerte sie ihr Retikül. »Ich werde mich bei Nora nach ihren Empfehlungen erkundigen und wenn Sie zu dem Schluss kommen, lieber mit ihr zu arbeiten, werde ich das verstehen.« Sie strebte auf die Tür zu, und er folgte ihr.

»Ich wünsche mir, dass Sie mir helfen, habe ich gesagt. Versuchen Sie etwa, sich vor der Aufgabe zu drücken? Vielleicht haben Sie etwas Besseres zu tun.« Sein Blick verweilte auf ihr, und mit einem Anflug von Hitze darin nahm er ihr den Atem. »Es würde mich nicht wundern.«

»Ich versuche nicht, mich vor irgendetwas zu drücken. Tatsächlich habe ich nichts Besseres zu tun.« Bei dem pathetischen Klang ihrer Worte zuckte sie innerlich zusammen. Seit Matthias' Tod war sie viel zu untätig gewesen. Vielleicht *brauchte* sie etwas zu tun. Unvermittelt überlegte sie, dass sie selbst seine Gouvernante sein könnte. Evie *war* ein entzückendes Kind.

»Gut. Dann werde ich Sie bald wiedersehen.« Mit einer Geste bedeutete er ihr, ihm aus dem Büro hinaus voranzugehen, und folgte ihr dann einen kurzen Weg, bis der Butler auf sie zukam und anbot, sie hinaus zu begleiten.

Jo wandte sich um und wollte sich vom Earl verabschieden, doch dieser ging bereits in sein Büro zurück. Seine Weste war hervorragend geschnitten, und schmiegte sich an seinen bemuskelten Rücken, der keine Frage über seine Fitness offenließ. Noch nie hatte sie einen nackten männlichen Rücken gesehen – Matthias hatte sein Hemd immer angelassen, wenn er zu ihr – in ihr Schlafzimmer – gekommen war.

Als sie Knightons Stadthaus verließ, wurde ihr bewusst,

wahrscheinlich nie einen nackten Männerrücken zu Gesicht zu bekommen, es sei denn, sie hätte eine Affäre oder heiratete jemanden, der keine Kinder wollte oder bereits einen Erben hatte. Allerdings würde sie nicht darauf setzen, dass eines dieser Ereignisse eintreten würde. Schon früh hatte sie gelernt, dass das Leben voller Enttäuschungen war. Dass sich die Dinge jetzt ändern sollten, würde sie nicht erwarten.

KAPITEL DREI

ran trat in das Brooks's und fühlte sich ein bisschen zaghaft dabei. Noch nie war er in einem Herrenclub gewesen. Er hatte England verlassen, noch ehe er die Gelegenheit dazu hatte. Seine Brüder hatten ihn ganz bestimmt nie eingeladen, sie zu begleiten. Sie waren sich aus dem Weg gegangen und hatten ihn nach Möglichkeit ausgeschlossen, und ihre Eltern hatten sie nicht anderweitig ermutigt. Eigentlich hatte ihre Mutter ihnen ausdrücklich geraten, ihren jüngeren, schlecht gelaunten, *trotzigen* Bruder besser zu ignorieren.

Die Luft war dick vom Duft der Kerzen und den Geräuschen des geselligen Beisammenseins, die aus dem berühmten Gesellschaftsraum drangen. Ein Diener begrüßte ihn, und Bran schüttelte die dunklen, schmerzlichen Erinnerungen ab.

»Guten Abend«, grüßte Bran. »Der Herzog von Kendal erwartet mich.« Der Herzog hatte ihn eingeladen, und obwohl Bran lieber abgelehnt hätte, musste er sich in seine neue Rolle fügen. Es wäre von Vorteil, eine Bekanntschaft mit einem Herzog zu schließen. Im Grunde genommen würde es zwangsläufig zu der Bekanntschaft kommen, ob Bran nun wollte oder nicht, denn seine Tochter hatte entschieden, dass die Tochter des Herzogs das einzig Gute an England war.

Es schien also wichtig, dass Bran versuchte, eine Freundschaft mit dem Vater des Mädchens zu knüpfen. Denn für Evie würde er letztendlich alles tun.

Der Diener führte Bran durch den Gesellschaftsraum. Um ihn herum saßen die Männer in Unterhaltungen vertieft an Tischen oder sie tranken oder spielten. Einige schauten auf, als er an ihnen vorbeiging, und ihre Züge spiegelten eine Vielzahl von Ausdrücken wider, unter denen nicht ein einziger des Wiedererkennens war. Bran war überaus froh, dass er den Herzog nicht hier drin kennenlernen würde. Es war viel zu voll und Bran würde sich wahrscheinlich viel zu schnell aufregen.

Kurz bevor sie die Treppe erreichten, sprang ein Mann von einem der Tische auf und fing Bran ab. »Knighton, nicht wahr?«

Bran kannte den Mann nicht. »Ja.«

Der Gentleman, schlank und dunkelhaarig mit einem leutseligen Lächeln, sah zu dem Tisch, den er gerade verlassen hatte. »Wir dachten uns, dass Sie es sind. Ich bin Talbot. Ich kannte Ihre Brüder. Gute, freundliche Kerle. Wir vermissen sie schmerzlich.«

Unvermittelt wurde Bran von einer Welle der Abneigung erfasst. Wenn dieser Mann – und die anderen – Freunde seiner Brüder gewesen waren, war er nicht gewillt, sich ihre Gesellschaft zu wünschen. Außerdem waren »gut« und »freundlich« nicht die Worte, die Bran zur Beschreibung von John und Wynn benutzt hätte. Ihre Geburt lag kaum zwölf Monate auseinander, und sie waren wie unzertrennlich herangewachsen, was im brutalen Ausschluss ihres sechs Jahre jüngeren Bruders gipfelte. Es war nicht so, dass sie ihn einfach ignoriert hatten. Sie hatten sich extra bemüht, um sicherzustellen, dass ihm bewusst war, nicht erwünscht zu sein und dass er außerhalb ihres brüderlichen Kreises stand. Und gar nicht zu reden von dem Mädchen, das zehn Jahre nach Bran auf die Welt gekommen war. John und Wynn waren bis dann schon lange weg, unterwegs auf ihrer Grand Tour, die sie zusammen unternommen hatten. Bran hatte noch nicht einmal eine Grand Tour gehabt, zumindest nicht im traditionellen Sinne. Stattdessen hatte er einfach die Passage auf einem Schiff gebucht, ohne sich darum zu kümmern, wohin es ihn brachte, vorausgesetzt, es wäre weit weg von hier. Von ihnen.

»Danke.« Bran fiel nichts anderes ein, was er hätte sagen können. John und Wynn könnten zu freundlicheren Männern herangereift sein, aber er zweifelte daran. Sie hatten nicht ein einziges Mal den Versuch unternommen, eine Beziehung zu pflegen. Während seine Schwester ihm hin und wieder geschrieben hatte, hatten John und Wynn die Strategie seiner Ausgrenzung fortgesetzt. Oder vielleicht hatten sie seine Existenz einfach vergessen. Das konnte er sich sehr gut vorstellen.

Bran machte Anstalten, weiterzugehen, doch Talbot schnitt ihm noch ein bisschen weiter den Weg ab. »Sie waren die ganze Zeit über in den Tropen?«, fragte Talbot.

Bran nickte. »Ja.«

»Und jetzt sind Sie der Earl.« Talbot stieß die Luft zwischen seinen auseinanderklaffenden Vorderzähnen hervor. »Was für ein Glück für Sie.«

»Wollen Sie damit sagen, ich solle mich über den Umstand, dass meine Familie verstorben ist, freuen?« Bran starrte ihn an.

Talbots Gesicht lief schamrot an. »Ähm, nein. Natürlich nicht. Wie schon gesagt, vermissen wir Ihre Brüder sehr.« Erneut schweifte sein Blick zum Tisch und Bran bemerkte den flehenden Ausdruck in seinen Augen.

Während Talbot seine Aufmerksamkeit anderweitig fokussierte und ehe jemand dem Mann zu Hilfe kommen konnte, umrundete Bran ihn in einem eleganten Bogen. »Es war ein Vergnügen, Sie kennenzulernen, da bin ich mir sicher«, murmelte er. Er neigte den Kopf auffordernd in Richtung des Dieners, der innegehalten hatte, um auf ihn zu warten, und sie setzten ihren Weg zur Treppe fort.

Als Bran den oberen Treppenabsatz erreichte, zuckte er mit den Schultern. Er hätte so gut wie alles gegeben, um seinen Vater und seine Brüder zurück zu bekommen, doch nicht, weil er um sie trauerte. Nein, es ging darum, dass er lieber sein altes Leben zurück hätte. Und das Gefühl beunruhigte ihn. Er *sollte* traurig sein.

Vielleicht war er das gewesen. Seine Brüder waren zuerst verstorben – vor über einem Jahr. Er hatte die Nachricht etwa zwei Monate nach dem Bootsunfall erhalten, bei dem sie ertrunken waren und in diesem Moment war er der offensichtliche Erbe geworden. Keiner der beiden Brüder hatte einen Sohn, und ihr Vater würde nicht ewig leben. Das bedeutete, dass Bran gezwungen war, nach England zurückzukehren. Während er nur widerwillig Vorbereitungen traf, hatte er zwei Monate später einen weiteren Brief von seiner Mutter erhalten, in dem sie ihn über das Dahinscheiden seines Vater in Kenntnis setzte, der einem Zusammenspiel aus Fieber und Trauer erlegen war. Ihr zufolge hatte ihm der Verlust von John und Wynn das Herz gebrochen.

Bran zweifelte an der Fähigkeit seines Vaters zu einer solch emotionalen Tiefe. Mit absoluter Sicherheit hatte er davon nie etwas gezeigt. Bis Bran seine Frau verloren hatte und somit für Evie alleinerziehender Vater wurde, hatte er ebenfalls angenommen, zu solchen Emotionen nicht fähig zu sein.

Sie erreichten eine Tür, und der Diener klopfte leise an. Eine männliche Stimme rief: »Treten Sie ein.«

Der Diener öffnete die Tür und wartete, bis Bran an ihm vorbeiging. »Der ehrenwerte Earl of Knighton, Euer Gnaden.«

Der Herzog erhob sich. »Guten Abend, Knighton.«

»Abend, Euer Gnaden.« Bran lenkte seine Schritte in Richtung der Sitzecke, wo der Herzog sich von seinem Sessel erhob. Er schüttelte dem Mann die Hand.

»Kendal, wenn es Ihnen recht ist« Mit einem Wink bedeutete der Herzog Bran, sich zu setzen. »Ich freue mich, dass Sie heute Abend zu mir kommen konnten.«

»Ich weiß die Einladung zu würdigen.«

»Angesichts der unübersehbaren Unzertrennlichkeit unserer Töchter scheint dies notwendig zu sein.« Kendal lachte leise. »Becky bettelt jeden Tag darum, Evie sehen zu dürfen.«

»Bei mir Zuhause ist es genauso. Ich freue mich, dass sie eine Gefährtin gefunden hat. Diese Umsiedlung nach England ist schwierig gewesen.«

Kendal zog die Brauen zusammen. »Das kann ich mir vorstellen. Hätten Sie gern einen Whiskey? Oder Brandy?«

»Rum haben Sie wahrscheinlich nicht, vermute ich?«, fragte Bran.

»Ich hätte mir denken sollen, dass dies Ihre Wahl wäre. Doch ich fürchte, ich habe keinen.«

»Ich werde Ihnen eine Kiste schicken, wenn es Ihnen recht ist. Ich habe jede Menge und sehr bald wird noch mehr ankommen.« Wenigstens den Geschmack von Barbados brauchte er. »Ich nehme Whiskey. Es ist schon eine Weile her, dass ich einen guten Tropfen genossen habe.«

Kendal erhob sich und formte seine Lippen zu einem

Lächeln. »Ich habe genau den richtigen.« Er ging zum Buffet hinüber und schenkte ein Glas davon ein, um es Bran zu überreichen. Er streckt die Hand zum Tisch neben seinem Sessel aus, auf dem sein eigenes Glas stand. Er hob es und sah zu Bran. »Auf neue Bekanntschaften.«

Bran hob seinen Whiskey ebenfalls. »Und glückliche Töchter.«

»Ja, *das* ist es.« Kendal hob die Augenbrauen, ehe er einen Schluck trank und sich in dem Sessel niederließ. »Es sei ein schwieriger Übergang gewesen, sagten Sie. Nora berichtete mir, dass Sie kürzlich ein Kindermädchen eingestellt haben. Das sollte bei diesen Dingen helfen.«

»Das hat es bereits.« Vor ein paar Tagen hatte Mrs. Poole ihre Stellung angetreten. Anfangs hatte Evie sich ein wenig zurückgezogen und war reserviert gewesen. Schließlich hatte sie verraten, sich komisch zu fühlen, weil sie Mrs. Poole mochte, die sehr freundlich und warmherzig mit Evie war. Bei einer Unterhaltung mit ihr darüber, hatte Bran festgestellt, dass Evie sich schuldig fühlte, weil Mrs. Poole Amalie ersetzen würde. Niemand könne das tun, hatte Bran ihr erklärt. Daraufhin hatten sich die Dinge deutlich verbessert.

»Ihre Tochter hat ebenfalls geholfen«, erklärte Bran. »Für Ihre Gastfreundschaft bin ich sehr dankbar. Nun, da Mrs. Poole im Haus ist, sollte Becky einmal zu uns zu Besuch kommen.« Erst gestern hatte Evie ihn zum dutzendsten Mal damit in den Ohren gelegen, dass Becky zu ihnen nach Hause kommen sollte. Sie wollte Becky all die Dinge zeigen, die sie aus Barbados mitgebracht hatte.

»Ich bin mir sicher, dass Becky begeistert wäre. Ich werde Nora bitten die Verabredungen zu arrangieren. Er nippte an seinem Whiskey, bevor er das Glas wieder auf den Tisch stellte. »Wer kümmert sich um so etwas für Sie, Ihr Sekretär?«

»Nein.« Bran konnte sehen, was er dachte. Kendal hatte

eine Frau, die sich solcher Kleinigkeiten annahm. »Ich kümmere mich um alles, was mit Evie zu tun hat. Obwohl ich jetzt, da ich Mrs. Poole habe, einen Teil dieser Verantwortung übertragen kann.«

»Ich habe gehört, dass meine Schwägerin Joanna Ihnen bei der Einstellung zur Seite gestanden hat? Nora hat bedauert, dass sie Ihnen nicht helfen konnte. Christopher hatte eine leichte Erkältung.«

In den vergangenen Tagen hatte Bran mehrere Male an Mrs. Shaw gedacht. Seit sie die Bewerbungsgespräche durchgeführt hatten, war Evie zweimal im Haus der Kendals gewesen, doch Bran hatte Mrs. Shaw zu keiner der beiden Gelegenheiten angetroffen. Vielmehr hatte er von ihr nichts mehr über die Einstellung einer Gouvernante gehört. »Ja, Mrs. Shaw war sehr hilfsbereit. Sie will mich nächstens auch bei der Suche nach einer Gouvernante unterstützen. Ich habe erfahren, dass auch Sie nach einer Kandidatin suchen, also werde ich es mir zur Aufgabe machen, Ihnen nicht diejenige wegzuschnappen, die Sie haben wollen.«

Kendal brach in ein schallendes Gelächter aus. »Das ist eine Unterhaltung, die zu führen ich mir nie vorgestellt hätte.«

»Sie hatten nicht geglaubt, einmal Kinder zu haben?«

»Ich hatte wirklich nicht alles bedacht, was mit der Elternschaft einhergeht. Nicht nur die Verantwortung, sondern die überwältigende Emotion.« Er blickte finster drein, als er nach seinem Glas griff und noch ein Schluck daraus trank. »In der Regel spreche ich über solche Dinge nicht.«

Er hätte nichts sagen können, was Bran ein größeres Wohlgefühl bereitet hätte. »Ich auch nicht, und ich fühle mich ganz genauso.« Er hob sein Glas zu einem stillen Toast.

Kendal legte den Kopf schief, als ein Klopfen an der Tür den Augenblick unterbrach. Er wandte den Blick in die Richtung, aus der das Geräusch kam. »Ich hoffe, Sie haben nichts dagegen, aber ich habe ein paar Freunde eingeladen, sich uns anzuschließen.«

Bran war sofort angespannt. Ein »paar Freunde« war keine Menschenmasse, doch trotzdem waren sie Fremde, und er fing gerade erst an, sich mit dem *einen* Fremden wohlzufühlen. Einem ehemaligen Fremden, so vermutete er.

»Natürlich nicht«, flunkerte er. »Ich werde nicht mehr lange bleiben.« Er nahm noch einen Schluck von seinem Whiskey, doch er trank das Glas nicht ganz leer.

»Zum Teufel, ich hatte nicht die Absicht, Sie zu vertreiben.« Kendal sah Bran mit einem neugierigen Blick an. »Ich kann sie bitten, wieder zu gehen. Sie sind von der guten Sorte und werden wieder abziehen, wenn ich es ihnen sage.«

Bislang hatte Bran Kendals Gesellschaft genossen, also beschloss er, es zumindest zu versuchen. Wenn er sich unwohl fühlte, würde er eben gehen. »Nun, wenn sie von der Sorte sind, denen Sie auftragen können, wieder Leine zu ziehen, wie könnte ich dann einfach gehen?«

Kendal lächelte, als ein weiteres Klopfen ertönte. »Herein!«

Der Diener öffnete die Tür, und drei Männer traten über die Schwelle ein.

»Es wird auch verdammt Zeit«, beschwerte sich ein dunkelhaariger, athletisch gebauter Herr mit einem Grinsen.

»Wir waren mitten in eine Unterhaltung vertieft«, verteidigte sich Kendal und kniff finster die Augen zusammen, doch sein Tonfall war humorvoll. »Und wie zum Teufel seid ihr drei zusammen hier angekommen?«

»Ich habe sie abgeholt«, erklärte der andere dunkelhaarige Herr. Er hatte ein sardonisches Lächeln auf den Lippen und besaß den selbstbewussten Blick eines Menschen, der genau wusste, wer er war und sich nicht entschuldigte. Bran hatte gehofft, eines Tages diese Aura zu besitzen, doch bereits im

Alter von zwölf Jahren hatte er diesen Traum aufgegeben, als er von seiner Familie für vollkommen hoffnungslos erklärt worden war.

Lächelnd sah Kendal zu Bran. »Knighton, erlauben Sie mir, Ihnen den Herzog von Clare vorzustellen.« Er deutete auf den selbstbewussten Gentleman, der gerade gesprochen hatte. »Wir nennen ihn West, und ob er Ihnen das nun gestattet oder nicht, werden Sie das auch tun. Und das ist der Earl of Dartford. Wir nennen ihn Dart.« Er wies auf den anderen, der davor gesprochen hatte, ehe er auf den dritten Gentleman, einen großen Blonden, zeigte. »Und dies ist schließlich der Earl of Sutton. Er ist einfach Sutton. Und manchmal eine Nervensäge. Aber andererseits sind sie das alle.«

Dartford setzte eine unschuldige Miene auf. »Ich dachte, du magst uns aus diesem Grund.«

Kendal verdrehte die Augen, während sich ein kleines Lächeln auf seinem Gesicht widerspiegelte. »Schenkt euch etwas Whiskey ein, und füllt unsere Gläser nach, während ihr schon dabei seid.«

Clare – oder besser West – verneigte sich. »Zu Euren Diensten, Euer Gnaden.« Er schlenderte hinüber zum Buffet und kümmerte sich um die Getränke.

Sutton trat vor und schüttelte Bran die Hand. »Ich bin erfreut, Sie kennenzulernen. Ich denke, wir sollten Sie wieder in England willkommen heißen.«

»Ja, vielen Dank.«

»Ich bedaure die Verluste, die zu Ihrer augenblicklichen Situation geführt haben.« Suttons Ton besaß eine ernste, nachdenkliche Qualität, die in Talbots Bemerkung zuvor gefehlt hatte.

»Niemand ist darüber betrübter als ich«, erklärte Bran.

»Dessen bin ich mir sicher. Die Familie ist das Wichtigste.«

Bran konnte dem nur absolut zustimmen – denn dabei handelte es sich um Evie. Im Hinblick auf seine übrige Familie verspürte er das komplette Gegenteil. Seine Mutter würde irgendwann nächste Woche eintreffen und allein der Gedanke daran, sie zu sehen, drohte, bei ihm einen Anfall von Juckreiz auszulösen. Also entschloss er sich, nicht an sie zu denken.

West übergab die gefüllten Gläser an Sutton und Dartford und dann schenkte er Kendal und Bran etwas Whiskey nach. Der Dekanter leerte sich. »Nun, das ist bedauerlich«, erklärte West.

Kendal winkte ab. »Dort drüben ist noch ein weiterer, und der Diener wird ihn wieder auffüllen.« Er warf Bran einen amüsierten Blick zu. »Oder wir können nach der Kiste Rum aus Knightons Haus schicken lassen, die er mir versprochen hat.«

Dartfords Augenbrauen hoben sich. »Rum, sagen Sie?«

»Von meiner Brennerei auf Barbados.«

»Wenn Sie zufällig eine weitere Kiste herumstehen haben, schicken Sie sie an meine Adresse«, bat West. »Ich kann Spirituosen weiß Gott gut gebrauchen. Ivy laugt mich aus. Was ist es bloß, das eine Frau so unersättlich macht, wenn sie ein Kind trägt?«

Die drei Männer nahmen unterschiedliche Plätze ein, und Dartford machte es sich in einer Ecke des Sofas bequem. Er nippte an seinem Whiskey, und seine Mundwinkel zuckten. »Du sagst das so, als sei dies eine schlechte Sache, West«, bemerkte Dartford. »Angesichts deiner Schwächen sollte ich wohl davon ausgehen, dass dir das eigentlich *gefallen* müsste.« Dartford sah Bran an. »Er besitzt einen ausnehmend charmanten Spitznamen. Alle nennen ihn den Herzog der Begierde.«

Bran wäre bei so etwas zusammengezuckt, doch West verzog die Lippen zu einem selbstzufriedenen Lächeln.

»Früher hatte er einmal einen eher skurrilen Ruf«, erklärte Dartford. »Doch heute ist er ein hingebungsvoller Ehemann mit einer scheinbar anspruchsvollen Frau.« Mit erhobener Augenbraue blickte dieser West an. »Ich würde mich nicht beschweren, wenn ich du wäre. Du wirst an einen Punkt kommen, an dem deine Frau so unbehaglich ist, dass der kleinste Hinweis auf sexuelles Interesse sie in Aufruhr versetzen wird.«

Kendal nickte. »Nora hat sich mit Becky so verhalten, aber sie war eher wie Wests Frau, als sie mit Christopher schwanger war. Wir werden sehen, was dieses Mal passiert.« Er wackelte mit den Augenbrauen, als ein Stolz erfülltes Lächeln auf seinem Gesicht aufleuchtete.

Diese Neuigkeit wurde von allen mit herzlichsten Glückwünschen aufgenommen.

»Machen Sie es mir verständlich«, bat Bran. »Sie« – er zeigte er auf Kendal – »und Sie« – er wies auf West – »und Sie«, er deutete auf Dartford, »erwarten alle Kinder?«

»Und ich«, erklärte Sutton. »Tatsächlich brechen wir morgen nach Sutton Park auf, um dort die Geburt zu erwarten.«

»Wir werden am Tag danach abreisen«, verkündete Dartford. »Obwohl Lucy mir mehr als einmal zu verstehen gegeben hat, dass Aquilla uns eingeladen hat, nach Sutton Park zu kommen, damit sie zusammen sein können.« Dartford schüttelte den Kopf und sah zu Bran hinüber. »Unsere Frauen sind die besten Freundinnen – zusammen mit Wests und Kendals Frauen.«

»Also mussten Sie vier Freunde sein«, stellte Bran ironisch fest.

Sie lachten alle. »Ja, das nehme ich wohl an«, gestand Sutton ein. »Zum Glück sind diese Gentlemen nicht halb so irritierend wie der Rest der feinen Gesellschaft.«

Bran bekam das gleiche Gefühl und war mehr als erleichtert. Ihre unkomplizierte Kameradschaft und offensichtliche Zuneigung zueinander war herzerwärmend und ihm ziemlich fremd. Bis Bran sich auf Barbados niedergelassen hatte, hatte er nie einen Freund besessen und nun hatte er sie – in Wirklichkeit nur ein paar wenige – zurückgelassen. Alle außer Hudson, seinem treuen Kammerdiener. Könnte man einen Kammerdiener als Freund betrachten? Bran tat es, und verdammt seien die »Regeln«.

»Also ja, um Ihre Frage zu beantworten«, sagte Dartford, »offenbar stehen wir alle knapp davor, Väter zu werden.« Er hob sein Glas in Richtung Kendal. »Und für einen von uns schon zum zweiten Mal«

Ein Stich der Wehmut traf Bran. Er war vollkommen überwältigt gewesen, als Evie in sein Leben getreten war. Er hatte Zuneigung für seine Frau empfunden, doch das war nichts im Vergleich zu der Liebe, die er für seine Tochter verspürte. Er hatte sich darauf gefreut, das noch einmal zu erleben, vielleicht mit einem Sohn, doch zwei Jahre nach Evies Geburt war seine Frau gestorben.

»Ihr Leben wird nie wieder dasselbe sein«, bemerkte Bran.

»Gott sei Dank«, antwortete West. »Ich will mein altes Leben nicht.«

Als er den Blick für einen Moment senkte, war Dartforts Antwort noch leiser. »Amen.«

»Werdet nicht so rührselig«, warnte Kendal. »Ihr werdet Knighton noch vertreiben, und ich mag ihn eher. Wenn schon nichts anderes, ist es zwingend, dass seine Tochter ihre Freundschaft mit meiner Tochter fortsetzt. Allein dafür werdet ihr euch alle benehmen.«

Bran hatte Dartfords kurzer Gefühlsausdruck nichts ausgemacht – was auch immer das gewesen war – und biss sich auf die Zunge, ehe er noch zur Verteidigung des Mannes einsprang. Seine Erfahrung mit männlichen Freundschaften war nicht groß, aber er konnte spüren, dass Kendals Bemerkung von freundschaftlich neckender Natur war. Und da war es wieder. London schien ein freundlicherer Ort zu sein als in seiner Erinnerung. Oder er hatte sich möglicherweise verändert. Es war immerhin fünfzehn Jahre her, dass er fortgegangen war. Damals war es ein anderes Leben gewesen.

Die Unterhaltung verschob sich auf die bevorstehende Vaterschaft, wobei Kendal und Bran Ratschläge anboten, zumal es darum ging, die letzten Tage vor der Niederkunft ihrer Frauen zu überstehen.

»Sie werden alle verdammt elend sein«, erklärte Kendal. »Das ändert sich nie.«

Bran räusperte sich. »Eigentlich war meine Frau das nicht. In Wahrheit besaß sie bis zum Zeitpunkt von Evies Geburt eine irrsinnig große Menge an Energie.« In seiner Fantasie tauchte ein Bild seiner blassen Frau mit ihren großen, strahlenden Augen auf. Er erinnerte sich nur selten an ihr Gesicht. Warum war das bloß so?

»Aquilla ist genauso«, meinte Sutton. »Zumindest vorerst. Zusammen mit dem Personal macht sie Hausputz.« Er lachte. »Ich kann sie nicht bremsen.«

»Was ist mit Ihrer Frau passiert?«, fragte West. »Wenn es Sie nicht stört, darüber zu reden.«

Normalerweise *würde* Bran das sehr wohl stören, doch er musste sich eingestehen, sich in Anwesenheit dieser Männer wohlzufühlen. »Sie starb vor etwa vier Jahren an Fieber.«

Sutton sah ihn mitfühlend an. »Das tut mir so leid. Sie haben eine ganze Menge Verluste erlitten.« Er sah zu Dartford hinüber, der den Blick auffing und sich kurzzeitig zu versteifen schien. In diesem Moment wurde Bran klar, dass Dartford etwas Ähnliches erlebt hatte. Es war ihm auch sogleich bewusst, dass Dartford dies weit mehr beeinflusste als ihn. Er hatte nicht die Absicht, ihn danach zu fragen.

Kendal räusperte sich und damit war die plötzlich angespannte Atmosphäre gebrochen. »Es scheint, dass unser neuer Freund hier vielleicht einer Frau bedürfen könnte.« Er machte die Beine lang und kreuzte die Knöchel. »Oder ziehen Sie es vor, lieber Junggeselle zu bleiben?«

»Ich sollte wenigstens versuchen, einen Erben hervorzubringen.«

»Hmm, er klingt nicht überzeugt«, bemerkte Dartford und gewann seine frühere Unbeschwertheit zurück.

Vielleicht, weil dem nicht so war. Er hatte wieder heiraten und mehr Kinder haben wollen, aber jetzt schien es, als würde er dies *tun müssen*. Er dachte an die Eheanbahnungen zurück, die seine Mutter in die Wege geleitet hatte, als seine Brüder auf Brautschau waren. Sie hatten kaum einen Einfluss auf die Auswahl gehabt und bekamen schließlich Ehefrauen, die ihr Ansehen verbesserten und ihr Vermögen vergrößerten. Bran hegte den Verdacht, dass er sich davor fürchtete, in dieselbe Falle zu tappen, obwohl er ganz bestimmt nicht daran dachte, seiner Mutter zu gestatten, ihm in irgendeiner Weise zu helfen. Eigentlich war Evies Wunsch, ihre Großmutter kennenzulernen, der einzige Grund, warum er sich bereit erklärt hatte, sie überhaupt zu treffen. »Jetzt, da ich Earl bin, scheint Heiraten einen anderen Stellenwert zu haben. Es fühlt sich plötzlich wie eine Anforderung an.«

»In gewisser Weise ist das wohl auch so, denke ich«, entgegnete Sutton. »Ich hatte sehr spezifische Anforderungen an meine Gräfin.«

»Ja, aber er ist ein Sonderfall.« Dartford trank seinen Whiskey aus. »Er hatte gute *Gründe* für seine Anforderungen. Manch einer unter uns hatte nicht geplant, zu heiraten, doch dann stellten wir fest, dass wir es einfach tun mussten.«

Sowohl Kendal als auch West nickten. »Wir haben uns Hals über Kopf verliebt«, erklärte West.

Kendal grinste wie ein liebeskranker Bursche. »Auf grässlichste Weise.«

Bran hatte so etwas noch nicht erlebt. Er hatte Louisa geheiratet, weil er sie gemocht und bewundert hatte. Und weil sie die einzige junge Frau auf Barbados war, für die er wenigstens so viel empfunden hatte. »Der Heiratsmarkt auf Barbados ist nicht so wie hier. Ich wüsste nicht einmal, wo ich anfangen sollte.«

»Das müssen Sie vielleicht auch gar nicht«, gab West zurück. »Manchmal findet die Liebe Sie ganz einfach.«

Sutton schnaubte. »Ja, nun, wir haben nicht alle so ein Glück wie Du.« Er sah zu Dartford hinüber. »Oder du.« Er richtete sich auf und strich sich mit einer glättenden Handbewegung über das Revers. »Manche von uns haben unangemessen viel Zeit mit der Teilnahme an gesellschaftlichen Veranstaltungen verbringen müssen, um genau die richtige Frau zu finden.«

Kendal erschauderte. »Gott sei Dank habe ich das nicht tun müssen.« Er richtete den Blick auf Bran. »Ich verabscheue gesellschaftliche Veranstaltungen. Ich besuche nur selten welche.«

West lachte leise. »Es ist eigentlich eher ironisch, da er in seiner Jugend ein echter Racker war. Doch dann zog er sich zurück und wurde ›Der verbotene Herzog‹.«

Vor Verblüffung blinzelnd sah Bran zu Kendal. »Der verbotene Herzog?«

Kendal nickte. »Genau das. Ich denke, es ist wirklich der Schillerndste unserer Titel. Weitaus respektabler und gebieterischer als der Herzog der Begierde. Oder der Wagemutige Herzog.« Sein Blick schweifte zu Dartford.

»Ich weiß nicht recht, aber das lässt mich ziemlich aufgeweckt klingen.« Dartford verzog den Mund zu einem trägen Lächeln, und seine Augen tanzten vor Vergnügen.

»Haben Sie alle Spitznamen?«, fragte Bran, während sein Blick auf Sutton gerichtet war. »Abgesehen von Ihnen.«

»Oh nein, er hat auch einen«, widersprach West. »Er ist der Herzog der Täuschung.« Bran öffnete den Mund, um sich nach dem Grund dafür zu erkundigen, doch West hob die Hand. »Das ist eine lange Geschichte und es ist Suttons Sache, sie zu erzählen. Es reicht zu sagen, dass er ihn nicht mag, während ich meinen Spitznamen verehre.« Und wieder setzte er ein selbstzufriedenes Lächeln auf.

Bran würde es auch nicht mögen. »Wer denkt sich nur diesen Unsinn aus?«

Sie sahen sich mit vielsagenden Blicken an und prompt brachen sie in Gelächter aus.

»Können Sie glauben, dass es unsere Frauen gewesen sind?«, fragte Dartford. »Sie waren Mauerblümchen und amüsierten sich, indem sie uns betitelten. Eine Zeitlang blieben die Spitznamen ihr Geheimnis, doch im Laufe der Zeit wurden sie irgendwie bekannt. Obwohl ich ziemlich sicher bin, dass Kendals und Wests Spitznamen bei weitem die berüchtigtsten sind.«

»Wie entsetzlich«, erklärte Bran, während sein Halsmuskel zuckte.

West tat das Ganze mit einem Schulterzucken ab. »Ich habe nichts dagegen einzuwenden, zumal die Sache von unseren Frauen ausging. Ich würde mir keine Sorgen machen, wenn ich Sie wäre, Knighton. Ich bezweifle sehr, dass Sie einen Spitznamen erhalten haben. Kein Mensch weiß etwas über Sie.«

Und Bran hoffte, dass es so blieb. Mit einem Gefühl der Erleichterung stieß er die Luft aus. »Ich verabscheue diese Aura des *berüchtigt sein*.«

Sutton hielt sein Glas hoch. »Hört, hört.«

»In der Tat«, stimmte Kendal zu. »Hört zu, Jungs, unser neuer Freund weiß nicht, wo er anfangen soll, nach einer

Gräfin zu suchen. Es ist an uns, ihm zu helfen.« Er sah West an. »Offenbar bleiben nur du und ich, da diese beiden uns verlassen.«

»Es tut mir so leid«, bemerkte Sutton daraufhin und klang nicht im mindesten betrübt.

»Und wenn du sagst: Du und ich«, meinte West zu Kendal, »meinst du nur mich.«

Kendal zog die Mundwinkel zu einem scharfen, spöttischen Lächeln nach oben. »Genauso ist es.«

West verdrehte die Augen, ehe er Bran ansah. »Ich werde Ihnen helfen.«

»Niemand ist für diese Aufgabe besser geeignet«, stellte Sutton mit einem Anflug von Erheiterung in der Stimme fest.

Bran war überrascht, dass er ihnen nicht erklärte, ihrer Bemühungen zur Anbahnung einer Ehe nicht zu bedürfen. Aus welchen Gründen auch immer fühlte er sich nicht unbehaglich. Diese Männer vereinte eine Kameradschaft, die ihm seine Brüder in Erinnerung rief, und dennoch waren diese Gefährten weitaus gutmütiger. Bran fühlte sich, als würde er dazugehören anstatt sich ständig als Außenseiter der Gruppe zu sehen. Aus diesem Grund beschloss er, seine angespannte Wachsamkeit ein wenig mehr als üblich zu lockern. »Meine Tochter würde von einer Mutter profitieren, denke ich.« Er dachte an seine eigene und rasch fügte er einen erklärenden Zusatz hinzu. »Einer guten, fürsorglichen Mutter.«

»Ah-ha«, rief Dartford mit Blick auf Sutton aus. »Er hat Anforderungen … genau wie du.«

Kendal schüttelte den Kopf. »Ich glaube kaum, dass die Eigenschaften gut und fürsorglich etwas Besonderes sind — jeder vernünftige Mann würde dasselbe wollen.«

Gut und fürsorglich waren etwas *ganz* Besonderes. Und mit weniger würde Bran sich nicht zufrieden geben. »Ich sollte vermutlich einer Witwe den Vorzug geben, vielleicht jemandem mit Kindern. Ich interessiere mich nicht für eine junge Debütantin, die gerade frisch von ihrer Gouvernante entlassen worden ist.«

»Ich mache Ihnen keinen Vorwurf«, antworte West. »Reife ist eine schöne Sache.« Er lächelte breit.

»Seine Frau ist *reif*«, erklärte Dartford.

»Keine unserer Frauen war noch in der ersten Blüte der Jugend«, sagte Sutton. »Und Gott sei Dank dafür. Sie sind auf dem richtigen Weg, Knighton. Ich hoffe, dass die Angelegenheit für Sie reibungsloser abläuft als für mich. Es hat mich Jahre gekostet, Aquilla zu finden. Beschämenderweise hat sie die ganze Zeit direkt vor meiner Nase gestanden.«

Als Bran über die jahrelange Suche nachdachte, die eventuell erforderlich sein würde, um eine neue Frau zu finden ... begann seine Haut zu jucken. Vielleicht war das keine gute Idee. Sicherlich konnte er eine Frau finden, ohne einer endlosen Parade von Bällen und Zusammenkünften und was nicht alles für einen Unsinn beizuwohnen.

»Auf Almack können wir, glaube ich, ganz verzichten«, erklärte West. »Das ist eine verdammte Zeitverschwendung.« Er wandte den Kopf zu Bran. »Am Freitag geben die Harcourts einen Ball. Haben Sie eine Einladung erhalten?«

»Ich weiß es nicht.« Gemäß seinem Sekretär hatte er mehrere Einladungen erhalten, doch Bran hatte sie sich nicht angesehen. »Ich werde das nachprüfen.«

»Falls Sie keine bekommen haben, werde ich Ihnen eine besorgen. Ich bin sicher, Lady Harcourt wird begeistert sein, den neuen Earl of Knighton zu seinem Debüt einzuladen.«

Bran zuckte innerlich zusammen. Er wünschte keine große Aufmerksamkeit. Aber er musste einsehen, dass er es nicht ganz umgehen konnte. Er würde sich einfach die größte Mühe geben, sich so uninteressant wie möglich zu machen. Verdammt, seine Krawatte fühlte sich zu eng an und das Hemd, das der neue Schneider angefertigt hatte, wurde seinen Anforderungen nicht gerecht – da war schon wieder dieses Wort. Die Nähte an den Schultern waren zu sperrig. Der Schneider müsste sie neu machen und wenn er nicht das notwendige Ergebnis erzielen könnte, wäre seine vorübergehende Einstellung zu Ende.

Bran trank seinen Whiskey aus, erhob sich und stellte das geleerte Glas auf das Buffet. Er drehte sich zu Kendal herum. »Ich danke Ihnen für Ihre Gastfreundschaft.«

»Sie wollen bereits gehen?«, fragte Dartford erstaunt. »Die Nacht ist jung. Wir haben noch nicht feststellen können, wie geschickt Sie beim Kartenspiel sind.«

»Ich spiele nur selten.« Auf Barbados war er immer zu beschäftigt für solche Dinge gewesen. »Es war ein Vergnügen, Sie alle kennenzulernen. West, ich sende Ihnen eine Nachricht bezüglich des Harcourt Balls.«

West nickte. »Auf Wiedersehen, Knighton.«

Bran verließ den Club und rasch durchquerte er den Abonnement-Raum. Als er es sich schließlich in seiner Kutsche bequem gemacht hatte, riss er sich die Krawatte vom Hals und befreite sich von seinem Frack. Er zerrte an seinen Hemdsärmeln, unterbrach jedoch abrupt sein Unterfangen, sich von der restlichen Kleidung oberhalb seiner Taille zu befreien.

»Es ist für einen Gentleman unangemessen, sich vor einer Dame zu entkleiden.«

Mrs. Shaws Worte drifteten durch seine Erinnerung. Sie hatte bieder geklungen, aber er hätte schwören können, dass dort ein Funke Glut in ihrem Blick gewesen war. Oder zumindest Interesse. Er mag sie womöglich schockiert haben, aber er war nicht überzeugt, ob sie es vielleicht nicht gemocht hatte.

Er dachte an West, der ihm helfen würde, eine Frau zu finden. Ein Gefühl des Widerwillens zog ihm die Eingeweide zusammen. Er bezweifelte, dass es eine einzige Frau in

England gab, die ihn nicht für unangemessen oder sonderbar oder geradezu bedrückend halten würde. Louisa hatte sich anfangs unbehaglich mit ihm gefühlt, aber sobald sie eine Routine etabliert hatten, hatte sie seine Marotten akzeptieren können, auch wenn sie sie nicht verstanden hatte.

Wie gern würde er eine Frau finden, die zu all dem imstande wäre.

KAPITEL VIER

Jo betrat den Salon, um sich zu ihrer Schwester zu gesellen. »Entschuldigung, ich habe dich warten lassen. Die Mädchen haben mir ein kleines Theaterstück vorgeführt, das sie sich ausgedacht haben.«

Nora sah vom Tisch auf, auf dem mehrere Blatt Papier gestapelt waren, wobei es sich wahrscheinlich um Empfehlungsschreiben für die Gouvernante handelte, die Nora einzustellen überlegte, denn sie hatten sich über dieses Thema unterhalten wollen. Nora lächelte Jo an und ihre Augen tanzten vor Vergnügen. »War es dasjenige mit der Dienstmagd, die den Prinzen heiratet?«

»Ja. Die kleine Bühne, die Titus für die Puppen gebaut hat, ist entzückend.«

»Ich liebe all die Stimmen, die sie imitieren«, erklärte Nora. »Evie spricht für die Rolle des Königs mit so tiefer Stimme.«

Jo schmunzelte, als sie sich neben Nora niedersetzte. »Die beiden haben ein Gespür fürs Theatralische.«

»Ich bin einfach nur so froh, dass sie einander haben.

Jetzt muss ich einen Freund für Christopher finden.« Der Junge schlief gerade, doch in jedem wachen Moment trottete er hinter seiner Schwester und ihrer Freundin her. Manchmal waren die Mädchen gern bereit, ihn zu belustigen – vor allem dann, wenn er sich als eifriger Zuschauer für eines ihrer Puppenspiele erwies – und andere Male ignorierten sie ihn rücksichtslos. Dies sei der Lauf der Dinge, nahm Jo an, doch sie konnte sich an keine Zeit erinnern, da sie und Nora nicht miteinander gespielt hatten.

Jo warf einen kurzen Blick auf die Papiere. »Hast du bei diesen hier Glück gehabt?«

»Es sind einige hervorragende Kandidatinnen darunter.« Mit einem kurzen Nicken deutete sie auf einen kleinen Stapel zu ihrer Linken.

»Nur ein paar?«, fragte Jo, während sie an Lord Knighton und seinen Wunsch dachte, ebenfalls eine Gouvernante einstellen zu wollen.

»Bislang ja. Es sind drei darunter, mit denen ich gern ein Vorstellungsgespräch führen möchte. Eine der Bewerberinnen scheint besonders vielversprechend – sie ist die jüngste Tochter einer der engsten Freundinnen von Lady Satterfield.« Nora legte den Kopf schief und das aus dem Fenster hereinfallende Licht verfing sich in den Rottönen ihres rostbraunen Haars. »Manchmal frage ich mich, was passiert wäre, wenn ich eine Anstellung als Gouvernante anstatt einer Gesellschaftsdame angenommen hätte. Ich hatte darüber nachgedacht.«

Vor sechs Jahren, nachdem ihr Vater ihr gesamtes Vermögen verloren hatte, war Nora nach London zurückgekehrt, denn sie war nun gezwungen, sich nach einer Beschäftigung umzusehen. Jo hätte ihre Schwester aufgenommen, doch ihr Ehemann hatte darauf beharrt, dass Noras skandalöses Verhalten neun Jahre zuvor in einem Pfarrhaus nicht toleriert werden konnte.

Nora hatte nichts weiter getan, als einem Gentleman zu gestatten, sie zu küssen. Leider hatte sie jemand dabei beobachtet, womit Noras Ruf sehr wirksam zerstört worden war. Das wiederum hatte Jos eigene Optionen beschränkt. Sie konnte keine eigene Saison haben, und sie hatte das Glück, ein Heiratsangebot von Matthias Shaw zu erhalten.

Neun Jahre später fühlte Jo sich nicht besonders glücklich. Nein, Nora war diejenige, deren Träume in Erfüllung gegangen waren. Aber wäre dies geschehen, hätte sie einen anderen Weg eingeschlagen? »Du musst wohl dazu bestimmt gewesen sein, eine Gesellschaftsdame zu sein – und ganz besonders Lady Satterfields Gesellschaftsdame«, erklärte Jo. Denn das hatte dazu geführt, dass Nora ihren Mann kennengelernt hat.

Lächelnd schüttelte Nora den Kopf. »Ja, vermutlich war es Schicksal.« Aus leicht zusammengekniffenen Augen sah sie Jo an. »Bei Gouvernanten und Gesellschaftsdamen frage ich mich immer, ob sie Freude an ihrer Aufgabe haben oder ob ihnen einfach keine andere Wahl offensteht. Unglücklicherweise denke ich, dass Letzteres der Fall ist.«

»Hatte nicht deine Freundin, die Herzogin von Clare, beschlossen, eine Gesellschaftsdame zu sein?« Jo hatte sie ein paar Mal getroffen und erfahren, dass sie in ihrer Stellung ziemlich zufrieden gewesen war, bis sie ihren Mann kennengelernt hatte.

»Ja, und Aquilla hatte vor, ebenfalls diesen Weg einzuschlagen, bis sie Sutton kennengelernt hat«, entgegnete Nora und zog ein weiteres Schreiben aus dem Haufen, das sie obenauf legte und überflog. »Aber ich bin immer noch nicht davon überzeugt, dass dies tatsächlich ihre Wahl gewesen wäre – wenn Frauen überhaupt eine Wahl haben«, antwortete sie mit einem Anflug von Spott.

Jo wusste, dass Nora sich von ihrem Fehler in die Falle gelockt gefühlt hatte und die skandalöse Situation den betreffenden Gentleman damals jedoch kaum beeinträchtigt hatte. Ja, Frauen hatten zahlreiche Ungerechtigkeiten zu erleiden und in der Regel wurde ihnen nicht viel Unabhängigkeit gewährt. Als Witwe besaß Jo jedoch nun ein Minimum an Freiheit, und sie wusste, keiner finanziellen Sicherheit zu bedürfen. Das hatte Nora ihr garantiert.

Dennoch gab es Jo das Gefühl, ein wenig nutzlos zu sein, wenn sie sich auf ihre Schwester verließ und sich als fremdes Mitglied in ihrem Haushalt einnistete. Und gelangweilt. Sie war daran gewöhnt gewesen, ihren eigenen kleinen Haushalt zu führen. Wie Nora gesagt hatte, waren Jos Möglichkeiten begrenzt. Wahrscheinlich könnte sie sich irgendwo außerhalb von London ihren eigenen kleinen Haushalt einrichten, doch das klang ziemlich einsam. Sie konnte versuchen, noch einmal zu heiraten, aber sie musste einen Mann finden, der nichts dagegen hätte, dass sie unfruchtbar war, und das schien unwahrscheinlich. Außerdem hatte sie absolut nicht die Absicht, jemanden zu heiraten, in den sie nicht leidenschaftlich und hoffnungslos verliebt war. Es gab absolut keinen Grund für sie, sich auf irgendetwas anderes einzulassen. Wenn ihre enttäuschende Ehe zu nichts weiter geführt hatte, so hatte sie wenigstens dafür gesorgt, dass sie nicht noch einmal dieselbe Wahl treffen musste.

Vielleicht sollte sie Gesellschaftsdame oder Gouvernante werden. Das wäre nicht langweilig oder einsam. Und wenn sie eine Gouvernante wäre, könnte das ihren Wunsch ausfüllen, Kinder zu haben. Die Idee setzte sich in Jos Verstand fest und nahm ihn leidenschaftlich in Besitz. »Was wäre, wenn ich Gouvernante würde?«, platzte sie heraus.

Ruckartig riss Nora den Kopf hoch und starrte Jo an. »Meinst du das ernst?«

Jo hob eine Schulter. »Warum nicht? Ich liebe Kinder, und ich soll wohl keine eigenen haben.«

»Was ist mit der Ehe? Als ich dich in der Vergangenheit

danach gefragt habe, hast du geantwortet, noch nicht bereit zu sein, darüber nachzudenken. Seit Matthias Dahinscheiden ist ein Jahr vergangen.« Ihr Blick senkte sich auf Jos taubengraues Kleid. »Du trägst immer noch keine Farben.«

Jo verabscheute einen Großteil ihrer Garderobe und das war der Grund dafür. Matthias hatte von ihr verlangt, schlichte, strenge und im Grunde *hässliche* Kleider zu tragen. In Wahrheit hatte sie keine Trauerkleidung anschaffen müssen, da der größte Teil ihrer Garderobe unglaublich trostlos war.

Nora zog die Augenbrauen zusammen und tiefe Falten gruben sich in ihre Stirn. »Du bist doch nicht immer noch ... Bist du Matthias noch ergeben?«

Jo hatte Nora die Tiefe ihrer Eheprobleme nicht anvertraut. Bevor Nora Titus geheiratet hatte, hatte sie ein isoliertes, einsames Leben auf dem Land gefristet. Jo hatte sie nicht mit ihrem Trübsal belasten wollen, da sie wenigstens verheiratet und ihre Zukunft gesichert war – im Gegensatz zu Noras. Dann hatte Nora ihr Glück gefunden, und Jo hatte sich zu sehr für ihre Schwester gefreut, um sie mit irgendwelchen Sorgen zu belasten. Jetzt ... Jetzt könnte sie ihr die Wahrheit sagen. Doch Nora wäre entsetzt. Und es würde ihr für Jo leidtun, die ihr Mitgefühl nicht wollte. Wie auch immer war dieser Teil ihres Lebens vorbei. Welchen Nutzen hätte es, ihn wieder aufleben zu lassen?

»Ich bin ihm *nicht* immer noch ergeben. Oder überhaupt traurig. Ich sollte vermutlich ein paar neue Kleider in Auftrag geben.«

Noras Augen leuchteten auf. »Lady Satterfield wird begeistert sein. Sie hat mich neulich gefragt, ob du schon bereit wärst, der Bond Street bald einen Besuch abzustatten.«

Jo konnte nicht anders und musste lachen. Lady Satterfields Vorliebe für das Einkaufen war wohlbekannt. »Richte ihr von mir ein ja aus, und dass ich mich geehrt fühle, wenn sie mich begleiten würde.«

»Sie wird darauf bestehen, und im Ernst wirst du niemand anderes wollen. Vertrau mir.«

Es gab niemanden, dem Jo größeres Vertrauen entgegengebracht hätte. Warum also sollte sie ihr nicht von Matthias erzählen? Weil es zu demütigend war.

Nora musterte Jo für einen kurzen Moment. »Wenn du um Matthias nicht mehr trauerst, was hindert dich dann daran, dir einen neuen Mann zu suchen? Ich würde einmal davon ausgehen, dass du keine Probleme damit hättest. Du bist schön und intelligent, und es gibt viele Gentlemen, die eine reife Frau bevorzugen.«

Das klang überdeutlich nach alt. Stirnrunzelnd fragte Jo. »*Reif?*«

Nora lachte. »Du weißt, was ich meine. Ich denke, es wirkt zu deinen Gunsten.«

»Da bin ich anderer Meinung. Ich denke, die meisten Männer wollen ein junges Ding mit einem frischen Gesicht.« Jo sah zum Fenster, das einen Blick auf die darunterliegende Straße bot. »Sie sind vor allem an jemandem interessiert, der Kinder gebären kann, und wie du weißt, kann ich das nicht.«

Das Gefühl von Noras Hand die sich auf ihre legte, veranlasste Jo, ihrer Schwester den Kopf zuzuwenden. »Das tut mir sehr leid. Aber vielleicht *kannst* du Kinder haben – mit einem anderen.«

»Welcher Gentleman würde das wohl riskieren wollen?«, fragte Jo. Es war eine hypothetische Frage, denn Jo war sich ihrer Unfruchtbarkeit sicher. Sie war acht Jahre verheiratet gewesen, und es war nicht so, als hätten sie – vor allem in den ersten Jahren – nicht versucht, ein Kind zu zeugen. Doch als sie, ein um das andere Mal nicht schwanger wurde, war Matthias immer wütender auf sie geworden und hatte sich schließlich immer weiter von ihr entfernt.

»Ein Gentleman, der vielleicht bereits Kinder hat oder der überhaupt keine will«, entgegnete Nora.

Jo glaubte nicht, einen Mann haben zu wollen, der sich keine Kinder wünschte. Sie dachte an Lord Knighton und seine Hingabe an Evie und seinen Wunsch nach weiteren Kindern. *Das* war die Sorte von Mann, die sie wollte. Nicht gerade speziell ihn, da er vorhatte, seine Familie zu vergrößern. »Ein Gentleman, der bereits Kinder hat und dem nicht viel daran liegt, weitere zu bekommen, wäre vermutlich akzeptabel.«

»Akzeptabel?«, fragte Nora stirnrunzelnd, doch ihr Blick war mitfühlend. »Es ist in Ordnung, wenn du nicht wieder heiraten willst«, erklärte sie leise.

Das war es ganz und gar nicht. »Ich halte es einfach nicht für wahrscheinlich.«

Nora drückte Jos Hand, als der Butler eintrat und die Ankunft von Lord Knighton ankündigte.

Nora erhob sich. »Bitten Sie ihn herein. Ich werde nur schnell Evie holen.« Sie marschierte davon und Jo stand von ihrem Platz auf, um den Earl zu begrüßen.

Wenige Augenblicke später trat er ein, und sein Anblick versetzte ihr einen Ruck. Er war ein attraktiver Mann, wobei sein Haar allerdings als eine Spur zu lang beurteilt werden könnte. Ihr gefiel diese Länge jedoch. Es schien zu ihm zu passen, zumal er es vorzog, sich im halb angekleideten Zustand zu entspannen. Aus diesem Grund hatte sie sich von seinem Auftritt überrascht gefühlt, stellte sie fest. In ihrer Fantasie sah sie ihn in Hemdsärmeln. Absolut skandalös und vollkommen verführerisch.

Sie vertrieb diese unnützen Gedanken aus ihrem Verstand. »Guten Tag, Mylord.« Sie knickste vor ihm.

Daraufhin verneigte er sich. »Mrs. Shaw. Ich hoffe, dass mein heutiges Erscheinungsbild zu ihrer Zufriedenheit ist.«

Beinahe lachte sie über seine Treffsicherheit ihres Gedankengangs. »Sie scherzen, so hoffe ich?«

»Wissen Sie es nicht?« Er schüttelte den Kopf. »Unwichtig. Schon sehr oft ist mir gesagt worden, dass mein Humor viel zu trocken sei.«

Sie mochte seinen Humor – ob trocken oder nicht. Es war weit besser als die Grausamkeit, an die sie in den vergangenen Jahren gewöhnt war. »Ich gewöhne mich daran. Von nun an werde ich auf Humor tippen, wenn ich nicht sicher bin, worauf Sie aus sind.«

»Das ist ein guter Plan.«

Sie musterte ihn und wieder bewunderte sie seine Figur, wobei sie sich bemühte, dies nicht zu zeigen. »Ihre Aufmachung ist mehr als angemessen. Sie verlassen Ihr Haus nicht wirklich in einem Zustand der Entkleidung, oder?«

Er schüttelte den Kopf. »Nicht hier. Ich frage mich, ob ich damit auf meinem Anwesen in Wales durchkommen kann. Ich verabscheue das Reiten in einengender Kleidung. Auf Barbados habe ich lediglich ein Hemd getragen und muss zugeben, dass es ein berauschendes Gefühl war, wenn der Wind hindurchgeblasen hat.«

Jo versuchte, sich die Szene vorzustellen, doch sie vermochte es nicht. Sie konnte allerdings die Freude sehen und hören, die ihm dies bereitet hatte, und sich vorstellen, wie er über solch einen Strand raste, wie Evie ihn beschrieben hatte. Das war wirklich berauschend. »Sicherlich können Sie auf Ihrem Anwesen tun und lassen, was Sie wollen.«

»Das hoffe ich. Vermutlich wird das wohl von meinen Bediensteten abhängen. So langsam erfahre ich, dass sie reden. Ich meine, sie tratschen.«

»Ja, gelegentlich. Haben Sie etwaige Schwierigkeiten?«

»Mein Butler scheint meine kleinen Kavaliersdelikte nicht gutzuheißen.« Er sah sie mit einem vielsagenden Blick an, da sie genau über diesen Begriff gesprochen hatten. »Es genügt zu sagen, dass er mich nicht zu mögen scheint. Und das Gefühl beruht auf Gegenseitigkeit, muss ich eingestehen.«

»Sie sollten ihn vielleicht ersetzen«, schlug Jo vor.

»Er hat zwanzig Jahre lang für meinen Vater gearbeitet.«

»Sie werden ihm also ein ausgezeichnetes Zeugnis ausstellen. Nichts schreibt Ihnen vor, ihn behalten zu müssen.« Sie blinzelte ihn an. »Gibt es da etwas?«

»Nein, da gibt es nichts. Und zudem ist Ihr Ratschlag auch genau das, was mein Kammerdiener sagt. Ich überlege es mir. Allerdings muss ich dann einen neuen einstellen. Zusammen mit der Gouvernante. Gibt es irgendwelche Neuigkeiten auf diesem Gebiet?«

»Nora und ich haben uns gerade über dieses Thema unterhalten. Sie hat einige Bewerberinnen, die sie gern interviewen würde. Vermutlich sind ein paar andere dabei, die sie an Sie weitergeben könnte.«

»Diejenigen, die sie ablehnt?«

Jo schmunzelte. »Sie scherzen schon wieder, aber es steckt ein Körnchen Wahrheit darin. Sie weist sie meiner Meinung nach nur deshalb ab, weil die anderen, die sie ausgewählt hat, einfach besser für ihre Erfordernisse passen. Ihre Anforderungen können unterschiedlich gelagert sein, wie ich Ihnen letzte Woche bereits gesagt habe. Wenn Nora zurückkehrt, können Sie sie danach fragen.«

»Ich wünsche mir trotzdem noch, dass Sie mir bei den Vorstellungsgesprächen behilflich sind.«

Jo war begeistert. Damit hatte sie etwas, worauf sie sich freuen konnte, und davon hatte sie nur wenig. »Und ich wäre immer noch hocherfreut.«

Nora kehrte mit den Mädchen zurück. Evie rannte los, um ihren Vater zu umarmen und erzählte ihm sogleich von den Puppen und dem Stück, das sie aufgeführt hatten. »Jo hat gesagt, dass es die beste Aufführung gewesen ist, die sie je gesehen hat«, erklärte Evie voller Stolz.

Knighton sah zu Jo hinüber, und sie nickte. »Das war sie. Die Mädchen sind im Verstellen ihrer Stimmen sehr gut und auch bei der Theatralik, die sie in die Handlung einfließen lassen.«

»Die Kostüme sind das Allerbeste, Papa«, erklärte Evie. »Jo hat das allerschönste Kleid für die Dienstmagd gemacht, wenn sie die Prinzessin wird.«

»Meine Lieblingsstelle ist, wenn der Prinz sie zum ersten Mal sieht«, bemerkte Becky und ihre Augen leuchteten vor Vergnügen auf.

Die beiden so glücklich zu sehen, war der Teil, den Jo am liebsten mochte.

Knighton lächelte die Mädchen an. »Nun, ich habe das Stück noch nicht einmal gesehen, aber ich würde sagen, mein Lieblingsmoment ist, euch beiden zuzuschauen, wie ihr euch darüber unterhaltet.«

Blitzschnell richtete Jo den Blick auf ihn, als ein winziges Stück ihres Herzens schmolz. Ja, genau so einen Mann wünschte sie sich.

Was für eine dumme Vorstellung. Sie sollte ihr Augenmerk auf Dinge richten, die sie unter Kontrolle hatte, wie dieser Einfall, Gouvernante zu werden. Die Vorstellung, einen Mann mit Kindern zu einer Heirat zu verlocken, schien furchterregend. Außerdem war sie sich nicht sicher, ob sie jemanden heiraten wollte. Nicht nach ihren Erlebnissen mit Matthias. Beim Gedanken, wieder gefangen zu sein, unterdrückte sie ein Schaudern.

Der Earl sah Nora an. »Meine liebe Herzogin, Mrs. Shaw erwähnte, dass Sie vielleicht einige Bewerberinnen um den Posten als Gouvernante haben können, die Sie mir weitergeben möchten.«

Nora durchquerte das Zimmer zu dem Tisch mit dem

Stapel der Empfehlungsschreiben. »Ja.« Sie sah die Mädchen an. »Geht los und nehmt euch etwas Gebäck, wenn ihr möchtet.« Sie nickte in die Richtung, wo ein Teetablett hergerichtet worden war. Die Mädchen liefen mit einem Satz zu den Süßigkeiten.

Jo und Knighton traten zu Nora an den Tisch. »Er denkt, du würdest ihm den Ausschuss überlassen«, bemerkte Jo und warf ihm ein Lächeln zu.

Er blinzelte sie an, und sie entdeckte ein alarmiertes Aufblitzen. Schnell wurde es allerdings von einem Glimmen der Erleichterung ersetzt und dann hob er die Mundwinkel zu einem halben Lächeln. Wegen ihr. Sie hatte ihn wegen Evie lächeln sehen, aber sonst niemandem. Es fühlte sich ein wenig bezaubernd an, die Empfängerin zu sein. »Er hat gescherzt«, stellte Jo auf seine subtile Reaktion hin klar.

Nora stieß die Luft aus. »Oh gut. Es sind keine schlechten Bewerberinnen. Ich habe einfach die drei ausge-wählt, die ich am liebsten kennenlernen möchte. Sie haben entweder eine besondere Fähigkeit, die mir gefällt, oder sie haben eine Empfehlung von jemandem, der mir bekannt ist.«

»Ich kenne überhaupt niemanden«, erklärte Knighton. »Aber Mrs. Shaw wird mir in dieser Hinsicht helfen.«

Nora lächelte Jo zu. »Ja, das wird sie.« Sie nahm die Schreiben, die sie beiseitegelegt hatte, und übergab sie an den Earl. »Diese sind also für Sie.«

»Warum überlassen wir sie nicht Mrs. Shaw? Sie kann die Auswahl eingrenzen und mir eine Liste mit Namen zukommen lassen, damit mein Sekretär Kontakt aufnehmen kann.«

Nora sah Jo fragend an und Jo nickte. Sie streckte die Hand nach den Briefen aus. »Das würde ich sehr gern.«

»Hervorragend.« Als er ihr den Papierstoß in die Hand legte, streiften seine Finger sie, und sie bemerkte, dass er keine Handschuhe trug. Sie machte sich eine gedankliche Notiz, um ihm zu sagen, dass er das besser tun sollte, wenn er Hausbesuche machte.

Er drehte sich zu seiner Tochter und Becky um. »Evie, es wird Zeit zu gehen.«

»Muss ich?«, fragte Evie und klang dabei einigermaßen betrübt.

»Ja, du wirst Becky bald wiedersehen.«

Unwillig ging Evie auf ihren Vater zu. »Aber nächstes Mal bei uns zu Hause, da wir jetzt Mrs. Poole haben?«

»Ich werde das mit der Herzogin arrangieren.«

»Übermorgen wäre in Ordnung, wenn Ihnen das recht ist«, erklärte Nora und trat zu Becky neben das Teetablett.

»Allerdings.« Er schenkte Evie ein ermutigendes Lächeln. »Siehst du? Es ist bereits abgemacht.«

Wieder umarmte sie ihren Vater. »Danke, Papa.« Sie drehte sich um und winkte Becky zu. »Wir sehen uns am Freitag.« Evie sah zu Jo auf. »Vielen Dank noch einmal, dass Sie unser Stück angeschaut haben.«

Jo ging zu ihr hinüber und kauerte sich nieder, um ihr in die Augen zu schauen. »Es war mir ein Vergnügen. Ich freue mich auf deinen nächsten Besuch. Erinnere mich daran, dass ich versprochen habe, Shakespeare zu lesen.«

Evie grinste. »Ja, das haben Sie!« Sie sah zu ihrem Vater auf. »Ist sie nicht wunderbar?«

Knighton bog die Lippen zu einem leichten Lächeln. »Vielleicht sollten Sie ihre Gouvernante sein«, murmelte er.

Dieses Mal war sie sicher, dass er einen Scherz machte.

Als die beiden gegangen waren, fragte Jo sich, wie es wohl wäre, Gouvernante in einem Haushalt wie seinem zu sein. Sie wäre kein Dienstbote, aber sie wäre auch kein Familienmitglied. Sie erkannte, dass es irgendwie ein bisschen so wäre, wie es sich angefühlt hatte, mit Matthias verheiratet zu sein. Sie beide waren nicht sehr familiär gewesen, vor allem nach—

Sie brachte ihren Gedankengang in diese Richtung zu einem Halt, damit er sie nicht in eine Ödnis führte, in der sie sich nicht verlaufen wollte.

~

»Ha-ha!«, krähte Evie, als sie Brans Fuchs mit ihren Gänsen einpferchte. »Du bist jetzt eingesperrt!«

Bran starrte auf das Brett und erkannte, dass er vollständig umzingelt war. »Ein verdienter Sieg.«

»Endlich!« Evie sprang auf, tanzte durch den Salon und skandierte: »Ich habe Papa eingesperrt! Ich habe Papa eingesperrt!«

Lächelnd schüttelte Bran den Kopf, während er sich in eine sitzende Position aufrichtete. Er hatte bereits seit einiger Zeit flach auf dem Bauch gelegen, und sein Körper war steif geworden.

Gerade als Evie sich der offenen Tür näherte, trat Kerr über die Schwelle. Sie stieß mit seinen Beinen zusammen und trat ihm auf den Fuß.

»Autsch!« Kerr sprang zurück. Bran hatte nicht gewusst, dass der etwa fünfzigjährige Mann sich so behende bewegen konnte.

Bran erhob sich. »Ist alles in Ordnung, Kerr?«

Der Butler hob den Fuß vom Boden und bewegte ihn hin und her. »Sie hat ziemlich fest darauf getrampelt.«

Ach du meine Güte, sie war ein Kind und *barfuß*. Bran biss sich auf die Zunge.

Evie hatte zu tanzen aufgehört und stand nun dicht bei Kerr. »Es tut mir furchtbar leid, Kerr. Es sollte eigentlich nicht wehtun. Ich trage nicht einmal Schuhe.« Sie wackelte mit den Zehen.

Kerr blickte über seine Nase hinweg auf sie herab. »Das kann ich sehen. Grässlich.«

Brans Zorn wallte auf. »Kerr, Sie werden so nicht mit meiner Tochter sprechen.«

Der Butler riss die Augen auf und senkte den Kopf. »Ich entschuldige mich. Allerdings sollten Schuhe getragen werden.« Er wandte seine Aufmerksamkeit Brans Füßen zu und runzelte prompt die Stirn, als er feststellte, dass Bran ebenfalls keine Schuhe trug. Zumindest hatte er Strümpfe an. Kerrs Blick hob sich, und seine Stirn legte sich in noch tiefere Falten. »Abgesehen davon, sollten Sie einen Frack oder zumindest eine Weste tragen.«

Brans Geduld war beinahe aufgebraucht. »Ich habe an früherer Stelle schon erklärt, dass wir, wenn Evie und ich unter uns sind, genau das tragen werden, was ich für akzeptabel halte. Es gibt absolut keinen Grund für sie, Schuhe zu tragen – oder Strümpfe. Und ich werde mich kleiden, wie es mir verdammt nochmal passt.«

Kerr straffte sich, während sein Gesicht im Farbton von Hibiskusblüten anlief, die vor Brans Fenster in Barbados wuchsen. »Nun, es sind nicht nur Sie und Lady Evangeline. Lady Dunn ist eingetroffen.«

Zum Teufel. Ihren für heute angekündigten Besuch hatte er vollkommen vergessen. Er hatte zu viel Spaß mit Evie gehabt.

»Ich werde ihr ausrichten, dass Sie ein paar Minuten brauchen werden«, erklärte Kerr knapp.

»Unsinn!« Lady Dunns Stimme ertönte direkt vor dem Salon. Einen Augenblick später erschien sie im Türrahmen und ihr Stock klickte auf den Fußboden, als sie neben Kerr auftauchte, der sie nun mit einem Anflug von Entsetzen ansah. Bran musste davon ausgehen, dass Lady Dunn offenbar eine Straftat begangen haben musste, indem sie sich aus eigenen Stücken in den Salon begeben hatte.

Die Viscountess sah Kerr mit einem hochmütigen Blick an. »Warum Sie mich in der Halle warten lassen wollen, ist mir unverständlich. Ich gehöre zur Familie, Sie Einfaltspinsel.«

Kerrs Nasenlöcher flatterten, und abermals lief sein Gesicht scharlachrot an. Er schürzte die Lippen ehe er den nächsten Satz in dem angespanntesten Ton hervorbrachte, den Bran je gehört hatte. »Ich werde den Tee bringen.«

»Bitte tun Sie das«, antwortete Lady Dunn zu seinem Abschied. Sie wandte sich Bran zu und schnalzte mit der Zunge. »Du wirst ihn vielleicht entlassen müssen.«

»Ich überlege es mir.«

Mit einem strahlenden Lächeln wandte sich seine Patentante Evie zu. »Wenn das nicht mein liebstes kleines Mädchen ist. Ich habe dir etwas mitgebracht.«

In dem Moment, als Lady Dunn die Aufmerksamkeit auf sie richtete, war Evie sofort schüchtern geworden. Bran konnte das an dem leichten Absinken von Evies Schultern und ihren zusammengekrallten Zehen erkennen. Er trat neben sie und legte ihr seine tröstliche Hand in den Nacken. Sie hatte Lady Dunn nur einmal zuvor getroffen, und häufig brauchte es ein paar Begegnungen, bis Evie sich wohlfühlte. Außer bei Becky. Schnell waren die beiden Freundinnen geworden. Eigentlich hatte Evie zu allen Mitgliedern des Kendal Haushalts und auch zu Mrs. Shaw rasch Zutrauen gefasst. Warum dachte er nun gerade an sie?

Lady Dunn unterbrach seine abschweifenden Gedanken. »Komm, mein Mädchen, lass mich Platz nehmen und dann zeige ich es dir.« Brans Taufpatin schritt zu einem Sofa und setzte sich, während sie ihren Gehstock neben sich ablegte. Sie hatte eine kleine Papiertüte in der Hand und legte sie auf ihren Schoß.

Evie war gefolgt und nun thronte sie neben ihr. Bran verschränkte die Arme vor der Brust und sah den beiden zu.

»Magst du gern Süßigkeiten?«, fragte Lady Dunn sie. Bei Evies Nicken fuhr sie fort. »Wie steht es mit Schlössern?«

»Ich weiß nicht genau, ob ich schon einmal ein richtiges Schloss gesehen habe. Nicht aus der Nähe.«

Lady Dunn wandte den Kopf, um Bran einen dunklen, finsteren Blick zuzuwerfen. »Du hast sie doch wenigstens mitgenommen, um den Tower zu besichtigen?«

Daran hatte er nicht gedacht. »Ähm, noch nicht.« Er würde Mrs. Poole um eine Liste der Objekte bitten, die er mit Evie besichtigen sollte. Noch besser wäre allerdings, Mrs. Shaw darum zu bitten.

»Was ist der Tower?«, fragte Evie.

»Es ist ein sehr altes Schloss hier in London, voller Geschichte, und es gibt dort viele Dinge zu sehen, einschließlich des *Juwelenzimmers.*« Lady Dunn sprach die letzten Worte mit großer Theatralik aus.

Evie schnappte nach Luft. »Juwelen?« Sie hob den Blick und sah Bran an. »Papa, können wir dorthin gehen?«

»Ja.«

»Willst du sehen, was ich dir mitgebracht habe?«, fragte Lady Dunn.

Evie nickte begeistert. »Ist es ein Juwel?«

Lady Dunn kicherte. »Nein.« Sie öffnete die Tasche und brachte einen kleinen Gegenstand hervor, den sie Evie in die Hand legte. Es ist ein Schloss.«

Evie starrte darauf herab und formte die Lippen zu einem perfekten O. »Es ist ein sehr kleines Schloss. Es ist entzückend.«

»Es ist aus Marzipan. Du kannst es essen«, erklärte Lady Dunn.

Entsetzt riss Evie die Augen weit auf. »Oh nein, das

werde ich bestimmt nie machen. Es ist viel zu kostbar!« Sie ging wieder dazu über, das Miniaturgebäude zu studieren.

Mrs. Poole betrat den Salon, gefolgt von Kerr, der das Teetablett trug. Er machte sich daran, es auf dem Tisch vor Lady Dunn aufzustellen.

»Lady Dunn, erlauben Sie mir, Ihnen Evies neues Kindermädchen, Mrs. Poole, vorzustellen.«

Mrs. Poole knickste. »Es ist mir ein Vergnügen, Ihre Bekanntschaft zu machen, Mylady.«

»Und Ihnen wünsche ich einen angenehmen Nachmittag, Mrs. Poole. Was für eine entzückende, junge Dame Sie hier in Ihrer Obhut haben.« Lady Dunn neigte den Kopf und deutete in Evies Richtung.

Mrs. Poole strahlte. »Ja, sie ist ein Sonnenschein.«

Evie sprang vom Sofa zu Mrs. Poole. »Sehen Sie nur, was Lady Dunn mir mitgebracht hat! Es ist ein kleines Schloss!«

Mrs. Poole ging in die Hocke und musterte die Süßigkeit. »Ist es aus Marzipan?«

»Ja, aber ich werde es bestimmt nicht essen. Ich kann kaum erwarten, es morgen Becky zu zeigen.«

»Das ist ein ausgezeichneter Plan«, erklärte Mrs. Poole und richtete sich auf. »Komm, es ist Zeit für unsere nachmittägliche Lesestunde.«

Evie wandte sich zum Gehen, doch dann drehte sie sich zu Lady Dunn um. »Vielen Dank. Ich werde es immer in Ehren halten.« Sie drehte sich auf dem Absatz herum und sprang mit Mrs. Poole auf den Fersen aus dem Zimmer. Kerr war unmittelbar vor ihnen gegangen, und sehr zu Brans Zufriedenheit, genauso leise, wie er hereingekommen war.

Erneut schnalzte Lady Dunn mit der Zunge und bog die Lippen zu einem Lächeln. »Evie ist zauberhaft. Was für eine wunderbare Beziehung, du mit ihr hast.« Ihr Blick richtete sich auf Bran. »Ist deine Aufmachung der Grund für Kerrs Pikiertheit? Du bist so trotzig wie eh und je, stelle ich fest.«

Er unterdrückte einen finsteren Blick. Wie er es hasste, so beschrieben zu werden. »Das bin ich nicht. Ich werde dir sagen, was ich ihm geantwortet habe – es ist mein verdammtes Haus, und ich werde mich kleiden, wie es mir passt.«

»Ja, ja natürlich.«

Glücklicherweise kam Hudson gerade in dem Moment mit einer Weste und anderen Kleidungsstücken an. Er sagte nichts, sondern trat lediglich an Brans Seite und hielt die Gegenstände über seinen Arm. Bran zog die Weste an.

»Du musst das nicht wegen mir tun«, erklärte Lady Dunn. »Ich werde mich nicht davon einschüchtern lassen, dich in Hemdsärmeln zu sehen. Wie ich Kerr bereits sagte, sind wir eine Familie.«

Fragend hob Hudson eine Augenbraue und erkundigte sich auf diese Weise stillschweigend, ob Bran die Krawatte oder den Frack wollte. Bran schüttelte leicht den Kopf und Hudson ging davon. Verdammt, es war gut, mindestens einen außergewöhnlichen Diener unter dem Personal zu haben.

Als sie allein waren, setzte Bran sich in einen Sessel neben dem Sofa. »Darf ich dir etwas Tee einschenken?«

»Ja, bitte.« Sie sah zu, wie er ihre Tasse füllte. »Nur etwas Zucker, danke.«

Er gab den Zucker hinein und reichte ihr die Tasse samt Untertasse.

»Vielen Dank, lieber Junge.« Sie nahm einen Schluck und stellte die Tasse zurück auf die Untertasse. »Ich möchte mich für meine Bemerkung vorhin entschuldigen. Ich hatte es nicht als Beleidigung gemeint, als ich dich als trotzig bezeichnete.«

Diese, von seiner Mutter geprägte Beschreibung, hatte ihn während seiner Kindheit verfolgt. Selten hatte er getan, was von ihm erwartet oder verlangt wurde, und hauptsächlich deshalb, weil er es einfach nicht konnte. Abgesehen von seiner Intoleranz in Bezug auf Kleidung, war da seine Weigerung, bestimmte Lebensmittel zu essen. Oder still zu sitzen. Oder die ganze Nacht im Bett zu bleiben.

Als sein Kindermädchen ihn damals nicht dazu hatte bringen können, sich zu fügen, hatte seine Mutter die Geduld verloren und ihn geschlagen, bis er klein beigab. Und in manchen Fällen hatte er das nicht getan. Bei vielen Gelegenheiten hatte sie ihn in einen kleinen Schrank verbannt, was ihm gut gefallen hatte. Zumindest konnte er dort tragen, was er wollte. Oder nicht tragen, was er vorzog.

Nach und nach hatte er gelernt, seinen ... *Trotz* zu verbergen. Er war jedoch nie ganz verschwunden.

»Da ist keine Entschuldigung notwendig«, erklärte er. »Durch meinen Zusammenstoß mit Kerr war ich nervlich wohl ein bisschen aufgerieben.«

Wieder nippte sie an ihrem Tee. »Ich sage es noch einmal – ich hoffe, du denkst darüber nach, ihn zu ersetzen.«

Vielleicht, nachdem er eine Gouvernante eingestellt hatte. Es hatte den Anschein, als wäre er auf der ständigen Suche nach Personal. »Wenn ich die Zeit dazu finden kann.«

»Du musst furchtbar beschäftigt sein, kann ich mir vorstellen. Und obendrein bist du noch Vater. Ich verabscheue diese Frage, aber wann planst du dein soziales Debüt als Earl zu geben? Die Gesellschaft wundert sich über dich. Mir ist zu Ohren gekommen, dass du neulich Abend bei Brooks gewesen bist.«

Die Vorstellung, dass seine Aktivitäten Futter für die Klatschmäuler war, empfand er als beunruhigend. »Wie hast du davon erfahren?«

Sie lächelte verschwörerisch und ihre braunen Augen funkelten. »Meine ehemalige Gesellschaftsdame, ein absolutes Goldstück, ist die Herzogin von Clare. Sie hat mir erzählt, ihr Ehemann hätte dich in Kendals privatem Speisezimmer kennengelernt, in das Kendal dich eingeladen hatte.«

Er stützte die Ellbogen auf die Sessellehne. »Dann bin ich aber überrascht, dass du nicht auch wusstest, dass ich mein Debüt morgen Abend beim Harcourt Ball geben will.«

»Nein, davon habe ich nichts gehört, aber was für ein ausgezeichneter Plan. Möchtest du, dass ich dich begleite?«

Er wusste ihre Freundlichkeit zu schätzen, aber er wollte sich die Freiheit bewahren, gehen zu können, wann immer es ihm passte. Er ahnte bereits im Voraus, nicht lange durchzuhalten und es würde ihm sehr missfallen, ihr den Abend zu verkürzen. »Vielen Dank, aber ich werde wahrscheinlich später eintreffen, als es dir recht wäre.«

»Ja, das tun viele Herren. Wie findest du London?« Sie nippte kurz an ihrem Tee und dann stellte sie die Tasse samt Untertasse auf den Tisch.

»Groß. Und kalt.«

»Das muss ein Schock sein. Wie lebt Evie sich ein?«

»Sie findet es auch kalt.«

Sie sah ihn mit einem geduldigen Ausdruck in ihrem Blick an. »Ich meinte, wie kommt ihr beiden klar? Seid Ihr glücklich, hier zu sein, oder verabscheut ihr es? Ich hätte nicht gedacht, dass du jemals wiederkommen würdest.«

»Ich bin mir nicht sicher, ob ich das beabsichtigt hatte.«

Lady Dunn drehte sich so, dass sie ihn nun direkt ansah und verschränkte die Hände in ihrem Schoß. »Ich bin deine Taufpatin und für mich macht uns das zu einer Familie. Ich weiß, du hast dich mit deiner eigentlichen Familie nicht gut vertragen, und vermutlich hast du deshalb nie daran gedacht, zurückzukehren. Das Schicksal hat jedoch beschlossen, dich zurück auf den Boden von Mutter England zu beordern. Dies muss eine sehr befremdliche, missliche Lage für dich sein.« Sie legte den Kopf schief. »Warst du überhaupt traurig, als du von ihrem Dahinscheiden erfahren hast?« Sie winkte mit der Hand ab. »Unwichtig, was für eine abscheuliche Frage. Natürlich warst du traurig.« Sie sah ihn mit einem Blick an, der mehr Verständnis enthielt als all das, was er an Gefühlen jemals von jemandem in seiner Familie empfangen hatte.

Zu denken, dass *sie* Familie sein könnte ...

Er hüstelte sanft. »Du scheinst die Situation recht gut zu verstehen.«

»Möglicherweise. Ich wünschte, ich wüsste mehr, aber ich habe leider keine große Rolle in deinem Leben spielen können, fürchte ich. Deine Mutter hat mich nicht gemocht, wie du vielleicht weißt.«

»Das wusste ich, obwohl ich den Grund dafür nie verstanden habe.«

Sie überraschte ihn mit ihrem Lachen, und es war ein herzhaftes Lachen, das den Raum mit seinem Klang erfüllte. »Oh, das ist eine tolle Geschichte. Sie war felsenfest davon überzeugt, ich hätte eine Liebschaft mit deinem Vater gehabt. Das war natürlich ausgemachter Blödsinn. Trotzdem blieb sie starrköpfig. Leider muss ich sagen, dass sie großes Geschick darin bewies, meine Bemühungen, dich zu sehen, erfolgreich zu vereiteln. Denn das habe ich wirklich versucht, doch dein Vater wollte sie nicht verärgern.«

Es bereitete Bran keinerlei Mühe, sich vorzustellen, wie seine Mutter bei seinem Vater über Lady Dunn hergezogen haben musste. Und jetzt besaß er einen weiteren Grund, sie nicht zu mögen – als ob er einen gebraucht hätte – denn sie hatte ihm in seinen jungen Jahren einen freundlichen Einfluss vorenthalten. »Sie wird nächste Woche aus Durham kommen.« Allein diesen Tatbestand laut auszusprechen, brachte ihn bereits dazu, sich die Haut von seinen Knochen kratzen zu wollen.

Lady Dunn verkniff das Gesicht. »Es tut mir leid, das zu hören. Sie wohnt nicht bei dir, oder?«

»Nein, ich habe sie nicht eingeladen. Der einzige Grund, warum ich ihr einen Besuch gestatte, ist Evies Wunsch, sie kennenzulernen.«

»Das ist nur zum Besten, glaube ich.« Sie beäugte ihn anerkennend. »Du bist ein guter Sohn. Vergiss nur nicht, dass du jetzt der Earl bist. Wenn du ihre Anwesenheit nicht tolerieren willst, musst du das auch nicht.«

Sie hatte Recht. Bran hatte nicht daran gedacht, ihr jetzt, in seiner Position als Earl gegenüberzutreten. Die Sachlage war vollkommen anders. *Er* war ganz anders. Allerdings hatte dies wirklich nichts damit zu tun, nun ein Earl zu sein, sondern war einzig dem Ausbruch aus seiner vergifteten Erziehung zu verdanken.

»Ich weiß deinen Rat zu würdigen, danke. Und das Schloss, das du Evie gebracht hast. Das war unglaublich aufmerksam von dir.«

»Ich freue mich darauf, sie mit allerlei Aufmerksamkeiten zu überschütten – all den Dingen, die ich für dich nicht tun konnte.« Ihr Blick wurde wehmütig, und die Fältchen um ihren Mund und Augen gruben sich tiefer. »Ich hoffe, du erlaubst mir, sie zu vergöttern. Und dich. Das habt ihr beide verdient, denke ich.«

Ein Gefühl der Rührung kratzte ihn in der Kehle. Er schenkte sich eine Tasse Tee ein, an der ihm nicht besonders gelegen war, und trank einen Schluck, um seinen Mund zu befeuchten.

»Das heißt, du wirst meine Einmischung oder zumindest mein Interesse in eure Leben erdulden müssen. Verrate mir, ob du vorhast, erneut zu heiraten? Wenn dem so ist, würde ich dir liebend gern helfen, eine Braut zu finden.«

Er schätzte ihre Bedachtsamkeit, aber wahrscheinlich nicht gerade den Teil ihrer Einmischung. »Ich würde gern eine Mutter für Evie finden, aber ich habe es nicht besonders eilig.«

»Natürlich nicht. Solche Dinge darfst du nicht übereilen. Der Harcourt Ball wird dir eine schöne Einführung bieten. Es sei denn, du willst mitansehen, wie die Zungen der Klatschmäuler züngeln, solltest du dich vor einem Tanz mit jedem jungen Fräulein hüten. Ich werde dafür sorgen, dich in die richtige Richtung zu lenken.«

Das wusste er aufrichtig zu schätzen. »Danke. Ich glaube, ich habe eine eindrucksvolle Verbündete gefunden.«

Neben Kendal, seiner Frau und ihrer schönen Schwester, der klugen und geistreichen Mrs. Shaw. Er fragte sich, ob sie auf dem Ball sein würde. Er hoffte es. Sie war kein junges Fräulein und daher eine unbedenkliche Tanzpartnerin. Ja, sobald er auf dem Ball eintraf, würde er nach ihr Ausschau halten.

»Jetzt lass uns über deine Garderobe sprechen.« Ihr Blick fiel auf seine nahezu entblößten Arme. »Ich möchte sicher sein, dass du für den Ball richtig angezogen bist. Du bist nicht mehr in den Tropen.«

Nein, das war er nicht.

KAPITEL FÜNF

Als Mädchen hatte Jo von ihrem ersten Londoner Ball geträumt. Sie würde ein Kleid tragen, das im Lichtschein tausender von Kerzen schimmerte, und ihr Haar wäre mit Perlen geschmückt. Es würde ihr nie an einem Tanzpartner mangeln, und der Abend würde in einem glorreichen Rausch vergehen, der ihr Leben veränderte. Nie hätte sie gedacht, einmal eine einunddreißigjährige Witwe zu sein.

Zumindest hatte sie ein neues Kleid.

Sie blickte auf die rosa Seide mit ihrem hauchdünnen Netz-Overlay. Es war bei weitem das schönste Kleid, das sie je getragen hatte. Nachdem sie neulich mit Nora über ihre Garderobe gesprochen hatte, entschieden sie und Lady Satterfield, dass sie *auf der Stelle* ein Ballkleid brauchte, da die beiden auch ihre Teilnahme am Harcourt Ball heute Abend beschlossen hatten. Es war ein Wunder, dass sie es schafften, ein Kleid zu finden, das bereits fertig war und nur ein paar Änderungen erforderte.

Das ist kein *Wunder,* hätte Matthias mit einem höhnischen Grinsen gesagt. Seine Religion war eine Bequemlichkeit, die er seinen wechselhaften Stimmungen angepasst hatte. Hätten die Gemeindemitglieder nur die Wahrheit gewusst ... aber natürlich würden sie das niemals tun.

Jo sah finster drein, als sie den Gedanken beiseiteschob.

»Was ist los?«, fragte Nora.

Jo lächelte strahlend und überkompensierte ihren Gemütszustand vielleicht, womit sie noch mehr Aufmerksamkeit auf sich selbst lenkte. »Gar nichts.«

Nora verzog den Mund. »Ich glaube dir nicht. Den ganzen Abend bist du schon nervös – oder etwas in dieser Art.«

Vor etwa einer Stunde waren Jo und Nora in Begleitung von Lady Satterfield auf dem Ball angekommen, die sich ausgezeichnet darauf verstand, Jo allen vorzustellen, die zu kennen es wert war. Etwa so hatte Lady Satterfield das Unterfangen umschrieben. Nun hatten Jo und Nora am Rande des Geschehens – nicht unmittelbar an der Wand, aber auch nicht mittendrin – Posten bezogen.

Lady Satterfield war auf der Suche nach einem Gentleman unterwegs, der mit Jo tanzen sollte. Sie fühlte sich wie eine Almosenempfängerin. Doch dann wiederum dachte sie, sie war genau das, da sie auf ihre Schwester angewiesen war.

Sah sie sich selbst so? Es war schließlich nicht so, als müsste sie hier sein. Sie hatte eine kleine Pension von Matthias und könnte sich ein bescheidenes Leben in St. Ives leisten, in einem winzigen Häuschen etwas außerhalb des Dorfes. Diese Existenz klang jedoch quälend langweilig und schauerlich traurig.

Jedenfalls behandelten ihre Schwester oder Titus sie nicht so, als wäre sie nicht mehr als willkommen. Sie würden nicht wollen, dass sie allein lebte.

Nora stieß die Luft aus, als sie ihren neugierigen Blick von Jo abwandte. »Du kannst mich ignorieren, aber ich kenne dich zu gut. Wenn du lieber nach Hause gehen möchtest, können wir das gern tun.«

»Ich habe dich nicht ignoriert. Ich habe zu entscheiden versucht, was ich hier mache.«

»Menschen kennenlernen?«, schlug Nora vor.

»Ja, aber zu welchem Zweck?«

»Muss es einen Zweck geben? Vergiss einmal das Gerede von der Ehe oder sogar der Zukunft. Warum genießt du nicht einfach den Abend?« Ihr Blick funkelte. »Letztendlich ist es doch dein erster Ball.«

»Ja, ich habe darüber sinniert, wie anders das hier doch verglichen mit meinen Erwartungen ist. Erinnerst du dich daran, wie wir uns diesen ersten Ball früher immer ausgemalt haben?«

»Natürlich. Wir gedachten, Unberührbare zu heiraten. Wir hatten so große Pläne.« Noras Blick wurde dunkel. »Und dann habe ich alles zerstört.«

Jo schob sich näher an ihre Schwester heran und berührte ihren Unterarm. »Das hast du nicht getan.«

»Wie kannst du das sagen? Ich musste in Scham und Schande nach Hause zurückkehren, und du durftest nicht einmal eine Saison haben.« Selbst wenn Noras Skandal Jos Ansehen nicht befleckt hätte, hätte sich ihre Kusine, die Nora gesponsert hatte, geweigert, sie gleichermaßen zu unterstützen.

»Nein, aber für mich ist alles gut ausgegangen, oder nicht?«

Die Tränen glitzerten in Noras Augen, doch rasch blinzelte sie sie zurück und drückte ihre Finger zu beiden Seiten an die Nase. »Ich werde hier nicht weinen.« Sie brachte ein wackeliges Lächeln zustande. »Ich war in der Annahme, dass dem so wäre, aber ich weiß, dass du nicht glücklich warst.«

Ja, Jo hatte ihr vor einigen Jahren, nicht lange nachdem Nora geheiratet hatte, ihre Unzufriedenheit gestanden. Aber das war, bevor sie Matthias Geheimnissen auf die Spur gekommen war. Danach hatte sie gänzlich aufgehört, ihn zu erwähnen. »Wir waren kein großartiges Paar«, erklärte Jo und zog es vor, die Sache nicht weiter zu komplizieren.

»Ich weiß, und ich fühle mich dafür verantwortlich. Zwar hast du das nie gesagt, aber ich glaube nicht, dass du ihn geheiratet hättest, wenn dir eine andere Wahlmöglichkeit offen gestanden hätte.«

Das hätte sie ganz bestimmt nicht getan. Sie hatte vorgehabt, eine Saison zu haben. Sie hatte *geplant,* einen Unberührbaren zu heiraten. Diese Möglichkeit *hatte* Nora für sie zunichte gemacht, doch niemals würde Jo das aussprechen. Sie wies ihrer Schwester keine Schuld zu. Das hieß allerdings nicht, dass es nicht der Wahrheit entsprach.

Jo wandte sich von ihrer Schwester ab, damit diese ihre wahren Gedanken nicht in ihrem Blick erkennen konnte. Sie zuckte zusammen, als sie Lord Knighton erkannte, der genau auf sie zuhielt.

Oh, in der Abendkleidung sah er prachtvoll aus, sein dunkler anthrazitfarbener Frack war ein Kontrast zu seiner silberroten Weste und der schneeweißen Krawatte. Fühlte er sich unwohl? Sie fragte sich, wie lange er diese Kleidungsstücke wohl dulden konnte und malte sich aus, wie er sich ihrer entledigte. Plötzlich erschien es ihr im Ballsaal zu warm.

Er strebte direkt auf sie zu und verneigte sich zuerst, wie die Etikette es verlangte, vor Nora und dann noch einmal vor Jo. »Guten Abend. Sie sehen bezaubernd aus.« Er ließ den Blick über ihre Erscheinung schweifen.

»Danke.«

»Ich dachte, wir könnten uns über die Vorstellungsgespräche der Gouvernanten unterhalten«, schlug er vor. »Mein Sekretär hat sie für Dienstag vereinbart.«

Jo nickte. »Gut.«

»Lord Knighton, warum bitten Sie Jo nicht um den Walzer? Er fängt gerade erst an.«

Walzer? Auf Noras Drängen hatte Jo die Schritte heute

früher am Tag geübt, aber sie hatte nie wirklich Walzer getanzt. »Ich bin mir nicht sicher, ob das nötig ist.«

Lord Knighton hielt ihr seinen Arm hin. »Würden Sie mir die Ehre erweisen?«

Jetzt saß sie in der Falle. Trotzdem sie jeden Mann abweisen konnte und schon im Voraus wissen würde, ihn damit nicht zu beleidigen, handelte es sich letztendlich um Knighton. Im Hinblick auf seine eigenen Marotten würde er zweifellos Verständnis für sie haben, sobald sie ihm einmal ihre Befürchtungen erklärt hätte.

Schließlich legte sie allerdings einfach die Hand auf seinen Arm und gestatte ihm, sie auf die Tanzfläche zu führen. Es könnte ihre einzige Chance sein.

»Ich habe noch nie Walzer getanzt«, gestand sie leise.

»Ich auch nicht.«

Ruckartig drehte sie den Kopf, um ihn anzuschauen. »Oh, du meine Güte.«

»Wie schwierig kann das schon sein?«, fragte er, als sie auf die Tanzfläche traten.

Er legte eine Hand um ihre Taille und mit der anderen umschloss er ihre Hand. Sie legte ihm die flache Hand auf die Schulter und trotz der Schichten seiner Bekleidung war sie überzeugt, seine Muskeln fühlen zu können.

»Sehen Sie, wir sind Experten«, sagte er.

Die Paare um sie herum fingen an, sich im Takt der Musik zu bewegen, und für einen Moment sahen sie einander stumm an. Dann schwang er vorwärts, und Jo schaffte es irgendwie, sich an das zuvor Geübte zu erinnern.

»Glücklicherweise ist das nicht zu anspruchsvoll«, bemerkte Bran. »Vorausgesetzt, Sie können zählen.«

»Wie es der Zufall will, bin ausgezeichnet auf dem Gebiet der Zahlen.«

»Da Sie eine Frau mit einer messerscharfen Intelligenz zu sein scheinen, hätte ich auch nichts anderes erwartet.«

Bei seinem Lob überkam Jo ein warmes Gefühl. »Danke.«

Sie drehten sich in eine neue Richtung, und sein Duft wallte über sie hinweg. Er roch nach Frische und Zitrusfrüchten.

»Ich weiß es sehr zu schätzen, wenn Sie am Dienstag zusammen mit mir die Vorstellungsgespräche führen würden. Wäre da irgendetwas, das ich vorbereiten sollte?«

Sie dachte an ihre letzte gemeinsame Unternehmung. »Nein, ich werde mich bei Nora erkundigen, ob sie bestimmte Fragen empfehlen kann. Versprechen Sie mir einfach, ihre gesamte Kleidung anzulassen, bis wir fertig sind.«

»Beim letzten Mal habe ich das getan«, sagte er und führte sie mühelos über das Tanzparkett. In Wahrheit musste sie gar nicht viel tun, außer seine Berührung zu genießen. »Und heute Abend bin ich vollständig bekleidet. Ich glaube, ich habe ein bewundernswertes Werk vollbracht. Oder vielmehr mein Kammerdiener.«

»Sie sehen außerordentlich aus.« Ihr Blick fiel auf seine Krawatte und ein wenig tiefer. Seine silberne Weste schimmerte im Kerzenschein wie ihr erträumtes Ballkleid.

»Danke«, murmelte er. »Ich wage zu behaupten, neben Ihnen zu verblassen. Ich hatte mich daran gewöhnt, Sie in Grau zu sehen. In Rosa sind Sie weitaus schöner. Hoffentlich werden Sie nicht wieder zu den tristen Farben zurückkehren.«

Sie hatte genau das Gleiche gedacht, doch bis zu diesem Moment hatte sie sich diesen Gedanken nicht eingestanden. Lady Satterfield hatte darauf beharrt, dass sie eine neue Garderobe benötigte, und Nora hatte angeboten, dafür aufzukommen. Das katapultierte Jo wieder zu dem Gefühl zurück, ihrer Almosen zu bedürfen ... was ja auch der Fall war.

Hör auf, so zu denken, ermahnte sie sich selbst.

»Ich fürchte, ich habe Sie vielleicht schon wieder beleidigt«, erklärte er. »Ich wollte damit nicht sagen, dass Sie trist aussehen.«

»Oh, aber das tue ich. Mit Ihrer Abneigung gegen gewisse Kleidung und meiner trostlosen Garderobe sind wir schon ein ziemliches Paar.« Hatte sie sie gerade als *Paar* bezeichnet? Sie beeilte sich, etwas anderes zu sagen. »Apropos Garderobe: Ich wollte Ihnen noch sagen, dass Sie Handschuhe tragen müssen, wenn Sie ausgehen.«

Er schaute auf ihre ineinander verschränkten Hände. »Das tue ich. Es ist nicht gerade so, dass ich es genieße.«

»Ich habe mich damit auf neulich bezogen, als Sie Evie abgeholt haben. Da hatten Sie keine Handschuhe getragen.«

»Nein, das tat ich nicht. Muss ich sie wirklich tragen, um mein Kind ausgerechnet in Ihrem Haus abzuholen?«

»Es ist nicht *mein* Haus. Es gehört dem Herzog von Kendal.«

Er sah sie mit einem schiefen Blick an. »Das würde ihm, glaube ich, nichts ausmachen. Er schüttelte den Kopf. »Ich mache mich nicht gerade sehr gut darin, ein Earl zu sein.«

»Unsinn. Ihnen fehlt bloß noch ein bisschen mehr Übung. Die meisten Männer bereiten sich auf die Erbschaft des Titels vor. Diesen Vorteil hatten Sie nicht.«

Er sah sie voller Bewunderung an. »Vielleicht *bin ich* derjenige, der eine Gouvernante braucht. Sie könnte mir bestimmt beibringen, wie man ein richtiger Earl ist.«

Sie lachte bei der Vorstellung, wie er die Etikette erlernte. »Ich denke, Sie könnten damit auf eine großartige Idee gestoßen sein. Es sollte wenigstens eine Schule für so etwas geben.«

»Oh, die gibt es. Sie heißt Oxford. Aber ich würde lieber auf See verloren gehen, als dorthin zurückzukehren.«

Sie spürte, wie sein Körper von einem Schauder erfasst wurde. »Warum?«

Sein Kiefer spannte sich an. »In meiner Jugend war ich ... schwierig.« Er verzog die Lippen zu einem ironischen Grinsen. »Manche würden sagen, ich sei es noch immer, da bin ich mir sicher. Ich habe nicht nach Oxford gepasst. Meine Brüder waren vor mir dort gewesen und hatten dafür gesorgt, dass ich den Ruf eines Sonderlings hatte. Viele meiner Schulkameraden waren Brüder ihrer Freunde. Sie waren von vornherein geneigt, mich nicht zu mögen und zu verspotten.«

Es lag kein Schmerz in seiner Offenbarung, jedoch besaß seine Stimme eine distanzierte Note, als ob er von jemand anderem sprechen würde. »Wie furchtbar. Warum würden Ihre Brüder bloß so etwas tun?«

Er hob die Schulter, und sie wurde sich der Stelle bewusst, wo sie sich berührten. Sie umspannte ihn fester und wünschte, dass Handschuhe in diesem Fall optional sein *könnten.* »Weil sie mich immer so behandelt haben. Sie waren die besten Freunde und ich war ... ein Ärgernis.«

Ein Ärgernis? Wie konnte jemand so etwas von seinem Geschwister denken? Oder irgendeinem Familienmitglied? Jos und Noras Vater war ein Schwachkopf und ihre Beziehung war sehr distanziert, aber wenn er sie brauchte, wären sie für ihn da.

Abermals schwenkte er herum und führte sie in eine neue Richtung. »Ich glaube, Becky hat sich heute bei uns zu Hause amüsiert.«

Der plötzliche Themenwechsel harmonierte nicht für Jo, doch sie sagte nichts. Wenn er lieber nicht über die Qualen sprechen wollte, die er durch die Behandlung seiner Brüder erlitten hatte ... und schon gar nicht mitten in einem Ballsaal, wer war sie schon, darüber zu streiten? Allerdings hatte das ihre Neugier nicht befriedigt.

»Ja, ich habe alles von dem Miniatur-Marzipanschloss gehört. Becky besteht darauf, auch eines haben zu wollen.«

»Ich hätte eines für sie besorgen sollen.«

»Obwohl das sehr freundlich von Ihnen ist, ist das nicht notwendig. Noras Köchin ist wirklich sehr geschickt mit Marzipan, also hat sie mit den Mädchen verabredet, einen Nachmittag mit ihr in der Küche zu verbringen.«

Er grinste. »Evie wird das sehr gefallen. Was für eine ausgezeichnete Idee.«

»Es war eigentlich meine.« Jo war sich nicht sicher, warum sie dies verriet – es spielte kaum eine Rolle, wessen Idee es war. Aber im Grunde wusste sie es vielleicht. Er hatte so begeistert gelächelt, und sie wünschte, dass es ihr gewidmet war.

»Natürlich war das Ihre Idee. Als ich neulich meinte, dass Sie meine Gouvernante sein sollten, hatte ich das nicht nur als Scherz gemeint.« Und sie war sich so sicher gewesen, dass dem so war. »Aber eigentlich denke ich, dass Sie Mutter sein sollten.« Er sah sie prüfend an, der Blick aus seinen dunkelblauen Augen bohrte sich in sie und raubte ihr auf gewisse Weise den Atem.

Vielleicht war es auch einfach nur das, was er da sagte. Ja, so war es auf jeden Fall.

Sie sollte Mutter sein.

Der Schmerz, der so oft tief in ihrem Inneren begraben worden war, stieg an die Oberfläche. Beinahe wäre sie gestolpert, doch er packte sie noch ein wenig fester und legte eine Hand flach an ihre Wirbelsäule, während die andere sanft ihre Finger drückte.

»Alles in Ordnung?«, fragte er leise.

Sie nickte. »Das hatte ja passieren müssen«, brachte sie angespannt hervor und kämpfte immer noch gegen die Emotionen an, die in ihrem Inneren tobten.

»In Anbetracht unseres Anfängerzustandes vermute ich das mal.«

Glücklicherweise neigte sich die Musik dem Ende zu. Jo war begierig, der unvermittelt widerlichen Bedrückung des Ballsaals zu entkommen. Diese Hitze, diese Augen, diese ... Erwartung. Sie brauchte Luft. »Sie haben sich ganz gut behauptet.« Für ihre Ohren besaß ihre Stimme einen etwas dünnen Klang, doch hoffentlich würde ihm dies nicht auffallen.

»Das ist ein großes Lob, das allerdings ein bisschen unzutreffend zu sein scheint, aber Ihnen zu widersprechen wäre wahrscheinlich flegelhaft von mir.« Er blitzte sie mit einem halben Lächeln an. »Aber dass ich insgeheim ein Flegel bin, wissen Sie ja bereits von mir.«

Als er sie von der Tanzfläche führte, legte sie die Hand auf seinen Arm. »Ich würde Sie nicht als Flegel bezeichnen, Mylord.«

»Wenn wir in Barbados wären, würde ich Sie bitten, mich Bran zu nennen.«

»Man würde Sie dort nicht Mylord nennen?«

»Nach der Erbschaft des Titels, hatte ich alle gebeten, das nicht zu tun. Warum hätte mich dies kümmern sollen, da ich sowieso gehen musste?«

Er war mit niemandem sonst vergleichbar, den sie je zuvor gekannt hatte. »Sie leben nach Ihren eigenen Regeln, oder?«, fragte sie.

»Regeln, ebenso wie Krawatten, sind einengend. Ich bevorzuge es, in Bequemlichkeit und Zufriedenheit zu leben.« Er brachte sie zurück zu Nora und Lady Satterfield, die zurückgekehrt war.

Sie zog ihre Hand zurück und dankte ihm für den Tanz. Seine Perspektive gefiel ihr und ganz besonders jetzt, da sie sich im Ballsaal so aufgewühlt fühlte. Obwohl es der Anstand eigentlich verlangte, dort zu stehen und für ein paar Minuten zu plaudern, konnte sie es nicht ertragen. In ihren Ohren hatte ein dumpfer Klang eingesetzt und sie fühlte sich, als könnte sie nicht tief durchatmen.

Sie musste nach draußen gehen oder wenigstens das Ruhezimmer aufsuchen. »Wenn ihr mich entschuldigen wollt.« Sie nahm das besorgte Aufflackern in Noras Blick wahr, doch sie hastete aus dem Ballsaal, ohne sich noch einmal umzuschauen.

~

Als er Mrs. Shaws rosa Röcke auf ihrer Flucht um ihre Knöchel flattern sah, war Bran sich sicher, etwas Falsches gesagt zu haben. Wieder einmal. Hatte er sich womöglich undankbar gezeigt. als sie ihm ein Kompliment zu seinen Tanzkünsten gemacht hatte? Er hatte sie nur besänftigen wollen, da es den Anschein gehabt hatte, als hätte ihr falscher Schritt sie bekümmert.

Vielleicht war das der Grund. Sie war lediglich aufgebracht. Die Menschen, und vor allem Frauen, waren Bran schon immer ein Rätsel gewesen. Sobald er glaubte, etwas herausgefunden zu haben, wurde er immer wieder aufs Neue durcheinandergebracht. Wenigstens schien er sich zu verbessern. In seiner Jugend waren diese Dinge viel schlimmer gewesen. Hatte er das ihr gegenüber wirklich erwähnt?

Und genau *deshalb* zog er es vor, Veranstaltungen, wie diesen Ball zu meiden.

Gekoppelt mit der verdammten Kleidung, die zu tragen er gezwungen war. Hudson hatte darauf bestanden, dass seine Krawatte mit mehr als üblich gestärkt wäre, und damit war der heutige Abend eine besondere Folter. Als Resultat hatte Bran das Gefühl, als könne er die Schlinge des Henkers fühlen.

Außerdem verabscheute er Menschenmassen, und die

Menge im Ballsaal war während ihres Tanzes noch angewachsen. Folter war genau das richtige Wort. Er beneidete Mrs. Shaw um ihre Flucht.

»Hatten Sie einen schönen Tanz?«, erkundigte Lady Satterfield sich höflich.

Bran konnte erkennen, dass die Herzogin begierig war, ihrer Schwester nachzulaufen, doch sie hielt sich zurück. Er würde ihr die Gelegenheit dazu bieten, indem er selbst ging. »Das hatten wir, vielen Dank. Wenn Sie mich entschuldigen wollen.«

Die beiden Frauen blinzelten ihn an und wirkten ein wenig verblüfft. Er könnte dies auf Mrs. Shaws abrupten Abgang schieben, aber warum nicht auch auf seinen? Er sollte eigentlich bleiben und ein paar Höflichkeiten austauschen. Stattdessen machte er sich zum frühestmöglichen Zeitpunkt aus dem Staub.

Verdammt, vielleicht war er doch nicht besser als in seiner Jugend.

Er machte sich auf den Weg durch den Ballsaal, unsicher, wohin er gehen sollte. Plötzlich erhaschte er den Blick eines Herrn. Er schien irgendwie vertraut ... Verdammt, es war Talbot, dieser Blödmann, den er neulich Abend bei Brooks kennengelernt hatte.

In seiner Verzweiflung, diesem Mann aus dem Weg zu gehen, fiel Brans Blick auf die geöffnete Terrassentür und er änderte seine Richtung. Er beschleunigte sein Tempo und trat ins Freie. Im Lichtschein der Wandleuchter, fanden sich mehrere Menschen auf der Terrasse, die dort flanierten. Es waren immer noch zu viele Menschen. Ganz zu schweigen davon, dass Talbot ihm nur nach draußen folgen müsste.

Auf der Suche nach einem Fluchtweg fiel Bran eine Treppe auf, die hinunter in den Garten führte. Es gab unterschiedliche Pfade, die jeweils mit flackernden Fackeln erleuchtet waren, welche allerdings nur für eine gewisse

Entfernung genügten. Je weiter ein Pfad führte, desto schwächer wurde das Licht, bis sich der weitere Verlauf einfach in der Dunkelheit verlor.

Bran rannte praktisch auf den nächstgelegenen Pfad zu.

Sobald er die letzte Lichtquelle hinter sich gelassen hatte, zerrte er sich seine Handschuhe von den Händen und stopfte sie in die Taschen seines Fracks. Dann lockerte er seine Krawatte und ließ die Enden über seine Brust herabbaumeln. So viel dazu, sie einfach nur zu lockern.

Warum hatte er sich bloß die Mühe gemacht, heute Abend herzukommen? Weil er dem verdammten Clare und Kendal gestattet hatte, auf ihn einzureden. Und Kendal war nicht einmal hier. War Clare anwesend? Bran hatte ihn nicht gesehen, und es interessierte ihn auch nicht mehr.

War es wirklich eine Zeitverschwendung gewesen? Letztendlich *hatte* er es schließlich geschafft, einen Walzer zu tanzen.

Ja, einen einzigen Walzer. Er beglückwünschte sich zu seiner Mittelmäßigkeit.

Es wurde von ihm erwartet, auf Brautsuche zu sein. Aber er wäre verdammt, wenn er dazu imstande wäre. Mit Mrs. Shaw hatte er nicht einmal eine Unterhaltung führen können, ohne auf seine elende Vergangenheit zurückzukommen. Es war schwierig, sich hier in London aufzuhalten und besonders bei einer gesellschaftlichen Veranstaltung wie dieser, ohne daran zu denken, wie seine Brüder ihn aus England vertrieben hatten.

Es war nicht so, dass er etwas bereute. In dem Moment, als sein Schiff in See gestochen war, hatte er sich frei gefühlt. Und glücklich. Ganz sicher hatte er sich nie vorgestellt, je wieder hierher zurückzukehren.

Es strahlte genügend Licht in den Garten, um seinen Weg auf dem Pfad ausmachen zu können. Doch dann änderten sich die Verhältnisse und er wurde von vollkommener Dunkelheit umfangen.

Er vernahm einen Atemzug, der sich wie das Schnappen eines Segels im Wind anhörte. Er war nicht allein. Dann hörte er ein Rascheln von Stoff und er wusste … es war eine Frau.

»Ich kann Sie hören«, gab er leise zu verstehen. »Ich wollte nicht stören.« Mit Verzögerung kam ihm zu Bewusstsein, dass sie möglicherweise nicht allein … und vielleicht mit einem Gentleman war. Er würde sich einfach umdrehen und weggehen – und hoffentlich fand er einen Ausgang, ohne in den Ballsaal zurückkehren zu müssen.

»Lord Knighton?«

Die Stimme war vertraut. Er entspannte sich, obwohl seine Sinne in einen Zustand der Überwahrnehmung übersprangen. »Mrs. Shaw.«

»Ich habe nur … Ich brauchte wohl etwas kühle Luft.«

»Mir erging es genauso. Er bewegte sich auf den Klang ihrer Stimme zu. »Ich bin froh, Sie gefunden zu haben. Jetzt kann ich mich dafür entschuldigen, Sie in Bedrängnis gebracht zu haben. Ich bin mir nicht sicher, was ich gesagt oder getan habe, aber vermutlich war es wohl meine Unfähigkeit, Ihr freundlich gemeintes Kompliment anzunehmen.«

»Was?« Sie klang vollkommen perplex. »Sie haben mich nicht in Bedrängnis gebracht.«

Ein leichtes Beben schwang in ihrer Stimme mit. Er war nicht sicher, ob er ihr glaubte, doch falls sie versuchte, seine Gefühle zu schonen, würde er sie tun lassen, womit auch immer sie sich wohlfühlte.

»Ich bin diejenige, die sich entschuldigen sollte«, sagte sie und es klang ganz nah, womit er es offenbar geschafft hatte, sich ihr zu nähern. »Es schien Sie zu bekümmern, über Ihre Vergangenheit … über Oxford zu sprechen. Ich wollte *Sie* nicht aufregen.«

»Das haben Sie nicht getan. Ich bin derjenige, der die Sprache darauf gebracht hat.« Und … abgesehen davon, dass er sich mit ihr uneingeschränkt wohlfühlte, wusste er immer noch nicht, warum. »Ich habe fünfzehn Jahre damit zugebracht, das hinter mir zu lassen. Die Rückkehr nach England hat all das augenscheinlich wieder aufgerührt.«

»Wenn Sie mir erzählen wollen, was ›all das‹ ist, werde ich mit Vergnügen zuhören.«

Er zog diesen Vorschlag in Betracht, doch die Folter seiner Brüder und die Ambivalenz seiner Mutter in seiner Erinnerung wieder aufleben zu lassen, war etwas, was er wirklich nicht gern tun mochte. Nun fühlte er sich ebenso eingeengt wie im Ballsaal und streifte sich den Frack von den Schultern, den er über seinem Arm drapierte.

»Entkleiden Sie sich etwa schon wieder?«, fragte sie.

»Können Sie das hören?«

»Ich fürchte schon. Doch es ist nicht wirklich von Bedeutung, da ich Sie nicht sehen kann.«

Zufrieden über ihre Logik, lachte er leise. »Wie dem auch sei, ich hatte meine Krawatte bereits abgebunden, bevor ich hier eintraf.«

»Ich kann es nicht einmal fertigbringen, einen Schock vorzutäuschen.« Als würde sie lächeln, schwang in ihrer Stimme nun ein Anflug von Humor mit.

Wieder lachte er und eine kühle, frische Frühlingsbrise strich über ihn hinweg. Wie er die Wärme von Barbados vermisste.

»Werden Sie mir davon erzählen?«, fragte sie.

Hatte er das laut gesagt – über Barbados? Anscheinend war dem so. »Ich könnte die ganze Nacht hier stehen und wäre nicht imstande, Ihnen alles zu erzählen.«

»Dann erzählen Sie mir einfach irgend*etwas*.«

Er schloss die Augen und rief sich sein Haus in Erinnerung. »Die Farben dort sind mit nichts vergleichbar, was Sie je hier je gesehen haben – das blau-grüne Wasser, der weiß-goldene Sand … Farben, denen nicht einmal ein Regenbogen gerecht werden kann.«

»Das klingt wunderschön.« Ihre Stimme war weich, beinahe andächtig. »Wie haben Sie sich entschieden, dorthin zu gehen?«

Er schlug die Augen auf, doch er konnte sie immer noch nicht erkennen. »Das war das Reiseziel des Schiffs. Mir war gleich, wohin ich fuhr, solange es fort von hier wäre.«

»Sie müssen sich furchtbar elend gefühlt haben.« Sie klang, als wäre sie ein bisschen näher gerückt.

»Hier wurde ich nicht gebraucht.« Oder eigentlich sollte es *gewollt* heißen. Seine gesamte Familie hatte ihn ermutigt, sich ein Offizierspatent in der Armee zu kaufen oder vielleicht eine Pfarrei zu übernehmen. Er hatte beide Ideen erwogen, doch letztendlich war er einfach an Bord des ersten Schiffs gegangen, das England verließ. Und er hatte nie zurückgeschaut.

»Und jetzt?« Ihre Frage wisperte über ihn hinweg und lullte ihn mit ihrer süßen Neugier ein.

»Jetzt bin ich der Earl. Ich werde gebraucht.«

»Und Ihre Brüder sind nicht mehr.«

Er stieß die Luft aus, als würde er zum ersten Mal begreifen, dass sie wirklich *nicht mehr da* waren. Dass er vielleicht hier leben und glücklich sein könnte. Oder wenigstens nicht elend. Und dennoch war es kein Zuhause. Noch nicht. »Ich vermisse die pralle Sonne.«

»Ganz besonders in diesem Moment möchte ich wetten.«

Er vernahm ein Zittern in ihrer Stimme. »Warten Sie, ist Ihnen kühl? Wo sind Sie?« Suchend streckte er die freie Hand aus und berührte sie.

Er trat einen Schritt vor – es brauchte nicht viel, um sie zu erreichen – und legte ihr den Frack um die Schultern. »Besser?«, fragte er.

»Ja, danke.«

Er nahm die Hände nicht weg. »Warum sind Sie hier herausgekommen?«

»Ich –«

Er vernahm das Zögern in ihrer Stimme und konnte das leichte Erschaudern ihres Körpers fühlen. Dass dies auf die Nachtluft zurückzuführen war, glaubte er nicht. »Sie können es mir sagen. Wenn Sie wollen.«

»Ich habe mich … überwältigt gefühlt. Als würde ich nicht atmen können. Ich musste nur von dort hinaus.«

Bei Gott, genauso hatte er sich sein ganzes Leben lang gefühlt. »Als ich jünger war, konnte ich nie stillsitzen. Oder Kleider tragen. Ich hatte oft das Gefühl, aus meiner Haut kriechen zu wollen. Früher habe ich mich häufig wund gekratzt.«

»Das klingt grauenhaft. Wie haben Sie damit aufgehört?«

»Ich weiß es nicht. Offenbar hat es geholfen, von hier wegzugehen.«

»Und jetzt, da sie wieder hier sind? Sind die Dinge nicht so schlimm, wie sie einmal waren?«

Nein, das waren sie vermutlich nicht, dachte er. So, wie er das auch vor wenigen Augenblicken getan hatte, als sie hervorhob, dass seine Brüder tatsächlich weg waren, verspürte er ein Gefühl der Leichtigkeit. Wegen ihr.

Ohne nachzudenken, schob er die Hände näher an ihren Hals und streichelte über ihre bloße Haut über dem Revers seines Fracks und zog dabei mit dem Daumen knapp unter ihrem Kiefer eine Spur nach. Als sie schluckte, konnte er fühlen, wie sie die Nackenmuskulatur anspannte.

Ihr Puls beschleunigte sich unter seine Berührung. Er näherte sich ihr, bis ihre Körper sich gerade so berührten, »Ich werde Sie küssen.«

»Ja.«

Er senkte den Mund und fand ihre Lippen, während er

sanft, aber zielstrebig vorging. Ihm wurde bewusst, nicht um ihre Erlaubnis gebeten zu haben. Und doch hatte sie sie ihm erteilt.

Er wölbte die Hände um ihr Gesicht und sanft bog er ihren Kopf zurück. Sie hob die Hände an seine Brust, doch nicht, um ihn fortzustoßen. Nein, ihre Fingerspitzen pressten sich an ihn und bogen sich dann um die Enden seiner Krawatte, womit sie ihn wirkungsvoll näher an sich heranzog.

Mit einem sanften Stöhnen legte er seine gewölbte Hand um ihren Nacken und vertiefte den Kuss, wobei seine Lippen sich weich um die ihren schmiegten. Sie schob die Hände an seiner Krawatte höher und schlang die Arme dann um seine Schultern, während sie ihre Brust an seine schmiegte.

Das Gefühl ihrer Nähe entfachte eine Leidenschaft, die während der letzten Jahre, seit Louisas Tod, in ihm brachgelegen hatte. Er war kein Mönch gewesen, aber *das* hatte er auch nicht gespürt.

Die Begierde zog ihm die Eingeweide zusammen und seine Männlichkeit versteifte sich. Er schob eine Hand an ihrem Rücken hinab und legte sie ihr auf den Ansatz ihrer Wirbelsäule, während er mit den Fingern über ihren Rücken streichelte.

Sie presste die Hüften an seine und keuchte. Ihr Mund öffnete sich unter seinem, und er nahm das Angebot an – betend, dass es eine Einladung war – und streichelte mit seiner Zungenspitze über ihre Lippen. Ihre Fingerspitzen gruben sich in seine Schultern, als ihre Zunge die seine berührte.

Das hatte er nicht geplant. Verdammt, er hatte einfach nur aus dem Ballsaal entfliehen und einen Moment Ruhe finden wollen. Stattdessen hatte er das Paradies gefunden.

Als sich die Begierde wie ein Lauffeuer ausdehnte, heiß und unberechenbar und völlig unaufhaltsam, schmiegten sich ihre Körper aneinander. Und so leicht könnte dies außerhalb seiner Kontrolle geraten ... Er nahm sich zurück – nur ein bisschen – und besänftigte den Kuss.

Wieder zog sie an seiner Krawatte und übernahm die Kontrolle, ihre Lippen bewegten sich über seine, ehe sie sie wieder öffnete. Wenn sie sich nicht zurückzog, würde er das auch nicht tun.

Er drang in ihren Mund, woraufhin sie stöhnte und es war ein dunkler, sinnlicher Klang, der seine Begierde nur noch mehr anfachte. Er wusste nicht, wie lange sie sich schon küssten, aber als sie sich endlich trennten, pochte sein Herz donnernd in seiner Brust und er stieß den Atem in kurzen, schnellen Stößen hervor.

Sie klang sehr ähnlich, und er musste allen Willen aufbringen, sie nicht wieder in seine Arme zu ziehen.

»Es tut mir leid«, sagte sie. »Ich weiß nicht, was über mich gekommen ist.«

»Offenbar war es das Gleiche, was mich überkommen hat. Einerlei, ich habe damit angefangen.«

»Und Sie haben versucht, es zu beenden – denke ich. Aber ich habe Sie nicht gelassen.« Ihre Stimme war ein bisschen wacklig, und er konnte nicht sagen, ob dies auf ihre Unsicherheit oder Verlegenheit oder auf etwas gänzlich anderes zurückzuführen war.

»Hoffentlich haben Sie bemerkt, dass mich das nicht gestört hat. Im Gegenteil. Mrs. Shaw, das war außerordentlich.« Sein Körper schrie nach Vollendung, und wäre er ein anderer Typ von Mann gewesen, hätte er erwägen können, ihre gegenseitige Verführung hier in diesem dunklen Winkel des Gartens fortzusetzen. Seine Reaktion war keine Übertreibung. Er wollte sie mit einer Wildheit, die er seit Jahren nicht mehr gespürt hatte.

Er zog sie wieder an sich und ihre Körper verbanden sich. »*Sie* sind außergewöhnlich.«

»Ich bin ... Vielen Dank.«

Er hatte das Gefühl, dass sie nicht mit ihm streiten wollte. Langsam lernte er sie kennen – und stellte fest, dass sie geringer von sich dachte, als sie sollte. Sie war ausgesprochen intelligent, klug und fürsorglich, und dennoch schien sie das nicht zu wissen. Oder zu zeigen. In gewisser Weise erinnerte ihn dies an sich selbst ... als er noch jünger war, vor der Zeit, ehe er entkommen war.

Und sie mit Evie zu sehen, brachte ihn zum Lächeln. Seine Tochter erzählte oft von ihr, wie sie mit ihr und Becky stets Zeit verbrachte, ob es nun darum ging, Kleider für die Puppen herzustellen, ihnen Geschichten vorzulesen oder es anscheinend für sie zu arrangieren, Marzipan mit der Köchin zu modellieren.

Ja, sie *sollte* Mutter sein. Warum nicht Evies Mutter? Er brauchte eine Frau, und er mochte sie. Ganz sicher mochte er ihre Art zu küssen. Er wusste, er würde es auch genießen, mit ihr zu schlafen.

»Heiraten Sie mich«, platzte er heraus.

Sie versteifte sich, doch selbst, wenn sie das nicht getan hätte, war ihm sofort bewusst, dass er diesen Antrag vermasselt hatte.

Sie trat einen Schritt zurück. »Ich kann nicht.«

Ja, er hatte es *komplett* verpatzt. Er umklammerte ihre Hand und wollte sie nicht gehen lassen. »Es tut mir leid, das war unglaublich ungeschickt. Wie ich früher bereits erwähnt habe, bin ich ziemlich gut darin. Mrs. Shaw, würden Sie mir die große Ehre erweisen, meine Gräfin zu werden?«

»Wir kennen uns kaum. Ich kann nicht –« Sie befreite ihre Hand aus seinem Griff. »Nein.«

»Warum nicht? Das Ganze wäre vollkommen vernünftig. Ich benötige eine Mutter für Evie, und Sie haben eine ausgezeichnete Bindung zu ihr entwickelt. Fügen wir diese augenscheinliche Anziehungskraft hinzu, die wir empfinden, dann ergibt dies eine logische Übereinstimmung.«

»Logisch?« Er vernahm die Verwirrung in ihrer Stimme und vermutete, dass es falsch gewesen war, das zu sagen. Verdammt, noch nie war er ein Romantiker gewesen. Louisa hatte versucht, es ihm beizubringen. Wenigstens hatte er gelernt, ihr gelegentlich Blumen mitzubringen. Ja, morgen würde er Mrs. Shaw – Joanna – Blumen schicken.

»Ich will damit sagen, dass Sie eine wunderbare Gräfin und Mutter sein werden.«

»Nein, das werde ich nicht.« Ihr Ton war kalt. »Ich war acht Jahre verheiratet, Lord Knighton, und ich habe für diese Zeit keine Kinder vorzuweisen. Sie behaupten, dies sei eine logische Übereinstimmung, aber Sie wollen Kinder – einen Erben – und ich kann Ihnen keinen schenken. Wie Sie also sehen, ist es eine *unmögliche* Übereinstimmung.«

Plötzlich warf sie ihm seinen Frack in die Arme. Er fing ihn auf und drückte ihn an sich, als sie an ihm vorbeilief und den Pfad entlang zum hellen Licht floh.

Bran blieb im Dunkeln. Das war der einzige Ort, wo er wirklich hingehörte.

KAPITEL SECHS

Jo unterschrieb den letzten Brief ihrer Korrespondenz und faltete das Pergament zusammen. Sie hatte Briefe an ihren Vater, einen Freund aus St. Ives, und an ein paar Dorfbewohner geschrieben, die nach Matthias Dahinscheiden begonnen hatten, ihr Botschaften des Mitgefühls und der Aufmunterung zu senden. Nun, da sie nach London umgesiedelt war, sprachen sie in ihren Briefen davon, ihre und Matthias Anwesenheit zu vermissen und wie furchtbar langweilig der neue Vikar im Vergleich zu ihnen war. Sie sprachen in den höchsten Tönen von Matthias, und es bedurfte alle Beherrschung, die Jo aufzubringen imstande war, um ihnen nicht zu erklären, dass ihr Glauben an ihn und ihre Hingabe vollkommen fehl am Platz waren. Matthias war ein Lügner und ein Schuft gewesen. Würden sie nur die Wahrheit kennen ...

»Schreibst du Briefe?« Nora rauschte in den Salon und trug ein paar Näharbeiten in der Hand.

Jo drehte sich auf ihrem Stuhl herum. »Ja, ich habe an Vater geschrieben.« Ihr Vater war ein schrecklicher Briefeschreiber, sie sorgten jedoch dafür, ihm ein paar Mal im Monat zu schreiben.

Nora ließ sich neben den Fenstern nieder und legte ihre Näharbeit in den Schoß, während sie Jo ansah. »Ich muss seinen jährlichen Besuch abstimmen.«

Jo hatte ihn im Laufe der vergangenen sechs Jahre, seit er nach Dorset umgezogen war, nur einmal getroffen, doch nachdem Nora Herzogin geworden war, hatte er sie jeden Juni besucht. »Das bedeutet vermutlich, dass ich ihn dieses Jahr sehen werde.«

Vorausgesetzt, sie wohnte immer noch bei Nora. Ihr mutete das Gefühl einer ungewissen Zukunft seltsam an. Ihre Ehe mit Matthias hatte ihr wenigstens die Sicherheit geboten, zu wissen, wo sie sein und was sie tun würde. Möglicherweise wurde diese Sicherheit überbewertet.

»Ja«, entgegnete Nora. »Es sei denn, du entscheidest dich, zu heiraten.« Sie blitzte Jo mit einem breiten Lächeln an.

Jos Magen krampfte sich zusammen und ruckartig wandte sie ihren Blick zu den Fenstern. Seit dem Ball, der nun drei Tage zurück lag, hatte Knightons Heiratsantrag im Vordergrund ihrer Gedanken gestanden. Gleich zusammen mit den Küssen, die sie ausgetauscht hatten. Er hatte sie als außergewöhnlich bezeichnet. Sie wusste immer noch nicht, was sie davon halten sollte. Er hatte ihr sicher nur schmeicheln wollen. Sie betrachtete sich als die verkörperte Definition von gewöhnlich. Oder sogar noch glanzloser, wenn man Matthias Meinung Glauben schenken sollte. Ihr gesunder Menschenverstand sagte ihr, dass Matthias *nicht* glaubwürdig war, und er ein lächerlicher Lügner gewesen war. Und dennoch konnte sie nicht anders, als zu denken, dass ein Körnchen Wahrheit in seiner Kritik an ihr stecken musste. Andererseits *wäre* sie wahrscheinlich Mutter ...

Aber sie konnte es nicht. Sie war, wie Matthias ihr mit Vorliebe erklärt hatte, nur eine halbe Frau. Unfähig, einen

Mann im Bett zu erfreuen oder gar Kinder zu gebären, war sie sich nicht einmal sicher, ob *halb* das angemessene Maß war.

»Jo?«

Noras sanfte Frage veranlasste sie, den Kopf abermals in ihre Richtung zu wenden. »Ja?«

»Du scheinst in Gedanken weit weg zu sein. Du bist seit einigen Tagen so. Seit dem Ball, eigentlich. Ich weiß, dass etwas passiert sein muss. Ich wünschte, du würdest es mir sagen.«

Nachdem sie vor Knighton geflohen war, hatte Jo das Ruhezimmer gefunden, wo sie sich nahezu eine Stunde lang versteckt hatte. Als sie danach Nora wiedergefunden hatte, täuschte sie furchtbare Kopfschmerzen vor und bat, nach Hause zu fahren. Nora hatte darauf bestanden, sie zu begleiten, denn sie war besorgt gewesen, weil Jo so lange verschwunden war und sich offensichtlich so entsetzlich fühlte.

»Es ist nichts passiert. Es waren die Kopfschmerzen, wie ich dir erklärt habe, und nichts weiter. Ich fühle mich bloß ein bisschen nachdenklich im Hinblick auf die Zukunft. Ich kann dir in den nächsten fünfzig Jahren nicht einfach am Rockzipfel hängen.«

Nora runzelte die Stirn. »Das machst du *zurzeit* ebenfalls nicht.«

Sie hatten diese Unterhaltung schon oft geführt und das Thema war mehr als erschöpft. Jo wandte sich wieder dem Sekretär zu und sammelte ihre Korrespondenz zusammen, um sie Abbott zu übergeben.

»Du wirst mich weiterhin geflissentlich ignorieren, oder?«

Vor Verärgerung stieß Jo die Luft aus. »Ich möchte nicht darüber sprechen. Du musst aufhören, dich um mich zu sorgen.«

»Ich bin deine ältere Schwester. Ich habe mir immer Sorgen um dich gemacht.«

Warum hast du dann mein Leben verpatzt?

Die Frage kam ihr ungebeten in den Sinn, und sofort bereute sie, so etwas auch nur gedacht zu haben. Doch sie hielt sich hartnäckig. Sie wies Nora für ihr Los keine Schuld zu. Zumindest nicht bewusst. Oh verdammt, sie erkannte ihre eigenen Gedanken kaum noch wieder.

Genau in diesem Moment stürmten Becky und Evie in den Salon und ihr Grinsen war so breit wie die Themse.

Nora lachte leise bei ihrem Anblick und Jo konnte nicht anders, als ebenfalls zu lächeln. Die beiden sahen so glücklich aus. »Wie war das Marzipan?«

»Es hat riesigen Spaß gemacht!«, rief Becky aus. »Wir haben Tiere und Blumen und sogar ein Häuschen gemacht. Die Figuren müssen ein bisschen trocknen, und dann wird Abbott sie nach oben bringen, damit du sie bewundern kannst.«

Nora beugte sich zu den Mädchen und ihre Augen funkelten. »Oh gut, ich kann es kaum erwarten, eure Kunstwerke zu sehen.«

»Ich habe probiert, ein Schloss zu machen, aber es war zu schwer.« Entschlossen kniff Becky den Mund zusammen. »Aber ich werde daran arbeiten. Beim nächsten Mal probiere ich etwas weniger Kompliziertes und arbeite mich dann bis zu den Türmchen vor.«

»Es soll also ein nächstes Mal geben?«, fragte Jo.

Die beiden Mädchen nickten. »Das hat die Köchin gesagt«, erklärte Becky. »Sie hat vorgeschlagen, einmal im Monat, wenn Mama damit einverstanden wäre.«

»Von mir aus ist das in Ordnung. Wir werden einfach noch einmal Lord Knighton fragen.«

»Papa wird einverstanden sein.« Evie sah Jo an. »Glauben Sie nicht?«

Jo fühlte sich plötzlich gehemmt. Warum fragte das Mädchen sie? »Wahrscheinlich.«

Evie zuckte mit den Schultern. »Sie waren in unserem Haus. Sie wissen doch, wie er ist.«

Jo war auch nicht ganz sicher, was das bedeuten sollte oder was dies mit der Unterhaltung zu tun hatte. Sie wusste, dass er mit Vorliebe zu viel Haut zeigte, wenn er zu Hause herumlief. Und das hatte ganz und gar nichts mit Marzipan zu tun. Obwohl sie sich vorstellen konnte, dass es ebenso süß schmeckte.

Meine Güte, sie hatte wirklich *keine* Kontrolle über ihre Gedanken, oder? Sie hoffte, dass die an ihrem Nacken aufsteigende Hitzewelle es nicht bis ins Gesicht schaffte.

Evie setzte sich Nora gegenüber auf das Sofa und Becky ließ sich neben sie plumpsen. »Papa sagt, er will mich mitnehmen und einige Schlösser besichtigen.«

»Welche?«, wollte Nora wissen.

»Der Tower of London«, antwortete Becky. »Mama können wir auch gehen? Ich weiß, du hast gesagt, dass ich bereits dort gewesen bin, aber ich erinnere mich kaum.«

»Natürlich können wir gehen«, sagte Nora.

»Mit *Evie.*«

Nora lächelte. »Wir werden sehen.«

Evie beugte sich näher zu ihrer Freundin und laut flüsternd meinte sie: »Das bedeutet ›vielleicht, aber wahrscheinlich nicht‹ in der Elternsprache. Papa sagt das die ganze Zeit zu mir, und oft passiert gar nichts.«

Becky kniff die Augen zusammen. »Du hast recht.« Sie verschränkte die Arme und sah ihre Mutter mit einem Schmollmund an.

Nora lachte. »In diesem Fall habe ich wirklich gemeint, dass wir abwarten müssen. Ich muss die Sache mit Lord Knighton und deinem Vater besprechen und herausfinden, ob wir einen, für alle Beteiligten passenden Termin finden können.«

Becky atmete geräuschvoll aus. »Das nehme ich wohl an.«

»Ich hoffe es«, erklärte Evie. »Es wird nicht so viel Spaß machen, wenn ihr nicht auch alle kommt.« Sie sah zu Jo auf, die immer noch in der Nähe des Sekretärs stand. »Einschließlich Ihnen, Jo.« Die Augen des Mädchens waren so klar und ernst – sie wünschte sich Jos Anwesenheit wirklich. Sie dachte, dass sie die Mutter dieses Mädchens hätte sein können, wenn sie zu Knightons Antrag nur Ja gesagt hätte ...

Abermals bildete sich ein Kloß in ihrem Magen, und ihre Kehle war wie zugeschnürt. Selbst wenn die Dinge –sie– anders wären, hätte sie nicht Ja sagen können. Sie kannte ihn kaum und hatte keine Vorstellung, was für ein Ehemann er sein würde. Sie hatte eine unglückliche, durch und durch grauenerregende Ehe erlitten und nicht die geringste Lust, eine andere einzugehen.

»Mama, gibt es noch andere Schlösser, die wir besichtigen können?«, fragte Becky.

»Nun, es gibt Hampton Court, aber es ist mehr ein Palast als ein Schloss. Es gibt dort einen großen Irrgarten.«

Die Mädchen tauschten aufgeregte Blicke aus.

Abbott trat ein und kündigte die Ankunft von Lord Knighton an. Der Butler trat beiseite und der Earl schritt in den Salon. Sofort schien er jedes bisschen Raum und Luft zu beherrschen, sodass Jo das Gefühl bekam, nicht atmen zu können. Er war atemberaubend gutaussehend mit seinen zu langen Haaren und sündigen dunkelblauen Augen. Ganz zu schweigen von seinem Mund. Sie konnte nicht aufhören, ihn anzustarren und sich vorzustellen, wie seine Lippen über ihre gestreift waren und dann das Vorstoßen seiner Zunge ...

»Papa!« Evie sprang vom Sofa und umarmte ihn. »Wir haben Marzipan gemacht! Die Figuren sind in der Küche, aber ich glaube, Abbott ist losgegangen, um sie zu holen, damit ich meine mit nach Hause nehmen kann.«

Knighton blickte auf seine Tochter herab. »Was hast du angefertigt?«

»Eine Katze, eine Schildkröte und ein paar Blumen, so wie wir sie zu Hause hatten. Ich habe ein Schloss versucht, aber es war zu schwer, und ich habe stattdessen ein Häuschen daraus gemacht. Beim nächsten Mal werde ich daran arbeiten, die Teile für ein Schloss zu schaffen. Wir werden das einmal im Monat machen.«

»Ich verstehe.« Der Earl sah zu Nora hinüber, die ihm zunickte. »Nun, das ist äußerst großzügig von der Köchin der Kendals, ihre Zeit anzubieten.«

Evie zog ein Gesicht. »Ich kann mir nicht vorstellen, dass *unsere* Köchin das macht.«

Knighton lachte leise. »Nein, ich kann mir auch nicht vorstellen, dass sie bei so etwas mitmacht.«

Trotz aller Bemühungen starrte Jo weiterhin auf seinen Mund. Nicht, dass es etwas ausgemacht hätte, da er sie seit dem Betreten des Salons nicht ein einziges Mal angesehen hatte. Eigentlich fragte sie sich, ob er ihre Anwesenheit überhaupt wahrgenommen hatte. Ja genau, warum sollte sie das nicht denken? Das war weit weniger schmerzhaft, als zu glauben, dass er sie ignorierte. Könnte sie ihm einen Vorwurf machen, wenn dem so wäre? Sie hatte seinen Heiratsantrag abgelehnt, nachdem sie ihn schamlos geküsst hatte.

Oh, sie *wünschte,* sie wäre nicht hier.

Eigentlich könnte sie sich vielleicht einfach aus dem Zimmer schleichen …

»Papa, wir müssen die Kendals einladen, mit uns zum Tower zu kommen. Und Jo.« Evie sah zu Jo hinüber, als diese gerade begonnen hatte, langsam zur Tür zu gehen.

»Das wäre nett«, antwortete Knighton und wandte sich an Nora. »Ich werde sehen, ob wir einen Termin vereinbaren können.« Jetzt sah er zu Jo hinüber. Und die ganze Intensität seines Blickes raubte ihr beinahe den Atem … genauso, wie er es vorhin einfach durch das Betreten des Zimmers bewirkt hatte. »Werde ich Sie morgen Mittag sehen?«

Zu den Terminen für die Vorstellungsgespräche der Gouvernanten. Sie hatte sich gefragt, ob er sie nach den Vorkommnissen auf dem Ball nicht vielleicht ausladen würde. »Wenn Ihnen immer noch an meinem Kommen liegt.« Vielleicht brauchte er nur eine Gelegenheit, um Sie von ihrer Verpflichtung zu entbinden.

Er zog die Brauen leicht zusammen, und blinzelte. »Aber sicher. Was weiß ich denn schon von solchen Dingen?«

»Etwa das Gleiche wie ich.« Sie hatte nicht so herb klingen wollen, aber sie fürchtete, genau das getan zu haben.

Blitzschnell schoss Noras Blick zu ihr, und Jo spürte die Intensität ihrer stillschweigenden Reaktion, als hätte sie geschrien: *Was ist mit dir los?*

»Wollen Sie damit sagen, lieber nicht kommen zu wollen?«, fragte er.

Jetzt bot er *ihr* die Möglichkeit, sich zurückzuziehen. Wie freundlich. Und sie hatte die Absicht, sie zu ergreifen.

»Natürlich nicht!«, antworte Nora, bevor sie selbst dazu imstande war. Ruhig lächelte sie die beiden an. »Joanna freut sich, wenn sie helfen kann.«

Knighton wirkte noch ein wenig unsicher, doch schließlich nickte er. »Sehr gut. Ich werde Sie um die Mittagszeit erwarten. Komm, Evie.«

In diesem Moment kehrte Abbot mit einer Tasche zurück, die ihr Marzipan enthielt. »Hier das ist für Sie, Lady Evangeline.«

Sie nahm die Tasche. »Danke, Abbott. Sind sie noch alle da, oder haben Sie einen gegessen?« Sie zwinkerte ihm zu, und Jo war aufs Neue von ihr bezaubert.

Abbott lachte leise. »Ich war in Versuchung geraten, aber

ich habe es nicht getan«, entgegnete er ebenfalls mit einem Augenzwinkern.

Evie wandte sich an ihren Vater. »Papa, wir brauchen einen Butler wie Abbott. Er ist immer so viel freundlicher als Kerr.«

Jo war betrübt zu erfahren, dass sich die Situation mit seinen Dienstboten nicht besserte. Vielleicht sollte sie das morgen mit ihm besprechen.

Was? Sie hatte versucht, sich vor der morgigen Verabredung zu drücken, und im Grunde allen zukünftigen Begegnungen mit dem Earl, um sich nicht weiter in sein Leben zu verstricken.

Die Mädchen verabschiedeten sich voneinander, und Knighton verließ das Haus mit Evie.

Nora wandte sich umgehend an Becky. »Es ist Zeit, nach oben zu gehen, um zu lesen.«

Becky rutschte vom Sofa. »Ja, Mama. Willst du mein Marzipan nicht sehen?«

»Natürlich, Liebes. Nach dem Lesen. Ich komme in einer Weile und hole dich.«

Das Mädchen nickte und verließ das Zimmer.

Jo versuchte, ihr zu folgen, doch Nora hielt sie mit ihrem demonstrativen Tonfall der großen Schwester auf. »Du wirst *nicht* weglaufen. Du willst mir vielleicht nicht sagen, was dich aus der Ruhe bringt, aber wenn du das nicht tust, werde ich annehmen, dass es mit Lord Knighton zu tun hat. Nachdem du mit ihm getanzt hast, hast du angefangen, dich eigenartig zu benehmen. Unmittelbar danach bist du verschwunden – *für eine geraume Zeit* – und seitdem bläst du Trübsal. Ist etwas passiert?«

Jo verkrampfte die Hand, in der sie die Briefe hielt, und packte fester zu … sie musste sich im Stillen ermahnen, die Hände locker zu lassen, ehe sie sie noch zerdrückte. »Nein. Es ist nur … mit ihm zu tanzen erinnerte mich an Matthias.«

Nora wurde ein wenig blass. »Es tut mir leid. Ich wollte keine alten Erinnerungen wecken. Aber hast du nicht gesagt, keine Neigung mehr für ihn zu hegen?«

»Nein, die habe ich nicht.« Jo nahm die Schultern zurück und beschloss, offen zu sein – wenigstens ein bisschen. »Matthias war ein elender Ehemann. Ich vermisse ihn nicht im Geringsten. Er hat mich nicht sehr gemocht. In Wahrheit war er oft grausam gewesen.« Ihre Schwester machte große Augen und Jo konnte die Frage in ihrem verstörten Blick sehen. »Bitte, ersuche nicht darum, es zu erklären. Ich würde lieber alles, was mit ihm zu tun hat, dort lassen, wo es hingehört – tot und begraben mit ihm. Mit Lord Knighton zu tanzen, überhaupt am Ball teilzunehmen, hat mich in eine Position versetzt, in der ich die Aufmerksamkeit eines Mannes zu erdulden hatte, und das würde ich lieber nicht.«

Nora nickte mitfühlend. »Ich verstehe. Du brauchst Zeit.«

Jo wollte ihr entgegnen, dies unmöglich verstehen zu können, aber das würde ihre Neugier nur noch mehr anstacheln. »Vielleicht möchte ich nie wieder heiraten. Allein zu sein ist besser.« Wenn sie Kinder gehabt hätte, wäre es geradezu perfekt.

Für einen Moment presste Nora ihren Kiefer zusammen. »Ich versuche, es zu verstehen«, erklärte sie leise, und Jo war froh, dass sie möglicherweise zu begreifen begann, wie unterschiedlich die Leben waren, die sie geführt hatten. Sie mochten Schwestern und beste Freundinnen sein, die einander sehr zugetan waren, doch ihre Erfahrungen waren verschieden, und es gab einige Dinge, die sie sich nicht anvertrauen konnten – und es auch nicht sollten.

»Danke«, entgegnete Jo schlicht. »Ich werde diese Briefe zur Post geben.«

Sie verließ den Salon, ehe sie noch in Versuchung geriet, mehr von ihrer Wachsamkeit außer Acht zu lassen. Und sollte sie das einmal tun, fürchtete sie, die Mauer, die sie so mühselig errichtet hatte, könnte zu Staub zerfallen.

Kurz vor der Mittagszeit betrat Hudson Brans Büro mit Mantel, Weste und Krawatte. »Mylord, ich fürchte, es ist Zeit, sich anzukleiden.« Der Kammerdiener trug einen vagen gequälten Ausdruck auf dem Gesicht, der Brans Empfindungen wiederspiegelte.

»Vermutlich.« Resigniert erhob Bran sich hinter dem Schreibtisch und erlaubte Hudson, ihn zu kleiden. Während der ganzen Zeit zählte Bran im Stillen die Stunden, bis er alles wieder ablegen konnte, was er gerade anzog. Zumindest hatte der Schneider, nach anfänglichen Schwierigkeiten, gute Arbeit geleistet. Er hatte gelernt, die Art und Weise zu kopieren, wie Brans ehemaliger Schneider auf Barbados seine Hemden gefertigt hatte. Bran war begeistert. Bislang war dies das Beste, was ihm in London wiederfahren war.

Gleich nach den Küssen von Mrs. Shaw.

Joanna.

Mrs. Shaw klang so förmlich. Im Stillen hatte er entschieden, an sie als Joanna zu denken. Nach den Intimitäten, die sie ausgetauscht hatten, schien dies nur richtig. Und auch wieder nicht, da diese Intimität ein einmaliges Ereignis gewesen zu sein schien. Ihre Ablehnung seines Heiratsantrags war schnell und wie ein Dolchstoß gekommen.

Gestern war er ein wenig ängstlich gewesen, sie zu sehen und er hatte bemerkt, dass sie versuchte, aus dem Salon zu entkommen, ohne auch nur mit ihm zu sprechen. Dann hatte sie offensichtlich versucht, ihrer Verpflichtung, heute hierher zu kommen, zu entgehen. Er konnte sich demnach nur denken, die Grenze mit seinem Kuss vollständig übertreten zu haben. Aber sie hatte ihn nicht aufgehalten. Eigentlich hatte sie ihn unverhohlen zurück geküsst. *Begeistert.*

Er runzelte die Stirn.

»Mylord?«, fragte Hudson.

Bran schüttelte den Kopf. »Nichts.« Er erzählte seinem Kammerdiener von den meisten Dingen, doch von der Begegnung mit Mrs. Shaw hatte er nichts offenbart. Es fühlte sich wie ein Geheimnis zwischen ihnen beiden an, was vor allem auf ihre Ablehnung und das nachfolgende Verhalten zurückzuführen war. »Bitte übermitteln Sie Jenkins meine Wertschätzung. Dieses Hemd ist sogar besser als das letzte.«

»Er wird sich freuen, das zu hören. Ich weiß, dass er hart gearbeitet hat, um Sie zufriedenzustellen.«

»Es ist zu schade, dass nicht mehr Angestellte diese Haltung teilen«, murmelte Bran.

»In der Tat.« Hudson war sich der Probleme im Zusammenhang mit verschiedenen Bediensteten sehr wohl bewusst. Abgesehen von Kerr besaß das Dienstmädchen für das Obergeschoss, Foster, eine Starrköpfigkeit, die Bran zum Wahnsinn trieb, und die Köchin beschwerte sich weiterhin über die von Bran geforderten Änderungen. Sehr zu seinem und Evies Leidwesen versäumte sie es auch, seine Anweisungen zu befolgen.

Immer wieder kam ihm Evies Kommentar von gestern in den Sinn. »Hudson, ich denke, es ist an der Zeit, einige Änderungen in Bezug auf das Personal vorzunehmen.«

Hudson riss kurz die Augen auf, doch dann stieß er die angehaltene Luft aus. »Für einen Moment hatte ich gedacht, Sie hätten mich gemeint. Sie meinen mich nicht, oder?«

»Natürlich nicht. Was für eine Person wäre ich denn, Sie aus Barbados hierher zu verschleppen, nur um Ihre Anstellung aufzukündigen? Wir werden aneinander hängenbleiben, fürchte ich.«

»Hervorragend. Wer wird entlassen werden?«

»Foster – Mir gefällt nicht, wie sie mit Evie umgeht. Und die Köchin, möglicherweise. Ganz gleich, wie oft ich ihr sage, sie solle Evie keine Schildkrötensuppe vorsetzen, tut sie es trotzdem.« Und jedes andere einer ganzen Reihe verschmähter Gerichte, doch dieses war das traumatischste.

Hudson schüttelte den Kopf. »Grässlich.«

»Und dann ist da noch Kerr.« Bran zog eine Grimasse. »Ich hatte gehofft, er würde sich an unsere Gewohnheiten anpassen, aber seine Verachtung ist buchstäblich fühlbar, und ehrlich gesagt, verbreitet er eine düstere Stimmung über den Haushalt.«

Hudson öffnete den Mund zu einer Antwort, als genau in diesem Moment Kerr an der Türschwelle auftauchte. Bran fürchtete, er könne vielleicht gehört haben, was er gerade gesagt hatte, doch allein anhand seines Anblicks war das unmöglich festzustellen. Er hatte die gleiche verächtliche Miene aufgesetzt, die sein Gesicht wie stets verkniffen erscheinen ließ.

»Mrs. Shaw ist hier«, verkündete Kerr hochmütig und trat zur Seite, als sie an ihm vorbei ins Büro trat.

Als sie Hudson erblickte, hielt sie kurz inne und blinzelte. »Ich wollte nicht stören.«

»Und deshalb würde ich bevorzugen, Besucher nicht direkt in Ihr Büro zu führen«, verkündete Kerr mit einer demonstrativen Kälte in seiner Stimme. »Wie *normale* Leute es erwarten würden«, murmelte er, bevor er sich entfernte.

Hudson hüstelte leise. »Ich bin erfreut, Ihre Bekanntschaft zu machen, Mrs. Shaw.« Er sah Bran mit einem Blick an, der zu besagen schien, dass die Situation wahrscheinlich eine Katastrophe war und dann ergriff er rasch die Flucht. Dieser Feigling.

Brans Krawatte hatte sich nie beengender angefühlt. Er ließ den Nacken kreisen und drehte den Kopf von einer Seite zur anderen. »Guten Tag. Ich glaube nicht, nun, dass Sie gehört haben, worüber wir gesprochen haben?« Wenn sie es gehört hätte, dann hatte Kerr das wohl ebenfalls.

Ihr Blick war mitfühlend. »Ich fürchte doch.« Sie setzte sich auf den Stuhl, den sie beim letzten Mal benutzt hatte, ihr Retikül im Schoß. »Aber es klingt ganz so, als hätte es gesagt werden müssen, wenngleich vielleicht nicht auf diese Weise.«

Bran trat hinter seinen Schreibtisch, ließ sich dort auf seinen Stuhl fallen und streckte die Beine vor sich aus. »Das war natürlich nicht meine Absicht. Aber es stimmt – ja, es ist überfällig. Sie haben gehört, was Evie gestern gesagt hat, als sie ihn mit Abbott verglich. Ich kann seinen Widerwillen aushalten, aber wenn es um meine Tochter geht, werde ich diese Art von Verhalten nicht tolerieren. Und wenn sie es schon bemerkt ... Nun, dann ist es an der Zeit für ihn, zu gehen.«

»Sie haben also vor, ihn offiziell zu entlassen?«

»Ja. Zusammen mit Foster. Sie ist das Dienstmädchen im Obergeschoss.«

»Ich kann mich vom letzten Mal, als ich hier war, an ihren Namen erinnern. Ich habe ihr Verhalten in Bezug auf Evies Schnittwunde am Finger nicht gemocht.«

Es war gut, zu hören, dass er nicht der Einzige war, der Foster für mangelhaft hielt. Mangelhaft? Sie war praktisch aufsässig. Wie die Köchin, die *definitiv* rebellisch war.

»Die Köchin ist auch ein Problem.«

»Sind ihre Gerichte nicht gut?«, fragte sie. »Oder liegt es nur daran, dass sie mit Evie kein Marzipan herstellt?« Bei den letzten Worten lächelte sie, und er begriff, dass sie einen Scherz machte.

»Nun, ich *möchte* eine Köchin, die das tun könnte. Ich fürchte, Ihre Schwester hat eine Erwartung bei Evie wachgerufen, die ich kaum erfüllen kann, und schon gar nicht in meiner gegenwärtigen misslichen Lage. Ich kann die Köchin nicht einmal dazu bringen, die Speisen zuzubereiten, die ich möchte oder auf die Art, wie ich möchte.«

Mrs. Shaw zuckte zusammen. »Das *ist nicht* gut. Haben Sie mit ihr gesprochen?«

»Wiederholt.«

»Dann ja, ist es möglicherweise an der Zeit, sie auch zu entlassen.« Ihr Blick wurde mitfühlend. »Es tut mir so leid. Letztendlich werden Sie aber glücklicher sein.«

Davon war er überzeugt. Er war sich allerdings auch recht sicher, dass dieses Gespräch ausgesprochen unbeschwert und angenehm verlief und es sein gestriges Gefühl einer gewissen Unruhe vertrieb.

Er betrachtete sie einen Moment lang und stellte dabei fest, dass sie auf ihre übliche farblose Kleidung verzichtet hatte. Auch gestern hatte sie das getan. »Sie sehen heute bezaubernd aus. Dieses Kleid ist sehr hübsch.«

Ihre Wangen bekamen bei seinem Kompliment Farbe und sie schlug den Blick nieder. »Danke.« Die gleiche unbeholfene Stimmung wie gestern machte sich im Zimmer breit, und er bereute es, eine Bemerkung über ihr Aussehen gemacht zu haben.

Aber sie musste doch wissen, dass er sie attraktiv fand. Verdammt, er hatte sie geküsst. Sie hatte außerdem auch seinen Heiratsantrag abgelehnt, also war unbeholfen vielleicht das Beste, was er sich erhoffen konnte. Er überlegte, das Thema anzuschneiden, nur um alle Unbehaglichkeit aus der Welt zu schaffen. Aber dann fiel ihm ein, was sie ihm erzählt hatte, bevor sie weggelaufen war – dass sie keine Kinder bekommen konnte. Er wollte noch mehr Kinder, und wenn sie unfruchtbar war, konnte sie nicht seine Gräfin sein. Seine Enttäuschung war heute ebenso groß, wie auf dem Ball.

Er entschied, weiterzumachen, als wäre nie etwas geschehen, denn es schien, dass sie gern genau das Gleiche tun wollte. »Sollen wir die Bewerberinnen durchsprechen, ehe sie erscheinen?«

Sie nickte und umklammerte ihr Retikül mit festem Griff. »Ja, bitte.«

Ein paar Stunden später befreite Bran seinen Hals von den einschnürenden Fesseln in Form seiner Krawatte. Sobald sie das letzte Bewerbungsgespräch beendet hatten, hatte er seinen Frack zur Seite geschleudert, doch er hatte es fertiggebracht, seine restliche Kleidung anzubehalten, bis Mrs. Shaw gegangen war. Das war keine geringe Leistung gewesen. Und all das nur, um diese Unbeholfenheit zu vermeiden, die zu ignorieren, sie beide eine gute Leistung vollbracht hatten. Oder zu ignorieren vorgaben.

»Papa?« Evie trat in sein Arbeitszimmer und ihr Blick schoss im Zimmer umher. »Ist Mrs. Shaw noch da?«

»Nein, mein Liebling. Sie ist gegangen, nachdem wir mit den Bewerbungsgesprächen der in Frage kommenden Gouvernanten fertig waren.«

Sie setzte sich auf den Stuhl, den Mrs. Shaw benutzt hatte. »Wird eine von ihnen meine neue Gouvernante sein?«

Bran unterdrückte ein frustriertes Stöhnen. »Nein.« Er hatte sich für keine von ihnen erwärmen können und Mrs. Shaw auch nicht. Das hieß, dass er weitere Bewerbungsgespräche führen musste. Zusätzlich zu denen, die er wegen der zahlreichen Lücken in seinem Personalstab würde führen müssen, mit denen er sich bald konfrontiert sah. Bran ließ den Kopf auf seinen Schreibtisch sinken und massierte sich die plötzlich pochenden Schläfen.

»Warum stellst du nicht einfach Mrs. Shaw ein?«

Ruckartig hob er den Blick und sah Evie an. »Sie ist keine Gouvernante.«

»Nein, aber warum kann sie es nicht sein? Ich mag sie so schrecklich gern, und ich glaube, sie mag mich auch. Bestimmt kann sie mir beibringen, wie man eine Dame ist.«

Evie ließ die Füße pendeln, als wollte sie sichtbar daran erinnern, *warum* sie eine Gouvernante brauchte.

Bran runzelte die Stirn. Sie war noch so jung. Er wollte, dass sie mit den Füßen schlenkerte. »Ich bin mir nicht sicher, ob du jetzt schon eine Gouvernante brauchst.«

»Aber Papa, Becky wird eine haben. Ich werde auch eine brauchen.«

»Das ist kein Grund, eine zu haben. Becky hat auch einen kleinen Bruder. Wirst du mich auch um einen bitten?«

»Nein, aber vielleicht eine kleine Schwester. Becky sagt, dass ihre Mama noch ein Baby bekommen wird.« Sie kniff die Augen zusammen. »Es sei besser ein Schwesterchen hat sie gesagt.«

Bran erstickte ein Lachen. Als ob sie sich das aussuchen könnten. Er dachte an Mrs. Shaw und wurde auf der Stelle ernst. Offenbar konnte sie sich nicht einmal *aussuchen*, ein Kind zu haben. Es tat ihm leid um sie. Sie mit ihrer Nichte und ihrem Neffen zu beobachten, und mit Evie, zeigte ihm, dass sie Kindern auf natürliche Art zugeneigt zu sein schien.

Dann wäre sie vielleicht tatsächlich gern eine Gouvernante, schlug sein Gehirn vor.

Evie sprang vom Stuhl und lief um den Schreibtisch herum zu seinem Platz. »Bitte, Papa?« Sie blinzelte ihn flehend an und schürzte die Lippen zu einem kleinen Schmollmund. »Frag bitte Mrs. Shaw?«

Urplötzlich platzte ein Bild von ihr in seine Gedanken, wie sie geschäftig über seinen Hausstand wirkte, ihre Meinung über seine Bediensteten äußerte und Unterrichtsstunden im Modellieren von Marzipan für seine Tochter arrangierte. Er lehnte sich auf seinem Stuhl zurück und überließ sich der Fantasie. Sie in der Nähe zu haben, würde ihre Anziehungskraft auf die Probe stellen. Er würde sie mit ziemlicher Sicherheit wieder küssen wollen. Und das wäre schlecht. Er mag in seiner Rolle als Earl vielleicht etwas unwissend sein, aber eigentlich war er ziemlich sicher, dass man seine Gouvernante nicht küsste.

Er konzentrierte sich auf das flehende Gesicht seiner Tochter. »Evie, ich glaube wirklich nicht, dass sie daran interessiert wäre, eine Gouvernante zu sein. Sie braucht keine Stellung. Ihre Schwester ist Herzogin.«

»Aber vielleicht möchte sie es *gern* tun. Kannst du sie nicht einfach fragen?«

Er könnte ... »Was wäre, wenn sie nein sagte? Würdest du das akzeptieren?«

Sie reckte ihr Kinn eine Idee höher. »Das würde ich. Ich bin schon groß, Papa.«

Bei diesem Kommentar lachte er auf und zog sie auf seinen Schoß. »Nicht so schnell, mein Liebling.« Er drückte ihr einen Kuss auf die Wange und blies gegen ihre zarte Haut, womit er einen eher unhöflichen Klang erzeugte. Sie liebte das.

Evie kicherte. »Papa! Bedeutet das, dass du es tun wirst?«

»Ja.« Wie könnte er seinem Herzstück schon etwas abschlagen? Oder sich ihrer Logik widersetzen – und was konnte es schon schaden, zu fragen? »Aber ich erinnere dich daran, deine Hoffnungen nicht zu hoch zu stecken. Versprochen?«

Sie legte sich die Hand ans Herz. »Ich *verspreche es.*«

»Sehr gut.« Jetzt musste Bran nur noch daran arbeiten, *seine* eigenen Hoffnungen nicht zu wecken.

KAPITEL SIEBEN

»Gibt es irgendwelche Neuigkeiten von Lucy oder Aquilla?«, fragte Nora ihren Gast, die Herzogin von Clare, die für sie einfach »Ivy« war.

Ivy stellte ihre Teetasse auf den Tisch. »Noch nichts. Die beiden schreiben mir fast jeden Tag.« Sie stieß ein kurzes Lachen aus. »Tatsächlich hat der Umfang ihrer Korrespondenz zusammen mit ihren Bäuchen zugenommen.«

Nora nickte wissend. »Weil sie mehr sitzen müssen als normal – zumindest habe ich mich so gefühlt. Und in dieser Phase ist es besonders frustrierend, weil sie wahrscheinlich Energieschübe haben.«

Ivy legte eine Hand auf ihre gerundete Mitte. »Ja, langsam fange ich an, mich ebenso zu fühlen.«

Wie üblich fühlte sich Jo von dem Gespräch losgelöst, da sie keine Erfahrung hatte und nichts Wertvolles hinzufügen konnte. Sie verzehrte ein weiteres Stück Kuchen und sinnierte darüber nach, dass dies wohl der einzige Weg blieb, wie ihr eigener Bauch je anwachsen würde. Ach, was für eine deprimierende Vorstellung. Sie richtete ihre Gedanken auf all die schlimmen Dinge, die passieren konnten, bis hin zu ihrem eigenen Tod im Kindbett. Es war eine gnadenlose Taktik, aber es war die einzige, die ihr im Kampf gegen die Enttäuschung und Depression zur Verfügung stand.

»Es ist ganz anders als beim letzten Mal«, bemerkte Ivy leise.

Jo wurde sogleich aufmerksam, denn sie war nicht sicher, ob sie sie richtig gehört hatte. Sie sah zu Nora hinüber, die ihre Freundin herzlich anlächelte.

»Bist du eigentlich überhaupt nicht nervös?«, fragte Nora.

Ivy nickte und nahm sich einen Moment Zeit, ehe sie antwortete. »Ich versuche, nicht zu viel darüber nachzudenken. Wie gesagt, waren die Dinge so anders gewesen. Ich hatte nie genug zu essen, und ich war krank gewesen.« Sie sah zu Jo hinüber. »Ich habe nichts dagegen, dir mein Geheimnis anzuvertrauen, aber nur sehr wenige Leute wissen davon. Vor etwa zehn Jahren habe ich ein Kind bekommen. Sie wurde zu früh geboren und hat nicht überlebt. Damals lebte ich in einem Armenhaus.« Sie streichelte ihren Bauch, und Jo fragte sich, ob sie dies überhaupt bemerkte.

»Ich bedauere deinen Verlust sehr«, sagte Jo und überlegte, dass sie sich wahrscheinlich nicht wieder erholen würde, wenn sie auf wundersame Weise schwanger würde und das Kind dann verlöre. Und dennoch war dies stets eine Möglichkeit.

»Ich habe mich im Laufe der Jahre davon überzeugt, dass es das Beste war – für uns alle. Das Leben, das sie als Bastard mit einer Mutter in einem Armenhaus hätte erdulden müssen ...« Ihre Stimme brach, und sie wandte den Blick ab. »Ich entschuldige mich. Neuerdings weine ich bei den geringsten Anlässen.« Sie brachte ein zittriges Lachen hervor, während sie die Fingerspitzen an ihre Augenwinkel presste.

»Aber du bist nicht im Arbeitshaus geblieben«, bemerkte Jo und stellte damit das Offensichtliche fest, wobei sie allerdings auf Ivys Darstellung der Ereignisse hoffte. Ihr Schicksal schien ein Beispiel für eine völlige Wandlung des Glücks zu sein.

Ivy schüttelte den Kopf. »Ich bin danach in ein anderes Armenhaus umgezogen und fand eine Wohltäterin, die erkannte, dass ich eine gewisse Bildung und Haltung besaß. Sie half mir, eine Anstellung als Gesellschaftsdame zu finden. Ich änderte meinen Namen und ließ dieses Leben hinter mir.«

Jo blinzelte und dachte darüber nach, wie wundervoll das unter ihren Umständen wohl gewesen sein muss. »Und hat es dir Freude gemacht, eine Gesellschaftsdame zu sein?«

»Das hat es sogar sehr. Wenn West nicht gewesen wäre, würde ich immer noch glücklich für Lady Dunn arbeiten.« Ihre Lippen bogen sich zu einem Lächeln. »Ich habe versucht, ihn abzuwimmeln, aber er war ausnehmend hartnäckig.«

Jo war trotzdem noch an weiteren Informationen interessiert, also beschloss sie, offen zu sprechen und hoffte, dass ihre Schwester sich nicht dazu äußern würde. »Ich habe über eine Anstellung nachgedacht – als Gesellschaftsdame oder Gouvernante.«

Ivy schwenkte zu ihr herum. »Wirklich? Das Wichtigste ist, den richtigen Arbeitgeber zu finden. Ich hatte das Glück, für Damen zu arbeiten, die großzügig genug waren, mir freie Zeit zu gewähren, um sie meinen persönlichen Interessen zu widmen. Sie haben mich wie eine Person behandelt, und nicht wie einen Dienstboten. Nach meinen Erlebnissen und der Freundlichkeit meiner Wohltäterin fühlte ich mich verpflichtet, meine Energie der Förderung von Armenhäusern zu widmen, wo immer ich konnte. Meine Arbeitgeberinnen haben diese Bemühungen unterstützt.«

»Du hast ziemliches Glück gehabt. Aber wie hast du das geschafft?«

»Es war nicht einfach, und ich habe mehrere Angebote

für eine Anstellung abgelehnt.« Sie stieß die Luft aus und straffte den Rücken. »Ich hatte entschieden, mein Leben so zu leben, wie ich es wollte.«

Das war ein Luxus, den Jo tatsächlich besaß. Sie musste *keine* Stellung annehmen, so dass sie wählerisch sein konnte.

»Es ist zu schade, dass Lady Dunn nicht immer noch auf der Suche nach einer Gesellschaftsdame ist. Ich denke, sie ist sehr glücklich mit Sarah. Ich glaube allerdings, sie hat eine Freundin, die auf der Suche ist. Wenn du möchtest, dass ich mich erkundige, würde ich das gerne tun.«

»Ich versuche Jo weiterhin zu ermuntern, wieder zu heiraten«, erklärte Nora und bot Jo ein nervöses Lächeln an, als wüsste sie, eine lästige ältere Schwester zu sein. »Ich weiß, dass sie gerne eine eigene Familie hätte.«

»Nun, die Ehe ist nicht jedermanns Sache«, entgegnete Ivy, und Jo unterdrückte den Drang, ihrer Schwester mit einem kindischen Grinsen zu antworten. »Ich hatte nie die Absicht gehabt, einmal zu heiraten und wage zu sagen, dass West etwas ganz Besonderes ist. Um mich herumzukriegen hat er das wohl sein müssen.« Ivy zwinkerte Jo zu.

Nora nahm ihre Teetasse auf. »Wer kann schon wissen, ob Jo nicht ihren eigenen West oder Titus finden wird?« Sie sah Jo über den Rand ihrer Teetasse hinweg an, während sie einen Schluck daraus trank.

»Und wer kann schon wissen, ob ich nicht ebensolche Verhältnisse in einer Stellung wie Ivy finden werde?«, fragte Jo mit einem Anflug von Gereiztheit. »Jedenfalls habe ich die Ehe ausprobiert und es hat mir nicht gefallen.«

Ivy sah sie mit einem wissenden Blick an. »Es tut mir leid, das zu hören. Es ist schwierig, nicht alle Männer im Sinne unserer ersten Erfahrungen zu bewerten. Der Vater meines ersten Kindes hatte versprochen, mich zu heiraten und es nicht getan. Du kannst daraus sicher leicht schlussfolgern, warum ich geschworen hatte, niemals einem anderen Mann zu vertrauen.«

Mühelos. Jo wusste, dass nicht alle Männer wie Matthias waren. Eigentlich waren die meisten das nicht. Aber wie konnte sie wissen, nicht einen der wenigen zu erwischen, die genauso waren? Oder die möglicherweise noch schlimmer waren.

»Und du hast es doch getan«, meinte Nora. »Was hat dich dazu bewogen, deine Meinung zu ändern?«

Jo konnte nicht feststellen, ob Nora das wirklich wissen wollte oder ob sie versuchte, Jo einen Standpunkt klarzumachen. Natürlich musste es um Ersteres gehen, aber sollte sie Letzteres erreichen, würde Nora natürlich auch nicht darüber streiten.

»Es war wirklich nur Wests Verdienst.« Ivys Lächeln war sanft und geheimnisvoll. »Beharrlich behauptete er, dass mir etwas fehlte, und ich es vielleicht finden würde, wenn ich den Mut dazu hätte. Er hatte Recht. Nie hätte ich gedacht, einmal so glücklich zu sein. Ich hatte entschieden, dass so etwas anderen Menschen vorbehalten war, und es an mir läge, für meine eigene Zufriedenheit zu sorgen, was ich auch tat, indem ich Gesellschaftsdame wurde.« Sie sah Jo an. »Wie gesagt, ich wäre in dieser Rolle immer noch glücklich, wenn ich heute noch dort wäre.«

Doch sie war mit etwas anderem in Versuchung gebracht worden. Jo dachte an Knightons Antrag. Das war nicht verlockend gewesen. Es war erschreckend gewesen. Und herzzerreißend. Doch selbst, wenn sie Kinder gebären könnte, kannte sie ihn nicht gut genug, um seinen Antrag anzunehmen.

Dass er auch nur im Entferntesten wie Matthias war, bezweifelte sie sehr, aber wie konnte sie das wirklich wissen? Das würde sie nicht wissen, bis sie sein Schlafzimmer betrat. Der Gedanke, sich auf diese Weise einem anderen Mann zu öffnen ... Sie war sich nicht sicher, ob sie dazu imstande war. Es war ein schwerer Fehler gewesen, Knighton neulich Abend zu küssen.

Kurze Zeit später verabschiedete Ivy sich und Nora wechselte den Platz, um sich neben Jo auf das Sofa zu setzen. »Es tut mir leid, mich eingemischt zu haben.«

»Danke.«

»Ich bin mir einfach nicht sicher, ob du als Gesellschaftsdame oder Gouvernante glücklich sein wirst. Aber das ist nicht meine Entscheidung. Du weißt hoffentlich, dass du hier immer ein Zuhause haben wirst.«

Die Gereiztheit, die Jo vorhin verspürt hatte, machte einem Gefühl des Bedauerns Platz. Als Nora ein Zuhause brauchte, hatte Jo ihr keins geben können. »Das bedeutet mir so viel. Zumal ich für dich nicht dasselbe getan habe.«

Ein Schamgefühl wallte in Jos Brust auf, aber was hätte sie anders machen können? Matthias hätte Nora nie bei ihnen wohnen lassen – nicht angesichts ihrer skandalösen Vergangenheit. Als Jo an den Skandal dachte, den Matthias hätte verursachen können, nun ja ... sie hatte ihm sagen wollen, was für ein Heuchler er doch sei.

Nora umklammerte Jos Hand. »Ich mache dir daraus *überhaupt* keinen Vorwurf. Ich weiß, dass Matthias mich nicht gemocht hat.«

Jo brachte ein bitteres Lachen hervor. »Die Sache ging ein bisschen darüber hinaus. Für einen Vikar war er nicht besonders christlich.«

»Eines Tages wirst du mir dies einmal anvertrauen, hoffe ich. Wenn du willst.« Nora umarmte sie kurz, ehe sie sich erhob. »Ich werde nach den Kindern sehen.«

Jo saß eine Minute lang einfach da, und ihre Gedanken drehten sich darum, was Ivy über das Finden einer Stellung gesagt hatte. Vielleicht könnte sie einfach mit Lady Dunns Freundin sprechen –

Ihr Gedankengang wurde von Abbotts Eintreten unterbrochen. »Lord Knighton ist hier, um Sie zu sprechen, Mrs. Shaw.«

Jo erhob sich. Was könnte er wohl wünschen? Evie war nicht hier. »Mich, sagen Sie?«

Abbott antwortete mit einem einzelnen Nicken. »Ganz genau. Soll ich ihn hereinbitten, oder sind Sie indisponiert?«

»Bitten Sie ihn bitte herein.« Vielleicht wollte er nur noch einmal über die gestrigen Bewerbungsgespräche sprechen. Obwohl, sie sich nicht vorstellen konnte, was es da noch zu besprechen gab. Sie waren sich einig gewesen, dass keine der Kandidatinnen geeignet war. Es war allerdings so, dass Nora gestern und heute ihre Bewerbungsgespräche durchgeführt hatte, und vor Ivys Ankunft hatte sie eine andere Bewerberin vorgeschlagen.

Einen Augenblick später trat Knighton in den Salon und ohne die geringste Mühe sah er umwerfend aus. Er trug zudem Handschuhe. Sie unterdrückte ein Lächeln.

Er verneigte sich. »Guten Tag, Mrs. Shaw. Hoffentlich erscheine ich nicht zu einem ungünstigen Zeitpunkt.«

»Überhaupt nicht. Wollen Sie nicht Platz nehmen?« Sie gestikulierte in Richtung der Sitzgruppe, von der sie sich gerade erhoben hatte. »Wir haben hier noch die Überreste des Teetabletts herumstehen, fürchte ich, aber ich kann frischen für Sie aufbrühen lassen, wenn Sie möchten.«

»Das wird nicht nötig sein, danke.« Er schlenderte zu ihr hinüber und bewegte sich mit einer schwerelosen Grazie, die irgendwie animalisch war, stellte sie fest. Beinahe wie eine Katze. »Ich wollte mit Ihnen über den Posten der Gouvernante sprechen.«

Jo setzte sich wieder auf das Sofa und bereute dies fast sofort, da er sich direkt neben ihr niederließ. »Ich habe tatsächlich gute Nachrichten in dieser Sache«, erklärte sie und rutschte etwas von ihm weg. »Meine Schwester hat sich schwergetan, eine Gouvernante auszuwählen. Anscheinend waren zwei ihrer Kandidatinnen sehr gut. Sie war sehr erfreut zu erfahren, Ihnen eine der beiden empfehlen zu können, da Ihre Kandidatinnen nicht so erfolgreich gewesen sind. Soll ich für Sie ein Bewerbungsgespräch verabreden?«

»Ich muss keine weiteren Bewerbungsgespräche führen. Ich habe diejenige gefunden, die ich einstellen möchte.«

Jo setzte sich auf. »Tatsächlich? Haben Sie heute jemanden befragt?«

Er schüttelte den Kopf. »Nein. Ich will Sie.«

Diese drei einfachen Worte sandten ihr einen Schauder über den Nacken. »Ich bitte um Verzeihung?«

»Ich will Sie.« Der Blick aus seinen dunklen Augen bohrte sich mit einer einzigartigen Intensität in sie hinein. Plötzlich schien der Raum zu warm. »Als Evies Gouvernante.«

Nun ja, diese Klarstellung besagte alles. Sie stieß die Luft aus und stellte fest, dass sie den Atem angehalten hatte. »Ich bin ... überrascht.« Sie war auch vieles andere, doch sie war der Annahme, dass diese Beschreibung ausreichen würde.

»Evie hat mich gebeten, muss ich zugeben, doch sobald ich anfing, darüber nachzudenken, musste ich eingestehen, dass es eine ausgezeichnete Idee ist. Sie kennen Evie, und ich glaube, Sie mögen sie –«

»Außerordentlich.« Daran sollte er keinen Zweifel haben, wünschte sich Jo.

Er verzog die Lippen zu einem halben Lächeln. »Gut. Sie mag Sie auf jeden Fall. Ich kann mir niemand Besseres vorstellen. Sie sind intelligent, haben gute Kontakte – und das scheint wichtig zu sein, auch wenn ich keinen besonderen Wert darauf lege – und gestern waren Sie bei meinen ... Haushaltsfragen sehr hilfreich. Darüber hinaus scheinen Sie der Herausforderung unserer kleinen Schwächen gewachsen zu sein. Ich glaube nicht, dass unsere nackten

Füße oder die Eigenheiten unserer Essgewohnheiten Sie beunruhigen würden.«

Sie verschränkte die Hände in ihrem Schoß. »Ich bin mir wirklich nicht sicher, ob ich eine Stellung annehmen möchte. Ich versuche immer noch, meinen Weg zu finden.«

Er legte den Arm auf die Rückenlehne des Sofas und brachte seine Hand in Berührungsnähe ihrer Schulter, wenn sie sich nur einen Zentimeter zurücklehnte. »Sie würden jede Freiheit genießen, die Sie auch jetzt haben. Sie können kommen und gehen, wann Sie wollen, und ich werde Ihnen ein großes Schlafzimmer in den Hauptwohnräumen zur Verfügung stellen. Ich verstehe, dass die Gouvernanten oft im Dienstbotenbereich schlafen, aber nicht Sie.«

Ivys Kommentare gingen ihr durch den Kopf. »*Sie haben mich wie eine Person und nicht wie einen Dienstboten behandelt*«. Was Knighton ihr anbot, war sicherlich die beste Position, die sie sich vorstellen konnte.

Er setzte seinen verbalen Angriff fort. Und es war wirklich ein Angriff, da sie immer weniger und weniger in der Lage war, sich der Vorstellung zu verwehren, warum es nicht funktionieren sollte. »In der Hauptsache möchte ich Evie ein stabiles, glückliches Umfeld bieten. Es war eine große Veränderung für sie, nach England zu kommen und bislang hat Mrs. Poole meine Erwartungen übertroffen. Was vor allem angesichts der Probleme, die wir mit anderen Mitgliedern des Personals hatten, sehr gut ist. Mit Ihnen weiß ich, was mich erwartet, und sie weiß das auch.«

Wie konnte sie mit ihm disputieren, wenn er es so darstellte? Und wie könnte sie außerdem nein zu Evie sagen? Das Mädchen hatte ihre Mutter und ihr Zuhause verloren. Wenn es ihre Last lindern würde, Jo als Gouvernante zu haben, konnte sie einfach nicht ablehnen.

Und doch gab es ... Probleme.

Sie bemühte sich, einen Weg zu ersinnen, wie sie ihre

Ängste artikulieren könnte. Während der ganzen Zeit sah er sie voller Erwartung an und löste in ihr ein Gefühl der Wärme aus, was nicht unangenehm war. So nah bei ihm zu sitzen erinnerte sie im Gegenteil an seine Hände und seinen Mund auf ihrem ... und meine Güte, die Hitze, die sie nun wie ein Blitz durchfuhr, wurde zu einem Problem.

»Glauben Sie nicht, dass die Angelegenheiten ein wenig heikel werden könnten?« Als er nicht reagierte, bohrte sie tiefer. »Nach dem, was auf dem Ball passiert ist.«

Die Erkenntnis flackerte in seinem Blick. »Ja, der Ball. Die Dinge müssen nicht heikel sein. Wir sind Freunde, oder nicht?«

Freunde, die einander geküsst und einen Heiratsantrag gemacht und diesen besagten Antrag abgelehnt hatten. »Ich denke, ja. Aber es kann nicht sein ...« Sie hüstelte, doch dann hob sie das Kinn – unwillig, sich von einem etwaigen Gefühl der Verlegenheit vereinnahmen zu lassen. »Neulich Abend habe ich mich klar über jegliche Art romantischer Zukunft ausgedrückt.«

Leicht hob er eine Augenbraue, und das ließ sie entspannen. »Ja, sehr.«

»Gut.«

»Ist das ein Ja?«

Es war kein Nein. Aber sie hatte so viele Vorbehalte! Sie fühlte sich auch ein winziges bisschen aufgeregt, denn genau das brauchte sie. Jeden Tag eine Aufgabe zu haben und ihre Zeit mit einem geliebten Kind zu verbringen. Genau das *wollte* sie.

»Wir könnten es versuchen, nehme ich an«, sagte sie zaghaft, während in ihrer Brust die Emotion aufstieg. Der Moment der Aufregung wurde durch eine Welle des Grauens ersetzt. Er plante, wieder zu heiraten. Was dann? Würde sie einfach zusehen, wie er eine Gräfin nahm und tatenlos dabeisitzen? Natürlich würde sie das tun. Sie hatte ihre

Chance gehabt, und sie hatte ihn abgewiesen. Das änderte nichts an der Tatsache, dass sie sich zu ihm hingezogen fühlte. Auch wenn ihre Angst vor dem, was passieren könnte, wenn sie auf diese Anziehungskraft reagierte, sie zweifellos daran hindern würde, sich ihren Gefühlen hinzugeben.

»Was ist, wenn es nicht funktioniert?«, fragte sie. »Ich möchte Evie nicht enttäuschen.«

Er nickte einmal. »Ich verstehe. Das würde ich auch nicht wollen.«

»Es müsste sich um eine zeitweise Regelung handeln, bis wir sicher wären.« Die Schlacht, die sich in ihrem Verstand abspielte, würde zu keinem Abschluss gelangen. Sie brauchte Zeit, um alles abzuwägen. »Ich werde darüber nachdenken müssen.«

»Das ist immer noch kein Nein. Und das heißt, dass ich weiter Hoffnung hegen kann.« Er stand auf. »Mehr kann ich nicht verlangen.«

Sie erhob sich gleichzeitig mit ihm. »Ich werde Sie informieren, wenn ich meine Entscheidung getroffen habe.«

Wieder verneigte er sich vor ihr und verließ sie raschen Schrittes, sodass sie sich fühlte, als wäre ihr Leben gerade auf den Kopf gestellt worden. Wieder einmal.

~

Es war nicht einmal ein ganzer Tag vergangen, seit Bran Mrs. Shaw den Posten der Gouvernante angeboten hatte, doch mit jeder Stunde wurde er unruhiger, dass sie vielleicht nein sagen würde. Es war eine sonderbare und dennoch vertraute Empfindung – dieses Gefühl, dass die Dinge außerhalb seiner Kontrolle lagen. Einen Großteil seines Lebens hatte er sich so gefühlt, bis er nach Barbados ging, wo er niemandem gegenüber verpflichtet gewesen war.

Doch jetzt, da er sich wieder hier befand, war die alte Angst zurückgekehrt.

Nun, nicht die *alte* Angst. Das war etwas Neues, musste er zugeben. Er wünschte sich, dass Mrs. Shaw diese Position annahm – aus so vielen Gründen.

»Papa, Papa!«, kreischte Evie, als sie in sein Büro rannte und ihre nackten Füße über den Boden schlitterten. Die Tränen flossen ihr über die Wangen, und an ihrer Lippe war Blut.

Bran schoss von seinem Stuhl hoch und beeilte sich, sie in seine Arme zu schließen. »Was ist los, mein Liebling?« Er platzierte sie auf seiner Hüfte und dachte bei sich, dass er sie nur noch selten so trug.

»Ich habe meinen Zahn verloren.« Sie bog die Unterlippe nach unten und enthüllte eine frische, größere Lücke mitten in ihrer Zahnreihe. »Foster sagt, dass ich nun für immer Pech haben werde!« Aufs Neue begann sie zu weinen und dicke Tränenbäche liefen ihr die Wangen herab.

Er drückte sie tröstend an seine Brust, als das Dienstmädchen an der Schwelle erschien und mit geschürzten Lippen und verkniffenem Blick in das Büro sah. »Das habe ich nicht gesagt. Ich sagte, sie *könnte* Pech haben, wenn der Zahn nicht richtig beseitigt würde.«

Wovon redete sie verdammt? Bran streichelte Evie über den Rücken, während sie seinen Nacken umklammert hielt. »Warum um alles in der Welt erschrecken Sie mein Kind?«

»Ich erschrecke sie nicht.«

»Ganz offensichtlich *tun* Sie das. Auch wenn das nicht Ihre Absicht ist. Haben Sie gar kein Verständnis?«

Foster kniff die Augen noch weiter zusammen. »Dasselbe könnte ich Sie fragen, denn Sie haben ja schon beim ersten Zahn keinen Grund gesehen, das Richtige zu tun.«

Evie heulte noch lauter auf und ihr Körper bebte. »Sie hat gesagt, wenn wir den Zahn nicht verbrennen, werden mir schlimme Dinge passieren, und wir können den ersten Zahn *nicht* verbrennen, den ich verloren habe.«

Bran starrte das Dienstmädchen an und es war um seine Geduld geschehen. »Ihre Anstellung hier ist von dem jetzigen Zeitpunkt an zu Ende. Packen Sie Ihre Sachen und verlassen Sie das Haus bis Tagesende. Und bitten Sie nicht um eine Referenz.«

Fosters Gesicht hatte alle Farbe verloren. Sie hielt sich am Türrahmen fest, um ihr Gleichgewicht wiederzufinden, als Kerr im selben Moment direkt hinter ihr auftauchte.

»Mylord«, brachte er in einem scharfen Ton hervor. »Sie können sie nicht einfach entlassen. Diese Dinge werden so nicht gehandhabt.«

»Ja, ich bin mir bewusst, nichts zu Ihrer Zufriedenheit zu bewerkstelligen, Kerr. Wie könnte mir das auch entgehen?« Er machte sich nicht die Mühe den ätzenden Ton aus seiner Stimme fernzuhalten. »Allerdings werde ich mir aber nichts diktieren lassen, wenn es um meine Tochter geht!« Seine Stimme wurde lauter, bis er die letzten Worte hinausschrie.

Evie drücke sich noch enger an ihn und vergrub das Gesicht in seiner Halsbeuge. Ihre heißen Tränen durchtränkten sein Hemd.

»Kerr, Sie sind ebenfalls entlassen. Mit sofortiger Wirkung.« Bran sah die beiden, sowohl den Butler als auch das Dienstmädchen – oder eher den *ehemaligen* Butler und das *ehemalige* Dienstmädchen – mit glühendem Blick an, bis sie sich umdrehten und gingen.

Evie hob den Kopf, und Bran drehte sich mit ihr herum, ehe er sie sanft auf dem Stuhl in der Nähe des Kamins absetzte. »Was soll ich tun, Papa?« Sie hatte ihre Hand ausgestreckt, mit der sie, wie er jetzt bemerkte, ihren winzigen blutigen Zahn umklammert hatte. »Ich habe nur diesen Zahn zu verbrennen – oder was auch immer das ist. Foster hat nicht gesagt, was wir tun müssen, sondern nur, dass es außerordentlich wichtig ist.« Ihre Stimme war unbeständig und ihr Gesicht fleckig. Bran hatte Lust, Foster wieder hierher zurück zu schleifen, damit er sie noch einmal anschreien konnte.

Evie hatte ihren ersten Zahn auf der Reise von Barbados verloren. Er hatte keine Ahnung, was daraus geworden war. »Wir müssen einfach nur unser Bestes mit diesem Zahn machen«, sagte er. »Ich könnte wetten, dass Mrs. Poole das wissen wird. Wir werden sie fragen, wenn sie zurückkehrt.« Es war ihr freier Nachmittag.

Neue Tränen strömten aus Evies Augen. »Papa, ich bin nervös. Können wir nicht jemanden finden, der uns hilft?«

Nervös. Das war ein Wort, das er von Evie nicht gerne hörte. Sie litt nicht unter der gleichen Frustration, die er als Kind empfunden hatte – jenem Verhalten, das ihm den Spitznamen »Bran, der Trotzkopf« eingebracht hatte – doch wenn sie sehr aufgeregt war, wie es jetzt der Fall zu sein schien, war sie untröstlich. Sie hatte angefangen, auf diese Episoden hinzuweisen, indem sie erklärte, »nervös« zu sein.

Angestrengt dachte er über eine Lösung nach, und ihm kamen die Worte in den Sinn, die Evie vor einem Augenblick ausgesprochen hatte: *außerordentlich wichtig.* Dieser Satz erinnerte ihn an Mrs. Shaw.

Aber natürlich. Es war zu einfach. »Wie wäre es, wenn wir zu den Kendals fahren?« Ich wette, die Herzogin oder Mrs. Shaw könnte uns helfen.«

Evies Tränenstrom ebbte allmählich ab, und sie wischte sich mit der Rückseite ihrer freien Hand über die Wangen. »Ja, Papa. Lass uns sofort aufbrechen.«

»Gleich, sobald wir richtig angezogen sind.« Er kitzelte sie an den Zehen und entlockte ihr ein leises Kichern, das wie Musik in seinen Ohren klang.

Nachdem er Hudson die Verantwortung für den Haushalt übertragen hatte, was verschiedentlich zum erstaunten

Hochziehen der Augenbrauen führte, doch glücklicherweise keinen Widerspruch, wie von Foster und Kerr nach sich zog, die damit beschäftigt waren, ihre Sachen zu packen, begab sich Bran mit Evie in seinem Phaeton zum Stadthaus der Kendals.

An der Haustür wurden sie jedoch enttäuscht, als Abbott ihnen mitteilte, dass die Familie ausgegangen sei. Niedergeschlagen fragte Evie, ob das auch Mrs. Shaw einschloss.

»Das tut es in der Tat nicht«, antwortete Abbott mit einem Augenzwinkern. »Möchten Sie, dass ich sie frage, ob sie verfügbar ist?«

»Oh ja, bitte.« Evie hopste mit kaum unterdrückter Energie umher.

Abbott ließ sie hinein. »Warten Sie hier in der Halle.«

Wie es der Zufall wollte, kam Mrs. Shaw gerade in dem Moment die Treppe hinunter. Ihr Blick fiel auf die beiden Besucher. »Guten Tag, Mylord, Evie.« Sie lächelte. »Becky und die anderen sind im Park, fürchte ich.«

Bran trat vor und seine Hand lag auf Evies Nacken. Er konnte das leichte Zittern spüren, das sie erfasste. »Das ist in Ordnung, ich bin sicher, dass Sie helfen können.«

Evie lief mit ausgestreckter Hand zu Mrs. Shaw. »Ich habe meinen Zahn verloren, und Foster sagte, dass wir ihn mit einer besonderen Zeremonie oder so verbrennen müssen, und wir wissen nicht, was das ist. Mrs. Poole ist heute Nachmittag fort. Und mein erster Zahn wurde überhaupt nicht verbrannt. Ich habe ihn auf dem Schiff verloren, und jetzt weiß ich nicht, wo er ist. Foster sagte, ich würde Pech haben, zumal es mein erster Milchzahn gewesen ist.«

Bran trat am Fuße der Treppe neben sie und erkannte, dass ihre Lippe bebte und die Tränen sich in ihren Augen sammelten. Noch einmal streichelte er ihr über den Nacken und meinte besänftigend: »Foster hat lauter Unfug im Kopf. Mrs. Shaw wird uns helfen.« Erwartungsvoll sah er Mrs.

Shaw in der Hoffnung an, dass sie ihnen tatsächlich helfen *könnte*. Während er auf ihre Antwort wartete, spannten sich seine Muskeln an.

Mrs. Shaw ging in die Hocke, bis sie mit Evie auf Augenhöhe war. »Ja, Foster ist voller Unfug. Lass mich mal sehen.« Sie sah auf Evies Mund.

Wieder zog Evie die Unterlippe herab, um ihr die neue Lücke zu zeigen.

»Beeindruckend.« Mrs. Shaw nahm Evie den Zahn behutsam aus der Hand. »Als allererstes müssen wir den Zahn mit Salz abreiben.«

»Aber was ist mit meinem ersten Zahn?«, jammerte Evie und legte die Stirn sorgenvoll in Falten. »Foster sagte, ich würde für immer und ewig furchtbares Pech haben, weil ich ihn nicht verbrannt habe.«

Mrs. Shaw runzelte die Stirn. »Foster ist falsch informiert und sollte nicht über Dinge reden, von denen sie offensichtlich nichts versteht. Einen Zahn zu verbrennen ist hier in England wichtig, aber du hast deinen Zahn ja nicht in England verloren, oder? Die Regeln gelten nicht für diesen Zahn.«

In Evies Blick flammte die Hoffnung auf, während Dankbarkeit und Staunen sich in Brans Seele stahlen. »Sie gelten nicht?«, fragte Evie.

Nachdrücklich schüttelte Mrs. Shaw den Kopf. »Ganz bestimmt nicht. Alle wissen das. Nun, anscheinend alle außer Foster.«

Zaghaft hob Evie die Mundwinkel zu einem kleinen Lächeln. »Papa hat sie entlassen.«

Mrs. Shaw suchte seinen Blick. »Das ist toll von deinem Papa«, meinte sie leise, und tief in sich verspürte Bran ein weiteres Beben. »Komm, gehen wir in die Küche. Ich wette, die Köchin wird uns liebend gern helfen.«

Natürlich würde sie das, dachte Bran. Sie machte

Marzipan mit Kindern. Er sollte fragen, ob sie eine Schwester hätte, denn er stand kurz davor, sich nach einer Köchin umzusehen. Nun, da er Kerr und Foster gekündigt hatte, wollte er auch sie loswerden.

Mrs. Shaw nahm Evie an der Hand und führte sie in die Küche. Die Köchin, eine große, schlanke Frau mit dunklem Haar und strahlend grauen Augen, begrüßte sie mit einem Lächeln.

»Nun, wenn das nicht Lady Evie ist.« Ihre Stimme besaß einen leichten irischen Akzent. »Was führt Sie heute hierher? Es ist noch nicht Zeit für Marzipan.«

»Nein«, antwortete Mrs. Shaw. »Wir sind in einer anderen Angelegenheit hier. Lady Evie hat einen Milchzahn verloren, und wir müssen ihn salzen.«

Die Augen der Köchin strahlten auf, und sie grinste breit, wobei sie einen Mund voller ziemlich schiefer Zähne enthüllte. »Wissen Sie schon, welches Lied Sie singen werden?«, fragte sie Evie.

Evie sah Bran an, und wieder war ihre Stirn gerunzelt, ehe sie zu Mrs. Shaw schaute. »Sie haben nichts über das Singen gesagt.«

»Noch nicht, das habe ich nicht.« Sie zog einen niedrigen Hocker an den Kamin und bedeutete Evie mit einer Geste, zu ihr zu kommen. »Setz dich und ich werde alles erklären.«

Evie setzte sich, und legte den Kopf in den Nacken, als sie atemlos auf Anweisungen wartete. Bran kam heran und stellte sich neben sie, denn er war ebenfalls gespannt auf das, was als Nächstes passieren würde.

Mrs. Shaw legte den Zahn flach in ihre offene Handfläche. »Zuerst reibe ich Salz darauf, und während ich das tue, musst du ein Lied singen. Irgendein Lied ist gut. Hast du ein Lieblingslied?«

Evie blickte ihren Vater an. »Ich habe ein paar Lieder auf

unserem Schiff gelernt, aber Papa würde es wahrscheinlich nicht gefallen, wenn ich sie singen würde.«

Bran wusste genau, welche Lieder sie damit meinte. »Nein, das wäre nicht passend.« Er hustete. »Wie wäre es mit ›Baa Baa Schwarzes Schaf‹?«

Evie nickte und wandte ihre Aufmerksamkeit wieder Mrs. Shaw zu, die aussah, als würde sie angestrengt versuchen, nicht loszulachen. »Sehr gut«, sagte sie.

Die Köchin brachte das Salzgefäß zu Mrs. Shaw. »Eigentlich sollte deine Mutter das Salz auf den Zahn reiben, aber da du keine Mutter hast, sollte dein Vater das vielleicht tun.« Sie blickte von Evie zu Bran und dann zu Mrs. Shaw.

»Nein, nein«, wehrte Bran rasch ab. »Ich habe keine Ahnung, was ich tun muss. Ich überlasse das Mrs. Shaw.«

Irgendetwas blitzte in ihren braun-grünen Augen auf. Sie schluckte, als sich ihre Augenlider für einen Moment flatternd schlossen. »Solange du singst, reibe ich das Salz darauf. Wenn du mit dem Lied fertig bist, tragen wir den Zahn zum Feuer und werfen ihn hinein.«

»Ist das alles?«, fragte Evie.

Mrs. Shaw nickte. »Das ist alles.«

Evie kleiner Körper entspannte sich und ihre Schultern sackten herab. »Das klingt gar nicht schrecklich. Ich habe gedacht, dass es schrecklich sein würde, weil Foster so wütend war.«

Mrs. Shaw sah zu Bran und murmelte: »Ich bin froh, dass sie weg ist.«

»Nicht mehr als ich«, flüsterte er.

Mrs. Shaw löffelte etwas Salz auf ihre Handfläche und sah Evie an. »Bist du soweit?«

Evie fing zu singen an und die leisen Noten von »Baa Baa Schwarzes Schaf« erfüllten die Küche. Die Helferin der Köchin und die Küchenmagd hielten in ihrer Arbeit inne, um zuzuhören, und Mrs. Shaw bedeckte den Zahn mit einer Schicht Salz und rieb die elfenbeinfarbige Oberfläche mit dem Daumen und Zeigefinger.

Als Evie fertig war, lächelte Mrs. Shaw. »Nun ist es also Zeit für das Feuer.« Wieder nahm sie Evie an der Hand und führte sie zum Feuer. Bran folgte ihnen, und war von dem ganzen Szenario irgendwie in den Bann geschlagen.

Mrs. Shaw hockte sich neben sie. »Ich hatte auch keine Mutter, also war meine Schwester diejenige gewesen, die das für mich getan hat. Und sie hat etwas Besonderes hinzugefügt. Als wir den Zahn ins Feuer geworfen haben, habe ich mir etwas gewünscht. Würdest du das auch gern tun?«

Evie machte große Augen, als sie zuhörte. »Ja«, hauchte sie und klang, als wäre sie voller Ehrfurcht. Bran musste zugeben, dass es ihm ebenso erging.

»Wir werden es gemeinsam tun«, schlug Mrs. Shaw vor. »Lege deine Hand um meine, und ich zähle bis drei.« Evie schlang die Finger um Mrs. Shaws, als sie zählte: »Eins, zwei, drei.«

Sie schleuderten den Zahn ins Feuer.

Mrs. Shaw wandte sich Evie zu. »Hast du dir etwas gewünscht?«

»Das habe ich.« Ihr Blick war fest mit Mrs. Shaws verbunden. »Werden Sie meine Gouvernante sein? Papa hat gesagt, dass Sie darüber nachdenken.«

Bran stand seitlich neben ihnen. Mrs. Shaw drehte ihren Kopf nicht, um ihn anzuschauen, doch er nahm das subtile Zucken ihrer Schulter wahr. Kurz schloss er die Augen und wünschte, dass Evie nichts gesagt hätte. Er wollte Mrs. Shaw nicht verschrecken.

»Ich *habe* darüber nachgedacht, und ich habe mich entschieden, Ja zu sagen.«

Brans Puls schlug schneller.

Auf Evies Gesicht erstrahlte ein breites Grinsen. »Dann ist mein Wunsch schon in Erfüllung gegangen.«

Und auch Brans.

KAPITEL ACHT

Drei Tage später zog Jo nach dem Kirchgang bei Lord Knighton ein. Ihrem jetzigen Zuhause. Zusammen mit einem Schuss Aufregung wurde sie von Nervosität durchgerüttelt. Nora, Titus und Becky waren gekommen, um sie zu ihrem neuen Domizil zu begleiten.

Der Dienstbote öffnete die Tür der Kutsche, und mit einem ermutigenden Lächeln neigte Nora den Kopf zu Jo. »Du gehst zuerst. Wir kommen in einer Weile nach.«

Jo trat in den sanft fallenden Regen hinaus und blickte an der Steinfassade empor. Mit beinahe ebenso vielen Zimmern wie das Haus der Kendals war es eines der größeren Stadthäuser, die sie bisher betreten hatte. Oder wenigstens dachte sie das. Schon bald würde sie eine volle Besichtigungstour unternehmen, nahm sie an.

Sie begab sich die kleine Treppe hinauf und die Tür öffnete sich. Ein Diener, in schmucker Livree, stand dort mit der Hand auf der Türklinke. »Guten Tag, Mrs. Shaw.«

»Guten Tag.« Sie wünschte, sie wüsste den Namen des Mannes, doch sie gelobte sich, ihn zusammen mit allen anderen Namen zu lernen. Als sie ihren Blick durch die

Halle schweifen ließ, sah sie, dass der Earl und Evie nebeneinanderstanden und offensichtlich ihre Ankunft erwarteten.

»Willkommen«, begrüßte Lord Knighton sie.

Evie sank in einen sehr schönen Knicks. »Wir freuen uns sehr, dass Sie hier sind.« Sie wirkte und klang, als hätte sie dies geprobt. Die Evie, die Jo kennengelernt hatte, wäre in der Minute, in der sie durch die Tür getreten war, zu ihr hinübergelaufen.

Jo zeigte mit ihrem gekrümmten Finger auf Evie und ging in die Hocke, um dem Mädchen in die Augen zu schauen.

Evie kam heran und blieb vor ihr stehen. »Habe ich etwas falsch gemacht?«

»Ganz und gar nicht. Ich wollte dir nur sagen, dass ich immer noch Jo bin, obwohl ich deine Gouvernante sein werde. Wir müssen nicht so formell werden.« Jo zwinkerte ihr zu, und Evie grinste.

Sie schlang die Arme um Jos Hals und überraschte sie mit einer stürmischen Umarmung. »Ich bin so froh, dass Sie hier sind. Alles ist viel besser, weil Foster und Kerr und die Köchin weg sind. Bis auf den Toast. Der Toast ist ziemlich verbrannt gewesen.«

Jo richtete sich auf und sah zum Earl hinüber. Er reckte den Hals, und sie glaubte, dass seine Krawatte ihn irritierte. »Ich muss einen Ersatz einstellen«, erklärte er. »Die Helferin ist mit ihr gegangen, also versucht eines der Küchenmädchen, die Mahlzeiten zuzubereiten.« Er runzelte die Stirn. »Es tut mir leid, dass Ihre Ankunft hier mitten in einen kleinen Aufruhr fällt.«

»Wie es der Zufall will, weiß ich, wie man Toast zubereitet, ohne ihn zu verbrennen.«

»Das stimmt«, verkündete Nora von der offenen Tür hinter ihr. »Ich selbst habe ihr das beigebracht.«

Jo drehte sich um, als der Diener Nora und ihre Familie hineinbat.

Evie rannte zu Becky hinüber. »Lass uns nach oben gehen. Mrs. Poole hat mir geholfen, einen Tisch zum Malen aufzustellen. Ich habe Stifte und Papier und Bücher mit Bildern, die wir abmalen können.«

Die Mädchen stürmten die Treppe hinauf, während Nora ihnen nachrief: »Nicht zu lange, Mädchen. Wir bleiben nur kurz.«

Lord Knighton wandte sich an den Herzog. »Kendal, möchten Sie eine Kostprobe meines privaten Rumvorrats probieren? Es ist eine kleinere Charge und unterscheidet sich von dem, den ich Ihnen geschickt habe.«

Titus rieb sich die Hände. »Den haben Sie mir vorenthalten.«

»Ich serviere ihn nur denen, die mutig genug sind, mich zu besuchen.« Er bedeutete Titus, ihm in sein Arbeitszimmer zu folgen.

»Können wir uns ein paar Minuten unterhalten?«, fragte Nora, während sie sich umschaute.

Der Diener deutete mit einem Kopfnicken zu einer Tür auf der rechten Seite der Halle. »Der Salon ist einfach dort hindurch.«

Nora und Jo drehten sich um und gingen hinein. Das Zimmer war hell und in heiteren Gelb- und Hellgrüntönen eingerichtet. Die Möbel waren relativ neu und in scheinbar ausgezeichnetem Zustand. Jo rief sich Knightons Frage nach ihren Kenntnissen in Bezug auf Neueinrichtung in Erinnerung und leitete daraus ab, dass er dieses Zimmer nicht hatte meinen können.

Nora trat auf ein großes Gemälde zu, das mitten an der Wand gegenüber den Fenstern hing. »Ist das seine Mutter?«

Jo trat neben sie und musterte das Bild. Die Frau war jung mit dunklen Augen, die Knightons sehr ähnlich sahen.

Mit ihrem hoch aufgetürmten, gepuderten Haar und ihrem elfenbeinfarbenen Teint sah sie königlich und ernst aus. »Sie sieht wie eine weibliche Unberührbare aus.«

Nora schnappte nach Luft. »Gerade wollte ich dasselbe sagen!«

Sie grinsten einander an und lachten, was Jo an längst vergangene Tage erinnerte. »Ich werde es vermissen, dich jeden Tag zu sehen. Das war so schön – nach so vielen Jahren, die wir getrennt waren.«

Nora rückte näher, bis ihre Arme sich berührten, während sie weiter auf das Porträt schauten. »Ja, das war es. Mit deiner Entscheidung bin ich immer noch nicht so ganz zufrieden.« Sie wandte sich Jo zu. »Aber es ist deine Entscheidung und nicht meine.«

Im Laufe der letzten Tage hatten sie dies ausführlich diskutiert. Wiederholt hatte Nora ihr versichert, dass sie jederzeit zu ihnen zurückkehren könne, egal wo sie sich befanden. Ihre sämtlichen Häuser standen Jo unter allen Umständen offen. Jo liebte ihre Schwester so sehr. Sie wünschte sich einzig, dass Nora für sie glücklich wäre.

Jo drehte wandte sich um und sah ihre Schwester an. »Ich freue mich auf den morgigen Tag auf eine Art, wie ich mich schon lange nicht mehr auf etwas gefreut habe.«

Nora umfasste Jos Hand. »Nur das habe ich mir erhofft.«

Kurze Zeit später verabschiedeten sich Nora und ihre Familie. Knighton gesellte sich im Wohnzimmer zu Jo. Sie stand neben dem Fenster und sah der davonfahrenden Kutsche nach, ehe sie sich ihm zuwandte, der er knapp hinter der Türschwelle stand.

»Möchten Sie Ihr Schlafzimmer besichtigen?«, fragte er.

Sie nickte und freute sich, dass die Verlegenheit endlich verraucht war, die nach ihrer Begegnung im Garten auf dem Ball zwischen ihnen geherrscht hatte. »Das ist ein schönes Zimmer.«

Stirnrunzelnd sah er sich um. »Meinen Sie wirklich? Ich habe es immer verabscheut. Es ist das Lieblingszimmer meiner Mutter.«

Jo zeigte auf das Porträt. »Ist sie das?«

»Ja, sie saß dafür, als ich fünf Jahre alt war. Ich erinnere mich noch gut daran, weil ich eine ihrer Sitzungen unterbrochen hatte und sie wütend geworden war.« Er sprach in einem kühlen, leidenschaftslosen Ton von ihr.

Seine offensichtliche Abneigung gegen seine Mutter hatte ihre Neugier geweckt, doch sie wollte ihn nicht danach fragen. Nicht heute. Stattdessen konzentrierte sie sich auf das Zimmer. »Was gefällt Ihnen an diesem Zimmer nicht? Es ist sehr hell. Die Farben erinnern mich an einen Sommertag. Es müsste Sie an die Tropen erinnern, könnte ich mir denken.«

Knighton bewegte sich weiter in das Zimmer vor. »Ich kann Ihre Schlussfolgerung nachvollziehen, aber es erinnert mich an meine Mutter, nicht an Barbados.«

»Steht es ganz oben auf Ihrer Liste der sanierungsbedürftigen Räumlichkeiten?«

»Nein, das wäre mein Schlafzimmer. Es ist dunkel und deprimierend. Ich möchte es hell und … sonnig.« Er sah sie interessiert an und legte den Kopf schief. »Wie Barbados.«

»Ich verstehe.« Aus irgendeinem Grund rief die Erwähnung seines Schlafzimmers dieses seltsame Gefühl hervor. Es war keine Befangenheit, stellte sie fest, sondern Erwartung. Als würde oder *könnte* etwas passieren, wenn die Dinge anders lägen.

Was sie nicht taten.

»Wo ich schon von meiner Mutter spreche, kommt sie morgen zu Besuch, um Evie kennenzulernen.«

Es überraschte Jo, dass sie sich noch nicht getroffen hatten. Er und Evie waren inzwischen seit mehreren Wochen in England. »Sie haben Sie überhaupt noch nicht gesehen?«

Er schüttelte den Kopf. »Nein, sie war bei ihrer Schwester

in Durham. Ich gebe zu, ihr nicht sofort geschrieben zu haben, um sie über meine Ankunft in Kenntnis zu setzen.« Es lag kein Bedauern in seiner Erklärung.

»Es tut mir leid, dass Sie sie nicht mögen.« Jo hatte eigentlich gar nichts sagen wollen, doch offenbar hatte sie sich nicht zurückhalten können. »Ich entschuldige mich. Das geht mich wirklich nichts an.«

»Sie sind jetzt ein Mitglied des Haushalts. Ich denke, es *geht* Sie etwas an. Ich hoffe, Sie werden bemerken, dass ich Sie nicht als typische Gouvernante betrachte. Ich würde mich in einer Vielzahl von Angelegenheiten, angefangen bei Ihrer Unterstützung auf der Suche nach einer Köchin, über Ihre Mithilfe freuen. Können Sie wirklich Toast machen?«

Sie lächelte über den eifrigen Ton in seiner Frage. »Ja, das kann ich wirklich.«

Sein Blick blitzte für einen kurzen Moment auf. »Gott sei Dank. Das ist das Einzige, was Evie derzeit zum Frühstück isst, und unsere temporäre Köchin verbrennt ihn bis zur Unkenntlichkeit. Evie will ihn nicht einmal anfassen. Sie mag absolut keine Speisen, die in irgendeiner Weise schwarz sind.«

Jo erinnerte sich an seinen Kommentar, dass sie in Bezug auf das Essen eigen war. In Jos Erinnerung blitzte die Episode mit den Keksen auf, und Evies Frage, ob sie ohne besonderes geschmackliches Aroma waren. Evie hatte gezögert, einen zu probieren und das nur sehr vorsichtig getan.

»Nun, ich werde mich freuen, morgens ihren Toast zuzubereiten. Sollen wir jetzt die Besichtigung durchführen?«

»Ja, in der Tat.« Er schwenkte herum und fing an, seinen Arm auszustrecken, doch dann ließ er ihn wieder an seine Seite sinken, weil ihm möglicherweise aufging, dass sie eine Gouvernante war, und nicht jemand, der seinen Arm nehmen sollte.

Sie trat an seine Seite, und er führte sie aus dem Zimmer.

In der nächsten halben Stunde zeigte er ihr jeden einzelnen Raum. Es gab in jedem Zimmer etwas, das er verschmähte und schnell begriff sie, wie groß die Abneigung war, die er für seine Familie empfand. Im Grunde war es herzzerreißend, und sie sehnte sich danach, mehr darüber zu erfahren, aber sie wollte nicht fragen.

Als sie im Kinderzimmer ankamen, spielten Mrs. Poole und Evie mit ihren Puppen. Evie führte Jo mit großer Begeisterung im Zimmer herum, und zeigte ihr auch die Ecke, wo sie ihren Unterricht abhalten würden. Jo wusste, dass Evie bereits gut lesen konnte, und war gespannt, herauszufinden, was sie noch alles wusste.

Evie zog eine Karte aus einem Regal, entfaltete sie und legte das Pergament flach auf den Tisch in der Ecke. »Ich dachte, wir könnten das für unseren Unterricht benutzen.«

Jo sah auf das abgegriffene Papier mit der Weltkarte herab. Angesichts der zerfledderten Kanten und tiefen Knicke vom vielen Falten war es offensichtlich, dass Evie sie oft betrachtete. »Ich bin sicher, dass wir das tun können.«

Mit Blick auf ihren Vater sagte Evie: »Papa hat sie mir gegeben, damit ich mir ansehen konnte, woher er stammte. Es schien so weit weg, wie eine andere Welt.« Sie zeigte auf eine kleine Insel. »Das ist Barbados, wo ich herkomme. Jetzt ist es sehr weit weg.« Ihre Stimme nahm einen traurigen Klang an.

»Auf der Karte, ja, aber du hast es in deinem Herzen, oder? Und das ist ganz nah. Eigentlich ist es ein Teil von dir.«

Evie legte eine Hand an ihre Brust und sah zu Jo auf. »Ja.« Sie lächelte. »Fangen wir heute mit dem Unterricht an?«

Knighton räusperte sich. »Nein, wir werden Mrs. Shaw etwas Zeit lassen, sich einzugewöhnen. Morgen wird früh genug sein. Ich muss ihr jetzt ihr Schlafzimmer zeigen.«

»Werde ich Sie beim Abendessen sehen?«, frage Evie an Jo gerichtet.

Jo war sich nicht sicher, ob eine Gouvernante mit der Familie zu Abend aß, aber sie vermutete, dass das eher nicht der Fall war.

»Natürlich«, entgegnete Knighton. Er sah zu Jo hinüber und nickte ihr kaum merklich zu. Es hatte den Anschein, als wäre sie ganz und gar keine typische Gouvernante.

»Hoffentlich ist es etwas Essbares«, bemerkte Evie mit einem Grollen, als sie sich wieder ihren Puppen zuwandte.

»Ja, das hoffe ich auch«, murmelte Knighton. »Ich werde uns diese Woche eine Köchin suchen, Evie.«

Dann gingen sie, und der Earl führte Jo nach unten, wo sich die Schlafzimmer befanden. »Evie schläft nicht im Kinderzimmer«, erklärte er. »Als wir hier angekommen sind, hatte sie nicht weit weg von mir sein wollen, also liegt ihr Zimmer nahe bei meinem.« Er zeigte nach rechts. »Hier entlang«– er wandte sich zur linken Seite – »liegen mein Zimmer und das Ihre.«

Ihr Zimmer lag in der Nähe von seinem? Oh, du meine Güte, das schien ... problematisch. Aber warum sollte das so sein? Sie waren übereingekommen, Freunde zu sein und das, was beim Ball passiert war, gehörte der Vergangenheit an. Sie hatte keinen Anlass zu dem Glauben, dass etwas Ähnliches passieren würde, selbst wenn ihr Magen flatterte, sobald er in ihrer Nähe war. So wie jetzt.

»Das ist mein Zimmer.« Er zeigte zu einer Tür auf der gegenüberliegenden Seite des Flurs. Sie wollte hineinschauen, um sich zu überzeugen, dass es so düster war, wie er behauptete. Es bestand für sie kein Grund, seine Worte anzuzweifeln, sondern sie wollte es einfach selbst sehen. Vielleicht könnte sie ihm Vorschläge machen, wie es sich aufhellen ließe.

Oh, das war Unfug! Selbst wenn sie eine atypische Gouvernante *war*, könnte sie sein Schlafzimmer nicht renovieren. Das ging ganz sicher weit über die Grenzen des

Anstands hinaus. Seine zukünftige Gräfin würde ihm in dieser Angelegenheit helfen. Beim Gedanken an eine zukünftige Gräfin verkrampfte sich ihr Magen zu einem Kloß. Wie wäre es, hier mit ihnen zu leben? Wäre sie dann weiterhin eine atypische Gouvernante?

»Und hier ist Ihr Schlafzimmer.« Er trat auf die gegenüberliegende Tür zu und öffnete sie.

Jo trat ein und fragte sich, was ihm an diesem Zimmer nicht gefallen würde. An einer Wand stand ein Himmelbett und es gab einen Kamin mit einem Stuhl davor, einen Schreibtisch vor den Fenstern, die einen Blick auf die Straße darunter boten, und einen hohen Kleiderschrank in einer Ecke.

»Mir ist gerade eingefallen, dass Sie vielleicht eine Kammerzofe benötigen«, bemerkte er.

Sie drehte sich um. »Sie verstehen wirklich nichts von der Stellung einer Gouvernante, oder?«

Er wirkte vollkommen unbeeindruckt. »Ich verstehe sehr wenig von diesen ganzen Angelegenheiten in meiner Rolle als Earl. Klären Sie mich bitte auf.« Er verschränkte die Arme vor seiner Brust.

»Um einmal damit anzufangen – und das wissen Sie sehr wohl – sollte sich mein Zimmer wahrscheinlich im Obergeschoss in der Nähe des Kinderzimmers befinden.«

»Aber das wird nicht so sein. Ich weigere mich, meine Meinung in dieser Sache zu ändern. Was noch?« Sein dunkler Blick schien sie herauszufordern, noch etwas zu anzumerken.

»Ich sollte die Mahlzeiten wahrscheinlich nicht mit Ihnen einnehmen, und schon gar nicht, wenn Sie Gesellschaft haben – wie zum Beispiel morgen, wenn Ihre Mutter hier sein wird.«

In seinen Augen blitzte ein Ausdruck des Grauens auf. »Oh, sie wird nicht zu irgendwelchen Mahlzeiten bleiben.

Und ich möchte, dass Sie mit uns essen. Das gilt auch für Evie. Daran ändere ich auch nichts. Was sonst noch?«

»Ich brauche keine Kammerzofe.« Im Pfarrhaus hatte sie keine persönliche Magd gehabt. Sie hatten eine Haushälterin und eine Magd, die als Kammerzofe gedient hatte, wann immer Jo eine brauchte.

»Niemals?«

»Keine, die nur mir zur Verfügung steht. Wenn Sie einen Ersatz für Foster einstellen« – er hatte ihr während der Führung von den zu besetzenden Posten in seinem Dienstbotenstab erzählt – »könnten Sie eine nehmen, die gelegentlich als Kammerzofe fungieren könnte.« Moment, sie war eine Gouvernante. Und Gouvernanten hatten keine Kammerzofen! »Unwichtig. Gouvernanten haben keine Kammerzofen.«

»Sie werden trotzdem eine haben. Oder besser ausgedrückt, auf Wunsch über eine *verfügen* können.«

Sie wollte protestieren, doch irgendwie erkannte sie, dass ihr Einwand ignoriert werden würde.

»Was ist mit diesem Zimmer? Ist alles zu Ihrer Zufriedenheit?«

Jo trat an den Schrank und öffnete ihn. Ihre Kleider waren bereits eingeräumt. Sie schloss die Tür und schlenderte zum Schreibtisch. Er war mit Papier, Feder und Tinte bestückt. »Ja, vielen Dank.« Sie sah ihn über das Bett hinweg an, das sie voneinander trennte. »Was ist mit Ihnen? Was gefällt Ihnen an diesem Raum nicht?«

Er breitete die Arme aus. »Nichts. Ich bin nur selten in diesem Raum – er wurde für Gäste benutzt.« Er schaute sich um. »Eigentlich könnte dies mein Lieblingszimmer im Haus sein.«

»Ich habe eine Idee. Vermutlich haben Sie einige Dinge aus Barbados mitgebracht? Dinge, die sich dort vielleicht in Ihrem Haus befunden haben?«

»Ja, sie sind immer noch in Kisten verpackt.«

»Packen Sie sie so schnell wie möglich aus und platzieren Sie mindestens einen Gegenstand aus Barbados in jedem Zimmer. Auf diese Weise haben Sie überall etwas, das Sie an Ihre Heimat erinnert.«

Als sie das Wort »Heimat« aussprach, bekam sein Blick einen wehmütigen Ausdruck. Er hatte Heimweh, erkannte sie. Und Evie wahrscheinlich auch. Jo würde versuchen, einen Weg zu finden, damit England sich für sie wie ihr Zuhause anfühlte.

Er umrundete das Bett und blieb vor ihr stehen. Es war ihr nahe genug, dass ihr Bauch abermals von seiner Nähe ins Flattern geriet. »Das ist eine ausgezeichnete Idee«, antwortete er. »Danke.« Er beäugte sie für einen Moment. »Ich bin sehr froh, dass Sie sich bereit erklärt haben, unsere Gouvernante zu sein. Und ich sage ›unsere‹, weil ich denke, dass Sie mir ebenso viel beibringen, wie Sie Evie lehren werden. Ich habe eine ganze Menge in Bezug auf meine neue Position zu lernen, und zum ersten Mal fühle ich mich nicht völlig überwältigt davon.«

Das Flattern in ihrem Bauch gewann an Stärke, es dehnte sich aus und sandte eine angenehme Wärme bis in die weit entfernten Körperteile und alle anderen Stellen dazwischen. »Ich freue mich.«

Seine Lippe zucke und formte sich zu einem halben Lächeln. »Ich werde Sie jetzt allein lassen.« Er drehte sich um und ging auf die Tür zu.

»Mylord?«, rief sie und brachte ihn damit zum Stehen.

Er drehte sich um. »Wenn ich Sie nicht überzeugen kann, mich Bran zu nennen, könnten Sie mich dann wenigstens Knighton rufen?«

Sie neigte den Kopf. »Ich möchte Ihnen für diese Chance danken. Und Sie außerdem daran erinnern, dass dies eine Probe ist. Sollte sich einer von uns – oder Evie – aus irgendeinem Grund so fühlen, als würde die Sache nicht funktionieren, müssen wir unser Arrangement so schnell wie möglich wieder beenden.«

Er runzelte die Stirn und für einen Augenblick fürchtete sie, er könnte ihr widersprechen. »In Ordnung. Allerdings fühle ich mich sehr wohl damit, Ihnen zu versichern, dass weder Evie noch ich uns so fühlen werden.«

Das sagte er jetzt, doch Erwartungen waren eine heikle Sache. Jo nickte, und daraufhin ging er und schloss die Tür hinter sich.

Ihre Schultern sackten herab, als hätte die Energie das Zimmer zusammen mit ihm verlassen. Nein, sie war ganz und gar keine typische Gouvernante.

KAPITEL NEUN

Das Frühstück am folgenden Morgen war ein voller Erfolg, und Bran hätte nicht erleichterter sein können. Evie hatte Mrs. Shaw zur besten Toastbäckerin der Welt erklärt und nun geschworen, von niemanden sonst mehr zubereitete Toasts zu essen. Bran hatte Mrs. Shaw versichert, dass Evie das nicht als Scherz meinte, woraufhin Mrs. Shaw geantwortet hatte, sich dieser Herausforderung gewachsen zu fühlen.

Er hoffte, sie würde dies für langfristig meinen, doch er respektierte ihren Wunsch, die Dinge langsam anzugehen. Es war eine kluge Strategie – für sie alle – doch er erkannte auch den innewohnenden Selbstschutz. Höchstwahrscheinlich würde er sich ebenso verhalten.

Bran saß auf dem Fußboden und öffnete die Kiste, die gerade in sein Büro geliefert worden war. Sobald er den Inhalt erblickte – es war ihr Leben auf Barbados – wurde er innerlich ganz rührselig. Warum hatte er so lange mit dem Öffnen der Kisten gewartet? Möglicherweise hatte er sich noch nicht bereit gefühlt. Der Abschied war schmerzhaft gewesen, und diese Objekte waren einfach eine Erinnerung an diese Qual.

Sie lösten aber auch Freude aus. Eine Erinnerung nach der anderen überfiel ihn, als er das Glas mit Muscheln betrachtete, die Evie am Strand gesammelt hatte. Früher sind sie gemeinsam spazieren gegangen, zuerst mit ihrer Mutter, und dann, nachdem sie gestorben war, nur noch sie beide. Jedes Mal, wenn Evie eine Muschel gefunden hatte, hielt sie ihren Fund in ihrer Hand umklammert, bis sie zu Hause ankamen und dann ließ sie ihn in das Glas fallen, das auf Brans Schreibtisch stand. Nun, es würde auch hier auf seinem Schreibtisch stehen. Er nahm das Glas aus der Kiste und verdrehte seinen Körper, um es auf einer der Ecken abzustellen, wo er es jedes Mal betrachten konnte, wenn er dort saß.

Als er sich wieder der Kiste zuwandte, beäugte er ein Buch und konnte sich nicht erinnern, warum es in dieser Kiste gelandet war. Er nahm es in die Hand und öffnete den Buchdeckel. Eine gepresste Blume, ganz stumpf vom Alter, doch noch immer mit lebendiger Farbe, schien ihn anzulächeln. Jetzt fiel es ihm wieder ein – es gab Dutzende davon in diesem Buch. Er fragte sich, ob er sie irgendwie rahmen und in jedem Zimmer des Hauses aufhängen konnte. Ja, genau das würde er tun.

»Mylord?« Bucket, der Diener, der seit Kerrs Entlassung meistens die Pflichten des Butlers wahrnahm, trat an die Tür. »Lady Knighton ist hier. Sie wartet im Wohnzimmer.«

Jeder Muskel in Brans Körper spannte sich an. »Danke, Bucket. Vergessen Sie nicht – ich möchte keinen Tee oder irgendetwas anderes. Auch dann nicht, wenn sie darum gebeten hat«, fügte er hinzu, als er sich vom Fußboden erhob.

Bucket erstickte ein Lächeln. »Das hat sie tatsächlich.«

Bran gefiel, dass Bucket die Komik in der Situation

erkannte. »Vermutlich sollte ich meinen Frack anziehen.« In Erwartung des Besuchs seiner Mutter hatte er ihn mit nach unten gebracht, doch bislang hatte er ihn noch nicht angezogen.

Bucket durchquerte das Zimmer und ging auf den Stuhl in der Nähe des Kamins zu, wo der Frack über die Rückenlehne drapiert war, und nahm das Kleidungsstück, um es für Bran aufzuhalten, damit dieser hineinschlüpfen konnte. Der Diener bürstete ihm über die Schultern, ehe Bran sich zu ihm umwandte.

»Sie könnten ein Kammerdiener sein, Bucket.«

»Vielleicht eines Tages. Oder ein Butler.« Er zuckte mit den Achseln. »Kerr hat immer gesagt, ich müsse noch viel lernen.«

»Ich kann mir sehr gut vorstellen, dass er das getan hat. Allerdings bin ich nicht sicher, ob irgendjemand Kerrs Ansprüchen gerecht werden kann«, antwortete Bran mit einem Anflug von Sarkasmus.

Dieses Mal verbarg Bucket sein Lächeln nicht. »Damit könnten Sie vielleicht Recht haben.«

»Würden Sie bitte Mrs. Shaw informieren, dass Lady Knighton hier ist, damit sie Lady Evie ins Wohnzimmer führt?«

»Sofort.« Bucket drehte sich auf dem Absatz um und verließ das Zimmer.

Unter großem Widerstreben begab sich Bran auf den Weg in den Salon. Er hielt auf der Türschwelle inne. Seine Mutter stand mit dem Rücken zu ihm, und soweit er aus dieser Entfernung erkennen konnte, war ihr hellblondes Haar noch nicht von weiß durchwirkt. Er bezweifelte allerdings, nah genug zu kommen, um dies genau festzustellen. Sie stand in einem Winkel zu der jetzt kahlen Stelle an der Wand, wo ihr Porträt gehangen hatte.

Wahrscheinlich spürte sie seine Anwesenheit und drehte

sich um. Noch immer war sie schön, mit blasser Haut, die nur leicht faltig war, den dunklen und herrischen Augen und ihrer erhabenen und königlichen Statur. »Knighton.« Sie schüttelte den Kopf. »Wie seltsam das auf meiner Zunge klingt, wenn ich dich anschaue.« Ihr Blick war prüfend und sie nahm ihn von Kopf bis zu Fuß in Augenschein. »Du siehst gut aus, wenn auch ein bisschen … wild. Du müsstest das Haar kürzen lassen. Und wahrscheinlich brauchst du einen neuen Kammerdiener, da er dir gestattet, so gesehen zu werden.« Ihre Kritik war ebenso vertraut wie sie ihm auf die Nerven ging.

»Mein Kammerdiener ist vorbildlich, danke.« Er neigte den Kopf in Richtung der leeren Stelle an der Wand. Ich dachte, du möchtest vielleicht dein Porträt haben. Ich brauche es nicht.«

Ihre Augen verhärteten sich, und instinktiv wich er zurück. Diesen Blick hatte sie aufgesetzt, kurz bevor sie ihm eine Lektion erteilte oder ihn mit jedem beliebigen, gerade greifbaren Gegenstand gezüchtigt hatte. Doch ebenso schnell, wie es geschah, war der Moment auch schon vorbei. Sie schien sich zu entspannen, und mit ihr löste sich die Anspannung, die in der Luft lag. Bran stieß den angehaltenen Atem aus.

»Ich mag dieses Porträt, aber es sollte in einem der Häuser bleiben. Vielleicht wäre es am besten, es nach Knight 's Hall zu bringen. Ich gehe davon aus, dass du im Sommer dorthin reisen wirst?«

Er antwortete mit einem einzelnen Kopfnicken. Am liebsten würde er sofort dorthin fahren, denn er glaubte, er würde es London vorziehen, doch er hatte zu viele Verpflichtungen hier. Er versuchte immer noch, seinen Weg im House of Lords zu finden, obwohl Kendal sehr hilfsbereit war.

Sie umrundete das Zimmer. »Du siehst genau wie dein Vater aus, ausgenommen der Augen natürlich.«

Ja, er hatte ihre Augen. Verdammt sollen sie sein.

»Nie hätte ich mir das vorgestellt, aber du bist größer als deine beiden Brüder und hast breitere Schultern. Vermutlich bist du nach meinem Familienzweig geschlagen.« Ihr Vater und ihre Brüder besaßen einen leichteren Körperbau – und dünneres Haar. Aber Bran hatte keine Ahnung, wie seine Brüder gealtert waren, und es interessierte ihn auch nicht.

Sie setzte sich auf das Sofa und sah ihn erwartungsvoll an. »Willst du dich nicht setzen?«

Vermutlich müsste er das wohl tun. Er schlenderte zu einem Sessel, der nahe dem Kamin stand – womit er ungefähr so weit entfernt wie nur möglich von ihr war – und setzte sich langsam. Sein gesamter Körper war in Alarmbereitschaft versetzt, genau wie damals als Kind. Er hatte nie gewusst, was sie in Aufruhr versetzen würde, sondern nur, dass es nahezu immer er war. Seine Geringschätzung von Kleidung, seine Eigenheiten in Bezug auf das Essen, sein Hass, berührt zu werden.

»Du bist so unnahbar wie eh und je«, stellte sie fest.

Vor allem bei dir. »Und du bist genauso kritisch wie eh und je. Ich bin nicht mehr dein Kind.«

Abermals blitzte in ihren Augen diese Kälte auf. »Du wirst immer mein Kind sein.«

Leider. »Allerdings bin ich jetzt der Earl, und ich würde ein gewisses Maß an Respekt erwarten.«

Kurz öffnete sie die Augen weit vor Überraschung und neigte ihren Kopf. »Die Worte eines wahren Earls.« War das Stolz in ihrer Stimme? Bran freute sich nicht darüber. »Ich freue mich, das zu erleben«, erklärte sie. »Wirst du nach einer Gräfin Ausschau halten?«

Er wollte sie nicht in seine Pläne einweihen. Er wollte sie in gar nichts einweihen. Es lag nicht in seiner Absicht, erneut eine Beziehung zu ihr aufzubauen, die irgendeine Form von Substanz besäße. »Ja.«

»Hervorragend. Es gibt verschiedene schöne junge Frauen, die in diesem und vergangenem Jahr ihr Debüt hatten. Lady Philippa Latham wäre eine großartige Verbindung, aber es geht das Gerücht, dass sie den Earl of Saxton heiraten wird. Nun ja, er ist der Erbe eines Herzogtums, also wirst du nicht mithalten können, nehme ich an.«

Das war die Mutter, die er kannte – die ihn für Dinge beschuldigte, die er nicht kontrollieren konnte. Allerdings hatte sie in seiner Jugend darauf bestanden, dass er kontrollieren könnte, was er trug oder aß. Sie hatte nie die greifbaren Schmerzen verstanden, die ihm dies zugefügt hatte. Manchmal war das Anziehen der Kleider für ihn mit tausenden von Nadeln vergleichbar gewesen, die ihn in die Haut stachen. Oder wenigstens hatte er sich dies so vorgestellt.

»Das will ich auch nicht«, erklärte Bran. »Ich habe es nicht eilig zu heiraten. Außerdem möchte oder brauche ich deinen Rat oder deine Hilfe nicht.«

»Du musst einen Erben zeugen. Zumindest hoffe ich, dass du dazu imstande bist. Ich habe acht Enkelkinder und keines ist ein Junge.« Die Verachtung in ihrem Tonfall war klar und deutlich. »Ich hatte für zweifachen Ersatz gesorgt und leider wurden beide gebraucht.«

Vermisste sie seine Brüder? Er hätte gedacht, dass die Trauer sie praktisch niedergestreckt hatte, aber sie war nie besonders demonstrativ in Bezug auf ihre Gefühle gewesen. Einer der Aspekte, die sie im Grunde am meisten an Brans »Trotz« störte, war seine offene und klägliche Zurschaustellung von Emotion.

»Glaube mir, ich wünschte, ich wäre nicht gebraucht worden.« Dann könnte er wieder auf Barbados sein, und hätte Evie nicht von dort wegreißen müssen.

Seine Mutter spannte die Muskulatur im Kiefer an. »Ja, nun, jetzt bist du hier. Wir alle tun unsere Pflicht.«

»Sag das einmal meiner Tochter. Sie hat das einzige Heim verlassen, das sie je kannte, und jetzt findet sie sich an einem fremden Ort wieder.«

Ihre Augen blitzten vor Empörung. »England ist nicht fremd. Es ist ihr Zuhause. Sie braucht einfach Zuspruch, um ihr die Eingewöhnung zu erleichtern.«

Bran sah sie für einen Moment aus zusammengekniffenen Augen an. »Du glaubst, ich hätte nicht daran gedacht. Sie hat ein Kindermädchen und eine Gouvernante. Beide sind ziemlich versiert.«

»Wo hast du sie denn aufgetrieben?« Sie fragte in einem Tonfall, als wüsste er nicht, wo er überhaupt suchen sollte. Und vermutlich hätte er das auch nicht gewusst, nahm er an, wenn er sich nicht um Hilfe und Unterstützung suchend an die Kendals und vor allem Mrs. Shaw selbst gewandt hätte.

Wie von seinen Gedanken heraufbeschworen, erschien sie mit Evie an der Tür zum Salon. Die beiden sahen wirklich bezaubernd aus – ihre Kleider hatten die gleiche Farbe. Hatten sie das verabredet?

Evie beäugte ihre Großmutter mit einer Mischung aus Neugier und Vorsicht.

Brans Mutter reagierte auf die Änderung seiner Blickrichtung und drehte sich auf dem Sofa, sodass sie von ihm weg und in Richtung Tür sah. »Meine Güte, ist dies Lady Evangeline?« Die Frage enthielt einen wundersamen Ton, den Bran noch nie von seiner Mutter gehört hatte. Es machte ihn unsicher.

Evie ging drei Schritte auf sie zu und vollführte einen schönen Knicks. »Guten Tag, Großmutter.«

»Komm und setz dich zu mir, Liebes.« Sie klopfte neben sich auf das Sofa, und Bran musste sich auf die Zunge beißen, damit er Evie nicht anwies, stattdessen woanders Platz zu nehmen. »Ist das deine Gouvernante?« Sie warf Mrs. Shaw einen halb interessierten Blick zu.

»Ja«, antwortete Evie, die den Rock ihres Kleides über den Knien glattstrich, nachdem sie sich auf die Sofakante gesetzt hatte. »Mrs. Shaw ist die Schwester der Herzogin von Kendal. Sie ist eine großartige Gouvernante.«

Brans Mutter warf ihm einen überraschten Blick zu. »Tatsächlich?« Sie sah zu Mrs. Shaw, die mit einem heiteren Gesichtsausdruck an der Türschwelle stehen geblieben war. »Werden Sie uns Gesellschaft leisten, Mrs. Shaw?«

Bran blinzelte seine Mutter an. Hatte sie gerade die Gouvernante eingeladen, sich zu ihnen zu setzen? Bran hätte seinen gesamten Besitz gegen solch ein Ereignis gewettet.

Mrs. Shaw hob leicht die Augenbrauen, als sie zu Bran sah. Er verstand ihre Frage und neigte den Kopf zur Antwort. Langsam trat sie in das Zimmer und nahm in dem Sessel zu seiner Rechten, gegenüber einem niedrigen Tisch vor dem Sofa mit Evie und ihrer Großmutter, Platz.

Bran beobachtete, wie seine Mutter seine Tochter ganz vernarrt anlächelte. Einen solchen Ausdruck hatte er noch nie auf ihrem Gesicht gesehen. »Wie gefällt dir London?«, fragte sie Evie.

»Im Vergleich mit Zuhause ist es ein bisschen trist«, entgegnete Evie.

»Nun, jetzt ist *England* dein Zuhause«, antwortete sie missbilligend. Da war die Mutter, die er kannte und verachtete.

»Wahrscheinlich ist es das jetzt.« Evies Tonfall war verdrossen, und sie ließ die Beine ein paar Mal hin und her baumeln. Abrupt hörte sie damit auf, und Bran führte dies auf den Blick zurück, den sie Mrs. Shaw zuwarf. Bran wandte den Blick in ihre Richtung und erkannte, wie sie Evie mit einem ermutigenden Ausdruck beobachtete. Ihre Anwesenheit war in diesem Moment in gewisser Weise hilfreich und Bran würde das nicht vergessen.

»Komm schon, Liebstes«, sagte seine Mutter und brachte

Bran mit ihrem Gebrauch des Koseworts zum Erschaudern. Er versuchte, sich in Erinnerung zu rufen, wie sie ihn genannt hatte, und ihm fiel wieder ein, dass sie ihn nicht mit einem schönen oder angenehmen Namen bedacht hatte. Er war geradezu sardonisch als »Bran der Trotzkopf« bezeichnet worden.

»Ich weiß, dass England dir sehr fremd vorkommen muss, aber du wirst es mehr lieben als diese andere Insel. Unsere ist viel größer, weißt du. Und wir haben große, eindrucksvolle Städte und es gibt natürlich viel mehr Menschen wie uns.«

»Was meinst du mit ›wie uns‹?«, fragte Evie.

Ja, darauf wollte Bran auch eine Antwort.

»Ich meine gebildetere und vornehmere Menschen. Dein Vater ist jetzt ein Earl. Du verstehst, wie wichtig das ist, dass er seinem Land, den Menschen und der Krone gegenüber ganz bestimmte Pflichten zu erfüllen hat.« Sie warf Bran einen kurzen Blick zu, als würde sie sich fragen, ob er das ebenfalls verstanden hatte. Natürlich hatte er. Es war ein großer Klotz an seinem Bein.

Evie sah Bran an und schenkte ihm ein kleines Lächeln. »Ja, aber er ist immer noch mein Papa.«

Brans Mutter wandte sich an Mrs. Shaw. »Was werden Sie Lady Evangeline beibringen?«

»Alle möglichen Dinge. Ich habe meine Stellung gerade erst angetreten. Ich bin noch dabei zu erkunden, was sie schon weiß.«

Die Grafenwitwe schürzte die Lippen. «Sie ist erst fünf Jahre alt. Was kann sie denn überhaupt schon wissen?« Ihr entgeisterter Tonfall veranlasste Bran, mit den Zähnen zu knirschen.

»Ich werde nächsten Monat sechs Jahre alt, und ich kann lesen«, erklärte Evie etwas abwehrend, was Brans Gereiztheit nur noch verstärkte. Wie konnte seine Mutter wagen, Evie dazu zu bringen, sich schlecht zu fühlen – Bran würde das nicht tolerieren. »Und ich kenn die Zahlen bis zu tausend.«

»Sie löst bereits mathematische Gleichungen«, fügte Mrs. Shaw hinzu.

Brans Mutter sah Evie an und ... lächelte? »Wie wundervoll. Was für ein kluges Mädchen du bist.«

Bran war schockiert über ihre Billigung. Er erinnerte sich deutlich, wie sie erklärt hatte, dass seine jüngere Schwester nichts aus Büchern lernen müsse, denn ihre wichtigsten Attribute wären Schönheit und Zuvorkommenheit. Dass seine Schwester Bücher bereits von klein auf angebetet hatte, war ein Problem gewesen, und so hatte sie gelernt, sie zu verstecken.

»Sie erinnert mich ein bisschen an Gwen«, meinte Bran und überlegte, dass er es eigentlich einrichten sollte, seine Schwester zu besuchen. »Kommen sie und ihr Mann je nach London?« Sie hatte letztes Jahr geheiratet, und die beiden lebten irgendwo im Norden Englands.

»Bislang haben sie das noch nicht getan. Ich habe sie erst letzten Monat besucht und es geht ihnen recht gut.«

Bran würde sie nicht beim Wort nehmen. Gwen und er schrieben sich nicht oft, doch sie hatte ihm geschrieben, als sie sich verlobt hatte, und sie hatte darüber nicht sehr begeistert geklungen. Doch andererseits, was wusste er schon? Sie war zehn Jahre jünger als er und infolgedessen waren sie sich nie sehr nah gewesen.

Seine Mutter wandte ihre Aufmerksamkeit wieder Mrs. Shaw zu. »Wie sind Sie dazu gekommen, Gouvernante zu werden? Ihre Schwester ist die Verbotene Herzogin, oder?«

Bei der Erwähnung dieses Spitznamens zuckte Bran zusammen. Er dachte an das Gespräch zurück, das er mit Kendal und den anderen bei Brooks geführt hatte. Doch zu hören, wie seine Mutter diesen Namen vor der Schwägerin des Herzogs benutzte, schien ihm unhöflich. Aber andererseits konnte Bran seine sämtlichen Kenntnisse der gesellschaftlichen Regeln leicht in seiner Jackentasche unterbringen.

Mrs. Shaw war zugute zu halten, dass sie nicht reagierte. Ihre Miene und Gelassenheit blieben vollkommen unberührt. »Ja, das ist sie. Ich bin verwitwet und habe mir eine Art von Beschäftigung gewünscht.«

»Ich verstehe.« Seine Mutter schürzte die Lippen und sah Mrs. Shaw mit einem herablassenden Blick an, der Brans Nerven bloßlegte.

Von seiner Mutter würde er nicht die geringste Art von Verunglimpfung über Mrs. Shaw erdulden. »Es ist ein großes Glück, sie zu haben, hab ich Recht, Evie?«

Evies Augen leuchteten auf, und ihr Gesichtsausdruck wurde lebhafter, als er seit ihrem Eintreten in das Zimmer gewesen ist. »Oh ja. Sie ist so lustig. Wieder strich sie ihren Rock glatt. »Sie lehrt mich auch viele Dinge.«

»Nun, das ist sehr gut. Und jetzt, Lady Evie«, sagte seine Mutter, »musst du als Tochter eines Earls lernen, dich mit Gelassenheit und Zuversicht aufzuführen. Du musst wortgewandt, aber nicht übermäßig gesprächig sein. Ich bin sicher, deine Gouvernante wird dafür sorgen, dass du diese Fertigkeiten erlernst.« Sie bedachte Mrs. Shaw mit einem weiteren gönnerhaften Blick. »Trotzdem werde ich hier sein, um zusätzlich über deine Erziehung zu wachen.«

Bran erstarrte. Er wollte nicht, dass sie sich in ihre Leben einmischte. Er hatte nicht viel darüber nachgedacht, sondern eher gehofft, dass sie nach Durham zurückkehren würde. Wo *hatte* sie seit dem Dahinscheiden ihres Ehemanns gelebt? Es war egal, und Bran kümmerte sich auch nicht darum.

»Kehrst du nicht nach Durham zurück?«, fragte er knapp.

»Nein, ich bleibe für die Saison in London. Ich habe ein

kleines Stadthaus gemietet.« Sie lächelte Evie zu. »Jetzt kann ich dich oft besuchen.«

Bran erhob sich abrupt. Er fürchtete, wenn er sich nicht bewegte, sich dazu hinreißen zu lassen, etwas zu sagen oder zu tun, was er besser nicht sollte, wie sich beispielsweise seiner Krawatte zu entledigen. Er trat an das Fenster, machte kehrt und bemerkte, dass Mrs. Shaw ihn beobachtete.

Sie erhob sich aus ihrem Sessel und sah ihren Schützling an. »Komm Evie, ich denke, wir sind lange genug geblieben. Es war ein Vergnügen, Sie kennenzulernen, Lady Knighton.«

»Und Sie, Mrs. Shaw. Ich hoffe, sie werden mich über Evies Fortschritt auf dem Laufenden halten. Ich werde sicherstellen, Ihnen alles zukommen zu lassen, was ich dafür für hilfreich halte.«

Mrs. Shaw blinzelte, und Bran hatte den Verdacht, dass ihr Lächeln nicht ganz aufrichtig war. »Das ist äußerst freundlich von Ihnen. Ich freue mich schon darauf.«

»Auf Wiedersehen, Großmutter«, sagte Evie, als sie vom Sofa rutschte.

»Auf Wiedersehen, Liebstes.«

Bran packte die Rücklehne seines Sessels, als Mrs. Shaw und Evie das Zimmer verließen. Kaum waren sie gegangen, wandte er sich schon zu seiner Mutter um. »Du wirst dich an Evies Erziehung nicht beteiligen. Ich erlaube Dir, sie zu besuchen, *wenn du eingeladen* wirst und sonst nichts.«

Seine Mutter erhob sich und ihr Blick war frostig. »Ohne den Einfluss einer Mutter braucht sie mich.«

»Nein, das tut sie nicht. Lieber würde ich sie von Wölfen aufziehen lassen.« Er umrundete den Sessel und durchbohrte sie mit einem intensiven Blick, während er sich gestattete, sich von der ganzen Wut aus seiner Kindheit vereinnahmen zu lassen. »Mit jedem einzelnen Mal, dass du mich nutzlos genannt, mich geschlagen und mich mit Enttäuschung und Abscheu angesehen hast, hast du das Recht verwirkt, Mutter zu sein. Wie Du bereits betont hast, werde ich immer dein Kind sein. Ich müsste eigentlich meinen, dass hätte eine Bedeutung haben sollen, aber mit dir war dem nicht so. Ich selbst verspüre in meiner Eigenschaft als Elternteil eine Verbindung zu meinem Kind – um es zu lieben und zu schätzen und zu beschützen. Von diesen Dingen habe ich bei dir nie etwas gespürt. Ich werde dir nicht erlauben, meine Tochter zu vergiften.«

Sie starrte ihn einen langen Moment an. »Vergiften?«, fragte sie leise. »Ich glaube ganz und gar nicht, Dich vergiftet zu haben. Schau dir nur an, was für ein Mann aus dir geworden ist. Dein Vater wäre so stolz.«

Sein Vater, jedoch nicht sie. Er war sich nicht einmal sicher, ob er das glaubte. »Ich denke, es ist Zeit für dich, zu gehen. Ich werde dich benachrichtigen, wenn du wieder zu Besuch kommen kannst.«

Sie nickte, und dass sie ihm nicht widersprach oder beschimpfte überraschte ihn. Er war auch froh.

Nachdem sie das Haus verlassen hatte, begab er sich auf den Weg in sein Büro und fühlte sich von dieser ganzen Begegnung ein wenig benommen. Er zog seine Krawatte aus und pfefferte sie zusammen mit seinem Frack auf einen Stuhl. Dann knöpfte er seine Weste auf, doch er legte sie nicht ab.

Seine Mutter verkörperte all das, woran er sich erinnerte, während sie es gleichzeitig schaffte, etwas anderes darzustellen. War sie einfach eine bessere Großmutter denn Mutter? Unsicher, ob er je imstande wäre, diese Frage zu enträtseln, schüttelte er den Kopf.

»Lord Knighton?« Mrs. Shaws Stimme durchdrang seine Gedanken.

Er war hinter seinen Schreibtisch getreten und blickte zur Tür, wo sie stand. Wieder wollte er sie bitten, ihn Bran zu nennen, er war sich allerdings über ihren Einwand der

Unziemlichkeit bereits im Voraus im Klaren. Sein Blick fiel auf die abgelegte Kleidung, und das erinnerte ihn daran, wie egal ihm das im Grunde genommen war. »Ich bitte Sie, mich Bran zu nennen.«

Überrascht riss sie die Augen auf und schüttelte leicht den Kopf. »Das könnte ich nicht.«

»Sie *könnten*. Knighton klingt mir immer noch so fremd. Könnten Sie es bitte versuchen?«

»Ich werde es probieren, aber ich mache keine Versprechungen.«

»Das ist nur gerecht. Treten Sie ein.« Er bedeutete ihr, sich auf den Stuhl zu setzen, der nicht mit seinen Kleidungsstücken drapiert war. »Entschuldigung, ich habe mich entkleiden müssen, fürchte ich.«

»Das sehe ich. Ich gewöhne mich daran. Oder ich versuche es jedenfalls.« Sie setzte sich auf den Stuhl.

»Wenn Sie ohne Ihr Korsett herumlaufen möchten, würde ich nichts dagegen haben.«

Wieder wurden ihre Augen groß, doch die Reaktion, die in den Tiefen ihres Blicks auszumachen war, schien eine andere. Da war keine Überraschung, sondern eher Schock mit einem Schuss ... Erregung? Er litt unter seiner eigenen Reaktion – Begierde. Er stellte sie sich ohne Korsett vor. Oder ihr Unterkleid. Oder irgendwelche Kleider. Abrupt setzte er sich, damit sie das Steifwerden seiner Männlichkeit nicht bemerkte.

»Ich bin gekommen, um mich mit Ihnen über Ihre Mutter zu unterhalten.« Sie ignorierte seine letzte Bemerkung und er entschied, dass es zum Besten war. Schlimm genug, dass sein halber Verstand gerade über sie fantasierte, nackt und prachtvoll.

»Meine Mutter«, wiederholte er in dem Bemühen, seinen *gesamten* Verstand zu verleiten, sich auf das zu konzentrieren, was von ihm erwartet wurde.

»Evie war nervös, sie kennenzulernen.«

»Ich weiß. Und wie hat sie sich danach gefühlt?« Bran rügte sich im Geiste, nicht sofort nach oben zu seiner Tochter gegangen zu sein, um nach ihr zu sehen. Er war zu sehr in seine eigene Reaktion verstrickt gewesen.

»Besser, aber … Sie weiß nicht, wie sie die Beziehung zwischen Ihnen einschätzen soll. Sie fragte mich, ob Sie Ihre Mutter gern hätten. Haben Sie darüber nicht mit ihr gesprochen?«

Verdammt. »Ich hatte es nicht für notwendig erachtet.« Denn sie hatten auf Barbados gelebt. Aber jetzt waren sie hier, und seine Mutter wollte offenbar aktiv an ihren Leben teilnehmen. Er wollte etwas durch das Zimmer schleudern. »Natürlich ist es das allerdings.«

»Ich denke schon. Ich möchte Ihnen gern auf jede erdenkliche Weise helfen.«

Dafür müsste sie das Ganze allerdings verstehen. »Wird es für Sie eine Überraschung sein, dass sie als Mutter so kalt war, wie Sie sich nur vorstellen können? Ich war in jeder Hinsicht ein schwieriges Kind und meine Brüder waren perfekt. Wir sahen unterschiedlich aus – sie waren gutaussehend und besaßen goldblondes Haar – und wir benahmen uns anders. Sie waren charmant, und ich war … trotzig.«

»Aber Sie *sind* gutaussehend.« Sofort errötete sie und sah auf ihre Hände herab.

Sein Erregungszustand, der allmählich abgeklungen war, nahm erneut zu. »Danke.«

»Was meinen Sie mit trotzig?«, fragte sie.

»Ich weigerte mich, Kleidung zu tragen oder zu essen, was mir vorgesetzt wurde und war in vielen andere Dingen widerspenstig. Ich habe nicht versucht, vorsätzlich aufsässig oder schwierig zu sein. Ich war es einfach. Meine Mutter zeigte kein Erbarmen, keine Liebe. Sie bestrafte mich für jede Unzulänglichkeit und stellte sicher, dass ich wusste, meinen

Brüdern nicht das Wasser reichen zu können. Fortwährend erklärte sie mir, was für ein Glück es sei, dass ich als der drittgeborene Sohn wohl nie zum Earl berufen würde.«

Während er sprach, hatte sie die Hand gehoben, um ihren Mund zu bedecken, der sich mit jedem Grauen, das er in seiner Schilderung preisgab, weiter geöffnet hatte. Schließlich ließ sie die Hand in ihren Schoß sinken. »Es tut mir so leid. Sie wollen natürlich nicht, dass sie an Evies Erziehung Anteil hat.«

»Das tue ich nicht. Ich habe ihr mitgeteilt, sie einmal im Monat auf meine Einladung hin besuchen zu dürfen. Während einiger Monate könnte ich mich allerdings nicht dazu geneigt fühlen.«

Sie nickte bedächtig. »Ich weiß nicht, was ich sagen soll. Ich dachte, meine Mutter zu verlieren, wäre das Schlimmste, was einem Kind widerfahren könnte, aber ich habe mich, glaube ich, geirrt.«

Ja, dachte er. Vielleicht wäre es besser, einen liebevollen Elternteil zu verlieren, als unter dem Missbrauch durch einen zu leiden. »Haben Sie Erinnerungen an sie?«

Sie schüttelte den Kopf, und in ihrem Blick lag eine tiefe Traurigkeit. »Nicht wirklich. Ich war fünf, als sie von uns ging.«

»Evie erinnert sich schon nicht mehr an ihre Mutter.« Er warf einen Blick zur offenen Kiste auf dem Fußboden. »Das sind unsere Sachen aus Barbados. Darunter ist auch eine Miniatur von Louisa. Ich sollte sie in Evies Zimmer aufstellen.«

»Das ist ein wunderbarer Einfall. Ich wünschte, ich hätte eine von meiner Mutter.«

»Haben Sie kein Bild von ihr?«

»Mein Vater besitzt eines. Er hat es immer für Nora und mich kopieren lassen wollen, aber das hat er nie geschafft.«

Bran nickte. »Sie stehen ihm nicht nahe?«

Sie verzog die Schultern zu einem angedeuteten Achselzucken. »Nicht besonders. Nora behauptet, er sei vor Mamas Tod anders gewesen, aber ich erinnere mich nicht.«

Das ergab vermutlich einen Sinn, vor allem, wenn er seine Frau geliebt hatte. Bran fragte sich, ob er sich nach Louisas Tod verändert hatte. Er *fühlte* sich nicht anders. Doch andererseits war er nicht sicher, ob die Liebe, die er für sie empfunden hatte, die Art von Liebe war, die eine Seele veränderte. Er wusste, wie sich das anfühlte, denn so würde er seine Liebe zu Evie beschreiben.

Mrs. Shaw wandte den Blick zu der Kiste. »Sie haben meinen Vorschlag angenommen.«

»Er war fantastisch, ja. Vielen Dank.« Sie war erst seit einem Tag hier, doch schon jetzt spürte er ihre Präsenz recht tiefgreifend.

»Ich bin erfreut.« Sie musterte ihn kurz und dann erhob sie sich. Er wollte jedoch nicht, dass sie ging. »Sie sollten, denke ich, mit Evie über Ihre Mutter sprechen – ersparen Sie ihr die Einzelheiten, aber sie sollte verstehen, warum Sie es für das Beste halten, dass ihre Beziehung zu ihrer Großmutter Grenzen haben wird.«

Nachdenklich rieb sich Bran mit der Hand über das Kinn. Er war sich nicht sicher, wie er das anfangen sollte, aber es musste gestehen, dass sie Recht hatte. »Das werde ich tun.« Er stand auf und kam um seinen Schreibtisch herum bis zu der Stelle, an der sie stand. »Ich kann Ihnen nicht genug für Ihre Bereitschaft danken, Evies Gouvernante zu sein. Schon jetzt haben Sie einen so wunderbaren Einfluss auf den Haushalt gehabt – auf uns.«

Ein rosa Hauch überzog ihre Wangen. Sie war unbeschreiblich entzückend. Er erinnerte sich an die weiche Zartheit ihrer Lippen unter seinen und an den fieberhaften Griff, mit dem ihre Hände seinen Rücken und Nacken umklammert hatten. Die Temperatur im Zimmer stieg plötzlich an und er war froh, dass er sich seines Fracks entledigt hatte.

»Das ist ... gut.« Sie riss den Blick von ihm los und wandte sich zur Tür um. »Ich muss wieder nach oben gehen.« Rasch trat sie die Flucht an und ließ Bran mit der Erkenntnis zurück, dass er ein sehr großes Problem hatte. Ja, sie waren Freunde. Und ja, sie könnten dieses Arrangement zum Funktionieren bringen. Aber er begehrte sie immer noch. Und wenn er sie richtig deutete, wollte sie ihn auch.

KAPITEL ZEHN

»Also wurden die Prinzen dort begraben?« Evie wies mit der Hand auf den Weißen Turm.

»Das wurden sie, doch dann wurden sie umgebettet.« Becky überflog das Reisehandbuch in ihrer Hand. »Ich kann nicht glauben, dass sie ermordet wurden.«

Evie erschauderte. »Lass uns noch einmal den Teil über das Juwelenzimmer lesen.«

Jo sah zu dem Weißen Turm hinüber und versuchte, sich die beiden Jungen vorzustellen, doch sie kam zu dem Schluss, dass sie das im Grunde gar nicht wollte. Vielmehr würde sie diesen angenehmen Frühlingstag mit Knighton, Evie und Becky auskosten.

Sie hatten sich vorgenommen, den Tower of London zu besichtigen und Nora, Titus und ihre Kinder dazu eingeladen. Titus war verhindert und Nora hatte entschieden, dass dieser Ausflug für Christopher noch ein bisschen zu viel sein könnte. Daraufhin hatte Knighton angeboten, Becky einfach mitzunehmen. Die Mädchen hatten eine wunderbare Zeit, und Jo, als die Gouvernante, freute sich, den beiden zuzusehen, wie sie in dem Reiseführer lasen, den Knighton für einen Sixpence bei ihrer Ankunft erstanden hatte.

Die Mädchen gingen ein paar Meter vor ihnen her, und Knighton bemerkte: »Was für eine schreckliche Geschichte, um sie in den Reiseführer aufzunehmen. Kann man sich nicht denken, dass Kinder das lesen könnten?«

»Es ist Geschichte«, entgegnete Jo, obwohl sie seiner Einschätzung zustimmte, dass dies ein bisschen zu gräulich war. »Es ist wichtig, dass Kinder Geschichte lernen, auch wenn sie hässlich ist.«

»Das ist wohl wahr, vermute ich einmal. Ich erinnere mich, allerlei Dinge über verschiedene Schlachten gelernt zu haben.«

Die Mädchen waren etwas weiter vorgegangen, doch sie waren immer noch in Sichtweite. Becky wandte den Kopf, um zu ihnen zurückzuschauen. Einen Augenblick später tat Evie dasselbe.

»Sie sehen aus, als würden sie etwas aushecken«, stellte Knighton fest.

Wahrscheinlich, aber sie waren fünfjährige Mädchen. Was könnten sie schon anstellen? »Unsinn, sie haben einfach Spaß. Ich bin froh, dass sie einander haben.«

»Das bin ich ebenfalls. Becky hat diese Umstellung für Evie so viel erträglicher gemacht.« Er sah sie mit einem dankbaren Blick an. »Wie auch Sie.«

Jo glaubte nicht, so viel dazu beigetragen zu haben. »Ich weiß Ihre Wertschätzung zu würdigen, aber ich habe kaum etwas getan.«

Er blieb stehen und sah sie eindringlich an. »Sie sollten das nicht tun.«

Sie hielt ebenfalls inne. »Was tun?«

»Ihr Talent oder Ihre Gabe geringer darstellen. Sie sind eine unbeschreibliche Frau.«

Sie errötete und wandte sich von ihm ab, um ihren Weg

fortzusetzen. Fortwährend tat er das – er ließ sie erröten. Er sagte Dinge zu ihr und sah sie auf eine gewisse Art an, die eine berauschende Reaktion hervorrief. Niemals hatte Matthias je so eine Empfindung in ihr ausgelöst.

Er hatte ihr jedoch das Gefühl vermittelt wertlos zu sein, als wäre sie für ihn eine große Enttäuschung. Vermutlich scheute sie deshalb vor Lob zurück. »Ich weiß nicht, was ich dazu sagen soll.«

»Genau das ist es. Sie müssen nichts sagen. Akzeptieren Sie einfach, wer Sie sind.«

Sie war der Meinung gewesen, das zu tun, aber es schien, dass sie eher herauszufinden versuchte, wer sie eigentlich war. Sie war die Witwe des Vikars und die Schwester der Herzogin. Aber wer war Jo? Im Augenblick war sie eine Gouvernante, und nie hatte sie sich wohler gefühlt. Einmal abgesehen von der Art und Weise, wie Knighton sie provozierte. Neulich in seinem Büro, nachdem seine Mutter wieder gegangen war, hatte es mehrere Momente gegeben, in denen sie sich zu ihm hingezogen gefühlt hatte … und zwar sowohl aufgrund dessen, was er über seine Kindheit offenbart hatte, als auch von der Art, wie er sie angesehen hatte. Dann war sie noch weiter gegangen, hatte ihn gutaussehend genannt und damit den Gedanken laut ausgesprochen, der in ihr aufgekommen war, als er sich mit seinen Brüdern verglichen hatte. Auf der Stelle hatte sie seine Einschätzung entkräften wollen, unattraktiv zu sein, und ohne die Folgen zu bedenken, hatte sie dies auch getan.

Sie sah zu ihm hinüber. »Ich werde … es versuchen.«

»Gut«, gab er zurück und schien beschwichtigt. »Muss ich Sie vielleicht an die bedeutsame Rolle erinnern, die Sie gestern bei der Einstellung der Köchin gespielt haben?«

»Ich hatte sie lediglich gebeten, etwas von ihrem Können zu demonstrieren, damit wir uns ihrer Fähigkeiten sicher sein konnten.« Sie tat es schon wieder, erkannte sie. Sie *hatte* etwas Wertvolles beigesteuert. »Ich gebe zu, das war ein guter Einfall, oder nicht?«

Er lächelte sie an. »*Ja*. Es war brillant. Wir konnten nicht nur ihre Kochkünste auf die Probe stellen, sondern uns auch ein Bild davon machen, wie sie mit den anderen Bediensteten in der Küche arbeitete. Sie mochten sie sofort.«

Das war wahr. Die arme Magd, die gekocht – oder es wenigstens versucht – hatte, war vor Erleichterung praktisch in Tränen ausgebrochen, als sie begriff, das nicht mehr tun zu müssen. »Ich habe über Tilly nachgedacht«, sagte Jo. »Sie ist in der Küche nicht sehr glücklich und erwähnte mir gegenüber, dass sie hoffte, als Dienstmädchen angelernt zu werden. Sie könnten ihr den offenen Posten im Obergeschoss übertragen und jemand anderen als Helferin für Mrs. Fletcher finden.

»Sehen Sie, warum Sie von solch unschätzbarem Wert sind?«, rief er aus. »Sie haben mich gerade auf eine Idee gebracht. Ich denke, ich werde Bucket befördern, anstatt Vorstellungsgespräche mit den Kandidaten um den Posten als Butler zu führen. Er hat eine außerordentliche Standhaftigkeit und Lernbereitschaft unter Beweis gestellt. Er ist auch ehrgeizig.«

»Er klingt, als sei er gut geeignet. Das bedeutet, dass Sie lediglich einen neuen Dienstboten finden müssen und was immer für eine Helferin Mrs. Fletcher in der Küche benötigt.«

»So scheint es. Ich frage mich, ob Mrs. Fletcher vielleicht Leute kennt, die ich einstellen könnte. Ich werde mich später mit ihr unterhalten. Vielen Dank für Ihre Hilfe bei diesen Angelegenheiten.« Er blieb stehen, um sie anzublicken. »Ich bin mir ganz und gar nicht sicher, was wir ohne Sie anfangen würden.«

Sie war drauf und dran, Einwände zu erheben, doch sie ertappte sich. »Es ist gern geschehen.«

Vor ihnen waren die Mädchen stehengeblieben und unterhielten sich mit einem Jungen, der vielleicht ein paar Jahre älter war als sie. Jo und Knighton holten sie ein und hörten ihre Unterhaltung mit an.

»Da haben sie den Leuten die Köpfe abgehackt«, erklärte der Junge.

»Wie der Ehefrau von Heinrich dem Achten«, hauchte Becky ehrfürchtig mit staunendem Blick.

»Auf eine Frau wurde sogar elfmal einschlagen, bevor sie tot war!«, erklärte der Junge und entlockte beiden Mädchen damit ein Keuchen.

»Thomas!« Eine Frau kam raschen Schrittes auf sie zu. Da bist du ja. Du darfst nicht einfach weglaufen.« Ihr Blick kreuzte Jos. »Guten Tag.«

»Mama, hier haben sie alle politischen Gefangenen enthauptet«, verkündete Thomas.

»Nicht alle«, verbesserte Jo. »Hier wurden die mehr privaten Hinrichtungen abgehalten, insbesondere die von Frauen. Die meisten waren öffentlich und fanden auf dem Tower Hill statt.«

»Können wir das auch besichtigen?«, fragte der Junge an seine Mutter gerichtet.

Wieder sah die Frau zu Jo hinüber. »Ähm, wir werden sehen.«

»Es ist nicht sehr weit.« Mit einer Geste zeigte Jo nach Nordwesten. »Die Stelle liegt direkt hinter dem Turm dort entlang.«

Die Frau lächelte. »Danke. Vielleicht treffen wir Sie und Ihre Familie später dort.« Ihr Blick schweifte von Jo zu Knighton und weiter zu den Mädchen.

Sie glaubte, sie seien eine Familie.

Jo verspürte ein angespanntes Gefühl in der Brust. Das war die Identität, die sie sich wünschte und nicht haben konnte. Doch jetzt, genau in diesem Augenblick könnte sie so tun, als ob …

Die Mädchen winkten Thomas zum Abschied, als er und seine Mutter davongingen, um sich dem Rest ihrer Familie anzuschließen, die aus einem Mann mit zwei kleineren Kindern im Schlepptau bestand.

»Wollt ihr zum Tower Hill gehen?«, fragte Knighton die Mädchen.

»Ich weiß nicht«, erklärte Evie. »Aber ich will die Juwelen sehen. Können wir jetzt dorthin gehen?«

»Ja, die Juwelen!«, rief Becky begeistert.

Knighton gestikulierte mit dem Arm und bedeutete ihnen, voranzugehen. »Führt uns an.«

Die Mädchen wirbelten mit ihrem Reisehandbuch herum und folgten einem Weg an der Kirche vorbei zum Juwelenzimmer. Knighton zahlte die Eintrittsgebühr in Höhe von einem Schilling für jeden von ihnen, und sie gingen hinein, wo es ziemlich voll war.

»Das ist eine beliebte Ausstellung«, erklärte er, als sie durch die Menschenmenge, die sich auf dem engem Raum drängte, näher aneinander gedrückt wurden.

»Ja«, murmelte Jo, sich seiner Nähe und seines frischen, sauberen Duftes, der sie an Sonnenschein und Sommer erinnerte, wohl bewusst. Sie stellte sich vor, dass ganz Barbados wie er riechen musste.

Sie bahnten sich ihren Weg zur ersten Ausstellung, und Jo war darauf konzentriert, die Mädchen im Auge zu behalten. »Lauft nicht zu weit voraus«, mahnte sie.

»Ja, Jo«, antwortete Evie.

Jo stellte sich vor, wie es wäre, wenn sie sie Mama genannt hätte – so, wie dieser Junge draußen. Hatte Knighton gehört, was die Frau über sie als Familie gesagt hatte? Er musste es mitbekommen haben, aber er hatte nichts dazu geäußert.

Hör einfach mit diesem Unsinn auf. Sie sind nicht deine Familie.

Nein, das waren sie nicht, aber sie war, wie Knighton gesagt hatte, ein wichtiges Mitglied ihres Haushalts. Wenigstens vorerst. Solange dies andauerte, würde sie es annehmen und wertschätzen.

Knighton stand direkt hinter ihr – nah genug, dass sie seine Präsenz an ihrem Rücken spüren konnte. Und dann berührte er sie, es war ein leichter Schubs, als er sich zu ihr beugte. »Ich bitte vielmals um Entschuldigung«, murmelte er an ihrem Ohr. »Es *ist* überfüllt.«

An der Stelle, an der er sie berührt hatte, stand Jos Körper in Flammen. Schmerzlich sehnte sie sich danach, sich an ihn zu drücken, doch das würde sie nicht wagen.

Es war nicht gut. Die von ihr gefürchtete Unbeholfenheit zwischen ihnen hatte zu einer Erregung geführt. Innerhalb des Haushalts hatten sie sich aneinander gewöhnt – sie tauschten Informationen aus und arbeiteten gemeinsam an der Lösung von Problemen, wie beispielsweise der Fragen, die sich hinsichtlich des Personals stellten – und sie schliefen nur durch einen Flur voneinander getrennt. Das allein genügte, um Jo in einen überdeutlichen Wahrnehmungszustand zu versetzen, der ihr gelegentlich das Einschlafen erschwerte. Zu ihrem Ehemann hatte sie nie eine Hingezogenheit verspürt. Mit ihm zu schlafen war ihre Pflicht und zudem eine lästige Aufgabe gewesen. Knighton war ganz anders, wie die Küsse bewiesen, die sie auf dem Ball miteinander ausgetauscht hatten. Sie hatten in ihr ein Gefühl hinterlassen, mehr zu wollen, und das erschreckte sie. Sie musste sich selbst eingestehen, dass Intimität vielleicht weitaus attraktiver sein könnte, als das, was sie erlebt hatte, und dennoch fürchtete sie sich zu sehr, um das herauszufinden.

Nicht, dass dies irgendwie wichtig wäre. Schließlich war es nicht so, dass er ihr nachstellte und an ihre Tür klopfte.

Sie schoben sich zum nächsten Ausstellungsstück weiter und die Mädchen plauderten aufgeregt. Jo gefiel es sehr, ihre Begeisterung zu erleben. »Sie haben wirklich Spaß«, bemerkte sie zu Knighton, als sie den beiden folgten.

»Ja. Und Sie?«, fragte er, als sie beim nächsten Ausstellungsstück stehen blieben.

»Ja, habe ich.« Sie drehte sich zu ihm und in diesem Moment wurde sie von hinten geschubst, sodass sie gegen ihn katapultiert wurde. Sie packte seine Schultern, während er seine Arme um ihre Taille legte. Scharf sog sie die Luft ein, denn sie war sich des Gefühls, wie sie mit ihren Brüsten seinen Oberkörper streifte und der Intensität seines Blickes viel zu bewusst.

»Ich habe Sie«, sagte er.

Sie sollte von ihm zurückweichen, doch noch immer konnte sie die Menschen hinter sich spüren, die sie zwangen, viel zu dicht zusammen zu stehen. Dann bemerkte sie, wie die beiden Mädchen mit eifriger Neugier zu ihnen aufsahen.

Jo nahm die Hände von ihm, als hätte sie sich verbrannt und wich zurück, wobei sie mit wem auch immer hinter ihr zusammenstieß. Sie zwang sich zu einem Lachen. »Es ist einfach zu überfüllt. Lasst uns rasch durch die Ausstellung eilen.«

Sie warf den Mädchen einen Blick zu, die gleichzeitig zu zwinkern schienen, ehe sie sich herumdrehten, um auf das nächste Ausstellungsstück zuzusteuern.

Knighton schob einen Finger zwischen seine Krawatte und seinen Hals. »Ja, beeilen wir uns.«

Ob es ihm wohl gutging? Sie stellte fest, dass er ein bisschen gerötet aussah, was wahrscheinlich an der Menge lag.

Während des restlichen Rundgangs durch das Juwelenzimmer achtete sie sorgfältig darauf, die Mädchen zwischen sich selbst und Knighton zu behalten. Immer wieder nestelte er an seiner Krawatte, und ein feiner Film aus Schweißperlen hatte sich an seiner Schläfe gebildet.

Als sie endlich wieder draußen waren, gingen die Mädchen voran und beugten sich noch einmal forschend über den Reiseführer.

Sie ging neben Knighton her. »Ihre Kleidung stört Sie.«

Er holte tief Luft. »Ja, aber es ist mehr als nur das. Das Gewimmel der Menschen dort drin ... Ich fand es unerträglich.«

»Es war ziemlich gedrängt.« Sie musterte ihn aufmerksam. »Haben Sie sich unwohl gefühlt?«

»Über die Maßen. Ich hasse es, wenn andere Menschen mich berühren.«

Dass er damit nicht alle meinen konnte, war ihr klar. »Was meinen Sie? Evie umarmt Sie und es scheint Ihnen kein Unbehagen zu bereiten.«

Seine Züge entspannten sich, und erst jetzt erkannte sie, wie angespannt er gewesen war. »Nein. Evie bereitet mir kein Unbehagen. Aber wenn ich mit fast jedem anderen Menschen in Kontakt komme, habe ich das Gefühl, aus meiner Haut kriechen zu wollen.«

Das klang schlimm. Und er hatte »fast jedem« gesagt. Wo war ihr Platz in diesem Spektrum? Mehr als einmal hatten sie sich auf persönlicher Ebene berührt, einschließlich eines ziemlich intimen Moments, und gar nicht zu reden von den Küssen, die sie auf dem Ball ausgetauscht hatten.

Er schien ihrem Gedankengang zu folgen. Er hielt inne, und sein Blick bohrte sich in ihren. »Ich habe nichts gegen Ihre Berührungen. Eigentlich gefällt mir das eher.«

Die Hitze, die sie während der Ausstellung empfunden hatte, konzentrierte sich zwischen ihnen und dehnte sich zu etwas Greifbarem. Es war keine Unbeholfenheit oder gar Erregung zwischen ihnen – es war etwas viel Ursprünglicheres. Und sie hatte keine Ahnung, was sie diesbezüglich unternehmen sollte.

~

»Erzähle mir, wie der Besuch deiner Mutter letzte Woche verlaufen ist«, forderte Lady Dunn, als sie ihre Teetasse absetzte. »Ihr Portrait ist nicht mehr da, stelle ich fest.« Sie drehte den Kopf in Richtung der kahlen Stelle an der Wohnzimmerwand.

Bran setzte sein Bein ab, das er über das andere geschlagen hatte. »Ich nehme an, die Sache ist so gut verlaufen, wie zu erwarten war. Ich habe spezifische Einschränkungen in Bezug auf unsere Verbindung verlangt, also glaube ich nicht, dass sie ein Ärgernis sein wird. Müssen wir über sie sprechen?«

Lady Dunn kicherte. »Natürlich nicht. Aber Vorsicht, mein Junge, sie ist immer ein Ärgernis, auch wenn du sie nicht siehst.«

Das entsprach wahrscheinlich der Wahrheit, und er sollte sich eigentlich fragen, welchen Schaden seine Mutter anzurichten imstande wäre, jedoch entschied er, das gar nicht wissen zu wollen. Solange er keine Zeit mit ihr verbringen musste, würde es ihm gut gehen.

»Was hielt Evie von ihr?« Lady Dunn blitzte ihn mit einem entschuldigenden Blick an. »Ich spreche immer noch von ihr. Es ist unwichtig.«

»Es ist in Ordnung. Du interessierst dich für Evie, und ich kann dem nichts entgegensetzen. Meine Mutter war freundlich, aber sie hat kein Marzipan mitgebracht.«

Lady Dunn lachte. »Nun, das habe ich heute auch nicht getan, aber ich habe Evie ein paar Bänder mitgebracht. Sie wird hoffentlich herunterkommen?«

»Ja, mit ihrer Gouvernante.«

»Hervorragend. Das ist Mrs. Shaw, ist das richtig? Ich habe sie früher schon kennengelernt. Ihr Entschluss, eine Stellung als Gouvernante anzunehmen überrascht mich. Sie ist Witwe und Schwester einer Herzogin. Man sollte meinen, dass sie bei einer erneuten Heirat eigentlich eine recht gute Partie machen könnte.«

Ja, das könnte sie. Doch Bran wusste, dass sie es nicht wollte – wenigstens nicht ihn. »Ich bin nicht sicher, ob sie überhaupt wieder heiraten möchte.«

»Faszinierend.« Lady Dunn schüttelte den Kopf. »Manche Frauen bevorzugen ihre Unabhängigkeit. Ich kann darin keinen Fehler finden, da ich selbst eine dieser Frauen bin. Ich wusste auch, ich würde nie wieder einen anderen Mann finden, den ich so sehr liebte wie meinen Ehemann. Also habe ich mir keine Mühe gemacht. Möglicherweise ist es für sie dasselbe.«

Bran hatte das nicht in Betracht gezogen. Sie hatte erwähnt, keine Kinder gebären zu können, aber vielleicht war es auch mehr als nur das. Oder vielleicht war es überhaupt nicht so. Möglicherweise war das eine Ausrede, die sie benutzt hatte, um ihm den wahren Grund zu verschweigen – dass sie ihren Mann immer noch liebte. Würde das überhaupt einen Sinn ergeben? Warum sollte sie ihm nicht die Wahrheit sagen? Plötzlich wollte er es unbedingt wissen und gelobte sich, der Frage auf den Grund zu gehen.

Genau in dem Moment erschien Mrs. Shaw mit Evie und sie betraten den Salon. Evie lief geradewegs auf Lady Dunn zu, die ihre Arme bereits zu einer Umarmung ausgestreckt hatte.

»Lady Dunn«, rief Evie, als sie sie drückte. »Haben Sie mehr Marzipan mitgebracht?«

»Das habe ich nicht«, erklärte die Viscountess mit einem Anflug von Bedauern. »Du bist mir nicht böse, hoffe ich.

Aber hier habe ich dir ein paar Bänder mitgebracht.« Sie öffnete eine Tasche und zeigte ihr die leuchtenden Farben.

»Ich liebe sie!« Evie wandte den Kopf zu Mrs. Shaw um, die neben der Tür gerade so im Zimmer stand. »Sehen Sie einmal, Jo!«

Mrs. Shaw trat vor und betrachtete prüfend die Bänder. »Sie sind sehr schön.« Sie machte einen Knicks vor Lady Dunn. »Mylady, es ist schön, Sie wiederzusehen.«

»Und Sie.« Lady Dunn wandte ihre Aufmerksamkeit abermals Evie zu. »Du musst mich Lady D. nennen. Was meinst du?«

Evie nickte. »Es ist nicht schlimm, dass Sie kein Marzipan mitgebracht haben. Ich habe bei meiner Freundin zuhause gelernt, wie man es macht.« Schelmisch riss sie die Augen auf, und lächelte. »Ich komme gleich wieder!« Sie stürmte aus dem Zimmer und die drei Erwachsenen wandten die Köpfe, um ihr nachzusehen.

»Oh, wie schön wäre es, sich so bewegen zu können«, meinte Lady Dunn wehmütig. »Setzen Sie sich, Mrs. Shaw. Erzählen Sie mir, wie es Ihnen gefällt, eine Gouvernante zu sein?«

Mrs. Shaw ließ sich in einem Sessel in der Nähe von Brans Platz nieder. »Ich genieße es außerordentlich. Evie ist ein zauberhaftes Kind.«

»Ja, man könnte sich keinen besseren Schützling wünschen, denke ich. Und ich kann mir vorstellen, dass Sie sich für Knighton als sehr hilfreich erweisen, sich in London zurechtzufinden.« Lady Dunn legte den Kopf schief. »Obwohl Sie selbst allerdings recht neu in der Stadt sind, nicht wahr?«

»Ja. Ich bin selbst erst seit einigen Wochen hier. Tatsächlich müssen Knighton und ich etwa zur gleichen Zeit angekommen sein.« Sie warf einen Blick zu ihm hinüber und es war, als teilten sie eine gemeinsame Vergangenheit. Natürlich war dem nicht so, aber sie bauten eine auf.

»Sie war jedoch ausnehmend hilfreich«, betonte Bran. »Wie du weißt, hatte ich einige Schwierigkeiten mit dem Personal, und Mrs. Shaw war maßgeblich an der Regelung der Dinge beteiligt.«

Lady Dunn sah Mrs. Shaw mit einem anerkennenden Blick an. »Das haben Sie also getan? Wie wundervoll.« Sie ließ den Blick zurück zu Bran schweifen. »Du hast einen neuen Butler, habe ich bemerkt. Er ist recht jung. Bist du sicher, dass er der Aufgabe gewachsen ist?«

»Ja. Er war eingesprungen, nachdem ich Kerr entlassen hatte, um in der Situation auszuhelfen, und es kam mir in den Sinn, dass er die Arbeit auch recht gut erledigen könnte.«

Lady Dunn schnalzte mit der Zunge und lächelte wieder. »Genau wie es deine Art ist, dich den Konventionen zu widersetzen und zu tun, was dir gefällt.«

»Für ihn scheint das zu funktionieren«, bemerkte Mrs. Shaw.

Von ihrem Kommentar überrascht, wandte Bran ihr den Kopf zu. Es war im Grunde keine Verteidigung, aber sie war ihm zu Hilfe geeilt. Mehr und mehr hatte er das Gefühl, als würden sie wie ein Team arbeiten. Das war ein gefährliches Terrain.

Evie kam in das Zimmer zurückgerannt und öffnete die geschlossene Faust vor Lady Dunn. Auf ihrer Handfläche thronte die Marzipanschildkröte, die sie bei den Kendals modelliert hatte. »Das habe ich gemacht. Auf Barbados haben wir solche Schildkröten wie diese hier. Möchten Sie sie haben?«

Lady Dunn nahm sie äußerst vorsichtig auf und hob sie ganz nah an ihr Gesicht, um sie genau zu studieren. »Meine Güte, das ist aber entzückend. Willst du sie mir wirklich geben?« Als sie Evie ansah, war ihr Blick vor Rührung getrübt.

Evie nickte. »Dann haben Sie etwas, das Sie an mich erinnert, so wie ich etwas habe, das mich an Sie erinnert.«

»Mein liebes Mädchen, welch wertvolle Geste. Aber ich wage zu sagen, dass ich kein Objekt brauche. Es ist in der Tat sehr schwer, dich zu vergessen.« Sie legte die Schildkröte in ihren Schoß. »Ich werde sie in Ehren halten, danke.«

Der Stolz wallte in Brans Brust auf. Oft hatte er sich gefragt, ob er, vor allem angesichts seiner Eigenheiten, imstande wäre, Evie allein aufzuziehen. Aber sie schien sich gut zu machen, und das musste bedeuten, dass auch er sich in seiner Rolle recht gut machte, vermutete er.

Sie plauderten noch eine Weile über Barbados, und Bran berichtete seiner Patin von den gepressten Blumen, die er gefunden hatte und die er nun rahmen lassen wollte.

»Ich kenne genau die richtige Adresse, wo du das tun kannst«, erklärte Lady Dunn. »Ich schreibe die Anschrift auf.«

»Das weiß ich sehr zu schätzen«, entgegnete Bran.

Mrs. Shaw erhob sich. »Es wird Zeit, dass wir zu unseren Lektionen zurückkehren, Evie.«

Evie hatte neben Lady Dunn gesessen und nun erhob sie sich nur widerwillig. »Wenn wir müssen. Wir sehen uns beim nächsten Mal, Lady D.«

»Bis zum nächsten Mal, süße Evie.« Lady Dunn umarmte sie noch einmal und dann nahm Mrs. Shaw sie mit zurück ins Kinderzimmer.

»Sie ist so ein zauberhaftes Mädchen«, sagte Lady Dunn. »Und Mrs. Shaw scheint von unbeschreiblichem Wert zu sein.«

Ihm fiel ein, genau dieses Wort neulich im Tower of London benutzt zu haben. »Unbeschreiblich, ja. Wir haben großes Glück.«

Lady Dunn betrachtete ihn einen Moment. »Es kommt mir in den Sinn, dass sie eine potenzielle Gräfin sein könnte. Ich spürte eine gewisse ... Verbindung zwischen Euch beiden. Hast du das in Erwägung gezogen?«

Verdammt. Er hatte es mehr als bedacht. Er hatte ihr verflucht nochmal einen Antrag gemacht. Und sie hatte ihn zu Recht abgelehnt. Mit ihrer Einschätzung lag sie richtig – sie kannten sich kaum, und er hatte sie mit seiner Bitte bestürmt. Doch nun waren sie seit einigen Wochen miteinander bekannt, von denen sie die letzte in seinem Haushalt verbracht hatte. Er sah sie mehrmals täglich und ihre Schlafzimmer lagen sich auf dem Flur gegenüber. Bislang hatte er sie noch nicht beim Kommen oder Gehen angetroffen, doch das war nur eine Frage der Zeit. Was würde dann geschehen? Er fühlte sich mehr als hingezogen zu ihr. Er wollte sie. Oft, und ganz besonders, wenn er abends zu Bett ging, dachte er an sie und stellte sich vor, wie sie so nah und doch so fern war.

»Oh, ja. Ich habe darüber nachgedacht.«

Die Überraschung flackerte in Lady Dunns Gesichtsausdruck auf. »Tatsächlich? Gibt es einen Grund, warum du ihr keinen Antrag machst?«

Weil er schon abgelehnt worden war? Er könnte es sich überlegen, es noch einmal zu versuchen, da sie sich besser kannten, und er war sich sicher, dass ihre Wertschätzung auf Gegenseitigkeit beruhte. Doch da war das Problem, dass sie nicht in der Lage war, ihm weitere Kinder zu schenken. Und das machte es leider unmöglich.

»Es liegen ... Komplikationen vor. Ich glaube nicht, dass es möglich sein wird.«

Lady Dunn kniff die Augen zusammen und winkte mit der Hand ab. »Das ist dummes Zeug und Unsinn. Alles ist möglich, wenn du es versuchst.«

Das glaubte Bran nicht. Als Kind hatte seine Mutter ihn

wegen seiner Marotten gescholten und ihm erklärt, er würde den ganzen Tag durchhalten, alles zu tragen, was er sollte, wenn er es nur *versuchen* würde. »So etwas sagt man zu Kindern, um sie zu motivieren.«

»Du tust das aber auch, wenn du hartnäckig bist. Habe ich dich falsch eingeschätzt?«

Hartnäckig. Wollte er Mrs. Shaw so sehr?

Ja.

Vielleicht sollte er es noch einmal versuchen.

»Ich werde es mir noch einmal durch den Kopf gehen lassen.«

»Gut. Halte mich in dieser Sache auf dem Laufenden.«

Kurze Zeit später verabschiedete Lady Dunn sich und ließ einen ratlosen Bran zurück, der sich fragte, wie er seinen nächsten Schritt planen sollte.

KAPITEL ELF

Jo legte das Buch auf ihrem Nachttisch beiseite. Sie fühlte sich nicht besonders müde, allerdings genoss sie das Lesen der Geschichte auch nicht gerade. Eigentlich sollte es eine Liebesgeschichte sein, doch irgendwie wirkten die Figuren farblos. Vermutlich lag es daran, dass sie vor allem zwischen einer von ihnen und Knighton Vergleiche zog.

Bran.

Er hatte sie gedrängt, ihn so zu nennen, doch sie war nicht dazu imstande. Wenigstens nicht laut. In ihren Gedanken könnte sie ihn als Bran bezeichnen. Ebenso, wie sie sich ihn am liebsten in seinem bevorzugten Zustand der Bekleidung vorstellte – ein lockeres Hemd, das seinen Hals freiließ und eine Hose oder Reithose, die sich dem athletischen Schwung seiner Hüfte und seines Rückens anpasste. Insbesondere, wenn sie sich auf andere Dinge konzentrieren sollte, wie zum Beispiel seine Tochter zu unterrichten, war dies ein unglaublich ablenkendes Bild.

Sie drehte sich auf die Seite, doch sie löschte die Lampe nicht. In den vergangenen Jahren hatte sie nervös darauf gewartet, ob ihr Mann zu ihr kommen würde. Nie hatte er sie gewarnt, sondern hatte einfach ihr Zimmer betreten, wann immer er es für richtig hielt. Wenn sie die Lampe brennen ließ, löschte er sie jedes Mal ohne Ausnahme und bevorzugte die völlige Dunkelheit, wenn er zu ihr ins Bett kam.

Wie sie diese Nächte verabscheut hatte.

Hör auf, an ihn zu denken.

Sie lenkte ihre Gedanken wieder zurück zu Bran und rief sich stattdessen das Gefühl seiner Brust unter ihren Fingerspitzen in Erinnerung, das sie neulich im Tower erlebt hatte. Da hatte es einen Moment gegeben, in dem sie geglaubt hatte, dass er sie wieder küssen würde. Doch da sie sich inmitten einer überfüllten Ausstellungshalle befunden hatten, war dies wohl ein törichter Gedanke gewesen.

Dennoch stellte sie sich das Erlebnis vor – wie seine Lippen die ihren bedeckten, und ihre Körper sich aneinanderschmiegten.

Ein Klopfen an der Tür ließ sie aufschnellen. Noch nie war jemand zu dieser Stunde in ihr Zimmer gekommen. Ihr erster Einfall war, dass es Evie sein musste.

Jo kletterte aus dem Bett und warf sich einen Morgenrock über ihr Nachthemd, bevor sie mit bloßen Füßen durch das Zimmer tappte.

Sie öffnete die Tür, und sofort beschleunigte sich ihr Pulsschlag. »Knighton.«

Er stand kurz hinter der Türschwelle und trug seine gewohnte Kombination, aber ohne Strümpfe oder Schuhe. Seine Füße waren so nackt wie ihre. »Guten Abend. Hoffentlich störe ich Sie nicht.«

»Nein. Ist alles in Ordnung?«

Sein Haar war ein wenig zerzaust, als hätte er draußen in einer Brise gestanden. Sie sah ihn auf dem Deck des Schiffes, das ihn hierher gebracht hatte, sein Haar wild und der Blick aus den zusammengekniffenen Augen war zur Sonne gerichtet. Ein Schauer tanzte an ihrem Rückgrat entlang.

»Ja. Darf ich hereinkommen? Ich habe etwas mit Ihnen zu besprechen.«

Ihre unvermittelte Alarmbereitschaf legte sich über den Nebel der Begierde, der sie bei seinem Anblick verstohlen in Besitz genommen hatte. War er gekommen, um ihr zu kündigen? Sie zu dieser Stunde in ihrem Schlafzimmer aufzusuchen, schien ... eigenartig. Doch andererseits hatte sie sehr wohl festgestellt, dass Bran ungewöhnlich war. Eigentlich gefiel ihr das an ihm.

Sie spähte an ihm vorbei auf den Flur. »Das ist ein bisschen unziemlich.«

Er runzelte die Stirn. »Niemand weiß, dass ich hier bin. Wie dem auch sei, sind so viele der Dinge unziemlich, die ich tue, und warum sollte dies denn anders sein?«

In ihrer Brust braute sich ein Lachanfall zusammen, der ihr half, sich zu entspannen. Letztendlich hatte sie nichts von ihm zu befürchten. »Kommen Sie herein.« Sie öffnete die Tür ein Stück weiter, und er trat ein. Nachdem sie die Tür hinter ihm geschlossen hatte, ging sie an ihm vorbei. »Was wollten Sie besprechen?«

Er näherte sich ihr, bis er nur noch etwa einen Fußbreit von ihr entfernt stehenblieb. Damit befand er sich eindeutig so nah, in ihrem Bauch ein Flattern verursacht wurde. In Wahrheit hatte sie in den letzten Tagen nur im selben Raum mit ihm sein müssen, um eine Anziehung zu verspüren, die an Magnetismus grenzte. Das war etwas *vollkommen* anderes als Matthias Besuche in ihrem Zimmer.

Sein dunkler Blick war auf sie gerichtet. »Sie.«

Ihre Haut kribbelte mit einer Wahrnehmung, die sie am Abend des Balls und dann wieder im Tower erlebt hatte. Als sie sich seiner Absichten – sie zu wollen – sicher gewesen war.

»Ich?« Das Wort kam wie das Quieken einer Maus über die Lippen.

»Genauer gesagt, Ihre Unfähigkeit, Kinder zu gebären. Sind Sie sich dieser Tatsache völlig sicher?«

Sie ernüchterte und plötzlich fühlte sie sich wieder wertlos. Vielleicht *war* all dies ja wieder genauso wie mit Matthias. »Ziemlich.«

Er legte den Kopf schief und sah sie mit skeptischem Blick an. »Wirklich? Wie können Sie da so sicher sein?«

»Ich bin acht Jahre lang verheiratet gewesen. Mein Mann kam zu mir ins Bett ... recht häufig.« In den ersten Jahren. Doch dann hatte die Häufigkeit seiner Besuche abgenommen. Er war begierig gewesen, ein Kind von ihr zu bekommen, sogar verzweifelt. Und als sie versagte, war er wütend und bitter geworden und hatte sie sowohl für ihr mangelndes Geschick als auch Fähigkeit verantwortlich gemacht. Wenn sie ihn als Frau nicht zufriedenstellen konnte und ihm kein Kind gebar, welchen Nutzen hatte sie dann?

Der Schmerz schoss in ihr auf, als sich die Erinnerung an seine Sticheleien und Misshandlungen durch ihre Gedanken wälzten. Sie hatte sie so lange verdrängt.

»Das bedeutet nicht unbedingt etwas«, erklärte Bran und lenkte sie von ihrer Selbstverachtung weg zurück in die Gegenwart. »Vielleicht müssen Sie die Sache nur mit einem anderen ausprobieren.«

Unsicher, ob sie ihn richtig verstanden hatte, blinzelte sie ihn an. »Was wollen Sie damit vorschlagen?«

»Dass Sie mich in Ihr Bett einladen.«

Jo wich einen Schritt zurück, obwohl ihr Körper vor Verlangen vibrierte. Ihr Gehirn schimpfte jedoch gegen diesen Einfall an. Wenn es um Weiblichkeit ging, war sie eine elende Versagerin. Dies hatten die Neigungen ihres Mannes und ihre Unfähigkeit, schwanger zu werden, ganz sicher bewiesen.

»Nein.«

Er zuckte – es war nicht mehr, als ein sehr schnelles Anspannen der Muskeln um die Augen – und sie hätte es übersehen, wenn sie geblinzelt hätte. »Liegt es daran, dass Sie sich noch immer dem Gedenken Ihres Mannes verpflichtet fühlen?«

Ein dunkles Lachen entwischte ihr. Sie hatte gute Arbeit geleistet, um das Scheitern ihrer Ehe zu verbergen. Das ging sogar soweit, dass die Leute sich immer wieder fragten, ob sie Matthias noch liebte. Sie hatte ihn *nie* geliebt. Sie hatte es gehofft, jedoch hatte er diesen Hoffnungsschimmer in ihrer Hochzeitsnacht für immer zunichte gemacht. »Ganz bestimmt nicht.«

Angesichts ihrer Reaktion hatte Knighton die Augenbrauen vor Erstaunen immer höher gezogen und nun flackerte die Erkenntnis in seinem Blick. »Ich verstehe«, murmelte er. Er machte einen Schritt nach vorn und verringerte damit die Kluft zwischen ihnen auf das anfängliche Maß. »Warum weisen Sie mich also ab? Ich begehre Sie – sehr, um die Wahrheit zu sagen, und ich hege den Verdacht, dass Sie mich ebenfalls begehren.«

Das tat sie. Auch sie begehrte ihn sehr. Verdammt zum Teufel, das war ein schreckliches Wirrwarr. »Das kann ich nicht. Ich bin nicht … Sie würden es nicht genießen.«

Kurz riss er erstaunt die Augen auf, ehe er blinzelte. Dann sah er sie eindringlich an und seine Lippen teilten sich. »Entschuldigung?«

Oh, das war zu demütigend. »Sie müssen gehen.«

Er verringerte den Abstand zwischen ihnen und ergriff ihre Hand. Seine war warm, wohingegen die ihre eiskalt war. »Ich würde es außerordentlich genießen.«

Sie warf ihm seine eigenen Worte wieder an den Kopf. »Wie können Sie sich da sicher sein?«

Er ließ den Blick über sie schweifen und verweilte auf

ihren Brüsten, ehe er ihn über ihre übrigen Körperteile wandern ließ und dann wieder zu ihrem Gesicht zurückkehrte, um dort zu ruhen. »Weil ich es bin.«

»Nun, ich bin es nicht.« Sie mühte sich, ihre Hand zu befreien, doch er zog sie an sich, bis ihre Oberkörper aufeinandertrafen. Sie keuchte, er schlang einen Arm um ihre Taille und hielt sie gefangen.

»Du zitterst«, sagte er leise und rieb mit seinem Daumen über ihren Handrücken. »Warum hast du Angst?«

»Ich habe keine Angst.«

»Du lügst. Sag es mir. Hast du einen Grund, mir nicht zu vertrauen?«

Dem war nicht so. »Es ist einfach zu ... entsetzlich.«

»Hilf mir, es zu verstehen. Du warst acht Jahre verheiratet, und glaubst, ich würde es nicht genießen, mit dir zu schlafen. Das veranlasst mich, anzunehmen, dass dein *idiotischer* Ehemann dir gesagt haben muss, er würde keinen Genuss darin finden, mit dir zu schlafen. Ganz offensichtlich hat irgendetwas mit ihm nicht gestimmt.«

Er hätte es nicht perfekter ausdrücken können. Jo lachte abermals auf, und dieses Mal klang es laut und scharf. Rasch bedeckte sie ihren Mund mit der freien Hand.

Bran runzelte die Stirn. »Ich habe also Recht. Siehst du, das Problem war er, nicht du. Du bist liebreizend und schön, und vor Verlangen nach dir schmerzen mir sogar die Zähne.«

Seine Worte setzten sie in Flammen sie und brachten sie in Versuchung, genau das zu tun, was er vorgeschlagen hatte, und ihn in ihr Bett einzuladen. Doch da wären eine Million Gründe, die dagegen sprächen, das zu tun. Leider – oder vielleicht glücklicherweise – fiel ihr nicht ein einziger ein.

Aus unerfindlichen Gründen sagte sie ihm die Wahrheit. »Matthias war kaum imstande, zum Ende zu kommen. Dies sei meine Schuld, hatte er behauptet, und dass eine echte Frau ihn befriedigt hätte. Es stellte sich heraus, dass er männlicher Gesellschaft den Vorzug gab – und vor einigen Jahren habe ich ihn mit seinem Geliebten erwischt. Auch das sei meine Schuld, warf er mir vor, denn mein Mangel an Geschick und Unfähigkeit, ihm ein Kind zu schenken, hätte ihn dazu getrieben, anderswo Trost zu suchen.«

»Es ist sehr gut, dass er tot ist.« Bran brachte diese Worte als eine derart eiskalte Drohung hervor, dass Jo erschauderte. »All das, was er je zu dir gesagt hat, ist eine Lüge.«

Meine Güte, wie gut ihr seine ritterliche Verteidigungsbereitschaft gefiel. Das veranlasste sie nur dazu, ihn noch mehr zu mögen. »Aber wenn das nicht so ist … was dann?«

»Scheinbar reicht dir meine Beteuerung nicht, es zu wissen. Also lass es mich dir zeigen.« Er ließ ihre Hand los und hob seine Fingerspitzen an ihr Gesicht. Hauchzart fuhr er mit der Daumenkuppe über ihre Lippen und liebkoste dann ihren Kiefer. »Ich werde dich noch einmal fragen: Wirst du mich in dein Bett einladen?«

Eigentlich sollte sie nein sagen, doch über den Punkt, sich Gedanken darüber zu machen, ob sie etwas durfte oder sollte, war sie bereits hinaus. Sie wollte seinen Worten glauben, doch ihr war bewusst, es selbst erleben zu müssen.

Sie schlang die Arme um seine Taille und schmiegte ihren Körper an seinen. »Ja.«

»Oh, gut.«

Er legte seine Lippen auf ihre und mit einer Hand umschloss er zärtlich ihr Gesicht, als er sie küsste. Zuerst ganz sanft, doch dann immer leidenschaftlicher, als er die Zunge an ihren Lippen vorbeidrängte und ihren Mund erkundete. Unter dem Ansturm von Brans Verführung trieben die Gedanken und Erinnerungen an Matthias davon. Sie gab sich Bran völlig hin.

Er lege eine Hand um ihren Hinterkopf und zog sie zu sich heran, während er in ihren Mund drang. Der Kuss ließ eine Empfindung aufblühen, die sie nie zuvor erlebt hatte –

er war heiß und feucht und voller Bedürfnis nach ihr. Sie grub die Finger in seinen Rücken.

Er schob sie seitlich voran und drehte sie dabei, bis sie das Bett an ihrem Rücken spürte. Er hob sie und setzte sie auf die Bettkante, wo er ihr die Beine auseinanderdrückte, damit er sich dazwischen stellen konnte. Ihr Nachthemd ließ nicht genügend Spielraum, um die Schenkel gänzlich auseinander zu spreizen, doch es genügte, sodass er an der Bettkante unmittelbar vor ihr stand.

Zart strich er mit den Lippen über ihre und führte den Kuss bis zu ihrer Wange und an ihrem Kiefer entlang fort, wobei er eine Spur glühender Hitze bis zu ihrem Ohrläppchen und dann an ihrem Hals hinab hinterließ. All das war ein vollkommen neues Terrain für sie, ihre Haut kribbelte vor Begierde und ihr Inneres pochte vor Verlangen. Nicht ein einziges Mal hatte sie das je gespürt ... diese *Lust*. Vielleicht war letzten Endes ja gar nichts falsch an ihr.

Aber nur weil sie sich so fühlte, musste das nicht heißen, dass er es ebenfalls tat.

Allerdings schien er ziemlich erregt. Er hob eine Hand und umschloss ihre Brust durch den Morgenrock. Unter seiner Berührung wurde ihre Brustwarze straff und hart und sie keuchte.

Er schob ihr den Morgenrock von den Schultern, und er rutschte an ihren Armen herab. Sie zog sie heraus, und das Kleidungsstück bauschte sich um sie herum auf dem Bett. Der Ausschnitt ihres Nachthemds war eher großzügig, und er zog ihn zur Seite, um ihre Brust über den Saum zu heben.

Er nahm den Kopf zurück und sah auf sie herab, während er ihre Brustwarze mit dem Daumen und Zeigerfinger zu einer festen Knospe massierte. »Du bist fantastisch«, flüsterte er, die Worte dunkel und barsch und oh, so erregend.

Er ließ von ihr ab und sie packte ihn wieder an seiner Taille. »Hör nicht auf.«

Mit erhobener Augenbraue blickte er auf sie herab. »Das gefällt dir?«

Sie nickte und ihre Kehle war ausgedörrt vor Verlangen.

Er nestelte am Ausschnitt ihres Nachthemds. »Ich habe das nur ausziehen wollen. Ist das in Ordnung?«

Erneut antwortete sie mit einem Nicken, als er die Hand nach dem Saum ausstreckte.

»Du wirst dich erheben müssen.«

Sie hob ihr Hinterteil und half ihm, das Kleidungsstück bis zur Taille nach oben zu ziehen. Dann zog er es ihr über den Kopf und schleuderte es beiseite.

»Wunderschön«, murmelte er und legte beide Hände an ihre Brüste. Er wölbte die Handflächen darum, massierte ihr Fleisch und sandte elektrisierende Blitze eines heftigen Verlangens direkt zu diesem Punkt in ihrer Mitte. »So rund und perfekt. Ich muss von ihnen kosten.«

Was?

Noch ehe sie das Gesagte vollständig verarbeiten konnte, spürte sie seinen Mund auf ihrer Brust, feucht und sengend. Sie stieß einen leisen Schrei voll des überraschten Staunens und Verlangens aus. Sie kniff die Augen zu, als müsse sie mindestens einen ihrer Sinne ausschalten, damit sie diese Flut überleben könnte.

Anfangs waren seine Bewegungen zart, mit den Lippen und der Zunge bearbeitete er sanft ihr Fleisch. Dann nahm er mehr von ihr in den Mund, während er ihre Brust mit der Hand umfangen hielt. Er zog sich zurück und blies auf die Spitze, ehe er noch einmal an ihr saugte. Instinktiv schob sie ungestüm eine Hand in sein Haar und drückte ihn an sich. Er wiederholte die das Getane und blies und saugte, während er mit der anderen Hand die andere Brust bearbeitete.

Das Pochen zwischen ihren Beinen wurde stärker, und ihre Atemstöße kamen heftig und schnell.

»Siehst du? Du bist spektakulär.«

Mit seinen Worten schaffte er es, den dichten, dicken Nebel der Lust zu durchdringen. »Du, du ... hast Vergnügen?«, wollte sie wissen und klang ganz atemlos.

»Außerordentlich. Ich kann nicht genug von dir bekommen.« Als ob er seine Aussage noch unterstreichen wollte, tastete er sich mit den Lippen zu ihrer anderen Brust vor und nahm sie tief in seinen Mund. Er leckte und saugte und seine Zähne streiften sanft über ihre Haut.

»*Bran.*«

Er zog sich zurück, und sie schlug die Augen auf. Er sah sie unverwandt an und seine Lippen waren zu einem halben Lächeln gebogen. »Du hast mich Bran genannt. Ich hoffe, das bedeutet, dass ich dich Joanna nennen darf. Mrs. Shaw scheint in dieser Situation recht förmlich.«

Sie nickte. »Aber nicht außerhalb dieses Zimmers.«

»Dein Wunsch ist mir Befehl.« Er nahm ihre Hand und presste sie an den Schritt seiner Hose. »Überzeuge dich selbst, wie sehr ich das genieße.«

Seine Männlichkeit war steinhart. Sie war mit Matthias´ Geschlecht wohlbekannt gewesen, obwohl sie nicht glaubte, dass es sich jemals so ... fest angefühlt hatte. Es hatte viel Mühe mit den Händen und dem Mund erfordert, ihn in einen Zustand voller Erregung zu versetzen und sie hatte jede Minute davon gehasst.

Sie war davon ausgegangen, dass sie bei Bran zurückweichen würde, wenn sie ihn fühlte, doch schon jetzt war dies hier vollkommen anders als jede ihrer bisherigen Erfahrungen. »Du bist so groß.«

Er lachte leise. »Ich nehme das als Kompliment.«

Da er ihre Hand genommen und sie dort hingelegt hatte,

musste sie davon ausgehen, dass er sich eine Handlung von ihr wünschte. »Möchtest du ihn mir zeigen?«

»In einer Weile«, erklärte er. »Ich will noch mehr Spaß haben – ich amüsiere mich *sehr.* Und du?«

Sie nickte schüchtern. Seit er aufgehört hatte, sie zu berühren, hatte das Pochen zwischen ihren Beinen etwas nachgelassen.

»Du bist anscheinend nicht ganz überzeugt. Ich werde es persönlich nehmen, wenn du dich nicht himmlisch dabei amüsierst. Er drückte sie sanft zurück. »Leg dich hin.«

Als sie sich auf der Matratze nach hinten sinken ließ, legte er die Hände noch einmal um ihre Brüste, streichelte und umschloss sie und erweckte ihr Verlangen abermals zum Leben. Seine Hände glitten weiter zu ihrem Bauch und zogen eine Spur über ihre flache Mulde, die sie erschaudern ließ, bis sie sich auf ihre Hüften legten. Dann schob er ihre Beine auseinander, und wieder wurde sie von einem Schamgefühl übermannt.

Sie würde ihn allerdings nicht bitten, aufzuhören. Nicht jetzt. Und wahrscheinlich niemals.

»Willst du nicht das Licht löschen?« Vor lauter Nervosität klang ihre Stimme kläglich und zittrig.

Er hielt nicht in seinen Bewegungen inne. »Warum sollte ich das tun? Dann könnte ich deine Schönheit nicht mehr bewundern. Ich möchte jeden Zentimeter von dir sehen.« Er ließ den Daumen über den Schlitz zwischen ihren Beinen streifen. »*Jeden* Zentimeter.«

Er ließ seine Finger mit ihrem Fleisch spielen, neckte und streichelte sie. Jedes Gefühl der Verlegenheit war verflogen und durch pure Freude und ein überwältigendes Gefühl der Begierde ersetzt. Matthias hatte sie dort kaum berührt, lediglich um seinen Weg in sie zu finden. Das hatte ihr genügt, um zu erahnen, dass sich dort etwas gut anfühlen könne. Vielleicht. Sie war sich nicht sicher. Sie hatte versucht, sich selbst zu berühren und einige Male eine milde Befriedigung verspürt, doch diese Empfindung, diese unglaubliche Erregung, war anders als alles, was sie je gekannt hatte.

Dann drang er mit einem Finger in sie ein. Sie schloss die Augen und vollkommen schamlos in ihrem Bedürfnis, ihn zu fühlen, spreizte sie die Oberschenkel, soweit ihr das möglich war.

»Ich glaube, du *genießt* es«, stellte er fest, während er seinen Finger immer wieder in ihre feuchte Weiblichkeit schob und zurückzog.

Sie wollte sich bewegen, doch Matthias hatte ihr immer befohlen, still zu liegen. Bran benutzte seine andere Hand, um sie an der Spitze ihres Geschlechts zu berühren, und sie konnte ihre Reaktion nicht verhindern. Sie bäumte sich im Bett auf und schrie.

»Oh ja, du genießt das ganz bestimmt.« Er beugte sich über sie – sie konnte ihn an ihren überempfindlichen Brüsten fühlen. »Und damit du nicht denkst, mir erginge es nicht ebenso, sei versichert, dass dem so ist.« Er küsste sie, seine Zunge begegnete der ihren in langen, schwungvollen Stößen, die wie ein Echo dessen waren, was er zwischen ihren Beinen tat.

Plötzlich war er von ihrem Mund verschwunden, und nun verspürte sie die Feuchtigkeit an ihrem Geschlecht. Sie riss die Augen auf und hob den Kopf, um zu sehen, was er dort tat. Sein Kopf war zwischen ihren Beinen vergraben, und mit den Lippen und der Zunge küsste er sie dort auf die gleiche Weise, wie er ihren Mund geküsst hatte.

Oh, das war einfach zu viel. Sie ließ sich auf das Bett zurückfallen und schloss die Augen einmal mehr. Er ließ von ihr ab und sie wimmerte. Noch einmal drang er mit dem Finger in sie, während er ihr Fleisch bearbeitete. Dann war sein Mund wieder da, und sie wurde von einer Welle des Verlangens überschwemmt. Es war wie ein sich zusammenbrauender Sturm, mit dunklen, vor Feuchtigkeit schweren Wolken und Aufruhr. Sie fühlte sich wie diese Wolken … bereit zu bersten und dennoch war sie sich nicht sicher, ob sie dies vermochte.

»Komm für mich.« Seine heiseren Worte regneten über sie hinweg, und sie stöhnte, als ihre Muskeln sich allmählich anspannten. Seine Finger bewegten sich nun heftiger in ihr vor und zurück, während er mit dem Mund gleichzeitig an der empfindlichen Stelle oberhalb ihrer Scham saugte, als ihr ihr Körper einfach entglitt. Wie ein Schiff mit gehissten Segeln und sie war machtlos es anzuhalten.

Ein tiefes, wehmütiges Stöhnen erfüllte das Zimmer, und sie wusste nicht, woher es stammte. Die Kontraktionen erfassten ihre Mitte, während gleichzeitig Lichter hinter ihren Augenlidern aufflackerten. Die Lust spannte sie wie einen Bogen.

Sie hatte keine Ahnung, wie lange sie durch die Dunkelheit gewirbelt war, aber schließlich kam sie wieder zu sich. Ihr Körper war schlaff und erschöpft, doch er war vollkommen befriedigt. Jetzt wusste sie es. Die Erkenntnis stahl ihr den Atem und die Emotion stieg ihr in die Kehle.

»Geht es dir gut?«, fragte er leise.

Langsam schlug sie die Augen auf und brachte es fertig, sich auf den Baldachin zu konzentrieren. Sie legte den Kopf schief und sah, dass er sie beobachtete. Er schien ehrlich besorgt, und sein Blick war warm und aufrichtig.

»Ich glaube schon. Noch nie habe ich … *das* erlebt.«

»Der sexuelle Verkehr mit deinem Ehemann war nicht so.« Es war im Grunde keine Frage, sondern eine Feststellung. Und eine, die dazu noch vor Verachtung triefte.

»Nein. Solche Dinge wie du mit mir gemacht hast, hat er nicht getan.«

»Überhaupt niemals?« Bran schüttelte den Kopf. »Dein Ehemann war ein Dummkopf.«

Sie überlegte, ob sie ihm die Wahrheit sagen sollte, doch das würde einem Eingeständnis der ultimativen Schande gleichkommen. »Es sei meine Schuld, dass er mich nicht wollte, hat er behauptet. Er sagte, ich hätte ihn ... für Frauen ruiniert.« Sie wandte den Kopf von ihm ab und strecke die Hand nach ihrem Gewand aus. Sie spürte, wie seine Hand nach ihrer griff.

»Nein.« Er zog sie in eine sitzende Position empor und küsste sie. In einem süßen Tanz verbanden sich seine Lippen mit ihren, und sie war überrascht über die Lust, die sich aufs Neue in ihr entzündete. Er beendete den Kuss und sah ihr in die Augen. »Es war nicht deine Schuld. Er war, wer er war, und wenn er Frauen nicht mochte, war das nicht dein Verschulden.« Mit den Fingerknöcheln streichelte er zärtlich an ihrem Kiefer entlang. »Ich bin wild verzweifelt, in deiner wundervollen Weiblichkeit zu versinken, aber vielleicht nicht heute Abend.«

Seine Worte brannten sich in sie hinein – der erste Teil davon. Sie umklammerte seine Schultern. »Ja, heute Abend. Nach diesem Erlebnis möchte ich auch den Rest spüren. Bitte.«

Er verzog die Lippen zu einem absolut männlichen, fast räuberischen Lächeln. »Wenn du darauf bestehst.«

»Das tue ich.«

Er zog das Hemd aus und ließ es zu Boden fallen.

Sie starrte auf seine harte, flache Brust. Er war breit gebaut und muskulös, mit kleinen rotbraunen Brustwarzen und einem leichten Anflug von braunem Haar dazwischen. »Ich habe noch nie zuvor die Brust eines Mannes gesehen.« Sie warf einen Seitenblick auf sein Gesicht. »Mein Ehemann hat sein Hemd nie ausgezogen. Ich habe also nichts, womit ich dich vergleichen kann. Ich habe allerdings das Gefühl, dass andere Männer im Vergleich mit dir so sein wollen, wie du.«

»Du bist eine Wohltat für meinen Stolz.« Er umfasste ihre Hand und legte sie mit der Handfläche an seine Brust.

Sie spürte ihn einfach für einen Moment und kostete seine Hitze und Härte aus. Dann bewegte sie sich weiter nach oben, und zog die Konturen der Mulde am Ansatz seiner Kehle nach und setzte dann ihren Weg über sein Schlüsselbein bis hinunter zu einer der aufreizenden kleinen Brustwarzen fort. »Fühlt sich das für dich genauso an?« Sie zwickte ihn leicht. »Als du mich dort berührt hast —« Ihre Brüste fühlten sich voll und schwer an, und die Hitze entfachte sich in ihrer Mitte.

»Es hat dir gefallen.«

»Ja.« Sie klang außer Atem und begierig.

»Es ist nicht ganz das Gleiche, doch ja, es gefällt mir. Ich habe an allem und jedem Gefallen, was du mit mir tun möchtest.«

In ihren Gedanken blitzten Dinge auf, die Matthias von ihr verlangt hatte. Sie hatte sie aus purem Pflichtbewusstsein ausgeführt, aber zum ersten Mal erkannte sie den Reiz darin, das Geschlecht eines Mannes zu berühren. Nicht irgendeines Mannes, sondern Brans.

Sie hob eine Augenbraue und rutschte nach vorn an die Bettkante, wo er stand. »Alles?« Sie streckte die Hand nach den Knöpfen an seiner Hose aus und öffnete sie.

»Joanna. Was machst du da?«

»Ich erkunde dich. Du hast viel unternommen, um meine Befürchtungen und Ängste zu zerstreuen. Das ist ein Teil davon. Darf ich?« Sie zögerte, bevor sie ihre Hand in seine Unterwäsche schob. Allerdings trug er unter seiner Hose nichts. Angesichts seiner Abneigung gegen die meisten Kleidungsstücke überraschte sie das nicht.

Er schob das Kleidungsstück tiefer und wackelte mit den Hüften, bis es ihm über die Beine herabrutschte und er es zur Seite trat. »Wie ist das?«

Sie hielt den Blick unverwandt auf sein Geschlecht gerichtet, wie es in seiner ganzen Länge aus einem Nest dunkler Locken, leicht gekrümmt emporragte. Ein Tropfen thronte an der Spitze. Sie schloss die Hand um ihn und streichelte ihn. Sie ging langsam vor und nahm sich Zeit, um jeden Zentimeter von ihm zu fühlen.

Er streckte die Hand aus und streichelte ihre Brust. Durch seine Berührung wurde ihre Erregung wieder neu entfacht und ihre Hand erhielt einen Anreiz, sich schneller zu bewegen. Kurz wölbte sie die Hand um die schweren Hoden am Ansatz, ehe sie sich wieder nach oben schob und dann wieder nach unten, um dann das Ganze mehrmals zu wiederholen.

Seine Atmung wurde heftiger und seine Finger zupften und massierten ihre Brustwarze, was sie – allerdings auf die köstlichste Art und Weise – ablenkte. Mit dem Daumen strich sie auf der Suche nach der Feuchtigkeit über die Spitze seines Geschlechts. An ihren Platz trat noch mehr davon, und mit ihrer Hand verrieb sie sie genüsslich auf seiner Haut. Er stöhnte.

»Joanna.«

»Du könntest mich Jo nennen. Wenn du willst.«

Er küsste sie zur Antwort. Sein Mund, geöffnet und feucht, nahm sie mit einer Wildheit in Besitz, die sie an den Rand des Wahnsinns trieb. Doch es war ein wunderbarer, fieberhafter Wahnsinn, den abermals zu spüren sie kaum abwarten konnte.

Er zupfte an ihrer Brustwarze und brachte sie dazu, in seinen Mund zu keuchen. Dann rollte er sie zwischen Daumen und Zeigefinger, bevor er erneut daran zog. Die Empfindung durchdrang sie tief und machte sie schwindelig vor Verlangen.

Er drehte sie um und stieß sie auf das Bett zurück, während er ihr auf die Matratze folgte. Er schob eine Hand über ihren Bauch und abermals fand er ihr Geschlecht. Er riss den Mund von ihr los. »Bist du feucht für mich?« Er stieß seinen Finger in sie. »Oh ja. Du bist eine wundervolle Frau, Jo. Ich werde jeden Mann verprügeln, der es wagt, etwas anderes zu behaupten.«

Jedes Wort, das ihm über die Lippen kam, steigerte ihr Verlangen noch. Sie wollte ihn jetzt in sich fühlen. Sie wünschte sich diese ultimative Vollendung, dieses unerreichbare Vergnügen, das zu finden sie sich nie hatte träumen lassen. »Bran. Ich brauche dich. Jetzt.«

»Du bist perfekt.« Wieder küsste er sie, grob und leidenschaftlich, seine Zunge verband sich mit ihr, als er seinen Körper über ihren schob.

Sie umklammerte seinen Rücken, ihre Finger gruben sich in sein Fleisch, während er seinen Schaft an ihrem Schlitz in Position brachte. Nach und nach arbeitete er sich einen Weg in sie hinein. *Qualvoll* langsam.

Sie spreizte die Oberschenkel weiter und hob ihre Beine an, während sie mit den Händen tiefer glitt, ihn am Hinterteil packte und ihn in einer flüssigen Bewegung in sich zog. Er füllte sie gänzlich aus und sofort verspürte sie einen Stich des Vergnügens. Als er sich zurückzog, ließ es nach, doch dann kehrte es mit zehnfacher Wucht zurück als er erneut in sie vordrang.

Sie schloss die Augen, warf den Kopf zurück und stöhnte. »Ja. Oh meine Güte, ja.«

Er zog sich zurück, und sie kniff sein Fleisch, um ihn zu drängen, zurückzukehren, sich schneller zu bewegen.

Sie schlug die Augen auf und sah ihn an. Er beobachtete sie – seine Gesichtsmuskeln waren angespannt.

»Darf ich mich bewegen?«, fragte sie zaghaft.

»Gott, ja. Bitte tu das.« Er stieß wieder in sie hinein, und dieses Mal hob sie sich ihm entgegen und bäumte ihre Hüften vom Bett auf.

Er stöhnte und bewegte sich endlich schneller. Noch einmal nahm er ihren Mund in Besitz, als seine Bewegungen fieberhafter wurden, und er mit den Hüften gegen ihre Oberschenkel stieß.

Mit jedem Stoß bröckelte ein weiterer Stein aus ihrem Schutzwall und polterte zu Boden. Bis sie endlich explodierte. Die Ekstase stürzte über sie herein, und sie schrie und klammerte sich an ihn, als sei er der einzige Anker in einer Welt, die auf den Kopf gestellt war.

Er bewegte sich weiter, während Welle um Welle der Lust über sie hinwegschwemmte. Dann spannte er sich an, und er schrie. Es war etwas Unverständliches und Wildes. Das war mit *nichts* vergleichbar, was sie je erlebt hatte. Für dieses Geschenk war sie ihm zutiefst dankbar.

Er brach über ihr zusammen, doch rasch schob er sich zur Seite, sodass er nur zum Teil auf ihr lag. Er wölbte die Hand um ihre Wange, drehte ihren Kopf zu sich und küsste sie. Es ging schnell, doch es war herrlich innig und erinnerte sie daran, wie wunderbar sie sich fühlte.

Er rollte sich ganz zur Seite, und sie schob den Kopf unter sein Kinn und hörte zu, wie sein Herzschlag langsamer wurde. Sie schloss die Augen und atmete seinen frischen, sonnigen Duft ein. Da war jetzt noch etwas anderes, ein Moschusduft, der die Luft um sie herum würzte. Sie kuschelte sich an seine Brust, und war glücklicher und zufriedener, als sie sich je erinnern konnte.

Eine Zeitlang lagen sie so da, bevor er ihr einen Kuss auf die Stirn drückte. »Ich sollte in mein Zimmer zurückkehren. Und du wirst dich vielleicht säubern wollen.«

Sie wollte nicht, dass er ging, doch er musste gehen, das wusste sie. »Ja.«

Er verließ das Bett und lief herum, um seine Hose anzuziehen. Während er sich den Schritt zuknöpfte, fand sie ihr

Nachthemd und zog es über den Kopf. Sie würde sich säubern, nachdem er gegangen war.

»Ich habe keine Vorsichtsmaßnahmen getroffen, wenn du also ein Kind *erwartest,* werde ich dich heiraten.«

Er fragte nicht. Er erwartete es einfach. Alle erwarteten stets etwas von ihr.

Allerdings spielte nichts davon eine Rolle, da sie nicht schwanger würde. »Ich weiß deine Fürsorge zu würdigen, aber wie ich dir gesagt habe, kann ich mir das nicht vorstellen.«

Er hob sein Hemd auf und kam einen Schritt auf sie zu, während seine saphirblauen Augen im Lampenlicht loderten. »Davon bin ich nicht überzeugt, und schon gar nicht, nach dem, was ich über deine Ehe erfahren habe. Kopf hoch, Jo.« Er beugte sich vor und küsste sie. »Gute Nacht.«

Und dann war er fort. Jo sah sich mit starrem Blick im leeren Zimmer um. Heute Abend hatte sich für sie eine Welt geöffnet, an deren Existenz sie nicht geglaubt hatte. Nach nahezu einem Jahrzehnt in der Finsternis fühlte sie sich, als wäre die Sonne hervorgekommen und würde sie in Wärme und Licht baden.

Dann hatte er ein Kind erwähnt, und ein Traum, den sie längst begraben hatte, war in ihrer Fantasie aufgeblitzt. Doch das war töricht – es war unmöglich, das wusste sie. Verdammt soll er sein, auch nur den Anflug von Hoffnung heraufbeschworen zu haben.

So sehr sie dies auch schmerzte, wünschte sie fast, sie wäre in der Finsternis geblieben.

KAPITEL ZWÖLF

Bran wachte erfrischt, aber auch ein wenig beunruhigt auf. Was er seltsam fand, da er am Vorabend den besten Sex seines Lebens genossen hatte. Allein der Gedanke an die Behauptung von Jos Ehemann, sie sei keine echte Frau ... Nun, wäre der Mann nicht schon tot, würde Bran ihn herausfordern und verprügeln.

Und dennoch hatte Jos Offenbarung ihm ein seltsames Gefühl vermittelt. Sie hatte ihn ein bisschen an seine eigene Ehe erinnert. Das war natürlich etwas vollkommen anderes gewesen, aber im Schlafzimmer hatten sie Schwierigkeiten gehabt. Sie hatten in getrennten Betten geschlafen, da Bran ungern jemanden neben sich spürte. Dies stammte, wie er wusste, noch aus seiner Kindheit, als er es gehasst hatte, von irgendjemandem angefasst zu werden. Seine Brüder hatten ein Spiel daraus gemacht, beim Gehen die Richtung zu wechseln, um mit ihm zusammenzustoßen oder einen Grund zu finden, ihn zu berühren. Für sie war es einfach eine weitere Möglichkeit gewesen, ihn zu quälen.

Als er dann älter wurde, und etwa zwölf Jahre alt war, hatte er gelernt es zu erdulden und im Stillen zu leiden. Er wollte ihnen nicht mehr die Genugtuung geben, ihn frustriert zu haben. Er hatte geglaubt, dieses Problem überwunden zu haben, doch nach seiner Heirat mit Louisa erkannte er, dass dem nicht so war. Über ihre getrennten Schlafzimmer hatte sie sich nicht allzu sehr aufgeregt, doch was ihr Liebesleben anbelangte, war sie jedes Mal ohne Ausnahme enttäuscht gewesen, als er sie sofort danach allein gelassen hatte.

Dass er gestern Abend bei Jo geblieben war, wenn auch nur für eine kurze Zeit, hatte ihn überrascht.

Hudson kam herein, um ihm bei seinen Vorbereitungen für den Tag zu helfen, und nachdem Bran gebadet hatte, begann er mit der Massage. »Heute Morgen sind Sie ziemlich entspannt, Mylord. Ihre Schultern sind besonders locker. Wenn ich es nicht besser wüsste, würde ich sagen, dass Sie gestern Abend bei einer Frau waren.«

Vor Jahren hatten sie bemerkt, dass Sex bei Brans Anspannung und Unruhe eine Besserung hervorzurufen schien. Er fiel ihm kein Grund ein, Hudson zu belügen. Der Kammerdiener war Brans engster Vertrauter, und Bran wusste, dass alles, was er ihm anvertraute, für ihn unantastbar war. »Das war ich. Ich fühle mich heute bemerkenswert gut, muss ich zugeben. Ich fürchte nicht einmal die Krawatte.«

»Nun, das ist großartig«, entgegnete Hudson. »Da Sie das Haus nicht verlassen haben, nehme ich an, dass es sich um Mrs. Shaw handelt?«

»Warum nicht die neue Köchin?« Sie war ein paar Jahre älter als Bran mit einem eher nichtssagenden Gesicht, aber einem charmanten, überschwänglichen Auftreten.

Hudson lachte. Er arbeitete sich an Brans rechten Arm hinab. »Ich habe Sie mit der Gouvernante beobachtet. Schon lange habe ich Sie eine Frau nicht mehr auf diese Weise anschauen sehen. Vielleicht sogar noch nie.«

Bran drehte den Kopf zur Seite, und spähte zu ihm hinauf. »Was ist mit meiner Frau?«

»Es war anders. Fragen Sie mich nicht, in welcher Weise. So war es einfach. Vielleicht, weil Mrs. Shaw die Gouvernante ist. Sie ist *verboten,* und das macht sie attraktiver.«

Bran hielt dies für möglich, doch was auch immer der Grund sein mochte, konnte er Hudsons Einschätzung nicht widersprechen – dies war anders. Jo war anders.

Er erinnerte sich an ihr Staunen und die pure Freude, die sie bei ihrer Paarung empfunden hatte. Sie hatte wirklich geglaubt, für die Katastrophe verantwortlich zu sein, die ihre Ehe gewesen war. Und zweifellos klang es nach einer heillosen Katastrophe. Wegen diesem Schuft von einem Ehemann.

Hudson hatte sich nun seinem linken Arm zugewandt. »Sie verkrampfen sich. Was ist los?«

»Ich denke nur gerade an etwas, woran ich nicht denken sollte.« Er konnte sich nicht auf Jos Ehemann konzentrieren – das würde ihn verrückt machen. Für sie musste es noch schlimmer sein, dachte er. Sie hatte acht Jahre lang mit seiner Grausamkeit gelebt. Das hat Spuren hinterlassen. Das musste so sein. Er wusste das aus Erfahrung. Erst als er auf Barbados angekommen war, war ihm der Schaden bewusst geworden, den seine Familie angerichtet hatte. Auf sich allein gestellt, hatte er zu akzeptieren gelernt, wer er war, und frei von ihren Erwartungen oder Forderungen seinen Weg geschmiedet.

Jo verdiente es, die gleiche Freiheit zu erleben und die Kraft zu finden, die Vergangenheit zu begraben.

Hudson beendete seine Massage. »Sind Sie bereit, das Ankleiden zu vollenden? Sie fürchten die Krawatte nicht, sagten Sie.«

Es war noch eine Weile hin, bis Bran das Haus verlassen musste – später würde er sich mit Kendal treffen, der versprochen hatte, ihm zu helfen, sich im House of Lords zurechtzufinden. Sein Sekretär wäre in Kürze hier, doch bei Dixon gab sich Bran nicht mit Formalitäten ab. »Ich habe meine Vorbehalte noch nicht ganz eingebüßt«, sagte er wehmütig. »Den Rest werde ich anziehen, bevor ich zu meinem Termin ausgehe.«

Hudson neigte den Kopf, während Bran sich erhob und das Ankleidezimmer verließ. Als er aus seinem Schlafzimmer auf den Flur trat, fiel sein Blick auf die Tür zu Jos Zimmer. Ob sie wohl da war? Nein, wahrscheinlich befand sie sich mit Evie im oberen Stockwerk.

Er wollte mit ihr reden, doch er mochte ihren Tagesablauf nicht unterbrechen. Später würde noch genügend Zeit dafür sein. Er begab sich nach unten, und Bucket traf ihn am Fuß der Treppe. »Guten Morgen, Mylord. Ein Brief ist für Sie eingetroffen und ich habe ihn auf Ihren Schreibtisch gelegt.«

»Vielen Dank, Bucket. Mein Sekretär wird bald hier sein. Führen Sie ihn bitte in mein Büro.«

Bucket nickte. »Natürlich.«

Bran ging in Richtung seines Büros davon und entdeckte den Brief auf seinem Schreibtisch. Er erkannte den Schnörkel auf dem K in seinem Nachnamen. Er war von seiner Mutter. Eigentlich wollte er ihn gar nicht öffnen, doch er vermutete, das wohl tun zu müssen. Wann immer einer ihrer Briefe ihn in Barbados erreicht hatte, hatte er ihn mit der schlichten Behauptung ignorieren können, er sei verloren gegangen. Das passierte andauernd mit der Korrespondenz. Er benutzte es auch als Ausrede, um seinen Eltern selten zu schreiben. Er hatte sich nicht die Mühe gemacht, seinen Brüdern zu schreiben. Doch im Nachhinein betrachtet, hätte er Gwen vielleicht öfter schreiben sollen.

Hinter dem Schreibtisch sitzend öffnete er das Sendschreiben, strich es glatt und legte es flach auf den Schreibtisch.

Knighton,

noch immer mutet es mich seltsam an, Dich als solchen anzusprechen, aber ich gewöhne mich daran. Ich muss zugeben, Du hast mich überrascht. Um die Welt zu reisen war vielleicht genau das, was Du gebraucht hast. Ich würde gern erfahren, an welchen Veranstaltungen Du in naher Zukunft teilnehmen wirst, damit ich Dich meinen Freunden vorstellen kann.

An keiner? Vermutlich sollte er verschiedene besuchen, doch wenn Kendal einem solchen Unsinn aus dem Weg gehen konnte, konnte er das ebenfalls, dachte er bei sich.

Und es war nicht nur so, dass seine Mutter anwesend sein würde, obwohl dies einen großen Teil ausmachte. Es lag ihm wirklich nichts daran, sie zu sehen. Dass sie ihn mit Ehrfurcht und sogar ein bisschen Respekt behandelte, war sonderbar. Er wusste nicht, was er damit anfangen sollte.

Ich freue mich darauf, bald wieder zu Besuch zu kommen und Zeit mit meiner Enkelin zu verbringen. Bitte benachrichtige mich, wenn ich eingeladen werde. Ich verstehe Deine Zurückhaltung, wenn es um mich geht, aber wir sollten uns nicht auf die Vergangenheit konzentrieren. Ich habe versäumt, mitzuerleben wie du zu einem Mann herangewachsen bist, und ich möchte Evangelines Heranreifen nicht verpassen.

War das eine Art nachträglicher Entschuldigungsversuch? Er sah auf die geschriebenen Worte herab und fragte sich, was er von ihr erwarten konnte. Ihm wurde bewusst, dass er glaubte, genauso wie immer von ihr behandelt zu werden, aber natürlich lagen die Dinge jetzt anders. Er war ein erwachsener Mann, der Earl. Könnte er eine andersartige Beziehung zu ihr zulassen? Wollte er das überhaupt?

Ich hoffe, Du wirst mich wissen lassen, ob ich Dir in irgendeiner Weise helfen kann. Ich habe viele Fähigkeiten, die nützlich sein könnten – vor allem, bis Du eine neue Gräfin gefunden hast. Ich bin und verbleibe für immer,
Deine Mutter

Die Anspannung verkrampfte ihm die Muskeln, und er stellte fest, dass er eine weitere Massage brauchte – vielleicht, bevor er sich mit Kendal traf. Er hatte keine Ahnung, wie er auf seine Mutter reagieren sollte, also unternahm er nichts. Er war auch noch nicht für einen weiteren Besuch ihrerseits bereit.

Er lehnte sich in seinem Stuhl zurück und starrte an die Decke. Was zum Teufel war mit seinem Leben geschehen? Er vermisste die Sonne, den Geruch von Ingwerlilien, das Gefühl von warmem Sand unter seinen nackten Füßen.

Und dennoch war England nicht so schrecklich, wie er befürchtet hatte. Sein Haushalt nahm Formen an, Evie hatte eine liebe Freundin gefunden, seine Mutter behandelte ihn nicht mehr als Anomalie, und er hatte Jo kennengelernt.

Er mochte sie sehr. Und wie er erwartet hatte, fand er besonderen Gefallen daran, mit ihr zu schlafen. Er hoffte, dass sie sich genauso fühlte und konnte es kaum abwarten, mit ihr zu sprechen. Er stand auf, um sie zu suchen. Zum Teufel mit der Routine.

Allerdings traf Dixon genau in diesem Moment ein, also setzte er sich wieder hin. Später wäre Zeit mit ihr zu sprechen. Und seine Vorfreude würde mit der Zeit weiter zunehmen.

~

*N*achdem sie Bran während der ersten Tageshälfte erfolgreich aus dem Weg gegangen war, freute sich Jo über die Ausrede, Evie zu einem Besuch bei Becky zu begleiten, um ihm am Nachmittag auszuweichen. Wie der Zufall es wollte, war er auch ausgegangen, so dass ihr Plan nicht einmal notwendig gewesen wäre.

Und jetzt fragte sie sich – während sie mit Nora im Salon ihrer Schwester saß – warum sie sich überhaupt all die Umstände machte. Die vergangene Nacht war unbeschreiblich gewesen – abgesehen von dem Dämpfer, den er ihrer Euphorie am Ende versetzt hatte – und sie sollte sich in seiner Anwesenheit eigentlich nicht verlegen fühlen.

Vielleicht war verlegen nicht das richtige Wort. Ihre größte Befürchtung bestand darin, dass alle wissen würden, was passiert war, wenn sie zusammen wären, als wären ihnen die Beweise ihrer Sünde auf die Stirn geschrieben, damit die Welt sie sehen konnte.

Sünde? Betrachtete sie es als solche? Viel zu lange hatte sie Matthias zugehört. Er hatte ihr erklärt, geschlechtliche Liebe sei eine notwendige Sünde – vorausgesetzt, sie taten es, um ein Kind zu zeugen. Und als das nicht geschah, welchen Sinn hatte das Ganze also? Sie hatte angefangen zu denken, dass all das bloß eine Finte war, um seine eigene Schande zu vertuschen.

Nachdem Bran sie allein gelassen hatte, hatte sie eine Zeitlang wachgelegen und über das Vorgefallene nachgedacht. Er hatte ihr gesamtes Wissen über Intimität und Sex – über sich selbst – komplett neu definiert. Sie *war nicht* weniger als eine Frau, und sexuelle Handlungen waren *nicht* schrecklich. Mit der richtigen Person waren sie ziemlich spektakulär.

»Du machst das andauernd«, bemerkte Nora und beäugte sie aufmerksam.

»Was?«

»Vor dich hinlächeln. Gibt es etwas, das ich wissen sollte?«

In der Tat, es war ihr auf die Stirn geschrieben. Jo beugte sich vor und nahm sich einen Keks vom Teetablett. »Nein.« Sie nahm einen großen Bissen, um sich selbst davon abzuhalten, mehr zu sagen. Ein Teil von ihr wollte Nora erzählen, was passiert war. Immer hatten sie sich persönliche Dinge anvertraut. Im Grund hatte das Einzige, was Jo ihr nicht erzählte, nur mit Matthias und ihrer Ehe zu tun. Und es war nicht so, dass sie Geheimnisse hatte. Nein, sie hatte dafür gekämpft, die Schuld und Scham von all dem zu überleben.

Nora kniff die Augen auf diese gewisse Art zusammen, wie ältere Schwestern es tun, die die List eines jüngeren Geschwisters zu durchschauen scheinen. »Früher hast du mir Dinge erzählt. Ich fürchte, die Nähe, die wir einmal geteilt haben, gehört der Vergangenheit an.«

Oh, sie war gut. Jo schluckte zu schnell und musste husten.

Noras Blick trübte sich vor Besorgnis. »Geht es dir gut?«

Jo trank einen Schluck lauwarmen Tees und nickte. »Ja. Es geht mir gut. Eigentlich geht es mir sogar besser als gut. Ich wüsste nicht, wann es mir seit langer Zeit einmal so gut gegangen war.«

Nora machte große Augen. »Tatsächlich?«

Jo schaute sich im Zimmer um, aber sie wusste, dass sie allein waren. »Es ist etwas mit Br-Lord Knighton geschehen.«

»Warst du im Begriff, ihn beim Vornamen zu nennen?« Nora schüttelte den Kopf. »Egal. Ich denke, ich kann es wahrscheinlich erraten. Ich hatte immer den Verdacht, dass ihr beiden euch während des Harcourt-Balls davongeschlichen habt, aber jedes Mal, wenn ich versucht habe, das Thema anzusprechen, hast du abgelenkt.«

Jo zuckte die Schultern. »Ich war nicht bereit, etwas dazu zu sagen.« Sie hatte es auch für ein einmaliges Ereignis gehalten. Könnte man dasselbe von gestern Abend sagen? Er hatte ihr den Eindruck vermittelt, das gerne noch einmal zu tun, und sie hatte nicht die Absicht, ihn abzuweisen.

»Hoffentlich wirst du dies nicht für eine schreckliche Frage halten, aber ist das der Grund, warum du seine Gouvernante werden wolltest, damit ihr beiden eine Affäre haben könnt?«

Das konnte sie nicht im Ernst meinen. Vor Verblüffung erschlaffte Jos Kiefer, doch schnell ließ sie ihn wieder zuschnappen. »Nein.« Zumindest nicht, sofern ihr bewusst war. War es möglich, dass Bran die Situation zu seinem Vorteil manipuliert hatte, und sie in Stellung genommen hatte, um sie zu verführen?

Das war absurd. Evie hatte buchstäblich um ihre Einstellung gebettelt. Doch falls dies Brans Absichten zuträglich wäre, dann wäre es umso besser. Jo fühlte sich ein bisschen mulmig.

»Das war eine schreckliche Frage, die ich dir gestellt habe«, bemerkte Nora.

»Ja, das war es«, gab Jo leise zurück. Sie verflocht die Hände in ihrem Schoß. »Nach der Ehe, die ich erduldet habe, habe ich, glaube ich, ein bisschen Glück verdient.«

Nora erhob sich von ihrem Sessel und setzte sich zu Jo auf das Sofa. Sie lächelte ermutigend. »Aber natürlich tust du das. Ich wünschte, du würdest mir erzählen, was mit Matthias passiert ist. Ich spüre, dass dir viel elender zumute gewesen sein muss, als du je angedeutet hast, und ich fühle mich furchtbar deshalb.«

Das solltest du auch, meldete sich eine winzige Stimme in Jos Hinterkopf zu Wort. Sie dämpfte diese Stimme. Und dann wappnete sie sich, um ihrer Schwester endlich die Wahrheit zu erzählen– oder wenigstens einen Teil davon.

»Gestern Abend habe ich mit Bran geschlafen, weil er unerträglich attraktiv ist, und mir das Gefühl gibt, eine begehrenswerte Frau zu sein. Matthias hat mir dieses Gefühl nie gegeben. Immer stellte er heraus, geschlechtliche Liebe nicht zu mögen, weil ich nicht sehr gut darin war, und völlig dabei versagte.«

Mit jedem einzelnen Wort, das ihr über die Lippen kam, war die Farbe immer weiter aus Noras Gesicht gewichen, bis es nahezu weiß war. Es dauerte einen Moment, bis sie antwortete, doch als sie es tat, hatte sie Tränen in den Augen. »Jo, ich hatte keine Ahnung.«

»Natürlich nicht. Ich habe nie gewollte, dass du über mein Unglück Bescheid weißt. Ich wollte auch nicht bei diesem Thema verweilen – und will das immer noch nicht.«

Nora blinzelte. »Das verstehe ich vollkommen. Ich wünschte, ich hätte es gewusst.«

»Was hättest du wohl getan?«, fragte Jo. »Nichts. Wie auch immer, gehört dies jetzt der Vergangenheit an und wie schon gesagt, möchte ich nicht weiter darauf eingehen.«

Nora holte tief Luft und setzte ein strahlendes Lächeln auf. »Deine Kraft und dein Mut sind eine Inspiration.« Sie warf Jo einen listigen Blick zu. »Mit Knighton sind die Dinge wohl anders als mit Matthias, vermute ich?«

»Ich hatte keine Ahnung, was ich verpasst habe.«

Nora kicherte. »Es ist ziemlich toll, oder?«

Jo grinste. »Abgesehen von toll könnten mir andere Worte dafür einfallen. Wie wundervoll. Oder unbeschreiblich.«

»Und das geht schon eine Weile so?«, fragte Nora.

»Nein, erst seit gestern Abend, aber es wird wieder passieren, nehme ich an.« Sie *hoffte,* dass es wieder passieren würde.

Noras Miene trübte sich. »Wenn ich dich nicht warnen

würde, wäre ich nachlässig. Was hast du geplant? Wird er dich heiraten?«

»Das hat er angeboten – beim Harcourt-Ball, um genau zu sein.«

Nora schnappte nach Luft. »Du *hast* wirklich Geheimnisse gehütet.«

Jo lachte leise. »Nein, ich habe einfach keinen Anlass darin gesehen, dir etwas zu erzählen, das keine Konsequenzen hätte. Damals kannten wir uns kaum. Jedenfalls kann ich ihn nicht heiraten. Er braucht eine Gräfin, die ihm einen Erben schenken kann.«

»Das ist also wirklich nur eine Affäre? Was wird passieren, wenn er sich eine Gräfin nimmt? Wirst du dann nicht mehr Evies Gouvernante sein?«

Diese Fragen waren der Grund für ihr Zögern gewesen, Nora alles zu erzählen. Oder überhaupt irgendjemandem. Sie waren berechtigt und vernünftig, und sie sollte sie erwägen. Sie *hatte* darüber nachgedacht. Und es machte sie krank.

»Im Augenblick denke ich nicht darüber nach. Ich setze mich voll und ganz für Evie ein – ich bete sie an.«

»Aber sicher. Ich möchte nur nicht erleben, dass du verletzt wirst. Du hast genug durchgemacht.« Nora zuckte beim Gedanken daran zusammen und schüttelte den Kopf. »Genau deshalb hast du das verdient. Sei einfach … vorsichtig.« Sie streckte die Hand aus, um Jos zu drücken, als sich ihre Augen verengten. »Und wenn Knighton dir weh tut, wird er sich vor mir verantworten müssen.«

Für den restlichen Verlauf des Tages konnte Jo nichts anderes tun, als daran zu denken, was Nora sie gefragt hatte. Hatte Bran sie in der Hoffnung auf eine Affäre mit ihr eingestellt? Dass Evie sie ebenfalls gewollt hatte, war ihr bewusst, doch Jo konnte die Vorstellung nicht abschütteln, manipuliert worden zu sein. Das lag vielleicht daran, dass keine ihrer Entscheidungen jemals wirklich ihre eigene gewesen war.

Sie sollte ihn fragen, doch ihre Zweifel überwogen und sie täuschte Kopfschmerzen vor, um das Abendessen früh zu verlassen. Er schien enttäuscht, war aber auch freundlich.

Er hatte sie nicht zu verführen versucht. Doch selbst, wenn er es getan hätte, würde sie wirklich etwas dagegen haben?

KAPITEL DREIZEHN

Bran konnte seine Frustration nicht leugnen. Und zwar nicht auf sexuelle Weise. Zugegebenermaßen, vielleicht auch auf sexuelle Weise. Was konnte er schon dagegen tun, wenn Jo eine aufrührende Sehnsucht geweckt hatte? In den letzten anderthalb Tagen hatte er an wenig anderes gedacht, und angesichts ihres Verhaltens war er sich nicht sicher, ob sie überhaupt an ihn gedacht hatte.

Sie hatte gute Arbeit geleistet, ihn gestern und den ganzen heutigen Tag zu meiden, und beim gestrigen Abendessen hatte sie ihn mit einer Entschuldigung wegen Kopfschmerzen zurückgewiesen. Er musste etwas falsch gemacht haben, nahm er an, aber er ahnte nicht, was.

Mit Louisa war dies in regelmäßigen Abständen vorgekommen. Sie war wütend auf ihn geworden und hatte nicht mit ihm schlafen wollen, bis er sich endlich entschuldigt hatte. Manchmal hatte er verstanden, was er getan hatte – er hatte vielleicht etwas Unangemessenes gesagt, was sie schlecht aufgenommen hatte oder er hatte etwas ignoriert, was er nicht hätte ignorieren sollen – und manch anderes, wovon er keine Ahnung hatte. Dennoch hatte er gelernt, dass

Entschuldigungen viel dazu beitrugen, den Grimm einer Frau zu kurieren.

Das würde er heute mit Jo versuchen.

Evie kam hopsend die Treppe herunter und Jo folgte ihr in einem gemesseneren Tempo. »Bist du bereit für unser Picknick, Papa?«

Er schlang seine Arme um sie und wirbelte sie herum, womit er ihr ein Quietschen entlockte. »Das bin ich, mein Liebling.« Er setzte sie ab und sah zu Jo, die ihnen mit einem halben Lächeln auf dem Gesicht zusah. »Lass mich einfach unseren Picknickkorb holen und schon werden wir unterwegs sein.«

Bran nahm den Korb in die Hand, den die Köchin für ihren Ausflug vorbereitet hatte, und Bucket hielt ihnen die Tür auf. Bran wartete, bis seine Tochter und Jo an ihm vorbeigegangen waren. Sobald sie sich im Freien befanden, bemerkte er, wie Evie Jos Hand nahm. Es war eine schlichte Geste, doch es wärmte ihm das Herz, Evie hier so behaglich und glücklich zu sehen.

Unten an der Treppe angekommen, blieben sie stehen, sodass er aufholen konnte. Dann ergriff Evie auch Brans Hand.

Bran erinnerte sich, wie sie so am Strand von Barbados spazieren gegangen waren. Anstatt der Frau auf Evies anderer Seite war dort ihre Mutter gewesen. Er bezweifelte, dass Evie sich daran erinnerte.

»Was hast du heute gemacht?«, fragte Bran.

»Dieses und jenes«, gab Evie zurück. »Wir haben auf meiner Karte Entfernungen gemessen. Hast du gewusst, dass Barbados mehr als viertausend Meilen entfernt ist? Natürlich hast du das gewusst. Du weißt alles.«

Bran lachte. »Das tue ich nicht, aber ich fühle mich von deinem Zutrauen sehr geehrt.«

»Was weißt du denn nicht?«, wollte Evie wissen, als sie

den Weg in Richtung Green Park einschlugen.

»Da gibt es so viele Dinge und die meisten von ihnen haben mit Frauen zu tun«, erklärte Bran, während er noch immer an Jo dachte und daran, was er – wenn überhaupt – getan hatte, um sie zu verstimmen.

Evie zog die Nase kraus und sah zu ihm auf. »Was meinst du?«

Wieder einmal hatte er das Falsche gesagt, stellte er fest. »Ähm, nichts. Ich besitze keine großen Kenntnisse, wie ich mich in der Londoner Gesellschaft zu bewegen habe. Ich bekomme all diese Einladungen und habe keine Ahnung, was ich damit anstellen soll.«

»Wahrscheinlich solltest du einige davon annehmen«, erklärte Evie. »Ist das richtig, Jo?«

Bran war auf ihre Meinung dazu neugierig.

»Wahrscheinlich. Es könnte nett sein, neue Menschen kennenzulernen.«

Evie legte den Kopf schief und ruderte mit den Armen, womit sie Bran zwang, die seinen ebenfalls zu schwingen, was ihm nichts ausmachte. »Hmmm, ich bin mir nicht sicher«, überlegte sie laut. »Papa gefällt es nicht, Menschen kennenzulernen. Er ist gerne zu Hause. Mit mir.« Sie grinste zu ihm auf.

»Das stimmt. Aber Mrs. Shaw hat recht. Ich bin jetzt ein Earl, und deshalb sollte ich wenigstens einige Kontakte knüpfen.«

»Becky hat mir gesagt, dass Bälle fantastisch sind, mit schöner Musik, einer Million Kerzen und alle sind ganz fein angezogen. Sie sagt, ihre Mama trägt die schönsten Ballkleider.« Evie drehte den Kopf zu Jo. »Gehen Sie auf Bälle?«

»Das habe ich. Einmal, wenigstens.« Sie warf Bran einen kurzen Blick zu, und er wusste, dass sie dasselbe dachte wie er – der beste Teil jenes Balls war nicht Musik oder Kerzen und schon gar keine Kleidung gewesen. »Gouvernanten gehen eigentlich nicht auf Bälle«, erklärte Jo.

Evie runzelte die Stirn. »Das scheint ungerecht zu sein. Warum dürfen Sie keinen Spaß haben?«

»Mal sehen, ob ich es erklären kann«, entgegnete Jo. »Es ist ein bisschen umständlich. In der Londoner Gesellschaft gibt es eine Hierarchie und bestimmte Gruppen werden nicht zu gesellschaftlichen Veranstaltungen wie Bälle eingeladen.«

»Was ist eine Hierarchie?«

»Eine Art Rangordnung. Wie bei Adligen. Ein Herzog ist der höchste Rang, dann kommt der Marquess, dann der Earl, danach der Viscount, und so weiter. Wir werden uns mit Debretts später befassen. *Viel* später.«

»Becky hat mit gesagt, ihr Vater sei wichtiger als mein Vater. Das stimmt nicht, habe ich ihr geantwortet, aber ich glaube doch, oder?« Fragend sah Evie Jo und dann Bran an.

»Ich glaube nicht, dass Wichtigkeit irgendetwas damit zu tun hat«, antwortete Jo.

Bran schnaubte. »All das ist reiner Zufall. In den meisten Fällen hat irgendein Vorfahr einen Titel erhalten, der vom Vater an den Sohn weitergegeben wurde. Es ist durchaus möglich, dass jemand, der Herzog oder Earl ist, das eigentlich gar nicht verdient hat.« Oder es sein wollte, wie es bei Bran der Fall war.

»Also haben die meisten Adligen sich ihre·Stellung nicht wirklich verdient«, schlussfolgerte Evie und bewies damit eine scharfe Intelligenz, die Brans Stolz aufwallen ließ.

»Das ist eine Art, wie man das sehen könnte«, erklärte Bran. Er hatte sich seinen Titel nicht verdient, und er war sicher, dass jeder dieser Tatsache zustimmen würde.

»Nun, das ist ziemlich dumm, oder? Die Menschen nach ihren Familien einzuordnen und daraufhin zu entscheiden, wer zu einem Ball gehen darf.« Evie streckte die Zunge heraus und rollte die Lippen, um einen ziemlich unhöflichen Ton zu erzeugen, den er ihr vor ein paar Jahren beigebracht hatte. Er schaute Jo an, um ihre Reaktion beobachten. Sie erstickte ein Lächeln, und Bran tat dasselbe.

Sie waren am Park angekommen und blieben am Eingang stehen. »Wohin sollen wir gehen?«, fragte Jo und sah dabei auf Evie herab.

Evie wandte den Kopf in die eine und dann in die andere Richtung, als würde sie sich konzentrieren, um zu einer Entscheidung zu gelangen. Letztendlich zeigte sie auf das Queen's Bassin. »Dort hinüber zum Wasser, denke ich.«

Auf ihrem Weg zum Bassin kamen sie an einer anderen Familie vorbei, und die Eltern hielten einen kleinen Jungen an der Hand, der zwischen ihnen lief. Nun, es war weniger ein Laufen, sondern eher ein Schweben, da er noch so klein war, dass sie ihn alle paar Schritte in die Luft hoben. Jedes Mal, wenn er flog, kicherte er und wieder erinnerte sich Bran an ähnliche Zeiten mit Evie und Louisa. In den letzten Jahren hatte er seine Frau nicht wirklich vermisst, und vor allem nicht, seit sie nach London gereist waren. Die Nostalgie brach wie eine Welle über ihn herein und überraschte ihn mit ihrer Wucht. Er vermisste sein früheres Leben, sein *Zuhause* und alles, was damit zusammenhing.

Als sie am Wasser ankamen, stellte Bran den Korb ab. Jo kam näher, um ihn gleichzeitig mit ihm zu öffnen, und ihre Hände berührten sich.

Sie zuckte zurück und in ihrem Blick flammte eine Vielzahl von Emotionen auf – es ging so schnell, dass er sie nicht alle ausmachen konnte. Oder auch nur irgendwelche davon, um ehrlich zu sein. »Ich hatte nur die Decke ausbreiten wollen.«

Er trat einen Schritt zurück. »Bitte.«

Kurz sah sie ihn an, ehe sie ihre Aufmerksamkeit wieder

dem Korb zuwandte und sich daran machte, das Picknick herzurichten.

Evie war zum Zaun geschlendert, der das Bassin umgab und Bran trat zu ihr. »Papa, können wir ans Meer fahren? Ich vermisse den Ozean.«

»Ja. Es ist nicht so furchtbar weit weg, glaube ich. Das würde ich mir auch wünschen.«

»Aber es wird nicht wie zu Hause sein. Barbados, meine ich.« In Evies Stimme schwang ein resignierter Ton. Allmählich fand sie sich damit ab, dass sie dort nicht mehr lebten. Das erleichterte Bran, doch es stimmte ihn gleichzeitig traurig.

»Nein, es wird nicht dasselbe sein.« Nichts war mehr gleich. Er schaute hinüber zu der Stelle, an der Jo das Picknick vorbereitete. Allerdings war aber auch nicht alles schlecht. »Dir gefällt es hier wenigstens ein bisschen, oder etwa nicht?«

Evie drehte sich zu ihm herum und sah zum Himmel auf. »Ich bin froh, dass es heute sonnig ist. Ich vermisse, ihr heiteres Gesicht zu sehen.« Erneut ergriff sie seine Hand. »Mach dir keine Sorgen um mich, Papa. Es geht mir gut. Ich möchte sichergehen, dass *du* glücklich bist. Komm, lass uns etwas essen gehen. Die Köchin hat gesagt, sie hätte auch kleine mit Lachs belegte Brote eingepackt!«

Fisch war eines der wenigen Nahrungsmittel, die Evie liebte, und ihre neue Köchin sorgte dafür, dass er ihr bei jeder Mahlzeit zur Verfügung stand.

Sie kehrten zur Decke zurück, wo Jo alles ordentlich und appetitlich angerichtet hatte. Die ganze Situation hatte etwas sehr Natürliches und Behagliches – wie sie Hand in Hand in den Park gingen, Jo die Mahlzeit anrichtete, und wie sie jetzt zu dritt zusammensaßen, um zu essen. Mit Leichtigkeit konnte er sie sich als Familie vorstellen. Das Hemmnis – die Frage, ob sie ihm einen Sohn schenken konnte – lauerte drohend in seinem Hinterkopf. Und dann war da Evies Verkündung, dass Titel dumm waren. Oder es wenigstens dumm war, sie zu erben. All das war so willkürlich, wurde ihm bewusst. Sie hatten so wenig Kontrolle über die Dinge, und das frustrierte ihn.

Evie erzählte Geschichten über Barbados, während sie aßen und unterhielt Jo mit Erzählungen über ihre Haustiere, einschließlich ihres Pferdes, die sie alle zurückgelassen hatte. Warum hatte er ihr nicht ein neues besorgt? Oder eine Katze oder einen Hund? Er war ein Idiot.

»Kannst du gut reiten?«, fragte Jo sie.

Evie nickte, nachdem sie den letzten Bissen ihres belegten Brotes heruntergeschluckt hatte. »Ja. Papa hat angefangen, mir Unterricht zu geben, als ich drei Jahre alt war.«

Jo blickte ihn mit leicht alarmiertem Blick an. »Meine Güte, das scheint so jung zu sein.«

Bran zuckte die Schultern. »Die Dinge waren dort anders.« Er sah Evie an. »Mir fällt ein, dass du ein neues Pferd brauchst. Ich werde mich umschauen. Würde dir das gefallen?«

Mit einem breiten Lächeln auf dem Gesicht nickte sie. »Sogar sehr, vielen Dank.«

»Evie!« Der helle Schrei eines Mädchens klang über das Bassin.

Evie spähte in die Richtung, aus der das Geräusch erscholl und sprang dann auf die Füße. »Es ist Becky!«

Becky war in Begleitung einer Frau, doch schnell entfernte sie sich von ihr, um das Becken im Laufschritt zu umrunden. Evie rannte von ihrem Platz auf der Decke aus los, um ihr entgegen zu laufen.

Bran lächelte, als er die beiden beobachtete.

»Sie sind ein außergewöhnlicher Vater«, bemerkte Jo leise.

Bran drehte den Kopf und sah, dass sie ihn aufmerksam beobachtete. »Ich versuche es. Sie macht es mir so leicht.«

Die Mädchen kamen zur Decke, ihre Arme miteinander verschlungen. »Papa«, setzte Evie an. »Becky hat mich eingeladen, für den Nachmittag mit zu ihr nach Hause zu kommen. Darf ich gehen?«

»Ich bin mir nicht sicher, ob die Herzogin damit einverstanden sein wird.« Bran sah Jo fragend an.

»Das wäre in Ordnung, würde Mama sagen«, erklärte Becky und wandte sich an Jo. »Oder etwa nicht, Tante Jo?«

»Genau das würde sie, da bin ich mir sicher«, stimmte Jo zu.

»Haben Sie für den Nachmittag etwas vor?«, erkundigte sich Bran.

»Nichts, was sich nicht aufschieben ließe«, gab Jo zurück und wandte sich abermals Evie zu. »Ich kann dich später abholen.«

Beckys Gouvernante holte sie schließlich an der Decke ein. »Guten Tag.«

»Guten Tag«, begrüße Bran sie. »Die Mädchen haben einen Plan ausgeheckt, den Nachmittag zusammen zu verbringen. Können Sie sich einen Grund vorstellen, warum Evie nicht mit Ihnen nach Hause zurückkehren sollte?«

Für einen Moment war die Gouvernante still, ehe sie den Kopf schüttelte. »Das kann ich nicht. Für den heutigen Nachmittag habe ich Näharbeiten geplant.« Sie lächelte Evie an. »Willst du uns dabei Gesellschaft leisten, Lady Evie?«

Becky schaute ihre Freundin eifrig an. »Wir werden Kleider für die Puppen herstellen, die Vater neulich mitgebracht hat.«

»Oh, das klingt wunderbar!« Mit flehendem Blick wandte Evie sich an Bran. »Bitte, Papa?«

Es klang, als sei diese Sache für alle in Ordnung und er konnte nicht außer Acht lassen, dass er dann mit Jo allein sein würde. »Ja, du darfst gehen. Jo wird dich später holen. Ich muss mich mit meinem Sekretär treffen.« Er hatte die Absicht, über die Anschaffung eines Pferdes mit ihm zu sprechen.

Die Mädchen tanzten vor Begeisterung und ein paar Minuten später liefen sie mit der Gouvernante den gleichen Weg zurück, den sie gekommen waren.

Jo fing an, den Picknickkorb zusammenzupacken.

»Haben Sie es eilig, nach Hause zurückzukehren?«, fragte Bran.

»Sie sagten, sie hätten einen Termin.«

»Dass er sofort stattfindet, habe ich nicht gesagt.«

Sie hielt den Blick abgewandt und beschäftigte sich ziemlich eingehend mit ihrer Aufgabe.

»Jo.«

Sie drehte den Kopf zu ihm um.

»Setzen Sie sich bitte zu mir. Bitte.«

Es dauerte eine Minute, ehe sie sich endlich neben den Korb setzte. Ihre Schultern waren steif, ihr Rücken pfeilgerade.

Er rückte näher an sie heran, sodass nur wenige Zentimeter sie voneinander trennten. Von hier konnte er ihren Duft einfach einatmen, der ihn beinahe ebenso sehr in seinen Bann zog, wie ihre offenkundige Nähe. Ihre langen Wimpern schlugen flatternd an ihre Wangen, als sie blinzelt zum Bassin sah. Ihre Lippen waren leicht geteilt. Er stellte sich vor, sie in die Arme zu nehmen und sie zu küssen, sie auf die Decke zurück zu drücken, während die Sonne sie von oben wärmte. Plötzlich hatte er das gleiche Bild vor sich, wie sie genau dasselbe taten, allerdings am Strand auf Barbados, während die warme Brandung sich über ihre Körper hinwegstahl. Seine Männlichkeit verhärtete sich und er zwang sich zurück in *diesen* Moment.

»Sie haben mich gemieden. Habe ich etwas falsch

gemacht? Bereuen Sie vielleicht neulich Nacht?« Er hielt den Atem an, denn er fürchtete sich fast vor ihrer Antwort.

Sie beäugte ihn mit einem zaghaften Blick. »Ich ... Es ist nichts.«

Er rutschte noch ein wenig näher, bis sie sich fast berührten und seine Hüfte an ihr Knie stieß. »Es ist nie nichts, wenn es mit Ihnen zu tun hat.«

Sie schwang den Kopf zu ihm herum und durchbohrte ihn mit einem neugierigen, fast anklagenden Blick. »Welche Absichten haben Sie gehabt, als Sie mich gebeten haben, Ihre Gouvernante zu werden?«

Er blinzelte und fühlte sich angesichts ihres finsteren Tonfalls verunsichert. »Sie sollten Evies Gouvernante sein. Ich bin mir nicht sicher, ob ich Ihre Frage verstehe.«

Sie presste die Lippen aufeinander und er konnte ihre Unzufriedenheit mit seiner Antwort spüren. Aber natürlich war sie es. Er hatte keinen Schimmer, was sie meinte. Es sei denn ... *verdammt.* Er war genau in dem Augenblick darauf gekommen, als sie fragte: »Haben Sie mich eingestellt, damit Sie mich verführen können?«

»Natürlich nicht.« Obwohl er gehofft *hatte*, sie wenigstens noch einmal küssen zu können. »Ich habe Sie nicht einzig aus dieser Absicht eingestellt. Es tut mir aber auch nicht leid, dass die Dinge zwischen uns weiter ... fortgeschritten sind.«

»Also haben Sie die Möglichkeit in Betracht gezogen?«

»Wenn ich behaupten würde, das nicht wenigstens gehofft zu haben, würde ich lügen – wie Sie sich wohl erinnern, habe ich Ihnen einen Heiratsantrag gemacht.«

»Den ich entschieden abgelehnt habe«, entgegnete sie streng. »Und den ich immer noch ablehnen würde.«

Allmählich fühlte er sich immer irritierter. Ja, sie hatte ihre Abweisung ziemlich deutlich gemacht. »Deshalb hatte ich nicht gedacht, dass etwas passieren würde. Aber ich stehe zu dem, was ich gesagt habe: Ich bereue es nicht.« Er beäugte sie genau. »Gibt es noch einen anderen Grund, warum Sie meinen Antrag abgelehnt haben?«

»Ich brauche keinen. Der Grund, den ich für meine Abweisung angegeben habe, ist wohl mehr als genug, denke ich.«

Das sollte er sein – er brauchte einen Erben, und angeblich konnte sie ihm keinen schenken. Doch nun fragte er sich, ob noch mehr dahintersteckte. Er wusste, wie unglücklich sie in ihrer Ehe gewesen war, und dass ihr Ehemann der denkbar schlimmsten Sorte von Mistkerl angehört hatte. Womöglich sah sie keinen Sinn in einer Ehe, vor allem, weil sie keine Kinder bekommen konnte.

Sein Kopf fing an zu schmerzen. Frauen waren unglaublich kompliziert. »Ja, Ihre Ablehnung war mehr als genug. Ich hatte wirklich nicht gedacht, Sie zu verführen, und das auch nicht geplant. Ich bin kein Masochist, der sich gern bestrafen lässt.«

Ihre Gesichtszüge wurden weicher. »Ich wollte Sie nie verletzen. Ich entschuldige mich.«

»Möchten Sie, dass die Dinge wieder so sind, wie sie vorher waren?« Er fürchtete, die Antwort darauf zu kennen. Es schien, als *bereue* sie, was geschehen war.

Sie lehnte sich näher zu ihm, und wieder stockte ihm der Atem. »Das tue ich nicht.«

Sein Pulsschlag beschleunigte sich und er sah auf ihren Mund. »Ich verstehe. Nun, das ist gut zu wissen.« Wenngleich es angesichts ihres aktuellen Standorts auch frustrierend war. Er wollte sie in die Arme nehmen. »Ich würde Sie jetzt küssen, wenn ich könnte.«

Ihre Lippen teilten sich, und als sich ihre Atmung beschleunigte, hob und senkte sich ihre Brust in einem rascheren Tempo. »Das würde mir gefallen. Erzählen Sie es mir.«

Worum bat sie ihn? Was er tun würde? »Ich würde näher rutschen und Sie zurück auf die Decke drücken. Dann würde ich Ihren Mund mit meinem bedecken und die Zunge hineinschieben.«

»Ich würde Ihnen entgegenkommen. Und ich würde Ihre Krawatte ausziehen.« Sie warf ihm einen sündigen Blick zu, der ihm sagte, dass sie genau wusste, wie sehr ihm das gefallen würde.

Ihre Worte feuerten seine Lust an. In seinem Geschlecht setzte ein Pochen ein. »Ich würde Ihre Röcke heben –«

»Knighton!« Eine laute weibliche Stimme unterbrach ihre gegenseitige verbale Verführung. Bran wandte den Kopf um und entdeckte Lady Dunn und eine jüngere Frau, ihre Gesellschaftsdame, nahm er an, die auf sie zusteuerten.

Bran fluchte im Stillen. Er würde sich erheben müssen. Und für alle und jeden seine volle Erregung zur Schau stellen. Sein Blick fiel auf Jo, die plötzlich ängstlich wirkte. Er nahm ihre Hand und half ihr auf. »Wenn Sie sich nur ein bisschen vor mich stellen könnten, wäre das hilfreich.« Er sah auf seine Leistengegend herab, und sie machte große Augen.

Sie nickte unmerklich und umklammerte seine Hand, während er sich erhob. Dann zog er sie auf ihre Füße.

»Guten Tag, Lady Dunn«, begrüßte Bran die beiden.

»Guten Tag, wie nett, dich hier zu treffen.« Sie ließ ihren Blick zu Jo schweifen. »Und Sie, Mrs. Shaw. Ist Lady Evie irgendwo hier unterwegs?« Sie blickte sich um.

»Nein, wir haben Lady Rebecca getroffen und sie ist mit ihr nach Hause gegangen.«, erklärte Bran. »Mrs. Shaw und ich waren gerade dabei, die Überreste unseres Picknicks einzupacken.«

»Wie charmant.« Lady Dunn warf ihm einen wissenden Blick zu, der vor Billigung nur so funkelte. »Werde ich dich heute Abend beim Andover Ball treffen?«

Er war sich nicht ganz sicher, doch wahrscheinlich

handelte es sich um eine der vielen Einladungen, die er ignoriert hatte. »Oh, das hatte ich eigentlich nicht geplant.«

Lady Dunn schnalzte mit der Zunge. »Mein lieber Junge, du musst mehr ausgehen. Du musst nicht lange bleiben, sondern nur dein Gesicht zeigen. Und mir gestatten, dich einigen Leuten vorzustellen – es würde mich so glücklich machen.« Erwartungsvoll sah sie ihn mit einem Blick voller Hoffnung an.

Er wollte sich weigern, doch er brachte es nicht fertig. »Ich werde dich dort sehen.«

Sie lächelte. »Ausgezeichnet. Ich freue mich so, dass wir dich heute Nachmittag getroffen haben. Wir sehen uns heute Abend.« Sie wandte sich Jo zu. »Guten Tag, Mrs. Shaw.«

»Guten Tag, Lady Dunn.« Jo wartete, bis Lady Dunn und ihre Begleiterin sich umgedreht hatten, bevor sie sich nach der Decke bückte, die sie rasch zusammenfaltete und in den Korb legte. Sie übergab ihn Bran. »Würde es Ihnen etwas ausmachen, den Korb mit nach Hause zu nehmen? Ich werde direkt zu Nora gehen.«

Die Enttäuschung, den Spaziergang nicht mit ihr zusammen zu unternehmen, dämpfte seine Stimmung, doch er nahm den Korb. »Natürlich. Ich werde Sie später sehen.«

Sie blinzelte, als wäre sie von seiner Aussage verwirrt. »Sie werden auf einen Ball gehen. Vermutlich werden Sie also ziemlich spät zurückkehren, und dann werde ich wahrscheinlich schlafen.«

Verdammt und zugenäht, warum hatte er sich bloß bereit erklärt, zu dieser verdammten Veranstaltung zu gehen? Um seine Taufpatin zu erfreuen. »Ich werde mich bemühen, zu einer angemessenen Stunde zurückzukehren.«

Sie zuckte mit den Schultern. »Wenn Ihnen danach ist. Wir sehen uns beim Abendessen.« Sie wandte sich ab und er sah ihr nach, wie sie das Bassin umrundete.

Was war geschehen? Vor Lady Dunns zeitlich ungüns

tigem Eintreffen hatte sie mit ihm geflirtet – nein, sie hatte ihn *geneckt* – und jetzt schien es, als sei sie mit einer Lage Eis überzogen. Nun, später würde er sie aufwärmen.

Er konnte es kaum abwarten.

~

Der Schlaf entschlüpfte Jo weiterhin, als sie sich abermals auf den Rücken drehte und den Baldachin über ihrem Kopf anstarrte. Sie war eifersüchtig. Eifersüchtig auf alle Leute bei diesem dummen Andover Ball heute Abend, die ihre Zeit mit Bran verbringen durften. Auf all die Frauen, mit denen er tanzen würde.

Glaubst du wirklich, dass er tanzen wird?

Sie stützte sich auf den Ellenbogen und mit einem Knurren versetzte sie ihrem Kissen einen Stoß. Er würde vielleicht nicht tanzen, doch dennoch bewegte er sich in einer Welt, von der sie sich ausgeschlossen hatte, als sie sich einverstanden erklärt hatte, seine Gouvernante zu werden. Es war ihr nicht entgangen, dass Lady Dunn nicht gefragt hatte, ob *sie* heute Abend am Ball teilnehmen würde.

Was Jo dazu veranlasste, sich zu fragen, ob sie das tun könnte. Sie hatte erwogen, Nora zu fragen, als sie zu ihr gegangen war, um Evie abzuholen, doch letztlich hatte sie sich dagegen entschieden. Nora hätte gefragt, ob sie daran zweifelte, Gouvernante sein zu wollen. Und das tat sie nicht. Nein, ihre Zweifel galten dem, was sie mit Bran machte.

Sie lehnte sich in das Kissen zurück und stieß die Luft aus. Als sie ihm versichert hatte, keineswegs zu bereuen, neulich Nacht mit ihm geschlafen zu haben, hatte sie ihre Worte ehrlich gemeint. Sie hatte ihr Geplänkel sehr genossen, ehe sie von Lady Dunn unterbrochen worden waren. In ihrer Fantasie hatte sie sich eine weitere magische Nacht vorgestellt, die vor ihnen lag. Stattdessen war er auf einem Ball. Ohne sie.

Sie schlug ihre Bettdecke zurück und stieg aus dem Bett, während sie mit den Füßen in ein Paar Hausschuhe schlüpfte. Sie zog sich ihren Morgenrock über und band die Schärpe darum, ehe sie ihr Zimmer verließ. Vielleicht würde ein Buch ihr beim Einschlafen helfen.

Sie schlich die Treppe hinunter und schlug den Weg zu Brans Büro ein. Es war dunkel und kalt ohne ihn darin. Es war nicht *ganz* dunkel – das Feuer im Kamin war zu glühenden Kohlen herabgebrannt. Sie stellte ihren Kerzenhalter auf seinen Schreibtisch, und ihr Blick fiel auf das Glas mit den Muscheln. Evie hatte ihr erzählt, sie hätte jedes Mal, wenn sie mit ihrem Vater auf Barbados am Strand entlanggelaufen war, Muscheln gesammelt. Es klang idyllisch. Heute hatte sie daran gedacht, als sie Hand in Hand durch den Park gelaufen waren. Es war unmöglich, sie sich nicht als Familie vorzustellen, nicht, wenn sie das Gefühl hatte, als ob sie eine wären oder wenigstens sehr leicht eine sein könnten.

Wenn da nicht ihr Problem wäre.

Und das bestand nun einmal. Tag für Tag stahlen Evie und Bran ein wenig mehr von ihrem Herzen, und wenn es schließlich – und unvermeidlich – für ihn Zeit wäre, sich eine Frau zu nehmen, würde sich alles ändern.

Sie wandte sich von den Muscheln ab und hatte ein ziehendes Gefühl in ihrer Brust. Die Kiste mit den Dingen, die er aus Barbados mitgebracht hatte, war gegen die Bücherregale geschoben, und der Deckel lag daneben. Mehrere Gegenstände hatten ihren Weg in verschiedene Räume gefunden, darunter auch eine Miniatur seiner Frau, die nun in Evies Zimmer hing.

Louisa Crowther war sehr schön gewesen, mit glänzenden goldenen Haaren und einem sanften Lächeln. Jo konnte die Ähnlichkeit zwischen ihr und Evie erkennen und fragte sich, ob Bran jedes Mal an sie erinnert wurde, wenn er seine Tochter ansah. War seine Ehe glücklich gewesen? Das wollte sie gleichzeitig wissen und auch wieder nicht. Es wäre einfacher zu glauben, dass ihr Tod ihn nicht getroffen hatte, so wie Matthias Tod auch Jo nicht bestürzt hatte.

Sie kniete neben der Kiste nieder, nahm eine Münze heraus und fragte sich, ob sie irrtümlich hineingefallen war oder ob es sich um eine Art von Erinnerungsstück handelte. Sie war ziemlich abgenutzt, die Kanten stumpf und glatt. Sie legte sie wieder zurück in die Kiste und ihre Knöchel streiften ein in Papier gewickeltes Objekt.

Vorsichtig wickelte sie den Gegenstand aus. Es war eine kleine goldene Schachtel mit einer Seiltänzerin obenauf. Jo keuchte beim Anblick dieser exquisiten Schönheit auf.

»Das ist eine Spieluhr.«

Jo wirbelte den Kopf in Richtung der Tür herum. Dort stand Bran, seine Krawatte und sein Mantel fehlten und seine Weste war aufgeknöpft. Sie gewöhnte sich daran, ihn so zu sehen, doch nie verfehlte dies seine Wirkung, sie an ein ungezähmtes Tier denken zu lassen. Er war eine Ausnahme. Er war ein Gentleman, der sich weigerte, die Regeln und Anforderungen der Gesellschaft einzuhalten, und er entschuldigte sich nicht. All das machte ihn für sie nur noch attraktiver.

Sie errötete vor Scham, da sie sich ertappt fühlte, seine Sachen durchsucht zu haben. »Ich war neugierig. Ich wollte nicht in Privates eindringen.«

Er trat über die Schwelle. »Ich habe nichts dagegen. Gleich, nachdem ich nach Hause gekommen bin, ging ich nach oben in Ihr Zimmer, aber Sie waren nicht da.«

Sie legte die Spieluhr wieder in die Kiste zurück und erhob sich. »Ich hatte mir ein Buch holen wollen und dann habe ich die Kiste gesehen.«

Er trat an die Kiste und beugte sich hinab, um sie für

einen Moment zu durchsuchen. »Haben Sie zusammen mit der Spieluhr einen kleinen Schlüssel gefunden?«

»Nein. Sie war in Papier eingeschlagen, und es war der einzige Gegenstand darin.«

Er richtete sich auf. »Der Schlüssel fehlt schon seit geraumer Zeit. Ich hatte gehofft, er wäre auf magische Weise wieder aufgetaucht. Die Spieluhr war ein Geschenk für Louisa, das sie von ihren Eltern erhalten hatte, als wir heirateten.« Er beugte sich vor, um sie wieder herauszuholen. Er hielt die Spieluhr in einer Hand und hob die Glasabdeckung. Er zeigte auf ein Loch in der komplexen Figur der Seiltänzerin. »Sehen Sie hier?« Bei ihrem Nicken fuhr er fort. »Der Schlüssel wird hier eingeführt. Nachdem Sie ihn ein paar Mal gedreht haben, setzt die Musik ein und die Tänzerin tanzt auf dem Seil auf und ab. Es ist ein Automat.«

Sie wünschte, sie könne sehen, wie die Spieluhr funktionierte. »Wie ausgeklügelt.«

»Ja sehr. Wenn ich nur den Schlüssel finden könnte, aber ich bin sicher, hier in London ein Geschäft aufzutreiben, das einen neuen Schlüssel anfertigen kann.«

»Bestimmt können Sie das, ja.«

Er setzte die Glasabdeckung wieder auf und stellte die Spieluhr in eines der Bücherregale. »Dann werde ich sie Evie geben. Früher, als sie noch sehr klein war, hat sie die Melodie andauernd gehört. Ich glaube, dass sie es vielleicht ist, die den Schlüssel verloren hat. Ich frage mich, ob sie sich überhaupt daran erinnert.«

»Da die Spieluhr ihrer Mutter gehört hat, wäre es ein hübsches Andenken für sie.« Jo besaß ein Taschentuch, das ihre Mutter bestickt hatte, und sonst nichts. »Vermissen Sie sie?« Sie hatte nicht fragen wollen, doch die Frage war ihr einfach so über die Lippen geschlüpft.

Für einen Moment sah er mit gerunzelter Stirn unverwandt auf seinen Schreibtisch. »Nicht wirklich. Besonders für Evies Wohl wünschte ich, sie wäre nicht gestorben.«

»Waren Sie glücklich?«, fragte Jo leise.

Er sah sie an. »Glücklicher als Sie gewesen sind, kann ich mir vorstellen. Sie war eine liebevolle und schöne Frau.«

Die Eifersucht, die Jo vorhin verspürte hatte, brannte erneut in ihr, was kleingeistig war. Sie sollte auf eine tote Frau nicht eifersüchtig sein. Ebenso wenig, wie sie eifersüchtig sein sollte, weil er einen Ball besuchte.

Aber sie war es. Ihr tat das Herz weh, wenn sie ihn sich vorstellte, wie strahlend und unerträglich schön er im Licht tausender Kerzen aussehen musste. »Wie war der Ball?« Irgendwie klang diese Frage spröde in ihren Ohren.

Er trat auf sie zu, und sie drehte sich zu ihm um, wobei sie fast an die Bücherregale in ihrem Rücken stieß. »Langweilig.«

»In welcher Hinsicht?«

»In jeder Hinsicht.« Er näherte sich ihr weiter und schloss den Abstand zwischen ihnen. »Ich verabscheue diesen Unsinn.«

Sie presste den Rücken an die Regale. »Warum sind Sie dann gegangen?«

»Um meiner Taufpatin eine Freude zu machen.« Er schob seine Brust nun frontal gegen ihre.

Durch die dürftigen Lagen ihrer Kleidung konnte sie seine Wärme spüren. »Ist das so?«

»Mmm.« Mit gesenktem Kopf drückte er ihr heiße Küsse auf den Hals.

Sie bog ihren Kopf so weit zurück, wie es ging, bevor das Bücherregal sie aufhielt. In ihrem Bauch entflammte eine feurige Leidenschaft und sie verspürte eine dringliche Begierde, die sich über ihre Glieder ausdehnte, ehe sie sich in ihrer Mitte bündelte. »Haben Sie getanzt?«

»Zweimal.«

Ein weiterer Stich der Eifersucht durchfuhr sie. »Ich bin ... überrascht.«

Leckend bewegte er seine Zunge an ihrem Kiefer entlang. »Ich bin es auch.« Er richtete sich auf und sein Mund war kaum einen Zentimeter von ihrem entfernt. »Bist du verärgert, dass ich auf den Ball gegangen bin?«

»Nein.« Ihre Antwort kam zu schnell und sie nahm den Zweifel in seinem Blick wahr.

Seine Augen verdunkelten sich, als er den Knoten der Schärpe um ihre Taille löste. Er schob das Kleidungsstück auseinander, dann zog er sein Hemd über den Kopf und ließ damit nur ihr Nachthemd zwischen ihnen. »Sei versichert, dass ich viel lieber hier bei dir gewesen wäre. Um das hier zu tun.« Er küsste sie, seine Zunge eroberte die ihre in fieberhaftem Verlangen.

Sie umschlang seine Schultern und hielt ihn fest, während ihr Körper vor Begierde bebte. Er küsste sie innig und sein Körper presste sich an ihren, sodass sie sein hartes Geschlecht fühlen konnte. Wollust flammte in ihrer Mitte auf, und sie rieb die Hüften in kreisenden Bewegungen an seinen. Er erwiderte ihre Bewegungen und stieß gegen sie.

Sie musste mehr haben.

Durch ihr Nachthemd wölbte er die Hand um ihre Brust, seine Finger fanden den Weg zu ihrer Brustwarze. Der Stoff war dünn und schien die Empfindung nur zu verstärken, als er an ihrer erregten Haut rieb. Er zog seinen Mund von ihrem zurück und verfolgte eine Spur von ihrem Hals bis zum Ansatz ihrer Brüste. Er hob ihre Brustwarze an und erwischte sie mit der Zunge, während er üppige, feuchte Kreise über den Stoff, zog, bevor er sie mit den Zähnen streifte.

Sie keuchte, als eine heftige Lust sie erfasste. Diese Empfindung war sogar noch stärker als neulich Nacht. Sie wollte ihn so sehr. Hier. Jetzt.

Er schien sie zu verstehen, während er nach dem Saum ihrer Nachthemds tastete und es bis zu ihrer Taille anhob. Er schob eine Hand zwischen ihre Beine und streichelte sie, während sie die Füße weiter auseinanderstellte, um ihre Oberschenkel zu öffnen.

Und dann war er fort. Sie wimmerte. Doch im Nu war er zurück, nachdem er den Stuhl zu ihnen herangezogen hatte. Er schob ihn an das Bücherregal zu ihrer rechten.

Er streckte die Hand nach ihrem rechten Bein aus, fasste sie hinter dem Knie und hob es an. »Stell deinen Fuß auf den Stuhl.«

Sie tat, was er verlangte und als sich seine Hand wieder zwischen ihre Oberschenkel schob, wusste sie genau, warum er das getan hatte. Diese Position öffnete sie weiter und bot ihm einen besseren Zugang. Und oh, er machte guten Gebrauch davon.

Sie umfasste seinen Nacken und packte ihn mit harscher Not, während sein Finger in sie eindrang. Er schob ihn in sie hinein, zog ihn wieder heraus und neckte sie in ihrer Erregung. Sie musste seinen Mund zurückbekommen.

Mit ihrem Griff um seinen Nacken zog sie ihn näher zu sich heran und küsste ihn. Er stöhnte in ihren Mund. Seine Finger bewegten sich schneller, und sein Daumen drückte genau auf diese empfindliche Stelle, was sie aufschreien ließ.

Er riss den Mund von ihr los. »Ich kann nicht warten.« Sein Atem ging stoßweise und war wild.

Sie zog ihn an seinem Haar. »Das sollst du auch nicht.«

Er zog die Hand aus ihr zurück, und sie spürte, wie er den Schritt seiner Hose zwischen ihnen öffnete. Noch einmal schob er ihr Nachthemd nach oben und versetzte ihren Fuß auf dem Stuhl um ein Stück, womit er sie noch weiter öffnete. Dann führte er seinen Schaft mit sachten Stößen in sie ein. Verzweifelt wollte sie ihn in sich fühlen.

Sie grub die Finger in seinen Rücken, als er mit einem

raschen, sie ausfüllenden Stoß in sie drang. Sie stöhnte und wieder küsste er sie, womit er sie in Hitze und Ekstase versetzte.

Er fing an, sich in ihr zu bewegen, aber sie fühlte sich wackelig an. Er spürte dies anscheinend, denn er hob sie an der Taille hoch. Er brach den Kuss ab. »Lege deine Beine um mich.«

Wieder folgte sie seiner Aufforderung, und abermals füllte er sie aus, wobei er dieses Mal eine Kaskade aus Lichtern hinter ihren Lidern auslöste, als sie die Augen schloss. Das Vergnügen übermannte sie und trug sie über eine Welle der Verzückung nach der anderen. Sie hielt sich an ihm fest, während er unerbittlich in ihren begierigen Körper drang.

Er stöhnte, als er ihren Mund wieder in Besitz nahm und mit der Zunge die Bewegungen seines Schafts nachahmte. Jeder Stoß sandte sie weiter auf den Höhepunkt zu, bis eine unkontrollierbare Ekstase ihren Körper durchzuckte. Er umfasste ihre Taille und grub sich tief in sie. Als er erschauderte, konnte sie seine Erlösung spüren.

Er bewegte sich weiter in ihr, doch nun etwas langsamer, wobei er sie aber immer noch erfüllte und ihr Vergnügen verlängerte. Nach einer Minute zog er sich zurück und löste die Umklammerung ihrer Beine um seine Taille. Sie hatte ihr Gleichgewicht auf ihren Füßen wiederhergestellt, ehe er sie losließ. Sie schlug die Augen auf und sah, wie er sich breitbeinig auf den Stuhl hatte fallen lassen, die Augen geschlossen, den Kopf zurückgeworfen und seine Brust sich in schnellen Stößen auf und ab bewegte, als er nach Atem rang.

Ihr Blick schweifte zu der noch immer geöffneten Tür und sie wurde von Panik ergriffen. Ihr Nachthemd hing in Falten um ihre Taille. Sie strich es glatt, zog den Morgenrock darüber und band die Schärpe fest darum. »Wir können so etwas nicht wieder passieren lassen.«

Er riss die Augen auf. »Warum?«

Eilig schloss sie die Tür. »Irgendjemand hätte hereinkommen können.« Ihr Blick fiel auf seinen offenen Schritt und damit auf seine erschlaffte Männlichkeit.

Er fluchte leise und machte die Knöpfe zu. »Wenn du nur nicht so verdammt begehrenswert wärest. Ich werde mir Mühe geben, mich zurückzuhalten, außer wir sind in deinem Zimmer. Oder meinem.« Er sah sie an, und noch immer waren seine Augen dunkel vor Vergnügen.

Die Lust wallte in ihr auf, doch ihre früheren Bedenken traten in den Vordergrund. »Vielleicht sollten wir es gar nicht tun. Wenn jemand es herausfinden würde. Oder Evie–«

Er sprang auf, zog sie an sich und seine Hände umspannten ihre Taille. »Das werden sie nicht. Wir werden vorsichtiger sein. Ich *werde* vorsichtiger sein.«

Es war so viel mehr als das. Dies war eine vorübergehende Liebschaft. Doch sie schien nicht in der Lage, die Worte zu sagen, die ihn abweisen würden, so sehr sie das auch tun musste.

Er liebkoste ihr Gesicht und küsste sie zärtlich. »Mach dir keine Sorgen. Es wird alles gut werden. Das verspreche ich.« Er lächelte. »Es gibt keinen Grund, warum wir uns dieses Geschenk verweigern sollten. Diese Freude.«

Plötzlich brannte ihr die Kehle. Es war ein Geschenk. Und eine Freude, die sie nie gekannt hatte. Eines Tages würde es enden – früher oder später – aber vorerst genügte es. Das musste so sein. Sie war nicht bereit, ihn gehen zu lassen.

KAPITEL VIERZEHN

»Wohin gehen wir, Papa?« Evie sah zu Bran auf, als er sie über die Straße in Richtung Hyde Park führte.

»Es ist eine Überraschung, habe ich dir gesagt.«

»Es hat den Anschein, als ob wir in den Park gehen. Aber warum?«

»Es ist eine *Überraschung*.«

Bran grinste, als sie den Park betraten, kaum imstande, seine Aufregung unter Kontrolle zu halten. Es war früh – kaum Vormittag – doch eine Handvoll Besucher flanierte bereits über die Wege. Er strebte auf die Stelle zu, wo der Knecht gemäß seiner Anweisung auf sie warten sollte. Ah, da war er.

Evie zog an seiner Hand. »Papa, du läufst viel zu schnell.«

»Ich bitte um Entschuldigung.« Als er den Knecht entdeckt hatte – und die Überraschung – hatte er seine Schritte beschleunigt.

Beim Näherkommen sog Evie die Luft ein. »Papa, das ist Miller.« Er war der Knecht. »Und das ist ein *Pferd* mit einem Kindersattel.«

Bran legte den Kopf schief. »Ich denke, du hast vielleicht Recht. Sollen wir einmal nachsehen?«

»Das ist meine Überraschung!« Sie zog ihre Hand aus seinem Griff frei und fing an zu laufen, doch beinahe sofort hielt sie wieder an. Denn sie wusste es besser, als direkt auf ein Tier zu zu rennen und verfiel deshalb in ein ruhigeres Tempo, um sich dem Pferd zu nähern.

Bran holte sie ein und hockte sich neben sie. »Das ist Artemis. Möchtest du sie kennenlernen?«

Evie nickte. Langsam ging sie weiter auf das Tier zu und hielt die Hand an die Nase des Pferdes. »Es ist schön, dich zu kennenzulernen, Artemis. Ich bin Evie. Sollen wir Freundinnen sein?« Artemis schmiegte sich an ihre Hand, und Evie kicherte. »Sie mag mich, Papa.«

»Natürlich tut sie das.« Er trat zu ihr und streichelte Artemis samtiges Maul. »Willst du sie reiten?«

»Jetzt?«

Bran lächelte. »Natürlich. Deshalb sind wir hier. Wenn ich dich nur bekanntmachen wollte, hätte ich das einfach im Stall gemacht.«

»Oh ja, Papa. Wirst du mir helfen?«

Er hob sie in seine Arme und setzte sie auf den Rücken von Artemis. Evie thronte auf dem Sattel und schwang dann ein Bein auf die andere Seite, so dass sie rittlings saß. Ihr Kleid klemmte sie sich, wie sie es zuhause immer getan hatte, unter die Beine. Besser gesagt, wie in Barbados. Irgendwann einmal musste er aufhören, so zu denken. Oder? »Jetzt geht ein paar Minuten im Schritt, um euch gegenseitig kennenzulernen. Und dann geht nichts über einen Trab.«

»Ja, Papa.« Evie nahm die Zügel in die Hand. »Komm also, Artemis.« Sie dirigierte das Pferd zu einem sanften Spaziergang.

Bran ging neben ihnen auf dem Weg.

»Oh, sie ist großartig, Papa. Danke!«

Bran schwoll das Herz. Es war zwar nicht zuhause, aber dies kam dem näher als alles andere, was er bislang gefühlt hatte.

Evie warf ihm einen Blick zu. »Ich werde zu dem Baum dort hinübertraben, in Ordnung?«

Er nickte und blieb stehen, als er beobachtete, wie sie davonritt und das Tier fachmännisch lenkte. Sie saß ausgezeichnet im Sattel.

»Sagen Sie, ist das Ihr Kind?«

Bei dieser Frage drehte Bran sich herum und der Mann kam ihm entfernt bekannt vor. »Kennen wir uns?«

Die Mundwinkel des Mannes zuckten, doch es war kein wirkliches Lächeln. »Ja, wir haben uns bei Brooks' getroffen. Ich bin Talbot. Ein Freund Ihrer Brüder.«

Das war richtig. Ein lästiger Kerl. »Ja, das ist meine Tochter.«

»Dies ist kein geeigneter Zeitpunkt, um sie im Park reiten zu lassen. Eigentlich bin ich mir nicht sicher, ob es einen geeigneten Zeitpunkt gibt. Sie ist schrecklich jung. Sollte sie überhaupt auf einem Pferd sitzen?«

Bran spannte die Muskeln an, und der Zorn stieg in ihm auf. Er konzentrierte sich auf Evie, die sich umgedreht hatte und nun wieder auf sie zuritt.

»Gütiger Himmel, reitet sie *rittlings?*«

Evie winkte ihnen zu, dann führte sie eine gekonnte Wendung aus, um zurück zum Baum zu reiten. Sie wurde ein bisschen schneller als ein leichter Trab, doch sie war so großartig, dass es ihm egal war.

»Grauenhaft!«, erklärte Talbot.

Empört drehte Bran sich um. »Haben Sie meine Tochter gerade als grauenhaft bezeichnet?«

»Nicht sie, sondern das, was sie tut. Sie wissen es vielleicht nicht besser, denn Sie waren ja mitten im Nirgendwo, für –«

Bran trat auf den Mann mit einem, so hoffte er, bedrohlichen Blick zu. »Wir waren nicht mitten im *Nirgendwo,* und ich weiß sehr gut, wie ich mein eigenes Kind aufzuziehen habe. Wenn mir der Sinn danach steht, ihr zu erlauben, an einem schönen Mittwochmorgen mit ihrem Pferd im Hyde Park zu reiten, werde ich das tun.«

Talbot machte große Augen, doch er wich nicht zurück. »Sie können so nicht mit mir sprechen.«

»Verdammt, und ob ich das kann. Sie haben schlecht über meine Tochter gesprochen. Oder besser, ihre Aktivität.« Er kniff die Augen zusammen. »Für mich ist es das Gleiche.«

»Ich habe lediglich helfen wollen.«, stotterte Talbot verblüfft.

»Sie werden daran arbeiten müssen, diese Kunstfertigkeit noch etwas zu verfeinern, würde ich sagen. Andernfalls könnten Sie jemanden beleidigen, was sich zu Ihrem eigenen Nachteil auswirken könnte.«

Nun kniff Talbot die Augen zusammen. »Bedrohen Sie mich? Seien Sie vorsichtig, damit Sie sich nicht ohne Verbündete in diesem fremden Land wiederfinden.«

»Falls Sie sich damit auf sich selbst beziehen, hatte ich sie in erster Linie nicht dazu gezählt. Jetzt ziehen Sie weiter, ehe ich noch die Geduld verliere.«

Talbot grinste. »Diese Interaktion werden Sie noch bereuen.« Er drehte sich auf dem Absatz herum und stolzierte davon.

Bran grinste ihm hinterher. »Das wage ich zu bezweifeln.«

Er kehrte zu der Stelle zurück, an der er sich gerade befunden hatte, als Evie, nun im Schritttempo auf ihn zuritt.

»Wer war das?«, fragte sie.

»Niemand von Bedeutung.« Er streckte die Hände aus und half ihr beim Absteigen. »Du bist über einen Trab hinausgegangen.«

»Es tut mir leid, ich konnte nicht anders. Sie ist so wundervoll, Papa.« Als er sie auf die Erde stellte, runzelte sie die Stirn. »Bist du aufgebracht?«

Aufgebracht? Nicht besonders, aber er war auf jeden Fall aufgeregt. »Warum sollte ich?«

Noch ehe er sich wieder aufrichten konnte, strich sie ihm über die Stirn. »Du hast diese Linien, wenn du angespannt bist. Brauchst du eine Massage?«

Auf dem Schiff hatte es mehrere Tage gegeben, an denen Hudson vom Wellengang seekrank geworden war. Er war nicht zur Durchführung der täglichen Massage imstande gewesen, was Bran, nun ja, aufgeregt hatte. Oder es hatte ihn wenigstens anfälliger gemacht, sich aufzuregen. Evie hatte dies bemerkt – sie wusste von Brans morgendlicher Massage-Routine – und hatte sich angeboten, Hudsons Stelle einzunehmen. Sie hatte nicht die Kraft, die er besaß, doch Bran fand, dass dies eigentlich egal war. Es half schon, nur jemanden zu haben, der auf bestimmte Punkte, wie seine Schultern, die Ellbogen und Handgelenke drückte.

Ohne eine Antwort von ihm abzuwarten, nahm sie seine Hand und fuhr mit den Fingerspitzen über sein Handgelenk, das sie kniff und drückte. Er richtete sein Rückgrat auf und zwang die Anspannung mit seiner Willenskraft aus seinem Körper, während sie arbeitete.

Sie bewegte sich bis zu seinem Ellenbogen empor und wiederholte die Behandlung. »Ich reiche nicht bis an deine Schultern.«

»Das ist in Ordnung.« Er bot ihr seinen anderen Arm an.

»Ja, alles wird wieder gut werden, Papa.«

Er sah auf sie herab und fragte sich, ob alle Kinder so intuitiv waren, wie sie. »Ich hoffe es. Bist du glücklich hier, Evie?«

»Ich glaube schon. An den meisten Tagen. Heute ist ein sehr guter Tag.« Sie blickte zu Artemis hinüber, die wieder in der Obhut des Knechts war. »Ich habe Becky und Jo. Durch sie sind die Dinge für mich besser. Sie presste die Lippen aufeinander, als sie seinen Arm bis zum Ellenbogen hinauf massierte. »Hast du jemanden, der die Dinge besser macht?«

Brans Herz zog sich zusammen. Sie sollte sich über sein Glück keine Sorgen machen. Das war allein seine Aufgabe. »Ich habe dich.«

»Ich weiß. Wir werden uns immer gegenseitig haben. Das sagst du mir die ganze Zeit.«

Das tat er. »Und es ist in Ordnung für mich.«

»Eines Tages werde ich heiraten und in meinem eigenen Haus leben«, erklärte sie. »Wen wirst du dann haben?«

Er ging wieder in die Hocke und sie ließ seinen Ellenbogen los. »Evie, mein allerliebstes Mädchen, das ist von jetzt an eine sehr lange Zeit. Ich möchte nicht, dass du dich um mich sorgst. Ich habe alles, was ich haben will. Alles, was ich *brauche*. Gleich hier, durch dich.« Mit dem Zeigefinger tippte er an ihre Nasenspitze und lächelte.

Der Blick aus ihren Augen – die ihn so sehr an das Meer um Barbados erinnerten – wurde ein wenig schmaler. »Ich werde mich trotzdem um dich kümmern. Irgendjemand muss es ja tun.«

Er lachte über den Ernst in ihrem Tonfall. »Ich werde der glücklichste Mann auf Erden sein.« Abermals schwang er sie in seine Arme, hob sie hoch über den Kopf und brachte sie zum Quietschen. »Willst du Artemis zurück zu den Ställen reiten? Nur im Schritt.«

»Ja, bitte!«

Er setzte sie erneut in den Sattel und der Knecht führte sie aus dem Park. Bran ging neben ihr her, sein Verstand von ihren Worten aufgewühlt.

Eines Tages werde ich heiraten und in meinem eigenen Haus leben. Wen wirst du dann haben?

Sofort dachte er an Jo. Die letzte Woche war unbeschreiblich gewesen und in Wahrheit waren es die besten Tage gewesen, die er seit seiner Ankunft in London erlebt hatte. Erst heute Morgen hatte Hudson bemerkt, ihn noch nie so entspannt gesehen zu haben. Die Zeit, die sie auf ihre tägliche Massage verwendeten, war in den letzten Tagen recht kurz geworden, stellte er fest.

Doch es gab keine Zukunft mit Jo – gemäß ihrer Worte. Er nährte die Hoffnung, sie könne sich in Bezug auf ihre Fruchtbarkeit vielleicht geirrt haben, und dass er einen Sieg erringen würde, wo ihr lausiger ehemaliger Ehemann versagt hatte.

Und wenn dem nicht so war? Er musste trotzdem noch eine Gräfin finden. Doch je mehr Zeit er mit Jo verbrachte, desto weniger war er daran interessiert, das zu tun. Zu was für einer Sorte Earl machte ihn das bloß?

Er war sich nicht sicher, einmal abgesehen davon, dass er wohl die Sorte war, die seiner Tochter erlaubte, rittlings im Hyde Park zu reiten und damit einen Aufruhr zu verursachen. Als sie den Park verließen, sah Bran sich um. Hatte noch jemand Evie reiten sehen? Wenn dem so war, waren sie dann zu dem gleichen Schluss gekommen, dass Bran ein schrecklicher Vater war?

Er fühlte eine Woge des Heimwehs in sich aufsteigen, die ihn zu übermannen drohte. Er schaute Evie an, um wieder zu sich zu kommen. Ja, sie würden einander haben. Gott sei Dank dafür.

~

Jo traf zu Lady Satterfields Teeeinladung in Begleitung ihrer Schwester ein. Die Gräfin war für die Ausrichtung gesellschaftlicher Veranstaltungen am späten Nachmittag berühmt, bei denen sie Tee und Gebäck auftragen ließ. Die Gäste kamen, um den neuesten Tratsch auszutauschen und gesehen zu werden. Seit sie in London angekommen war, hatte Jo ein paar dieser Veranstaltungen besucht und hatte Noras Einladung angenommen, sie heute zu begleiten. Sie waren die ersten Gäste, die eintrafen.

Lady Satterfield setzte ein breites Lächeln auf, als sie in den Salon traten. »Guten Tag, ihr Lieben! Ich bin so froh, dass ihr gekommen seid.« Sie umarmte Nora. »Du strahlst, wie üblich. Die Schwangerschaft steht dir ausgezeichnet.« Sie wandte sich an Jo. »Und Sie, muss ich sagen, haben etwas an sich – es ist ein fröhliches Augenzwinkern, glaube ich. Gouvernante geworden zu sein, scheint *Ihnen* zu bekommen.«

»Ja.« Oder vielleicht waren es auch die Nächte, die sie mit ihrem Arbeitgeber im Bett verbrachte. Beim Gedanken an ihr wollüstiges Verhalten tat sie sich schwer, nicht zu erröten. Und sie wagte nicht, Nora anzuschauen, die ihr wahrscheinlich ein wissendes Lächeln zuwerfen würde. Jo hatte sie neulich besucht und ihr bestätigt, dass die Affäre weiterlief.

»Erzählen Sie mir, wie sich Lord Knighton in London einlebt?«, bat Lady Satterfield. »Er scheint etwa ebenso viele gesellschaftliche Veranstaltungen zu besuchen, wie mein Stiefsohn.«

Nora stieß ein kurzes Lachen aus. »Es sind nicht ganz so wenige. Wie du weißt, hat Titus seit deinem Ball zu Beginn der Saison an keinem anderen mehr teilgenommen.«

»Er scheint an solchen Dingen nicht sehr interessiert zu sein«, erklärte Jo.

»Nun denn, dann werden wir uns einen anderen Weg überlegen müssen, ihn aus dem Haus zu locken.« Kurz hob sie die Augenbrauen und dann lächelte sie Nora an. »Da fällt mir genau das Richtige ein. Ist es nicht an der Zeit, Kendal zu überzeugen, eine weitere Dinnerparty zu veranstalten?«

»Ja, das denke ich auch.« Nora sah Jo an. »Glaubst du, Knighton würde daran teilnehmen?«

Jo war sich nicht sicher, doch sie wusste, dass er Titus mochte. »Wahrscheinlich.«

»Hervorragend«, freute Lady Satterfield sich. »Das wird so einen Spaß machen.« Der Blick der Gräfin schweifte zur Tür. »Entschuldigen Sie, es kommen Gäste an.«

Im Laufe der nächsten halben Stunde trafen mehrere Gäste ein und schlossen sich zu kleinen Gruppen zusammen, die sich im Raum verteilten. Jo saß inmitten einer Gruppe aus mehreren Frauen, darunter auch Nora, als ein weiterer Ankömmling zu ihnen stieß. Es handelte sich um Brans Mutter.

Ihr Blick traf mit Jos zusammen. »Guten Tag, Mrs. Shaw. Was für eine Überraschung, Sie hier zu treffen.«

Jo war sich nicht sicher, ob sie dies als Beleidigung meinte, doch sie entschied, es nicht als solche aufzufassen. »Guten Tag, Lady Knighton. Das ist meine Schwester, die Herzogin von Kendal.« Sie zeigte auf Nora, die in dem Sessel neben ihr saß.

»Ich freue mich, Ihre Bekanntschaft zu machen. Meine Tochter und Ihre Enkelin sind die besten Freundinnen geworden.«

»Was für ein schöner Zufall«, erklärte Lady Knighton mit einem strahlenden Lächeln. »Lady Evangeline bewältigt den Übergang in die neue Position ihres Vaters ziemlich gut, wenn sie mit der Tochter eines Herzogs befreundet ist.« Sie lachte leise, ehe sie sich auf einem Sofa niederließ, das in einem Winkel zu Jos Sessel stand.

Eine Frau aus der Gruppe richtete das Wort an die Dame, die direkt neben ihr saß. »Lord Talbot hat Lord Knighton gestern im Park getroffen, habe ich gehört.« Sie sah sich in der Runde um und ließ den Blick nur für einen Moment auf Lady Knighton verweilen.

Eine andere Dame mit dunkelbraunem Haar und einer Stupsnase trat hinter diejenige, die gerade gesprochen hatte. »Lord Knighton, sagst du? Ja, ich habe gehört, er hätte seiner Tochter gestern Morgen im Hyde Park erlaubt, *rittlings* zu reiten. Können Sie sich das vorstellen?«

Fast alle in der Gruppe – mit Ausnahme von Nora, Lady Knighton und natürlich Jo – schüttelten missbilligend die Köpfe.

Die Frau fuhr fort: »Und als Talbot – seine Gattin ist meine liebe Freundin – versuchte, ihm in dieser Angelegenheit Ratschläge zu erteilen, hatte Knighton ihn praktisch herausgefordert! Es war grauenhaft. Talbot war furchtbar beleidigt.«

Zusammen mit einigen Tönen der Missbilligung wurden daraufhin weitere vernichtende Blicke ausgetauscht.

»Nun, dies ist alles neu für ihn«, warf eine andere Frau ein. »Er braucht einfach nur eine Anleitung. Eine anständige englische Ehefrau wird ihn schon zur Räson bringen.«

Jo stahl sich einen Blick auf seine Mutter. Die Muskeln in ihrem Gesicht waren fest angespannt und sie starrte die Frau an, die gerade gesprochen hatte. Dann ließ sie ein perlendes Gelächter hören, das so gefälscht war, wie Jo es noch nie gehört hatte. »Schon immer war er Bran der Trotzkopf gewesen. Wir nannten ihn so, als er ein Junge war. Ständig brachte er sich in Schwierigkeiten und zettelte Ärger an.« Sie winkte mit der Hand ab. »Ich glaube, ihm gefällt die Aufmerksamkeit, die er erregt.«

Jo kaschierte ihr Entsetzen. Nie würde Bran mit Evie um der Aufmerksamkeit willen im Park paradieren.

Die Frau mit dem dunkelbraunen Haar, die sich zu der Gruppe gesellt hatte, blinzelte, und eine leichte Röte stieg ihr in die Wangen, als sie Lady Knighton ansah. »Sind Sie die Mutter des Earls?«

Zur Antwort setzte Lady Knighton ein überlegenes Lächeln auf. »Das bin ich.«

Die roten Flecken auf den Wangen der Frau färbten sich noch intensiver. »Ich entschuldige mich. Ich wollte nicht beleidigend sein.«

Alle Augen waren starr auf Lady Knighton gerichtet. »Natürlich haben Sie das nicht gewollt.«

Die Luft war derart spannungsgeladen, dass sie praktisch sichtbar war. Jo warf Nora einen vielsagenden Blick zu, die sich zu sagen beeilte: »Ich habe gehört, wie man ihn als den trotzigen Herzog bezeichnete. Ist das nicht das umwerfend?«

Die erste Frau – diejenige, welche die Begegnung zwischen Talbot und Bran im Park erwähnt hatte – klatschte aufgeregt in die Hände. »Oh, er hat einen Spitznamen! Wie Ihr Mann.«

Nora spannte den Kiefer an. »Ja, wie mein Mann.« Sie warf Jo einen entschuldigenden Blick zu und erkannte zu spät, dass das vielleicht nicht die richtigen Worte gewesen waren.

Eine der anderen Frauen nickte. »Der trotzige Herzog ... Das *klingt* schneidig. Und vielleicht ein bisschen gefährlich.«

»Es gibt bereits einen gefährlichen Herzog«, warf eine andere ein. Sie drehte sich zu Brans Mutter. »Ich bin Lady Wolcott. Meine jüngere Schwester ist auf dem Heiratsmarkt. Wird Knighton zu den Almacks gehen?«

»Irgendwann wird er das wohl tun, da bin ich mir sicher. Seit seiner Rückkehr nach England ist die Suche nach einer Gräfin eine seiner Prioritäten. Wie Sie sich vorstellen können, ist er ziemlich damit beschäftigt gewesen, sich an seinen neuen Titel zu gewöhnen.« Lady Knighton reckte den Hals und schien sich unter den plötzlich kriecherischen Blicken der übrigen Frauen zu brüsten.

Jo lehnte sich zu Nora, um ihr ins Ohr zu flüstern. »Was

hat ein verfügbarer Unberührbarer an sich, was wohlerzogene Frauen in Geier verwandelt?«

Nora hob die Hand an den Mund, um ein Lächeln zu verbergen. »Ich weiß es nicht, aber das ist immer so.«

»Wie wundervoll es doch ist, zu erfahren, dass er eine Frau sucht«, erklärte eine der älteren Frauen in der Gruppe. »Ich habe zwei Töchter, und eine davon ist Witwe. Sie könnte ihn – und seine Tochter – in kürzester Zeit verwandeln.«

Er brauchte keine Verwandlung! Verärgerung brannte in Jos Kehle, als sie sich bemühte, ihren Mund geschlossen zu halten.

Lady Knighton nickte und ihre Gesichtszüge waren heiter, doch ihr Blick kühl. »Ja, wen auch immer er zur Frau nimmt, wird sofort Mutter sein, wenn sie es nicht schon ist. Meine Enkelin ist reizend, aber sie braucht eine weibliche Hand.«

Sie *hat* eine weibliche Hand – Jo's.

Jo konnte das Ganze keinen weiteren Moment mehr aushalten. Sie sprang auf die Füße und verließ die Gruppe. Nora kam ihr dicht auf den Fersen hinterher, und sie zogen sich von lauschenden Ohren zu den Fenstern zurück. Dennoch sprach Nora mit leiser Stimme.

»Wirst du mit ihm darüber reden, Evie zu erlauben, rittlings im Park zu reiten? Das kann er nicht tun.«

»Ja.« Doch sie ahnte bereits, dass ihm das egal sein würde. Wenn er schon keine Schwierigkeiten damit hatte, seine Kleidung vor einer Frau abzulegen, die er kaum kannte, so wie er es bei Jo während ihres zweiten Treffens getan hatte, gab er wahrscheinlich keinen Pfifferling darauf, was irgendjemand davon hielt, dass Evie so ritt, wie sie wollte.

Doch was würde er allerdings von dem Tratsch halten? Vor allem, wenn er seine Tochter betraf? Und was für eine

Meinung hätte er dazu, dass seine Mutter noch Öl in das Feuer goss?

»Ich habe die Sache nicht besser gemacht«, bemerkte Nora, als würde sie ihre Gedanken lesen. »Ich habe lediglich versucht, ihn in ein freundlicheres Licht zu rücken.«

»Das ist mir bewusst und ich verstehe es.« Sie hoffte nur, dass Bran das auch tun würde. Sie erwog, überhaupt nichts zu sagen, doch sie wollte nicht, dass er die Gerüchte von jemand anderem erfuhr, obwohl sie keine Vorstellung hatte, wer das sein könnte.

Nora zog weiter, um sich mit einem anderen Gast zu unterhalten, und überließ Jo ihren Betrachtungen des anderen Teils der Unterhaltung – als die Frauen über seine Aussichten zu heiraten debattiert hatten. Vor Übelkeit beim Gedanken daran, dass er eine Frau nahm und diese Frau Evies Mutter würde, krampfte sich ihr Magen zusammen.

Sie wollte diese Dinge.

Ja, *sie* wollte ihn. Es war zu schade, dass sie ihn nicht haben konnte.

KAPITEL FÜNFZEHN

Bran überwachte das Aufhängen der gerahmten Trockenblumen überall im Haus. Sie waren gestern geliefert worden, und er war begeistert, sie an den Wänden zu sehen. Evie hatte entschieden, wo jede einzelne hängen sollte, einschließlich der vier, die nun ein Viereck bildeten, wo das Porträt seiner Mutter im Wohnzimmer gehangen hatte.

Der Gedanke an sie dämpfte seine Stimmung, aber da er jeden Moment mit ihrem Eintreffen rechnete, war es vorbestimmt, dass das passieren würde.

Gestern hatte Jo an einer Einladung zum Tee bei Lady Satterfield teilgenommen. Die Leute hatten über Evies Reitweise im Park getratscht, was ihn sehr wütend gemacht hatte, und dann hatte seine Mutter obendrein Kommentare darüber beigesteuert, wie schwierig er als Kind gewesen war.

Jo hatte geschwankt, ob sie es ihm sagen sollte – sie wollte ihn nicht aufregen. Er war froh, dass sie sich dennoch dazu durchgerungen hatte, doch möglicherweise wäre es besser gewesen, er hätte nichts davon gewusst. Seitdem war er ein angespanntes Nervenbündel. Hudson hatte ihn viele

Male massiert und gestern Abend hatte Bran das Abendessen vollkommen nackt in seinem Zimmer eingenommen. Vor einem Feuer, weil es in England verflucht kalt war, sogar im April.

Später war er zu Jo in ihr Zimmer gegangen, und sie hatte ihn gründlich aufgewärmt.

Nachdem er heute Morgen aufgewacht war, hatte er seiner Mutter eine Nachricht zukommen lassen, mit der er sie zu einem Besuch heute Nachmittag bat. Er hatte die Absicht, sie aufzufordern, den Mund zu halten, wenn es um seine Person ging. Und wenn sie es nicht tat, nun, er hatte keinerlei Gewissensbisse, sie aus seinem – und Evies – Leben zu verbannen.

Ein paar Minuten später hörte er die Tür und wusste, dass sie angekommen war. Bucket führte sie in den Salon.

»Knighton«, begrüßte sie ihn, »Ich habe mich sehr über deine Einladung gefreut.« Ihr Blick fiel auf die frisch aufgehängten Blumen. »Sie sind zauberhaft.« Sie trat näher an die Rahmen heran, um sie genauer zu betrachten. »Sind sie von deiner Insel?«

»Barbados, ja.«

»Exquisit. Hast du auch irgendwelche Pflanzen mitgebracht?«

Das hatte er nicht, doch als er heute all die Blumen betrachtete, war ihm der Gedanke gekommen, dass er es hätte tun sollen. »Nein.«

»Jammerschade. Es gibt einen wunderbaren Wintergarten auf Knight′s Hall, wenn du dich erinnerst. Und eigentlich wächst nichts darin.«

Verdammt, das hatte er völlig vergessen. Er hatte sich die größte Mühe gegeben, um viele seiner Erinnerungen auszublenden.

»Vielleicht könntest du einige herschicken lassen.«

Er sah sie unverwandt an, und war leicht schockiert,

denn sie hatte einen Vorschlag gemacht, der ihm tatsächlich *gefiel.*

Sie drehte sich von der Wand weg und schlenderte auf ihn zu. »Ich habe dir etwas mitgebracht.« Sie zog einen Umschlag aus ihrem Retikül. »Es ist ein Brief deines Vaters. Ich wünsche mir, dass du in liest.«

Jetzt? Er nahm ihn ihr aus der Hand. »Ich werde ihn später lesen.«

Sie nahm in einem Sessel Platz und sah ihn erwartungsvoll an. »Ich möchte gern, dass du ihn jetzt liest.«

»Wenn es so verdammt wichtig ist, warum hast du solange gewartet, ihn mir zu geben? Warum erhalte ich ihn erst jetzt, wenn er vor über einem Jahr verstorben ist?«

»Weil dein Vater mich gebeten hat, ihn für dich aufzubewahren und ihn dir zu geben, nachdem du angekommen bist. Er war zu wichtig, um zu riskieren, dass er verloren ginge.« Sie wandte den Blick von ihm ab. »Als ich dich das erste Mal besucht habe, hatte ich ihn nicht mitbringen wollen. Ich war mir nicht sicher gewesen, was mich erwartete.«

»Willst du damit sagen, dass du dich *entscheiden* musstest, ob du ihn mir geben solltest.«

Ihre Wangen liefen rot an, und sie funkelte ihn mit diesem wohlbekannten eisigen Blick an. »Lies ihn einfach.«

Sein Verstand trug eine Schlacht gegen sich selbst aus. Die Neugier auf den Inhalt kämpfte gegen seine Abneigung, vor ihrem Willen zu kapitulieren. Schließlich gewann seine Neugier. Er trat an die Fenster und wandte ihr den Rücken zu.

Als er den Brief öffnete, erkannte er die Handschrift seiner Mutter, nicht die seines Vaters. Er wandte den Kopf, um sie anzuschauen. »Das hast du geschrieben!«

»Er hat es mir diktiert. Er fühlte sich nicht wohl genug, um zu schreiben.«

Sie wusste also schon, was darin stand. Deshalb war es vielleicht ihr Wunsch, dass er den Brief vor ihr las. Er begann zu lesen.

Knighton,

Das wird Dein Name sein, wenn Du dies liest. Jetzt bist du Earl, und mit diesem Titel sind eine große Ehre und Verantwortung verbunden. Ich habe keinen Zweifel, dass Du sowohl diese Eigenschaften als auch viele weitere besitzt, die sicherstellen werden, dass Du die Familie mit der höchsten Integrität weiterführen wirst.

Ich muss mich für so viele Dinge entschuldigen, aber vor allem für mein Verhalten Dir gegenüber. Ich habe Deine Fähigkeiten in jungen Jahren abgetan. Du warst so trotzig, so problematisch. Ich wusste wirklich nicht, wie Du Dich zu einem Erwachsenen entwickeln würdest, also habe ich Dich, glaube ich, einfach aufgegeben. Du warst auch der dritte Sohn, was nie eine beneidenswerte Position ist. Im Nachhinein betrachtet, waren Deine Brüder grausam – und sogar Deine Mutter, auch wenn es ihr nicht gefällt, dass ich das sage … und ich musste ihr drohen, um sie dazu zu bringen, diese Worte zu schreiben.

Ich sehe, was Du in Barbados getan hast, das Vermögen, das du erwirtschaftet hast, das Leben, das du geschaffen hast. Du besitzt weit mehr Kraft und Intelligenz als deine Brüder. Ich war natürlich traurig, als sie starben, aber ich bin nicht traurig, dass Du nun Earl sein wirst. Ich kann mir keinen besseren Menschen in dieser Rolle vorstellen, der seine Pflicht erfüllt und unser Vermächtnis für kommende Generationen bewahrt.

Ich liebe dich, Sohn. Leb wohl.
Vater

Bran las das Schreiben ein zweites Mal und starrte dann

auf die Worte, bis sie vor seinen Augen verschwammen. Schnell blinkend, faltete er den Briefbogen wieder zusammen und drehte sich zu seiner Mutter. »Dass du mir das gegeben hast, überrascht mich.«

Sie versteifte sich. »Ich habe ihm versprochen, dass ich es tun werde. Ich bin eine pflichtbewusste Ehefrau.«

Da war wieder dieses Wort – Pflicht. Zum ersten Mal fühlte Bran mehr als eine nagende Verantwortung. Vielleicht war es ihm bestimmt, Earl zu sein. Und wenn dem nicht so war, wäre es egal. Er *war* der Earl.

Sein Vater hatte Recht, dass er sich auf Barbados ein großartiges Leben aufgebaut hatte, und er hatte es aus dem Nichts geschaffen. Nun, da er Earl war, hatte er bereits begonnen, über die Dinge nachzudenken, die er *für* Barbados tun konnte, wie beispielsweise an der Befreiung der Sklaven zu arbeiten. Die Rebellion war beängstigend gewesen, die im vergangenen Jahr ausgebrochen war, und sie hatte Bran veranlasst, sich gegen die Sklaverei einzusetzen. Noch war er in der Minderheit, aber möglicherweise könnte er seine Posi-tion nutzen, um daran etwas zu ändern.

»Du bist ziemlich still«, bemerkte seine Mutter und riss ihn aus seiner Träumerei. »Aber du hast ja auch einen Hang zur Verdrossenheit.«

»In deiner Gegenwart habe ich gelernt, meine Zunge im Zaum zu halten. Entweder das oder ich hatte die Folgen zu erleiden. Er ging ein paar Schritte auf den Platz zu, wo sie sich niedergelassen hatte. »Ich bin immer noch überrascht, dass du mir das gegeben hast. Oder es zumindest nicht abge-ändert hast.«

Wieder flammte die Kälte in ihren Augen auf. »Pflichter-füllung ist das Allerwichtigste. Was wäre der Sinn ohne sie oder unser Wert? Wir hätten als alles Mögliche geboren werden können – als glücklose Bettler auf der Straße – doch das sind wir nicht. *Du* bist es nicht.« Sie sprach streng, ihre

Stimme hallte durch den Raum. »Du wirst der Earl sein, und du wirst großartig sein.«

Es war nicht gerade eine flammende Rede im Vergleich zur Befürwortung seines Vaters, aber es war mit ziemlicher Sicherheit das Beste, was sie fertigbrachte. »Ich *bin* der Earl, ob es nun großartig ist oder nicht.«

Sie blinzelte ihn an und wirkte ein wenig überrascht. »Gut. Das bedeutet hoffentlich, dass du dir das Haar stutzen lässt und mehr Einladungen annimmst. Du *musst* mehr ausgehen. Gestern habe ich von vielen Damen mit heiratsfähigen Töchtern erfahren. Es ist an der Zeit, dass du dich nach einer Gräfin umsiehst.«

Jo kam ihm in den Sinn, doch nur, damit dieser Gedanken sogleich von den Worten seines Vaters übertrumpft wurde: *Ich kann mir keinen besseren Menschen in dieser Rolle vorstellen, der seine Pflicht erfüllt und unser Vermächtnis für kommende Generationen bewahrt.* Wenn sie ihm keinen Erben schenken konnte, wie sollte er dann das Vermächtnis seiner Familie sichern? Seine Muskeln spannten sich an, und seine Kleider wurden ihm eng.

»Wenn du ausgehst, musst du dich angemessen verhalten, und auch Lady Evangeline. Du kannst ihr nicht mehr erlauben, rittlings auf einem Pferd sitzend durch den *Park* zu galoppieren.« Sie schürzte die Lippen und die Nase rümpfend zog sie eine Miene, als hätte sie faulen Fisch gerochen.

Fast hätte er vergessen, warum er sie überhaupt hierher eingeladen hatte. »Ich *muss* gar nichts tun. Wie du so treffend betont hast, bin ich der Earl. Ich kann tun, was mir verdammt nochmal passt.«

Sie stand auf und starrte ihn mit dem eisigen Blick nieder, an den er sich so gut erinnerte. »Du warst schon immer trotzig. Dass du dich änderst, ist vermutlich zu viel erwartet, nehme ich an. Du hast dir deinen Spitznamen verdient, würde ich sagen.«

Sein Hals juckte. »Welchen Spitznamen?« Er erinnerte sich an die lächerlichen Namen, von denen Kendal und seine Freunde ihm erzählt hatten.

»Der trotzige Herzog. Anscheinend ist es eine Art Konvention zur Beschreibung begehrter Junggesellen.« Sie winkte mit der Hand. »Es ist Unfug, aber in diesem Fall trifft es ins Schwarze.«

Wer zum Teufel hatte angefangen, ihn so zu nennen? »Hast du diesen Namen erfunden?«

Sie schien empört. »Natürlich nicht. Zum ersten Mal habe ich ihn gehört, als die Schwester deiner Gouvernante ihn benutzte, doch gegen Ende der gestrigen Teeeinladung hatte ich ihn von mehreren Leuten vernommen.« Sie trat einen Schritt auf ihn zu. »Du verstehst also, dass du in Erscheinung treten *musst*. Deine Abwesenheit rührt Gerüchte auf.«

»Nein, *du* fängst die Gerüchte an. J – Mrs. Shaw berichtete, dass du allen erzählt hast, was für ein schwieriges Kind ich gewesen sei. Das *hilft* mir nicht gerade.«

»Ich habe versucht, dein rüdes Verhalten im Park zu erklären. Mach mich nicht für deine Fehler verantwortlich.«

Eine Unterhaltung mit ihr kam in etwa dem Versuch gleich, in einem Hurrikan zu segeln. Man könnte es darauf ankommen lassen, aber der Verschleiß wäre viel schlimmer – selbst wenn man es schaffen würde. »Geh hinaus.«

Sie öffnete den Mund, doch er kam ihr zuvor. »Jetzt. Bevor ich Bucket bitte, dich zu eskortieren.« Seine Lippe wölbte sich, und zum ersten Mal wich sie zurück.

Erneut schürzte sie die Lippen, drehte sich herum und stolzierte hinaus.

Seine Wut und Frustration und ein tiefsitzender Groll kochten an die Oberfläche. Er schleuderte den Brief auf das Sofa und fing an, sich die Kleider vom Leib zu reißen. Nach und nach landete ein Stück nach dem anderen in einem

Haufen auf dem Boden, bis er in seiner Unterwäsche dastand. Er schaffte es gerade noch aufzuhören, bevor er sich vollständig entkleidet hätte.

»Bran?«

Jos vertraute Stimme durchdrang den Nebel der Orientierungslosigkeit und der verweilenden Wut. Er wirbelte zu ihr herum und verringerte den Abstand zwischen ihnen, ehe er sie in das Zimmer zog und dann die Tür zuschlug.

»Wie hat mich deine Schwester gestern genannt?«

Sie erbleichte. »Den trotzigen Herzog.«

»*Warum?*« Es war eine Frage, doch er presste sie wie eine Forderung durch seine zusammengebissenen Zähne.

»Sie versuchte, die Situation zu entschärfen. Die Leute hatten über Evies Reitweise im Park und deine Unhöflichkeit gegenüber Talbot geklatscht. Dann hat sich deine Mutter eingemischt und allen erzählt, wie trotzig du schon immer gewesen bist. Wie du dir vorstellen kannst, hat das die Sache wirklich nicht verbessert. Nora wollte nur erreichen, dass du großartig klingst und ... begehrenswert?«

Über dieses absurde Fortschreiten hätte er vielleicht gelacht, wenn es nicht um ihn gegangen wäre. Wenn es nicht um die Sache gegangen wäre, die genannt zu werden er so hasste. Weil es stimmte, und er machtlos war, es zu stoppen.

»Ja, ich war schwierig und *trotzig.* Hast du eine Ahnung, wie angestrengt ich versucht habe, das nicht zu sein? Wie wertlos ich mich gefühlt habe, weil ich mich offenbar nicht beherrschen konnte? Alle meine Probleme lagen außerhalb meiner Kontrolle. Ich wollte ein guter, pflichtbewusster Sohn sein, aber ich konnte es einfach nicht.«

Sie sah ihn mit großen Augen an, als sie ihm zuhörte. Dann schweifte ihr Blick über ihn. »Du bist praktisch nackt.«

Er sagte nichts, sondern sah sie nur mit einem glühenden Blick an. Doch sie wich nicht zurück. Stattdessen trat sie auf ihn zu. »Was kann ich tun?«

Es war sonderbar, dass er sich normalerweise nicht gerne berühren ließ, und Hudsons tägliche Massage dennoch dafür sorgte, sich nicht zu überwältigt zu fühlen. Allerdings gefiel es ihm, von Jo berührt zu werden. »Komm her.« Er streckte eine Hand nach ihr aus. »Durch eine Massage fühle ich mich wohler.«

Sie nahm seine Hand zwischen ihre. »Wie mache ich das?«

»Indem du ein bisschen Druck ausübst. So.« Er machte die Bewegung an ihrer Hand vor. »Aber ein bisschen fester, wenn du kannst.«

Sie begann an seinen Fingern und arbeitete sich an seiner Hand bis zum Handgelenk vor.

»Drücke hier.« Er zeigte ihr die Stelle an der Unterseite, und sie folgte seiner Anweisung. »Jetzt bis zum Ellenbogen. Und drücke hier.« Er zeigte ihr auch diese Stelle. Sie arbeitete langsam und methodisch. »Die Schulter. Es ist besser, wenn ich sitze.«

Er ging zum Sofa und setzte sich. »Komm und stell dich hierher.« Er bedeutete ihr, sich zwischen seine Beine zu stellen. »Leg deine Handflächen auf meine Schultern und drücke sie nach unten, dann arbeitest du mit den Fingern so fest wie möglich.«

Sie übte Druck auf ihn aus. »Etwa so?« Er nickte, und sie tat es noch einige Male, bevor sie ihre Finger in seine Muskeln grub. Sie massierte ihn für einige Minuten. Er schloss die Augen und tauchte in die beruhigenden Empfindungen ein.

Allmählich wurde ihm bewusst, dass sein Geschlecht steinhart war. Etwa im selben Moment vernahm er ein Klicken. Er schlug die Augen auf und sah sie von der Tür zurückkommen. Sie hatte sie zugesperrt.

Wieder schloss er die Augen mit dem Wunsch, sich einmal mehr in ihrer Berührung zu verlieren. Sie massierte seinen anderen Ellenbogen, dann das Handgelenk und schloss die Behandlung mit der Massage seiner Hand ab. Dann konnte er ihre Lippen an seinem Ohr fühlen und ihre Zunge, die an der Außenkante eine Spur bis zum Ohrläppchen zog, wo sie an seiner Haut saugte.

Scharf sog er die Luft ein. Mit ihrem Mund setzte sie ihren Weg an seiner Kehle entlang fort, bis hinunter zu seinem Schlüsselbein. Er spürte ihre Hand, die über seinen Oberschenkel strich. Dann liebkostete sie seinen Schaft durch seine Unterwäsche hindurch mit ihren Fingern. Drängelnd schob er sich nach vorn, auf der Suche nach mehr von ihrer Berührung.

Sie zupfte an seinem Taillenbund und er hob sich ein wenig an, damit sie seine Unterwäsche bis zu den Hüften herabziehen und sie dann ganz ausziehen konnte. Als er die Augen öffnete, sah er, dass sie ihre Röcke hob. Mit einer Hand stieß sie ihn auf das Sofa zurück. Sie platzierte ein Knie neben seinen Oberschenkel und schwang das andere Bein über ihn auf die gegenüberliegende Seite.

Sie hielt seinen Blick, während sie die Hand zwischen sie drängte und seinen Schaft streichelte, indem sie die Haut darüber schob – auf und ab und wieder zurück. Die Wollust ballte sich in seinem Bauch, seinen Hoden, überall. Auf der Suche nach mehr bäumte er sich ihrer Hand entgegen.

Sie senkte sich über ihn herab und seine Spitze suchte ihre feuchte Hitze. Quälend langsam dirigierte sie ihn in ihr Inneres. Ungeduldig stieß er nach oben und drang tief in sie ein.

Sie sog die Luft ein, klammerte sich an seine Schultern und übte genauso viel Druck aus, wie er vor wenigen Augenblicken. Doch dies hier war so viel besser.

Sie wackelte mit dem Hinterteil und ließ sich damit auf ihm nieder, wobei sie ihn so tief in sich aufnahm, wie sie nur konnte. Als sie anfing, sich zu bewegen, legte sie die Lippen mit einem sengenden Kuss auf die seinen. Er fasste sie fest an ihren Hüften und half ihr, sich auf und ab zu bewegen … seinen begierigen Schaft zu umhüllen und wieder freizugeben.

Sie grub die Finger in seine Schultern und riss den Mund von ihm los. »Lass mich.« Sie löste seine Hände von ihr und hob sie neben seine Schultern. Während sie ihm tief in die Augen sah, hob sie sich fast vollständig von ihm ab, ehe sie sich abermals über ihm herabsinken ließ. Dieses Manöver wiederholte sie mehrere Male und dabei erhöhte sie ihr Tempo schrittweise.

Er fürchtete, vor Vorfreude zu sterben. Die Lust, die sich immer mehr in ihm aufbaute, war eine segensreiche Folter. Wieder und wieder brachte sie ihn an den Rand des Höhepunkts, ehe sie ihn von der Erlösung zurückkriss.

Dann veränderte sich etwas und sie keuchte. Noch immer hielt sie ihren Blick mit seinem verschlungen, obwohl ihre Augen schmaler wurden. Sie fing an, sich rascher zu bewegen, und ihre Oberschenkel schlugen gegen seine, während sie ihn schnell und heftig ritt.

Er hob sich vom Sofa und drang mit wilder Hingabe in sie ein. Sie hielt seine Hände umfangen, und das war ein unbeschreiblich erotisches Gefühl. Er spürte das Zusammenziehen ihrer Muskeln, als ihr Orgasmus sie überkam. Sie ließ ihn los, umschlang seinen Nacken und hielt ihn mit ihren Händen und ihrem Geschlecht fest im Griff.

Das Blut pochte in seinem Schaft, und sein eigener Orgasmus überkam ihn mit blendend weißer Helligkeit. Wieder packte er ihre Taille und hielt sie fest, während er tief in sie stieß und sein Sperma freigab.

Sie brach über ihm zusammen, ihr Atem ging stoßweise und das war überaus sinnlich. Er konnte kaum glauben, was sie dort gerade getan hatte. Nie hatte sie das Kommando in all den Nächten übernommen, in denen sie miteinander geschlafen hatten. Es gefiel ihm.

Er liebkoste ihren Kiefer und als er sie küsste, bewegten sich seine Lippen zärtlich auf ihren. Sie erwiderte seinen Kuss und neckte ihn mit ihrer Zunge, ehe sie ihre Röcke raffte und sich von ihm herabschob. Er sah ihr zu, wie sie sich zwischen den Beinen mit ihrem Unterrock abwischte und dann die Röcke fallen ließ. Mit Ausnahme ihrer rosigen Wangen und dem immer noch beschleunigten Herzschlag erweckte sie nicht den Eindruck, als hätte sie ihn gerade verführt.

Er hingegen war nackt ausgestreckt und wahrscheinlich sah er so aus, als wäre er wirklich gut und gründlich geliebt worden. Er konnte nicht anders und musste lächeln.

Sie sammelte seine Unterwäsche auf und übergab sie ihm. »Du wirst dich vielleicht ankleiden wollen.« Sie hob den Brief auf, der inmitten ihrer körperlichen Handlungen zu Boden gefallen war. »Was ist das?«

Er zog seine Unterwäsche an. »Es ist ein Brief meines Vaters. Du kannst ihn gern lesen.«

Fragend hob sie eine Augenbraue, ehe sie das Pergament auseinanderfaltete und das Schreiben überflog.

Als er seine Hose fand, zog er sie an, während sie las. Er suchte seine restlichen Kleider zusammen, doch er türmte sie bloß auf dem Sofa auf.

Sie sah vom Brief auf. »Er hört sich wie ein stolzer Vater an.«

»Das war er nicht immer. Obwohl er nicht so war, wie meine Mutter oder meine Brüder, hat er ihren Grausamkeiten keinen Riegel vorgeschoben. Ich habe seine Komplizenschaft nie verstanden, aber andererseits habe ich auch nie verstanden, warum sie alle mich so verachtet haben.«

»Dein Vater hat dich nicht verachtet.«

»Nein, er hat mich aufgegeben. Und eigentlich ist das

noch schlimmer.« Er musterte ihr Gesicht und fürchtete, sie könnte ihn bemitleiden. Das wollte er nicht. »Trotzdem bin ich froh, dass er dies geschrieben hat.«

Sie nickte einmal. »Es muss befriedigend sein, zu erfahren, dass er so viel Vertrauen in dich setzte.«

»Ja. Und überraschenderweise auch ein bisschen inspirierend.« Er kratzte sich am Kinn und fühlte den leichten Anflug seiner Bartstoppeln. »Ich habe bedauert, hierherkommen zu müssen, um die Stelle des Earls einzunehmen. Nie hätte ich das erwartet und so sicher wie die Hölle auch nie gewollt. Der Tod meiner Brüder, der mich zu meiner Rückkehr gezwungen hat, fühlte sich wie ihre letzte Verspottung an, als hätten sie das Ganze in Szene gesetzt, nur um mich noch aus dem Grab heraus zu quälen.«

»Das haben sie natürlich nicht getan, aber wenn es so gewesen wäre, glaubst du, dass sie mit deinem Scheitern gerechnet hätten?«

»Ganz sicher. Doch ihnen zum Trotz habe ich entschieden, erfolgreich zu sein. Plötzlich bin ich ziemlich eifrig, finde ich. Es fühlt sich … gut an.«

Sie gab ihm den Brief zurück. »Das freut mich. Nun, ich muss wieder nach oben gehen.«

Während ihrer Unterhaltung hatte sich die Energie im Zimmer verändert. Die willkommene Mattigkeit, die sich nach ihrer sexuellen Erlösung wie ein Nebel über sie gelegt hatte, war viel zu schnell verschwunden. Doch andererseits war dies wohl zu erwarten, vermutete er, da es mitten am Nachmittag war und sie sich im Salon befanden.

Sie schritt zur Tür.

»Jo.«

Die Hand auf der Klinke drehte sie sich herum.

»Danke.«

»Gern geschehen.« Ihr Blick war rätselhaft, als sie die Tür

öffnete, das Zimmer verließ und sie wieder hinter sich schloss.

Nachdenklich runzelte er die Stirn und dachte, dass er sich eigentlich vollkommen entspannt fühlen sollte. Stattdessen hatte sich ein Körnchen Unzufriedenheit in sein Gehirn gegraben und beunruhigte ihn. Er sah auf den Brief in seiner Hand herab und vernahm dieses Wort – Pflicht – wie ein erbarmungsloses Geläut.

Seine Pflicht zu erfüllen, könnte eine Zukunft ohne Jo bedeuten. Er war nicht sicher, ob er dies auch nur erwägen wollte, doch als Earl, gestand er ein, müsste er das vielleicht tun.

KAPITEL SECHZEHN

Noch einmal zählte Jo die Tage, überzeugt, einen Fehler gemacht zu haben. Als sie zu dem gleichen Ergebnis kam, versuchte sie es ein drittes Mal, und ein viertes. Ihre Menstruation war nie so spät. Vielleicht einen Tag oder zwei, aber dies waren inzwischen mehrere Tage. Beinahe eine Woche.

Ihr Blick war ins Nichts gerichtet, während ihr Verstand versuchte, eine Erklärung zu finden. Immer wieder hatte Nora ihr gesagt, dass sie möglicherweise gar nicht unfruchtbar sei, aber Matthias hatte sie so vollkommen davon überzeugt. Wenn sie schwanger wäre ...

Die Freude explodierte in ihrer Brust und zwang ihr ein ersticktes Geräusch ab, das teilweise ein Schluchzen und andererseits ein Ausruf zu sein schien. Sie schlug die Hand vor den Mund und teilte die Lippen zu einem breiten Lächeln.

Vor ein paar Tagen hatte sie den Brief von Brans Vater gelesen und seitdem hatte sich ein Gefühl der Angst in ihr eingenistet. Ihre gemeinsame Zeit war nur vorübergehend, das war ihr bewusst, aber sie hatte keine Ahnung, wann der Traum zu Ende sein würde.

Und es war ein Traum. Es gab Tage mit Evie und oft auch Bran, an denen sie das Gefühl hatte, eine Familie zu sein. Nächte mit Bran, in denen sie sich mehr geschätzt fühlte, als sie sich je vorgestellt hatte. Zum ersten Mal war ihr Leben erfüllt und sie fürchtete sich davor, dass es zu einem Nichts verlöschen könnte.

Und jetzt hatte sie Hoffnung. Ihr erster Gedanke war, jemandem davon zu erzählen – natürlich Nora – doch plötzlich hatte sie Angst. Was wäre, wenn es nichts wäre? Was wäre, wenn es kein Kind gäbe und ihr Körper sich einfach einen grausamen Scherz mit ihr erlaubte?

Sicherlich wäre das Schicksal nicht so unfreundlich zu ihr. Hatte sie nicht etwas Glück verdient?

Ihr Blick verweilte auf der Uhr, die auf dem Kaminsims in ihrem Zimmer stand. Oh, liebe Güte, sie käme zu spät nach oben. Wahrscheinlich war Becky schon da.

Als Jo ein paar Minuten später das Kinderzimmer betrat, stellte sie fest, dass Becky tatsächlich schon angekommen war. Sie lief los, um Jo zu umarmen. »Tante Jo! Wir malen. Komm her und schau!« Sie fing an, Jo zu dem Tisch zu ziehen, an dem Evie saß.

Jo lachte. »Einen Moment, Becky.«

Becky verdrehte die Augen, doch sie ließ von ihr ab und kehrte an den Tisch zurück.

Jo wandte sich an Mrs. Poole. »Entschuldigen Sie, dass ich zu spät bin. Ich bin sicher, dass Sie mehr als bereit für Ihre Pause sind.« Es war die Tageszeit, zu der Mrs. Poole zu Mittag aß.

»Es ist kein Problem. Die Mädchen sind solch eine Freude.« Mrs. Poole nickte ihnen zu und lächelte. »Wir sehen uns in einer Weile.«

Sie ging davon und Jo gesellte sich zu den Mädchen an den Tisch. »Was malt ihr?«

»Mein Pferd«, antwortete Evie, ohne von ihrem Bild aufzuschauen.

Becky seufzte. »Du hast so ein Glück, ein Pferd zu haben. Papa sagt, er wird mir diesen Sommer das Reiten beibringen, wenn wir nach Lakemoor fahren.«

Nun sah Evie ihre Freundin an und verzog die Lippen zu einem Schmollmund. »Das ist so weit weg.« Sie wandte sich an Jo. »Wissen Sie, wie weit das entfernt ist?«

Das war der Landsitz der Kendals im Lake Distrikt. Es war eine mehrtägige Reise von London. »Ja, ich war schon oft dort.«

Evie runzelte die Stirn. »Was soll ich ohne Becky nur anfangen?«

»Vielleicht kannst du mit mir kommen.«

Jo würdigte den Wunsch der Mädchen, zusammen zu sein. Sie erinnerten sie in Wahrheit an die Nähe, die zwischen ihr und Nora bestanden hatte, als sie jung waren. »Ich könnte mir denken, Evies Vater möchte vielleicht, dass sie die Heimat ihrer Vorfahren sieht. Sie liegt in Wales, kurz hinter der Grenze.« Die Gesichtszüge der Mädchen beruhigten sich und zeigten nun eine gnädige Akzeptanz. »Aber vielleicht können wir einen Besuch arrangieren.«

Die beiden Mädchen hopsten praktisch auf ihren Plätzen, und waren sofort Feuer und Flamme. »Das wäre wunderbar«, erklärte Becky. »Ich bin noch nie in Wales gewesen.«

»Und ich war noch nie im Lake Distrikt.«

»Natürlich nicht, du Dummchen«, gab Becky zurück. Du bist noch nirgendwo in England gewesen.«

»Nein, das bin ich nicht.« Evie wandte sich wieder ihrer Malerei zu. »Aber Papa hat gesagt, er würde mich bald ans Meer mitnehmen.«

Dies hatte Bran einige Abende zuvor gegenüber Jo erwähnt und sie gefragt, wohin er mit Evie reisen solle. Jo war nur einmal am Meer gewesen und hatte keine hilfreichen Ratschläge zu bieten.

Jo lehnte sich zu ihrer Nichte. »Und was zeichnest du?«

»Meine Familie. Mit dem neuen Baby. Ich möchte, dass Mama ein weiteres Mädchen bekommt.«

Eine Familie. Jos Herz zog sich zusammen. Es war schwer, nicht daran zu glauben, dass gerade jetzt ein Kind in ihr heranwachsen würde. Wie sie darum betete, dass es wahr wäre. Sie zwang sich, ihre Konzentration wieder auf die Mädchen zu richten und sich nicht in etwas zu verlieren, das sich als Fantasie erweisen könnte. »Sie könnte einen Jungen bekommen.«

Becky schüttelte den Kopf. »Ein Mädchen ist an der Reihe. Erst komme ich, dann Christopher und jetzt ein weiteres Mädchen. »Das ist nur gerecht.«

Jo vermisste diese kindliche Naivität. »Das Leben funktioniert leider nicht so.«

Becky sah von ihrem Bild auf. »Ich male trotzdem noch ein Mädchen. Wenn ich es mir nur genug wünsche, wird es wahr.«

Oh, wie sehr Jo sich wünschte, dass die Dinge so einfach wären!

»Wie kommt es, dass Sie keine Kinder haben, Jo?«, fragte Evie, doch ihre Aufmerksamkeit galt weiterhin ihrem Pferdebild.

Dass sie diese Frage nicht schon früher gestellt hatte, war im Nachhinein betrachtet überraschend. Jo suchte nach den richtigen Worten, um den fünfjährigen Mädchen darauf zu antworten. »Ich habe einfach keine.«

»Hätten Sie nicht gern welche?«, fragte Evie und sah sie an.

»Ja, aber wie ich gerade erklärt habe, ist das Leben nicht

immer gerecht, und nicht immer geht in Erfüllung, was man sich wünscht.«

Die beiden Mädchen hörten zu malen auf und blickten sie an. »Das ist traurig«, sagte Becky und legte dabei die Stirn in Falten.

Jo befürchtete, sie würde ihr ein wenig von ihrer Unschuld stehlen. Sie griff nach Beckys Hand und berührte sie. »Aber du darfst nicht aufhören, um Dinge zu beten – es macht einen Unterschied, glaube ich.« Oder sie wollte es glauben.

»Willst du nicht wieder heiraten?«, wollte Becky wissen. »Vielleicht wirst du dann Kinder haben.«

Die Hand, die noch in Jos Schoß lag, fuhr zu ihrem Bauch und sie presste die Handfläche an die flache Stelle. »Vielleicht, aber ich bin ziemlich zufrieden, eine Gouvernante zu sein. Anderen, und vor allem Kindern zu helfen, ist ziemlich befriedigend.«

»Ja, aber wenn Sie verheiratet wären, könnten Sie ihren eigenen Kindern helfen.«, gab Evie zu bedenken. »Sie sollten einmal darüber nachdenken, glaube ich.« Sie tauschte einen Blick mit Becky aus, die zustimmend nickte.

Jo konnte nicht anders, als über ihren Rat amüsiert zu sein. »Danke, das mache ich.«

Und zum ersten Mal seit … fast einer Ewigkeit, tat sie das wirklich. Wenn Bran immer noch daran interessiert war, sie zur Gräfin zu nehmen. Das wäre er, oder? Hatte er nicht versprochen, sie zu heiraten, wenn sie schwanger wäre?

Sie verspürte einen Eifer, es ihm zu sagen zu wollen, doch angesichts ihrer Zweifel und Befürchtungen erstarb dieser schnell. Sie würde sich in Geduld üben. Wenigstens eine Woche lang. Ja, sie könnte das Geheimnis eine Woche für sich behalten.

Die Mädchen malten weiter und Jo machte sich daran, das Bücherregal aufzuräumen.

»Was sind Ihre Lieblingsgerichte?«, fragte Evie an Jo gerichtet, und veranlasste sie damit, wieder zum Tisch zurückzuschauen.

»Lass mich mal sehen ... Ich mag Fasan und Kabeljau.«

»Ich mag Kabeljau«, bemerkte Evie.

»Und ich liebe Fasan«, fügte Becky hinzu.

Jo kam an den Tisch zurück. »Mein Lieblingsgemüse sind Karotten, glaube ich.«

Evie schaute von ihrem Bild auf und zog ein Gesicht, wobei sie die Zunge hervorschnellen ließ. »Pfui. Ich mag kein Gemüse.«

»Aber du isst gern Obst«, antwortete Jo. Sie hatte Evies Vorlieben in Bezug auf ihre Ernährung ausführlich mit Bran besprochen.

»Ja, aber das meiste davon gibt es hier nicht oder es ist schwer zu finden. Das ist nur noch ein Grund, warum Barbados besser ist.«

»Das ist es nicht«, erwiderte Becky fest. Das war der einzige Punkt, über den die Mädchen stritten.

Evie kniff die Augen zusammen. »Es ist so. Es ist wärmer. Es ist sonniger. Es ist schöner. Und es riecht besser.«

Dass London viele interessante Gerüche beherbergte, konnte Jo nicht bestreiten. »Evie, wenn du diesen Sommer aufs Land fährst, wirst du erleben, wie schön England sein kann.«

Sie wirkte nicht überzeugt. »Das werden wir sehen.«

Jo versuchte, die Unterhaltung auf ein anderes Thema zu lenken. »Meine Lieblingsnachspeise ist Bisquit-Trifle.«

»Ich mag Rumkuchen«, erklärte Evie. »Seit ich hier bin, habe ich noch keinen bekommen, aber unsere neue Köchin hat versprochen, dass sie versuchen würde, ihn für mich zu machen.« Ihre Augen strahlten vor Begeisterung.

Becky zeichnete weiter. »Ich mag Eis. Zitrone hab ich am liebsten.«

»Das mag ich auch«, antwortete Jo.

Evie sah Jo mit schiefgelegtem Kopf an. »Also mögen Sie Fasan und Kabeljau und Karotten und Bisquit-Trifle. Stimmt das?«

»Ja. Ich mag auch viele andere Dinge, aber das sind meine Favoriten.« Jo wunderte sich, ob diese Unterhaltung einen bestimmten Sinn hatte. Vielleicht war Evie bereit, ein paar neue Sachen auszuprobieren. »Willst du mein Lieblings-Karottenrezept einmal probieren?«, fragte sie Evie. »Ich kann es von der Köchin zubereiten lassen.«

Evie zuckte zusammen. »Oh *nein*. Danke«, fügte sie hastig hinzu. Dann wandte sie sich wieder ihrem Bild zu.

Den Nachmittag verbrachte Jo mit den Mädchen, gab ihnen Nähunterricht, und dann erfanden sie alberne Lieder, bis Nora kam, um Becky abzuholen.

Der Drang, Nora von ihrem Verdacht zu erzählen, war beinahe überwältigend, doch Jo brachte es fertig, den Mund zu halten. Sobald sie gegangen war, kam Bran nach Hause, und wieder sprudelte der Wunsch, ihr Geheimnis kundzutun, wie ein beharrlich brodelnder Topf kochenden Wassers in ihr. Stattdessen setzte Jo ein Lächeln auf und gab sich die größte Mühe, sich normal zu verhalten.

Als Mrs. Poole die Aufsicht über Evie übernahm, beorderte Bran Jo in sein Büro.

Sie trat in dem Moment ein, als er seine Weste auszog. Inzwischen war ihr sein Anblick vertraut, mit nichts weiter als einem Hemd, das seinen Oberkörper bedeckte. Eigentlich versetzte es sie immer wieder ein bisschen in Erstaunen, wenn er voll bekleidet war. Er war unglaublich gutaussehend, ganz egal wie er gekleidet war, aber in Wahrheit hatte sie es am liebsten, wenn er überhaupt nichts trug.

Bran lehnte sich gegen die Schreibtischkante zurück, sein Blick schweifte über sie hinweg. Er versäumte es nie, sie mit einem Begehren anzuschauen, das ihr Verlangen nach ihm weckte. »Ich wollte mit Ihnen über die Einrichtung sprechen. Über mein Schlafzimmer, genauer gesagt. Ich weiß, das ist … nun, wahrscheinlich unanständig, aber darüber sind wir hinaus, glaube ich, oder?«

Dem war ganz bestimmt so, doch trotzdem stimmte seine Forderung sie unruhig. Er hatte sie bei Fragen zu verschiedenen Zimmern um ihre Meinungen gebeten – und hatte einen neuen Teppich und Vorhänge für den Salon ausgesucht, um den Stempel seiner Mutter zum Teil auszulöschen, und auch die Tapete im Speisesaal würde nun schon bald ersetzt werden, um auch hier den Einfluss seiner Mutter zu entfernen. In diesem Fall allerdings mutete die Sache einigermaßen unanständig an, da es sich um *sein* Schlafzimmer handelte. Sie war nicht seine Frau. Außerdem hatte sie sein Schlafzimmer noch nie betreten.

»Ich bin mir nicht sicher, ob ich irgendetwas von Bedeutung dazu beitragen könnte. Schließlich ist es Ihr Schlafzimmer.«

»Stimmt, aber ich würde Ihre Meinung trotzdem zu schätzen wissen. Sie haben einen großen Beitrag dazu geleistet, dass sich das Haus mehr wie ein Heim anfühlt - wie Pflanzen aufzustellen. Das wäre mir nie eingefallen.«

In jedem Zimmer hatten sie Topfpflanzen, darunter mehrere Palmen, aufgestellt, die Evie anbetete. Sie hatte sogar eine in ihrem Zimmer.

»Würden Sie glauben«, fuhr Bran fort, »dass meine Mutter den Vorschlag gemacht hat, Pflanzen aus Barbados für den Wintergarten in Knight's Hall zu importieren?« Er schüttelte den Kopf, als könne *er* es nicht glauben.

»Das ist eine ausgezeichnete Idee.«

»Ich habe überlegt, hier einen kleinen Wintergarten an der Rückseite des Hauses anzubauen. Es würde einen Teil der Gartenfläche beanspruchen, doch andererseits wäre es ein Garten im Inneren des Hauses. Was meinen Sie?«

Das würde dem Zuhause wahrscheinlich am nächsten kommen, das Jo für sie nachahmen konnte und das er und Evie anbeteten. Wenn die beiden davon sprachen, hatte sie das Gefühl, es beinahe ebenso zu vermissen, wie sie, und sie war noch nie dort gewesen. »Evie würde begeistert sein.«

»Ganz besonders, wenn wir einen Teil der Früchte anbauen könnten, die sie so vermisst.« Er stieß sich vom Schreibtisch ab. »Ich werde es tun. Kendal oder West können mir vielleicht einen Architekten empfehlen.« Er hatte sich mit Noras Ehemann und dem Herzog von Clare recht gut angefreundet. Auch mit Dartford und Sutton hätte er Freundschaft geschlossen, wenn die beiden nicht ständig zwischen ihren Häusern außerhalb Londons hin und her reisen würden. Sie waren vollauf damit beschäftigt, ihren Verpflichtungen hier in der Stadt nachzukommen, während sie gespannt auf die Geburt ihrer Kinder warteten, die jederzeit stattfinden konnte.

Er schritt auf sie zu und sie warf einen Seitenblick auf die offenstehende Tür. Er hatte ihren stillen Hinweis anscheinend verstanden und hielt inne, ehe er zu nahe kam. Und genau wie immer knisterte die Luft zwischen ihnen trotzdem vor Sehnsucht. »Werden Sie mir mit meinem Zimmer behilflich sein?«

»Ich weiß nicht, was ich in der Sache unternehmen kann. Was weiß ich schon vom Schlafzimmer eines Mannes?«

Er erwog ihre Frage oder schien das wenigstens zu tun. »Warum sind Sie so zurückhaltend?«

Weil es sich *zu* intim anfühlte. Sie war nicht seine Gräfin, und obwohl sie gerade die glühende Hoffnung hegte, dass dies tatsächlich eintreten könnte, fürchtete sie, diese Schwelle zu überschreiten. In Wirklichkeit fühlte sie sich, weil es jetzt im Bereich des Möglichen *lag,* ein bisschen abergläubisch. Das war absurd. Trotzdem brachte sie es nicht fertig.

»Ich bin mir nicht sicher, ob das mein Platz ist. Sie

sollten auf jeden Fall eine oder zwei Pflanzen aufstellen und helle Bettwäsche aufziehen. Sagten Sie nicht, es wäre die Dunkelheit, die Sie störe?«

»Ja.« Er griff nach ihrer Hand und verschlang ihre Finger miteinander. »Wenn Sie vielleicht heute Abend kommen würden, um es zu besichtigen, könnten Sie möglicherweise mehr Einfälle dazu anbieten.« Sein Blick glitzerte vor lüsterner Absicht.

Jo zerschmolz innerlich und trotz besseren Wissens beugte sie sich zu ihm.

Genau in dem Moment trat ein Dienstmädchen in das Büro und blieb mit einem lauten »Oh!« abrupt stehen.

Jo riss die Hand von seiner los und drehte sich von ihm weg. Bran ging rückwärts bis an den Schreibtisch und lehnte sich wieder dagegen.

Das Dienstmädchen sank vor Bran in einen Knicks. »Ich entschuldige mich vielmals, Mylord. Ich bin gekommen, um das Feuer für den Abend anzuzünden. Ich wusste nicht, dass Sie hier sind.«

»Es ist schon alles in Ordnung«, entgegnete Bran und wies mit einer Handbewegung auf den Kamin. »Bitte.«

Jo trat vor und ging auf die Tür zu. Sie drehte den Kopf dabei und erklärte Bran, ihn beim Abendessen zu sehen.

Auf dem Weg nach oben wanderte ihre Hand wieder zu ihrem Bauch. Eigentlich war anzunehmen, dass sie sich mit dieser möglichen Wendung der Ereignisse besser fühlen sollte, doch bis sie dies nicht sicher wusste, schien alles viel prekärer als gestern. Sie musste bloß geduldig sein.

Und beten.

Bran blieb in der Tür zum Salon stehen, wo er heute Abend speisen sollte. Der Speisesaal war ein Durcheinander wegen der neuen Tapeten, und deshalb würde das Abendessen für Jo und ihn hier serviert werden. Normalerweise würde Evie bei ihnen sein, aber sie war zu Besuch bei Becky, um heute dort zu übernachten.

Das Zimmer war allerdings umgestaltet worden. Weißes Leinen, das ihn an die Moskitonetze erinnerte, die sie in Barbados benutzten, hing von der Decke herab. Er hatte keine Ahnung, wer es dort angebracht hatte oder warum. Sie hatten mehrere Pflanzen im Zimmer aufgestellt, aber es waren noch mehr – aus anderen Bereichen des Hauses – hinzugekommen. Es gab auch Bilder, die überall an die Wände geklebt waren – von Blumen aus Barbados, Vögeln und natürlich einer Schildkröte. Offensichtlich hatte Evie sie gemalt. Und vielleicht Becky. Die beiden malten sehr gern.

Ein Tisch war beinahe im Mittelpunkt des Zimmers aufgestellt, inmitten mehrerer Vorhänge aus weißer Gaze. Mit Verspätung erkannte er, dass Jo bereits saß.

Er schritt auf sie zu. »Was ist das alles?«

Jo, die Hände in ihrem Schoß gefaltet, sah zu ihm auf. »Die Mädchen waren heute Nachmittag hier. Evie wollte ihr Heim für Becky nachbauen, also haben die beiden sich Bucket und Hudson zur Hilfe geholt. Sie hat sich konkret an Hudson gewandt, da er der einzige unter den Dienstboten ist, der tatsächlich dort gewesen war.«

»Es ist außerordentlich.« Immer wieder sah er sich vollkommen verzaubert im Zimmer um. »Es erinnert mich wirklich an Zuhause. An Barbados, meine ich.« Er setzte sich Jo gegenüber an den kleinen Tisch.

»Glauben Sie, jemals wieder zurückzugehen?«

»Ich weiß es nicht.« Ihm wurde die Brust eng. Er hasste

den Gedanken, diese Strände nie wieder zu sehen. Doch es käme einer Folter gleich, sie ein zweites Mal zu verlassen.

»Hoffentlich tun Sie es«, meinte sie leise. »Es ist so sehr ein Teil von Ihnen.«

Der Diener trat mit dem ersten Gang ein, der aus Kabeljau, Karotten sowie einer Suppe bestand. Bran schenkte den Wein – einen Madeira – ein, während der Diener ihnen servierte.

Während sie aßen, unterhielten sie sich über die Tagesereignisse und Jo lachte, als der zweite Gang serviert wurde.

Verwirrt erkundigte Bran sich nach dem Grund.

»Es gibt Fasan.« Sie sah zu dem Diener auf. »Wissen Sie, ob es ein Dessert geben wird?«

»Bisquit-Trifle, Madam.«

Wieder lachte Jo kurz auf. Als sich der Diener zurückzog, erklärte Bran: »Ich bin sehr verwirrt, was daran so amüsant ist.«

»Evie und Becky haben mich neulich nach meinen Lieblingsspeisen gefragt. Ich habe ihnen erzählt, es sei Kabeljau, Karotten, Fasan und Bisquit-Trifle.«

»Ich verstehe es immer noch nicht. Ist heute Ihr Geburtstag?« Er würde sich schrecklich fühlen, wenn er eine solche Gelegenheit verpasst hätte.

»Nein. Ich bin mir nicht ganz sicher, was die beiden sich ausgedacht haben, aber sie sind sehr lieb.«

Wieder sah er sich im Zimmer um. Barbados für ihn. Lieblingsgerichte für Jo. Es war weit hergeholt, aber haben die beiden versucht, Amor zu spielen? Nein, das schien absurd. Sie waren Kinder um Himmels willen.

Bran schlug sich diesen Unfug aus dem Kopf und konzentrierte sich auf seine wunderschöne Gesellschaft. »Heute Abend sehen Sie besonders bezaubernd aus. Ich gestehe ein, mich stets darauf zu freuen, Sie beim Abendessen zu sehen.« Sie kleidete sich förmlicher als tagsüber, während sie ihre Aufgaben als Gouvernante erfüllte. Die Kleider, die sie abends trug, entblößten mehr von ihr, und er musste zugeben, diesen Anblick zu genießen. Doch heute Abend war es mehr als das. Es war etwas an ihr, ein unerklärliches Strahlen, das aus ihrem Inneren zu kommen schien.

»Sind Sie sicher, dass es nicht Ihr Geburtstag ist?«, fragte er.

Abermals lachte sie auf. »Das müsste ich, glaube ich, wissen. Mein Geburtstag ist im September.«

»Nun, anscheinend sind Sie besonders guter Laune.«

Sie schien seine Feststellung zu überdenken, ehe sie lächelnd nickte. »Das bin ich, danke.«

»Alles funktioniert sehr gut mit Ihnen hier, denke ich, oder?« Es war noch nicht einmal ein Monat vergangen, aber sie hatten sich in eine angenehme Routine eingelebt, zu der es auch gehörte, dass er sie in den meisten Nächten in ihrem Zimmer besuchte.

Er hatte sich wegen des Dienstmädchens Sorgen gemacht, das gesehen hatte, wie er neulich in seinem Büro Jos Hand gehalten hatte, doch als er Hudson diesbezüglich ausfragte, hatte ihm sein Kammerdiener versichert, dass es unter dem Personal keinen Klatsch gab. Bran hatte argumentiert, dass er vielleicht nicht genug mit ihnen befreundet wäre, aber Hudson hatte versichert, mit einigen von ihnen vertraut genug zu sein, um so etwas zu erfahren. Bran hatte seine Zusicherungen akzeptiert.

Als das Dessert aufgetragen wurde, kam Bran eine Idee. »Ich denke, ein Netz an meinem Bett würde mich an Barbados erinnern. Ja, vielleicht ist es genau das, was mein Zimmer braucht.« Plötzlich war er aufgeregt, es in Auftrag zu geben. Er trank seinen Madeira aus. »Ich möchte, dass Sie heute Abend kommen und es sich ansehen.«

Sie schien verwirrt. »Das Netz? Sie werden es nicht haben.«

Er lächelte. »Nein, mein *Zimmer*. Ich möchte, dass Sie heute Abend zu mir kommen.« Er hatte Angst, dass sie ablehnen könnte. Sie hatte ihm bei der Neueinrichtung nicht helfen wollen. Nun, sie hatte ihm Ratschläge erteilt, aber sie hatte sich geweigert, in sein Zimmer zu kommen.

»Abgemacht.«

Die Vorfreude erfasste ihn. »Ich denke, ich bin mit dem Essen fertig. Und ich werde mich wohl früh zurückziehen.« Er warf ihr einen bedeutungsvollen Blick zu.

Sie antwortete ihm mit einem Blick voller Hitze, während sie ihren Wein austrank und sich vom Tisch erhob. »Guten Abend.«

Er stand auf und verneigte sich. »Guten Abend.«

Er wartete ein paar Minuten, ehe er buchstäblich nach oben rannte. Hudson erwartete ihn noch nicht einmal. Bran rief nach ihm, und zwar nicht unbedingt, weil er Hilfe brauchte, sondern damit er ihm sagen konnte, nicht gestört werden zu wollen.

Bran, der nur einen seidenen Hausmantel trug, schenkte zwei Gläser Rum ein, und stellte sie auf einen Tisch neben dem Bett. Dann ging er hin und her, bis er ein leises Klopfen hörte. Er schoss auf das Geräusch zu und öffnete die Tür. Ohne ein Wort schlang er seinen Arm um ihre Taille und zog sie hinein. Rasch schloss er die Tür und dann presste er sie mit dem Rücken dagegen und bedeckte ihren Mund mit seinem.

Sie umklammerte seinen Rücken, und es vergingen einige Minuten, ehe er sich zurückzog. Ihre Lippen waren voll und von ihren Küssen gerötet und ihre Augen dunkel vor Begierde.

Er nahm ihre Hand und führte sie zum Bett. »Heute Abend habe ich eine besondere Delikatesse. Er ließ sie los und nahm die beiden Gläser vom Nachttisch. »Es ist Rum von meiner Plantage. Ich dachte, du möchtest ihn gern probieren.«

Sie nahm das Glas, hielt es hoch und neugierig betrachtete sie die satte braune Farbe. »Er ist so dunkel.«

»Er reift in Fässern, die zur Färbung beitragen. Dieser hat einige Jahre gelagert.« Er trank einen kleinen Schluck. »Probiere am Anfang einfach eine sehr kleine Kostprobe. Eigentlich solltest du zuerst daran riechen.«

Genau das tat sie und atmete das Aroma des Getränks ein. Ihre Nasenlöcher brannten, und sie blinzelte.

Er lächelte. »Er ist ein bisschen stark.«

»Ja. Ich bin mir nicht sicher, ob ich ihn mögen werde.« Sie setzte das Glas an die Lippen und trank einen winzigen Schluck.

Gespannt wartete er auf ihre Reaktion. Sie war nicht sichtbar zusammengezuckt oder hatte ihre Meinung auf andere Weise preisgegeben. »Nun?«

»Er ist süßer, als ich mir vorgestellt habe.« Sie sah ihn mit einem schiefen, halben Lächeln an. »Ich wage zu sagen, dass er mehr als ein ›bisschen‹ stark ist.«

Er lachte, bevor er einen weiteren Schluck trank und sein Glas dann abstellte. Er nahm ihres und stellte es neben das seine.

Sie sah sich im Zimmer um. »Es ist dunkel hier drin. Diese Tapete solltest du auch entfernen.«

Erstaunt sah er sie mit erhobener Augenbraue an. »Aber wo werde ich schlafen, während die Arbeiten durchgeführt werden?«

Sie verdrehte die Augen. »In meinem Zimmer kannst du nicht schlafen. Willst du das überhaupt? Du bleibst selten … danach.«

Das stimmte. Anfangs hatte er das nicht getan, weil die ganze Sache irgendwie so schien, als ob er nicht bleiben sollte.

Und ganz bestimmt wollte er nicht beim Verlassen ihres Zimmers, oder schlimmer noch, *in* ihrem Bett gesehen werden. Ihm wurde bewusst, dass er nie geblieben war, weil er noch nie mit jemandem in einem Bett geschlafen hatte, und er wusste nicht, wie das ging, so dumm das auch klang. Aber er hatte sie heute Abend hierher eingeladen. Das bedeutete, dass er sie bitten musste, zu gehen oder ... es ihr zu überlassen.

Neben dem Bett zog er sie in seine Arme. »Ich habe noch nie mit jemandem in einem Bett geschlafen. Bleibe so lange, wie du möchtest.«

Sie küsste ihn, und ihre Lippen passten sich perfekt an die Formen der seinen an. Sie öffnete seinen Hausmantel und strich mit den Händen über seine Brust, wobei ihre Nägel ihm leicht über die Haut kratzten. Mit einem Stöhnen vertiefte er den Kuss und tauchte die Finger in die gesamte Länge ihres Haars. Leicht wischte sie über seinen Bauch und stieß auf seinen harten Schaft.

Eine Hand wölbte sie um seine Hoden und mit der anderen streichelte sie ihn der Länge nach. Er schloss die Augen und versank in ihrer Berührung. Sie war sehr gut darin und hatte ihn auf diese Weise mehrere Male zum Orgasmus gebracht. Ihm wurde jedoch bewusst, dass sie ihn nie in den Mund genommen hatte.

Er schloss die Hände um ihren Kopf und wieder zog er ihre Lippen an seine. Nach einem leidenschaftlichen Kuss zog er sich gerade so weit zurück, um zu raunen: »Nimm mich in deinen Mund.«

Sie ließ ihre Hand innehalten, und sofort nahm er wahr, dass etwas nicht stimmte. Er schlug die Augen auf. Sie starrte ihn an, die Augen vor Schreck geweitet und sie waren ... angsterfüllt.

Die Furcht zerriss ihn buchstäblich. »Jo, was ist los?«

»Ich ... ich kann das nicht.«

Er hielt ihre Wangen mit den Händen und sah ihr in die

Augen. »Du musst das nicht machen. Ich ... ich bin ein Idiot.« Er hatte sich von dem Moment gefangen nehmen lassen. Vielleicht hatte sie keine Erfahrung und wusste nicht wie, oder sie mochte es nicht. *Verdammt.*

Sie berührte seine Brust und legte die Hand an sein Herz. »Es ist nicht wegen dir. Ich bin nur ... ein bisschen gestört, denke ich. Das musste ich häufig machen. Oft war es der einzige Weg, wie Matthias Erlösung gefunden hat. Nicht, dass er sich je darüber gefreut hätte, wenn ich es tat.

»Nachdem ich seiner Vorliebe für Männer auf die Spur gekommen war, bin ich zu dem Schluss gekommen, dass es vielleicht der einzige Weg war, wie er sein Vergnügen mit mir finden konnte. Sie wandte den Blick von Bran ab. »Es war der einzige Weg und das weiß ich – denn oft genug hat er mir das gesagt. Nun, nicht der einzige Weg. Gelegentlich musste ich für ihn auf die Knie gehen. Auf diese Weise mochte er es ebenfalls. Immer wieder hat er gesagt, ich verdiene es nicht, ihn anzuschauen.« Sie erschauderte.

Jeder einzelne Muskel in Brans Körper schien vor Anspannung zu brüllen. »Dein Ehemann war ein Mistkerl. Gar nichts davon war deine Schuld.«

Einmal mehr suchte sie seinen Blick, und er konnte nichts als Dankbarkeit darin erkennen. »Inzwischen weiß ich das. Dank dir. Ich gestehe ein, dass ich nie erwartet hätte, einmal so viel Freude im Schlafzimmer zu finden. Du hast mir Dinge gezeigt, die ich mir nie hätte vorstellen können.« Sie holte tief Luft. »Ich vertraue dir. Ich würde dieses Problem ... oder was auch immer das ist, gern überwinden.« Sie streckte die Hand nach dem Glas mit dem Rum auf dem Nachttisch aus. Sie hob das Glas an die Lippen und nahm einen kräftigen Schluck. Als sie die Flüssigkeit herunterschluckte, fuhr sie zusammen und dann wiederholte sie den Akt mit Ausnahme des Zusammenzuckens.

Fest drückte sie ihre Brust an seine und ihr nach Rum

schmeckender Mund verschlang ihn mit Hitze und Begierde. Sie zog ihm den Hausmantel von den Schultern und ließ das Kleidungsstück zwischen ihm und dem Bett zu Boden fallen. Dann stieß sie ihn auf die Matratze zurück und brach den Kuss ab. Er musste sich ein wenig nach oben schieben, um sich zurücklehnen zu können, doch sobald er das tat, nahm sie seinen Schaft wieder in die Hand. Nun wurde er vollkommen steif und das Blut rauschte, um den Schaft zu füllen.

Dann war ihr Mund über ihm und sie glitt mit ihren Lippen und der Zunge über sein Fleisch. Mit geschlossenen Augen warf er den Kopf in den Nacken und alle seine Sinne waren darauf konzentriert, was sie mit seinem Schaft tat.

»*Jo*.« Er stöhnte, während sie gekonnt mit einer Hand und dem Mund seinen Schaft bearbeitete. Er glaubte nicht, jemals eine so exquisite Ekstase erlebt zu haben. Er stemmte seine Hüften nach oben, und sie umklammerte sein Hinterteil, wobei sie die Finger auf köstliche Weise in sein Fleisch grub.

Gott, er wollte so gern kommen, doch so hatte er sich das nicht vorgestellt. Abgesehen davon wollte er das nicht tun. Wenigstens nicht dieses Mal. Für sie wünschte er sich, dass es anders wäre. Er hoffte, es war anders.

Er streckte die Hand nach ihrer Schulter aus und tippte sie an. »Jo.«

Sie bewegte sich schneller, ihre Hand streichelte und ihr Mund saugte beharrlich. Seine Hoden zogen sich zusammen und er fürchtete, verloren zu sein. »Jo!« Er erhob sich halb, bekam ihre Hand zu fassen und löste sie von seinem Fleisch.

Sie hielt inne und sah mit bestürztem Blick zu ihm auf. Ihre Wangen waren gerötet. »Habe ich etwas falsch gemacht?« Sie klang so beunruhigt. Vielleicht sogar ein wenig ängstlich.

Verdammt. Er zuckte. »Nein.« Er setzte sich auf und zog

sie zu ihm aufs Bett. »Im Gegenteil. Du warst mehr als perfekt. Ich habe so nicht zum Ende kommen wollen. Ich will dich unter mir fühlen. Wie du dich windest. Wie du keuchst. Wie du meinen Namen stöhnst.«

Ihre Lippen bogen sich zu einem sündigen Lächeln. »Mir gefällt, wie das klingt.«

Mit einem Knurren riss er ihr das Nachthemd herunter und warf es aus dem Bett. Dann zog er sie unter sich und küssend tauchte er mit der Zunge in ihren Mund. Sie klammerte sich an seinen Nacken und die Schultern und spreizte die Beine, um ihn aufzufordern, zwischen ihre Oberschenkel zu sinken.

Er legte den Mund auf ihre Brust und saugte an ihrem Fleisch, als er den feuchten Schlitz zwischen ihren Beinen fand. Sie war heiß und für ihn bereit, also wartete er nicht. Er glitt in sie hinein, und sie schlang die Beine um seine Taille, um ihn noch weiter in sie hinein zu drängen.

Er drang so weit in sie, wie er konnte, und verschlang ihre Brust. Genauso wie er es sich erhofft hatte, stöhnte sie seinen Namen. Er zog sich zurück und dann stieß er wieder vor und drang mit leidenschaftlicher Präzision in sie ein. Dies war keine sanfte Paarung. Es war wild und leidenschaftlich. Er wollte jede Erinnerung an ihre Vergangenheit auslöschen und ihr eine herrliche Zukunft versprechen.

Sie bewegten sich im Einklang und ihre Körper waren in perfekter Harmonie. Ihre Muskeln, die ihn umschlossen, zogen sich zusammen und sie stieß eine Anzahl wimmernder Laute aus, auf die ein tiefes Stöhnen folgte, das mit seinem Namen endete, den sie immer wieder wiederholte.

Er gab sich ihren Geräuschen und dem Gefühl von ihr völlig hin. Der Orgasmus, den er vorhin erfolgreich zurückgehalten hatte, brach über ihn herein. Er schrie auf und grub sich tief in sie hinein. Wieder küsste er sie und dann erlöste er sich in ihr.

Minuten später – oder vielleicht waren es auch Stunden, er hatte außer ihr alles andere vollkommen vergessen – wurde er langsamer und rollte sich auf den Rücken, während er keuchend die Arme über seinen Kopf streckte.

Sie hob die Bettdecke, schlüpfte darunter und kuschelte sich dann an seine Seite, während sie heftig und stoßweise atmete.

Er legte ihr einen Arm um die Schultern und streichelte ihren Arm. »Du bist atemberaubend.«

»Genau wie du.« Sie hob den Kopf und sah ihn an. »Vielen Dank für deine Geduld.«

»Vielen Dank für *deinen* Mut. Nicht nur für das, was du heute Abend getan hast, sondern dafür, wie du dich mir hingegeben hast. Nach all dem, was du ertragen haben musst, kann das nicht einfach gewesen sein, könnte ich mir vorstellen.«

Für einen langen Moment sah sie ihn unverwandt an, und er war sich sicher, dass sie noch etwas sagen würde. Das tat sie allerdings nicht. Sie legte den Kopf zurück an seine Seite und schmiegte sich an ihn. Er konnte ihr Gähnen spüren und dann musste auch er gähnen.

»Hast du etwas dagegen, wenn ich eine Weile bleibe?«, fragte sie und ihre Stimme klang schwer vom Schlaf, der sie zu übermannen drohte.

»Nein.« Er setzte die Massage an ihrem Bizeps fort, seine Finger glitten an ihrer Haut entlang.

Mit seiner freien Hand zog er die Bettdecke nach oben. Er strich ihr liebevoll über den Kopf und glättete ihr üppiges braunes Haar. Er war sich sicher, dass sie noch etwas hatte sagen wollen und die Neugier nagte an ihm.

Wäre es möglich, dass sie ihm hatte sagen wollen, ihn zu lieben?

Idiot, warum würdest du so etwas denken? Welche Erfahrung hast du mit diesem Gefühl?

Gar keine, einmal abgesehen von seiner Tochter. Doch dies wäre eine andere Art der Liebe – die romantische Art. Zu Louisa hatte er eine tiefe Zuneigung verspürt, doch das war ganz bestimmte nicht dasselbe. Möglicherweise war Jo in ihn verliebt, weil er in sie verliebt war, mutmaßte er. Wie könnte er das wissen? Er hatte die Liebe, die er für Evie empfand, als eine Emotion beschrieben, die seine Seele für immer verändert hatte, nachdem er sie einmal erlebt hatte. Genauso fühlte er sich jetzt, wurde ihm bewusst.

Heute Abend hatte er sich eine Zukunft mit ihr vorgestellt, und zwar keine nebulöse Option, sondern eine echte Zukunft, in der sie nachts nie wieder sein Schlafzimmer verlassen würde. Er beugte den Kopf und küsste ihre Stirn. »Ich liebe dich«, flüsterte er.

Doch er wusste, dass sie bereits schlief.

KAPITEL SIEBZEHN

Nachdem Jo nur widerwillig Brans Bett vor dem Morgengrauen verlassen hatte, war sie in ihr eigenes Zimmer zurückgekehrt und in einen tiefen, erholsamen Schlaf gefallen. Sie war so glücklich, so *zufrieden*.

Als sie dann also wieder aufwachte, geriet sie beim Gefühl der klebrigen Feuchtigkeit zwischen ihren Oberschenkeln in Panik.

Es könnte von gestern Abend sein, sagte sie sich, selbst als eine Eiseskälte ihre Haut überzog.

Die Sorge lähmte sie innerlich, als sie die Bettdecke zurückschlug und nach unten spähte. Die Verzweiflung stahl sich in jeden Winkel ihres Körpers, raubte ihr den Atem und den Verstand.

Die Tränen strömten ihr aus den Augen, und sie begann zu zittern.

Sie hatte keine Vorstellung, wie lange sie so dort gelegen hatte, während jede Emotion – und jeder Hoffnungsschimmer – aus ihr herausgespült wurde. Schließlich kroch sie aus dem Bett und säuberte sich. Da Evie nicht da war, musste sie heute Morgen nirgends sein, also blieb sie in ihrem Zimmer. Ein Dienstmädchen brachte ihr Schokolade und Toast, den sie kaum anrührte.

Es war um die Mittagszeit, als sie sich zwang, sich anzukleiden, um Evie bei Nora abzuholen, wie sie es geplant hatten. Sie wollte ihrer Schwester nicht begegnen. Sie wollte niemanden sehen. Glücklicherweise war Bran nicht zu Hause.

Beim Gedanken an ihn, geriet ihr Inneres in Aufruhr. Die vergangene Nacht war so perfekt gewesen. Es war der Höhepunkt so vieler wunderschöner gemeinsamer Nächte gewesen. Sie war so nah dran gewesen, ihm zu eröffnen, dass sie vielleicht schwanger sein könnte, doch letztendlich hatte sie sich dagegen entschieden. Jetzt war sie froh. Nie würde er von ihren törichten Hoffnungen erfahren.

Sie traf bei Nora ein und ermahnte sich streng, die tapfere Fassade aufzusetzen, die sie in all den Jahren benutzt hatte, die sie mit Matthias verheiratet gewesen war. Es fühlte sich ebenso natürlich an, wie das Atmen, und doch erschien es ihr heute unerträglich schwierig. Beinahe unmöglich.

Und trotzdem tat sie es und als Abbott ihr die Tür öffnete, lächelte sie ihn an.

Sie begab sich nach oben in den Salon, um dort auf Evie zu warten, und wappnete sich, als Nora sie von ihrem Schreibtisch aus begrüßte.

»Guten Tag«, antwortete Jo strahlend.

Nora legte den Briefbogen beiseite. »Gerade habe ich einen Brief von Lucy erhalten. Immer noch kein Baby!« Mit einem Kopfschütteln stand Nora von ihrem Platz auf. »Sowohl sie als auch Aquilla hätten inzwischen entbunden haben müssen, die Ärmsten.«

Jos Körper versteifte sich komplett, und zwar so sehr, dass er sich so spröde anfühlte, als könne ein kräftiger Wind ihn in tausend Stücke pusten. »Ist Evie fertig?«

Nora schritt auf sie zu. »Musst du dich beeilen? Ich

dachte, wir könnten zusammen Tee trinken oder vielleicht sogar etwas zu Mittag essen. Ich habe jetzt die ganze Zeit Hunger.« Sie verdrehte die Augen. »Bald werde ich so breit wie eine Kutsche sein.«

Schon immer hatten Unterhaltungen über Babys und Schwangerschaften Jo ein unbehagliches Gefühl verursacht, aber heute war dies einfach unerträglich. Sie musste hinaus. »Ich kann wirklich nicht bleiben.«

Noras Blick wandelte sich und nun sah sie sie in einer Weise an, wie eine ältere Schwester, die sie im Auge hatte. »Ist irgendetwas nicht in Ordnung? Du siehst nicht gut aus.«

»Mir geht es gut«, erwiderte sie angespannt. »Es ist nur … diese Zeit des Monats. Ich möchte nach Hause gehen und mich hinlegen.«

»Natürlich, ich werde Abbott schnell bitten, Evie zu holen.« Nora verließ das Zimmer für einen Augenblick und bei ihrer Rückkehr war Jo nicht entspannter als bei ihrem Weggang.

»Warum setzt du dich nicht, während du wartest?«, schlug Nora vor.

»Hör bitte auf, mich zu bemuttern!« Jo wusste, dass sie zickig klang, aber das war ihr gleich. Ihr blieb keine andere Möglichkeit, um sich unter Kontrolle zu halten.

»Das tue ich nicht.« Nora sprach in einem übermäßig geduldigen Ton, der Jo stets in den Wahnsinn getrieben hatte, als sie noch jünger gewesen waren, und Nora tatsächlich versucht hatte, sie zu bemuttern. »Ich versuche nur, hilfreich zu sein. Aber offenbar bist du nicht in der Stimmung dafür.« Ihr Tonfall war kühl geworden.

Jo brauste auf. Wie konnte Nora es bloß wagen, sich über sie zu ärgern? »Es ist deine Schuld. Immer habe ich beteuert, dass du nicht schuld daran bist, wie mein Leben sich entwickelt hat, aber du bist es. Hättest du Haywood nicht geküsst, hätte ich eine Saison gehabt, und sicherlich nicht Matthias heiraten müssen.«

Nora bekam große Augen und ihr Mund klaffte auf.

Jo rang ihre Hände und presste die Finger aneinander, als der begrabene Zorn hell in ihr aufloderte. »Du hast mein Leben ruiniert.«

Eine Träne rollte Nora aus dem Auge und lief ihr über die Wange hinab. »Ich weiß. Und es tut mir so leid. Nie habe ich erfahren, wie schwierig deine Ehe war. Wenn ich umkehren und die Dinge ändern könnte, würde ich es tun.«

»Würdest du das tun? Dann wärst du wahrscheinlich nicht mit Titus verheiratet. Vielleicht wärst du nicht einmal eine Herzogin.«

»Daran hat mir nie wirklich etwas gelegen – ich wollte nur glücklich sein. Ich habe mir gewünscht, dass *du* glücklich bist.«

»Aber als Haywood daherkam, hattest du nicht an mich gedacht?« Jo wusste, sie verletzte ihre Schwester, aber auch sie war verletzt. Nie hatte sie die Bitterkeit in Worte gefasst, die sie empfunden hatte, als ihre gesamte Zukunft für immer verdorben wurde.

Jetzt weinte Nora ernsthaft. »Ich würde umkehren und alles ändern. Liebend gern würde ich mein Glück für deines hergeben. Wenn ich daran denke, wie du all die Jahre gelitten hast ... Hat er dich geschlagen?« Sie wischte sich über die Wangen.

»Nicht mit den Fäusten, aber mit Worten. Er behauptete, ich sei weniger wert als eine Frau, weil ich ihm keine Kinder schenken konnte. Als ich ihn mit einem Mann im Bett erwischte, erklärte er mir, dass dies die Folge meiner Mängel wäre.«

Nora keuchte. Sie schlug sich beide Hände vor den Mund und schüttelte den Kopf. Sie ging auf Jo zu, doch diese wich einen Schritt zurück. »Ich möchte nicht von dir getröstet werden und ich möchte dich nicht trösten. Du würdest dich besser fühlen, das weiß ich, aber immer habe ich etwas für andere Menschen getan und nie für mich selbst. Für dich, für Matthias.«

Für Bran. Sie hatte sein Bett gewärmt – oder ihm gestattet, das ihre zu wärmen – und er hatte alle Vorteile genossen. Nun war sie hier, wieder zerstört und sie würde allein weiterleben müssen, während er seine Familie hatte.

Bei dem Gedanken hätte sie sich vor Schmerz beinahe vornüber gebeugt. Sie waren *ihre* Familie gewesen. Sie liebte sie – Evie und Bran. Oh ja, sie liebte ihn so sehr.

Noras tränendurchsetzte Stimme durchbrach Jos qualvollen Gedankengang. »Jo, mir zerbricht es das Herz. Bitte. Sag mir, was ich tun kann.«

All die Rage, die Jo in sich gespürt hatte, löste sich in Traurigkeit und Hoffnungslosigkeit auf. Ihr Kopf sank herab, und durch einen Nebel unvergossener Tränen starrte sie auf den Fußboden. »Ich weiß es nicht. Es ist ... alles ist ein einziges Durcheinander«, flüsterte sie und fühlte sich vollkommen verloren. Sie blinzelte und dann sah sie zu Nora hinüber. »Letzten Endes bin ich doch unfruchtbar. Ich dachte, ich wäre es vielleicht nicht, aber ich bin es.«

Als Nora dieses Mal zu ihr kam, ließ Jo sie gewähren. Und als ihre Schwester die Arme um sie legte, begrub Jo das Gesicht an ihrer Schulter. Sie weinte nicht, sondern schloss nur die Augen und erinnerte sich an all die Male zurück, die Nora sie so gehalten hatte, nachdem ihre Mutter gestorben war. Sie hegte wohl keine allzu deutlichen Erinnerungen an ihre Mutter, doch daran erinnerte sie sich gut.

Jo hob den Kopf und trat zurück. »Es tut mir leid. Das habe ich wohl schon sehr lange mit mir herumgetragen, glaube ich. Ich mache dir nicht wirklich einen Vorwurf – wenigstens jetzt nicht mehr. Ich würde nicht wollen, dass dein Leben anders wäre. Ich bin so froh, dass du Titus und

Becky und Christopher hast.« Sie sah auf Noras sanft gerundeten Bauch herab. »Und das neue Baby.« Ihre Kehle war wie zugeschnürt.

»Hast du geglaubt, schwanger zu sein?«, fragte Nora.

Jo nickte – unfähig ein Wort über die Lippen zu bringen.

»Oh, Jo.« Nora umarmte sie wieder. »Aber vielleicht besteht doch noch Hoffnung. Bei Titus bin ich auch nicht sofort schwanger geworden.«

Jo löste sich aus der Umarmung und brachte ein wackeliges Lächeln zustande. »Bitte nicht. Ich kann es nicht ertragen, noch zu hoffen. Es ist zu belastend. Wie dem auch sei, wird Bran einen Erben brauchen, und wenn ich ihm keinen schenken kann, muss er eine andere finden, die dazu imstande ist. Ich bin mir nicht sicher, wie lange ich noch bei ihm bleiben kann.«

»Du meinst, du willst deine Stellung kündigen?«

»Das muss ich tun.« Jos Herz krampfte sich zusammen. »Ich glaube nicht, dass ich es ertragen kann.«

»Du liebst ihn«, stellte Nora fest

»Ja.«

»Ich bin fertig, Jo!« Mit einem fröhlichen Lächeln kam Evie hopsend in das Zimmer.

Jo war froh, nicht geweint zu haben. Sie beugte sich herab und zog Evie schwungvoll in eine Umarmung. »Hast du eine tolle Zeit gehabt?«

»Ja! Wir sind bis sehr spät aufgeblieben und haben Shrewsbury Kuchen gegessen!«

Nora lachte leise. »Die Köchin hat ein Tablett nach oben geschickt. Offenbar kann sie nicht anders, als die Mädchen zu verwöhnen.«

Als Jo und Evie sich zum Gehen wandten, berührte Nora ihren Arm. Mit besorgtem Blick sah sie zu Evie, die glücklicherweise nichts mitbekam. »Denke über alles nach, ehe du irgendwelche Entscheidungen triffst«, flüsterte sie. »Wenn du mich brauchst, bin ich hier für dich.«

Jo war für die Unterstützung dankbar. »Es tut mir wirklich leid wegen vorhin.«

Vehement schüttelte Nora den Kopf. »Das muss es nicht. Es war längst überfällig, dass du das einmal herausgelassen hast. Ich liebe dich.«

Jo brachte ein kleines Lächeln zustande, dann ging sie mit Evie davon.

Nachdem sie sich in der Kutsche zurechtgesetzt hatten, schmiegte Evie sich auf der Sitzbank eng an Jo. »Ich habe Sie und Papa letzte Nacht vermisst. Ich bin so froh, dass Sie meine Gouvernante sind.«

Vor Rührung bildete sich ein dicker Kloß in Jos Kehle, als sie Evie einen Kuss auf den Scheitel drückte. Ja, im Grunde genommen sollte sie gehen, aber sie war nicht sicher, ob sie es fertigbrachte.

~

Bran stand im Salon des Stadthauses der Kendals, in einem stillen Winkel, während alle anderen in angeregte Gespräche verwickelt waren. Nun, fast alle. Er bemerkte, dass Jo, die auf der gegenüberliegenden Seite des Raumes saß, ziemlich bedrückt wirkte. Doch andererseits war sie schon in den letzten Tagen so gewesen.

Er hatte kaum ein Wort mir ihr gewechselt, seit der zauberhaften Nacht, die sie zusammen verbracht hatten, und sie hatte ihm mitgeteilt, ihn nicht empfangen zu können, weil sie indisponiert war.

Sie waren gemeinsam zu der Dinner-Party eingetroffen, und abgesehen davon, dass Evie sie begleitete, war die kurze Kutschfahrt spannungsgeladen verlaufen – und nicht die Art Spannung, die er normalerweise in ihrer Gegenwart empfand. Anstatt sich von Begierde und dem Verlangen, sie zu berühren, zu verzehren, fühlte er sich aus dem Gleichgewicht und unsicher.

Nach ihrer Ankunft war Evie nach oben in das Kinderzimmer verschwunden, um mit Becky zusammen zu sein und das Puppenspiel zu proben, das sie nach dem Abendessen aufführen würden. Jo hatte sich mit großem Eifer von ihm entfernt, und seitdem war er ihr nicht mehr nahe genug gekommen, um mit ihr zu reden.

Lady Dunn trat an seine Seite und stützte sich ziemlich schwer auf ihren Stock. »Warum versteckst du dich hier im Schatten? Der Anlass zu dieser Party bestand darin, dir die Möglichkeit zu geben, Leute kennenzulernen und dich zu etablieren.«

Es war keine entsetzlich große Party, doch seiner Vermutung nach waren einige bedeutende Gäste darunter und er hatte ihre Bekanntschaft bereits gemacht, als die Herren nach dem Abendessen ihren Portwein getrunken hatten. »Ich verstecke mich nicht. Ich genieße ein paar Momente der Einsamkeit.«

»Ich verstehe.« Sie folgte seinem Blick und neigte den Kopf. »Ja, ich *verstehe*. Wie klappt es mit Mrs. Shaw?«

»Es entwickelt sich sehr gut mit ihr. Evie liebt sie.«

»Sei nicht begriffsstutzig. Hast du weiter darüber nachgedacht, sie zu deiner Gräfin zu machen?«

In den letzten Tagen, seit ihm aufgegangen war, dass er in sie verliebt war, hatte er wenig anderes getan. »Ja. Das könnte passieren.« Oder auch nicht. Angesichts ihres Verhaltens musste er sich fragen, ob sie beschlossen hatte, ihre Affäre zu beenden.

»Ich werde weiterhin hoffen.«, versprach seine Taufpatin. »Ihr werdet ein hervorragendes Paar abgeben.« Sie tätschelte seinen Arm und dann tappte sie davon.

Bran war bewusst, dass er sich eigentlich bemühen sollte,

mit den Gästen ins Gespräch zu kommen, doch das war schwer, denn in Wahrheit wollte er sich nur den Frack und die Krawatte vom Leib reißen. Dann würde er sich wohler fühlen. Verdammt sei die Gesellschaft und ihre dämlichen Regeln.

Genau in dem Moment, als er sich beinahe dazu durchgerungen hatte, sich mit West auf eine Unterhaltung einzulassen, kam seine Mutter mit einer anderen Frau im Schlepptau auf ihn zu.

»Knighton, hast du Mrs. Rollins schon kennengelernt?«

Bran beäugte die Frau. Wahrscheinlich war sie einige Jahre jünger als er – etwa in Jos Alter, würde er vermuten – mit samtigen braunen Augen und ebenholzschwarzem Haar. »Nein, ich hatte noch nicht das Vergnügen.« Er verbeugte sich vor ihr. »Wie geht es Ihnen?«

Sie knickste vor ihm. »Ach, vielen Dank. Es ist eine Ehre, Sie kennenzulernen.« Sie schaute ihm in die Augen und besaß ein Selbstvertrauen, das bei den leichtfertigen, jungen Damen, mit denen er beim Andover-Ball getanzt hatte, nicht vorhanden gewesen war.

»Mrs. Rollins ist Waliserin – wie wir«, erklärte seine Mutter. »Sie ist auch verwitwet – wie wir.«

Bran musste seiner Mutter Anerkennung zollen. Für einen ersten Eheanbahnungsversuch war dies gar nicht so schrecklich. Er hatte erwartet, dass sie versuchen würde, ihm eifrige junge Debütantinnen aufzuzwingen. Das war viel besser. »Ich bedaure Ihren Verlust«, erklärte Bran.

»Und ich Ihren. Es kann schwierig sein, Kinder allein großzuziehen. Ich habe erfahren, dass Sie eine Tochter haben.«

»Ja, in einer Weile wird sie mit der Tochter des Herzogs ein Puppentheater aufführen.«

»Oh ja, die Herzogin hat mir vor dem Abendessen davon erzählt. Wie wundervoll.«

Es entstand ein Moment des Schweigens, und Brans Mutter beeilte sich, ihn zu füllen. »Mrs. Rollins hat auch eine Tochter. Und sie ist sechs, so wie Lady Evangeline in Kürze sein wird.«

Bran warf seiner Mutter einen ungläubigen Blick zu. Wie um alles in der Welt hatte sie eine Frau ausfindig gemacht, die »genau« wie er war? Wenn sie eine Zeitlang in den Tropen gelebt hätte, müsste er sie vielleicht ernsthaft in Betracht ziehen.

Moment, hatte er Jo nicht schon ernsthaft in Erwägung gezogen? Wieder sah er sich nach ihr um, und nahm wahr, dass sie ihn beobachtete. Ihr Ausdruck war unbewegt und vollkommen undurchschaubar.

Der Herzog bat alle um Aufmerksamkeit und forderte sie auf, sich zu versammeln, um das Puppentheater anzuschauen. Er deutete auf ein Podium, das an einer Seitenwand des Zimmers aufgebaut war. Darauf war ein Holztheater mit Vorhängen aufgestellt worden.

»Erlauben Sie mir, meine Tochter, Lady Rebecca, und ihre Freundin, Lady Evangeline, vorzustellen.«

Auf das Stichwort betraten die Mädchen das Zimmer und knicksten zu einer Runde Applaus. Brans Unbehagen schmolz dahin, als er seiner aufgeregten Tochter zusah. Sie und Becky hatten ein kurzes romantisches Theaterstück über eine Magd geschrieben, aus der eine Prinzessin wird, und als die Herzogin sie gebeten hatte, das Stück heute Abend aufzuführen, waren sie begeistert gewesen.

Als die Mädchen auf das Podium traten, suchte Evie Brans Blick. Er lächelte und zwinkerte ihr zu, und sie antwortete ihm mit einem kleinen Winken.

»Ist das Ihre Tochter?«, fragte Mrs. Rollins.

Bran bemerkte, dass seine Mutter sich entfernt hatte. Wie dreist.

»Sie ist entzückend. Wie unterhaltsam, ein Puppentheater zu veranstalten. Ich habe erfahren, dass sie und Lady Rebecca es gemeinsam geschrieben haben. Meine Tochter denkt sich sehr gern Geschichten aus.«

Genau wie Evie.

Er wandte sich an Mrs. Rollins. »Haben Sie Ihr ganzes Leben in England gelebt?«

»Seit meiner Heirat. Davor habe ich in Wales gelebt.«

Bran atmete erleichtert aus, und war froh, dass er »ein Leben in den Tropen« von der Liste ihrer Gemeinsamkeiten streichen konnte.

Die Vorführung begann, und Bran war wie gebannt. Die Mädchen hatten mehrere Marionetten beider Geschlechter, und für jede einzelne ahmten sie eine Stimme nach, die einzigartig und in einigen Fällen urkomisch war. Der Vater der Magd war ein lustiger Zeitgenosse, der ständig über alles stolperte. Unter Jubel und Applaus beendeten sie die Aufführung. Noch nie war Bran so stolz gewesen.

»Das war wundervoll«, erklärte Mrs. Rollins lächelnd. »Lady Evie ist köstlich. Vielleicht würden sie und meine Margaret sich eines Tages gerne kennenlernen.«

Bran konnte keinen Grund finden, der dagegen sprechen würde. »Das ist eine ausgezeichnete Idee. Ich werde meinen Sekretär bitten, Verbindung mit Ihnen aufzunehmen.«

Da war irgendetwas, das in ihrem Blick aufflammte, doch rasch kaschierte sie es mit einem Lächeln. »Das wäre großartig, danke. Es war sehr schön, Sie kennenzulernen.« Erneut knickste sie und er verneigte sich. Dann war sie fort.

Daraufhin rannte Evie zu ihm und schwungvoll hob er sie in eine stürmische Umarmung. »Du warst hervorragend!«, lobte er.

»Wo ist Jo?«, wollte sie wissen. »Habt ihr es nicht zusammen angeschaut?«

»Nein, ich habe es mit einer netten Dame namens Mrs. Rollins angeschaut. Und weißt du was? Sie hat eine Tochter in deinem Alter, und wir werden euch einander vorstellen, damit du eine neue Freundschaft mit ihr schließen kannst.«

Evie blinzelte. »Oh.« Sie wandte den Kopf. »Da ist Jo. Lass mich runter.«

Er stellte sie auf die Füße und sie lief zu Jo hinüber, die mit ausgebreiteten Armen in die Hocke gegangen war, um sie in eine herzliche Umarmung zu schließen. Der Anblick der beiden zusammen, ließ ihn einen Schmerz im Herzen spüren, wie er ihn seit Louisas Tod nicht mehr gefühlt hatte. Er hatte ihren Tod betrauert, aber hauptsächlich wegen Evie, die ihre Mutter verloren hatte und nicht, wegen des Verlusts seiner Ehefrau. Es erfüllte ihn mit Freude, zuzusehen, wie Evie eine andere Frau mit solch einer Glückseligkeit umarmte.

»Hast du Mrs. Rollins gemocht?« Seine Mutter schien aus dem Nichts aufgetaucht zu sein.

Bran drehte sich erschrocken zu ihr um. »Ja. Wir haben einige Gemeinsamkeiten.«

»Ich weiß. Deshalb habe ich sie dir vorgestellt. Ich habe sie neulich kennengelernt und eine Einladung für sie heute Abend arrangiert. Ich habe dir ja gesagt, ich könnte hilfreich sein.«

Ja, aber er würde ihr nicht die Genugtuung geben, das zu behaupten. Sie mochten vielleicht einen Waffenstillstand geschlossen haben, aber er war nicht bereit, sie in seine Nähe zu lassen – und möglicherweise wäre er das nie.

»Nun, ich hoffe, du wirst weitere Schritte unternehmen, um sie kennenzulernen. Du musst die Dinge vorantreiben.«

Damit meinte sie, eine Gräfin zu finden und einen Erben zu zeugen. Das war seine Pflicht. Seit er den Brief seines Vaters gelesen hatte, war dieser Gedanke in seinem Verstand in den Vordergrund gerückt. Seine Hoffnung war gewesen, dass Jo diese Pflicht erfüllen würde, doch mit jedem Tag, den sie sich weiter von ihm zurückzog, wuchsen seine Zweifel.

Und dann war da noch die Frage des Erben und ob sie ihm einen schenken konnte.

»Ja, ich weiß«, antwortete er endlich.

Sie lächelte und tätschelte seinen Arm. »Gut, ich verlasse mich auf dich, die Familie nun als Oberhaupt anzuführen.« Ihr Blick war von etwas erfüllt, was er nie zuvor bei ihr gesehen hatte: Zuneigung. Schaudernd ging er davon.

Als er sich suchend nach Evie und Jo umsah, um nach Hause zurückzukehren, kreuzte sich sein Blick mit Mrs. Rollins. Sie lächelte ihm zu und neigte den Kopf ein wenig. Sie war charmant, selbstbewusst und eindeutig in der Lage, Kinder zu bekommen.

Oh, verdammt, was für ein Durcheinander.

KAPITEL ACHTZEHN

Nachdem Jo kaum etwas von ihrem Mittagsmahl angerührt hatte, zog sie sich zu einer Ruhepause auf ihr Zimmer zurück, ehe sie mit Evie ihren Nachmittagsunterricht abhalten würde. Wie lange könnte sie noch so weitermachen? Sie war müde und fühlte sich besiegt, und sie war vor Angst wie gelähmt.

Gestern Abend hatte sie die Absicht gehabt, mit Bran zu reden, doch als sie ihn dann mit dieser Witwe, Mrs. Rollins, beobachtete, hatte die Eifersucht sie übermannt. Dieses Gefühl verabscheute sie ebenso, wie sie vorgestern ihren Ausbruch Nora gegenüber gehasst hatte. So *konnte sie nicht* weitermachen. Sie war verkrampft und verstört, und das musste ein Ende haben.

Mit der Absicht, einen Spaziergang zu machen, reckte sie das Kinn und richtete ihr Rückgrat gerade. Das würde ihre Stimmung heben. Als sie in den Korridor hinaustrat, begegnete sie Bucket. »Ich habe Post für Sie, Mrs. Shaw.« Er übergab ihr zwei Briefe.

»Vielen Dank.« Sie stammten von Lucy und Aquilla, erkannte sie. Ihr Magen sackte in ihre Kniekehlen. Als sie ihre Schritte zurück in ihr Zimmer lenkte, öffnete sie langsam die beiden Schreiben und las den Inhalt. Gestern hatten sie beide ihre Kinder zur Welt gebracht. Und beide waren Söhne.

Und einfach so ging die Tapferkeit, die Jo heraufbeschworen hatte, in Flammen auf.

Doch ebenso schnell wandelte sie sich in eine andere Art von Courage. Nun wusste sie, was sie zu tun hatte. Es war nicht leicht, doch es musste getan werden.

Überraschenderweise blieben ihre Augen trocken, als sie die Briefe auf ihren Schreibtisch legte und aus dem Zimmer marschierte. Sie fand ihren Weg in das Kinderzimmer, wo sie Mrs. Poole bat, ihr ein paar Minuten zu gewähren, um allein mit Evie zu sprechen.

Jo beschwor ein Lächeln herauf und bat Evie, sich zu ihr an den Tisch zu setzen.

»Was ist?«, fragte Evie. »Habe ich etwas verkehrt gemacht?«

Jos Lächeln wurde breiter, doch dahinter verbarg sich jede Menge Traurigkeit, die sie zu unterdrücken versuchte. »Ganz und gar nicht. Und das darfst du nie vergessen, nach dem, was ich dir jetzt sage.«

Verwirrung spiegelte sich in Evies Gesichtszügen und sie setzte sich. »Was ist?«

»Ich werde nicht mehr deine Gouvernante sein können.«

Evie sah sie mit unbeweglichem Blick an und Jo war nicht sicher, ob sie die Botschaft aufgenommen hatte, bis sie endlich antwortete: »Das *müssen* Sie aber sein.«

»Das kann ich nicht, fürchte ich. Die Situation war die ganze Zeit nur vorübergehend – erinnerst du dich, als ich dir ganz am Anfang erklärte, dass wir es versuchen würden?«

In Evies Stirn gruben sich tiefe Falten, und ihr Blick drückte Erschütterung aus. »Ja, aber dann muss ich etwas falsch gemacht haben. Warum sollten Sie sonst gehen?«

»Oh, Evie, du hast gar nichts falsch gemacht. Gouvernante zu sein ist einfach nicht ...« Dass es nicht das wäre, was sie wollte, konnte sie schlecht antworten, denn das war es – und so vieles mehr. Also griff sie zu einer Lüge. »Ich vermisse es, mehr Freiheiten zu haben, um mit meiner Schwester an Veranstaltungen teilzunehmen. Gestern Abend zu der Dinnerparty zu gehen, hat mich daran erinnert.«

Evies Lippen begannen zu beben und Jos Herz wurde bei diesem Anblick entzweigerissen. Sie rückte ihren Stuhl dicht an Evie heran und legte den Arm um sie. »Es tut mir so leid, aber wir werden immer noch Freundinnen sein. Wenn du Becky besuchst, wirst du mich andauernd sehen.« Solange, bis Jo entschied, was sie als Nächstes tun würde. Langsam sah das einsame Häuschen scheinbar wie ihre beste Wahlmöglichkeit aus. Oder es wäre wenigstens die Lösung, die ihr das geringste Elend bereiten würde.

Evie, deren lautlos geweinte Tränen jetzt über ihr Gesicht strömten, schüttelte Jos Arm ab. »Nein, das werden wir nicht. Ich möchte nicht Ihre Freundin sein. Freundinnen tun sich nicht weh. Ich hasse Sie!« Sie sprang auf und stürmte aus dem Zimmer, wobei sie an einem erschrockenen Bran vorbeieilte, der ihr nachsah und dann sein verblüfftes Gesicht Jo zuwandte.

Doch rasch wandelte sich die Verblüffung in Wut. »Was zum Teufel ist hier gerade passiert?«

Jo bemühte sich, an dem Kloß vorbei zu schlucken, der sich in ihrer Kehle gebildet hatte, doch sie hatte große Schwierigkeiten. Sie erhob sich mit zitternden Beinen. »Ich habe Evie gesagt, dass ich nicht länger ihre Gouvernante sein werde. Ich hatte die Absicht mit Ihnen zu sprechen, sobald Sie nach Hause kämen. Ich kündige meine Stellung mit sofortiger Wirkung.«

»*Sofort*? Sie werden mir also nicht einmal die Höflichkeit erweisen, solange zu bleiben, bis ich einen Ersatz gefunden habe?« Kopfschüttelnd trat er ein paar Schritte weiter in das Kinderzimmer. »Unwichtig. Warum gehen Sie?«

Jo rang die Hände und presste sie zusammen, doch sie fühlte absolut nichts. »Ich kann so nicht weitermachen. Wir haben uns nicht gut benommen und haben unsere Beziehung zu intim werden lassen. Das ist für Evie nicht gut.«

Er starrte sie an und in seinem Kiefer zuckte ein Muskel. »Was hat sich geändert? Alles war in Ordnung – besser als in Ordnung – wochenlang. Und vor ein paar Tagen fingen Sie dann an, sich seltsam zu verhalten. Habe ich etwas falsch gemacht? Sie wissen, was für ein rücksichtsloser Trottel ich sein kann.«

Ein hysterisches Lachen brodelte in ihrer Brust auf, aber sie ließ es nicht heraus. »Sie haben nichts getan. Ich habe die Zeit, die wir gemeinsam verbracht haben, sehr genossen und genau deshalb muss ich nun gehen. Können Sie das nicht verstehen?«

Er trat einen weiteren Schritt auf sie zu. »Nein, das kann ich nicht. Wenn alles so schön ist, warum gehen Sie dann?«

»Weil sie eine Gräfin finden müssen, und ich kann nicht hier bei Ihnen sein, wenn Sie das tun.« Ein Bild von gestern Abend – von ihm mit Mrs. Rollins – tauchte in ihren Gedanken auf. Ihr Herz verkrampfte sich aufs Neue. »Ich kann es nicht, Bran.«

Er bewegte sich auf sie zu und war beinahe nahe genug, um sie zu berühren. »Ich hatte dich als diese Gräfin gewollt.«

»Aber ich kann dir keine Kinder geben. Ich hatte Hoffnung – ein paar Tage lang – das zu können. Ich habe mich geirrt. Ich bin *unfruchtbar*, Bran. Es gäbe keine weiteren Kinder, keinen Erben.« Der Schmerz ihrer verlorenen Träume schnitt tief in sie und sie schlang die Arme um ihren Bauch, als könne sie die Qual damit besänftigen. Doch sie vermochte es nicht. »Du musst unsere Beziehung hinter dir lassen, und mit mir hier schaffst du das nicht.«

Er machte den Mund auf, doch dann schloss er ihn wieder. Ein winziger Teil in ihr hatte auf eine Beteuerung seinerseits gehofft, dass es egal sei … und auf seine Bitte gewartet, sie solle bei ihm bleiben.

Schließlich sprach er und seine Stimme war düster und spröde. »Du hast Evie das Herz gebrochen.«

Ein Gefühlsausbruch braute sich in Jos Brust zusammen und stieg unaufhaltsam auf, und ihre Augen brannten, als sich die Tränen darin sammelten. Sie wollte hier ihre Fassung nicht verlieren. Nicht jetzt, nicht vor Bran. »Unglücklicherweise bin ich der Meinung, dass unser Egoismus zahlreiche Opfer gefordert hat, und wir nun mit den Folgen leben müssen.« Sie ging um ihn herum und achtete dabei auf reichlich Abstand zu seinem Standort. »Ich lasse meine Sachen abholen.« Und dann verließ sie das Zimmer, und begab sich auf direktem Wege nach unten und zur Tür hinaus in eine düstere Zukunft.

~

Bran starrte auf die leere Türöffnung. Erregt riss er sich den Frack vom Leib und lockerte die Krawatte. Was für ein verdammtes Chaos.

Als er Jo vorgeworfen hatte, Evie das Herz gebrochen zu haben, hatte er das wirklich so gemeint. Als er eine Zukunft ohne sie erwog, stellte er fest, dass er sie weit mehr liebte, als ihm bewusst gewesen war. Er hatte sie zu seiner Gräfin machen wollen, doch sie hatte ihn, aufgrund ihrer Unfähigkeit Kinder zu bekommen, abgelehnt.

Und das könnte als triftiger Grund gelten. Oder auch nicht.

Es war ihm egal. Er wollte sie, ganz gleich, auf welche Weise er sie haben konnte. Ja, er wünschte sich Kinder. Ja, er fühlte sich verpflichtet, einen Erben hervorzubringen. Doch nachdem er alle Salden gegeneinander aufgewogen hatte, wollte er sie am allermeisten.

Eine leise, grausame Stimme in seinem Hinterkopf schimpfte ihn Bran den Trotzkopf – er stellte seine eigenen Wünsche immer noch denen aller anderen voran. Möglicherweise war es so, doch sein Wunsch entsprach auch dem, was Evie wollte und dessen war er sicher. Aber war das auch Jos Wunsch? Das dachte er, aber er konnte nicht sicher sein.

Es gab nur eine Möglichkeit, das herauszufinden.

Als Allererstes musste er jedoch mit Evie sprechen und sie beruhigen.

Er lief zu ihrem Schlafzimmer hinunter, doch sie war nicht da. Verwirrt machte er sich auf die Suche nach Mrs. Poole, die in ihrem Zimmer war, das auf der gleichen Etage wie das Kinderzimmer lag.

»Haben Sie Evie gesehen?«, fragte er.

Mrs. Poole schüttelte den Kopf. »Das habe ich nicht, Mylord. Ich habe sie in der Obhut von Mrs. Shaw gelassen. Die beiden sind vielleicht spazieren gegangen?«

Mit beinahe absoluter Sicherheit war dem nicht so, denn er hatte mitangehört, wie Evie Jo erklärt hatte, sie zu hassen. Bei der Erinnerung daran zuckte er zusammen. »Ich frage Bucket. Vielen Dank.«

Das Kindermädchen runzelte die Stirn. »Bitte lassen Sie mich wissen, wenn etwas nicht in Ordnung ist.«

»Natürlich.« Außer Atem rannte er nach unten, wo er Bucket in seinem Büro im Keller antraf.

»Bucket, haben Sie Evie gesehen?«

»Nein, Mylord.«

»Was ist mit Mrs. Shaw?«

»Sie ist vor kurzem gegangen.« Bucket schien noch etwas sagen zu wollen, doch er wirkte unsicher, ob er das tun sollte.

»Wenn Sie etwas von Bedeutung zu sagen haben, tun Sie das bitte«, forderte Bran ihn auf.

»Mrs. Shaw schien ziemlich verstört. Sie war allerdings allein.«

Immer besorgter, wanderte Bran für einen Moment unruhig hin und her. »Ich muss Evie finden. Bitten Sie das Personal, auf der Stelle das Haus abzusuchen.«

Er war gerade auf dem Weg ins Erdgeschoss, als Mrs. Poole die Treppe hinab kam. »Mylord«, setzte sie an. »Glauben Sie, Evie könnte zu Becky gelaufen sein? Ich weiß zwar nicht, warum sie das tun sollte, aber es ist zu Fuß nicht *furchtbar* weit und es ist ein recht schöner Tag.«

Es war nicht weit. Mehrere Male waren sie dorthin gelaufen und normalerweise nahmen sie nur bei schlechtem Wetter die Kutsche. Außerdem wusste er, dass Jo dort war, und falls Evie ihr zufällig nachgegangen sein sollte … Dieser Gedanke machte mehr Sinn als die Überlegung, dass sie noch immer irgendwo im Haus war – hoffte er.

Er nahm an der Suche teil, doch eine Viertelstunde später teilte Bucket ihm mit, dass sämtliche Zimmer durchsucht worden waren. Evie war nicht da.

Bran stürmte zu den Ställen und ließ sein Pferd in Rekordzeit von einem Knecht satteln. Kurze Zeit später traf er bei den Kendals ein und sprang die Stufen zur Tür hinauf. Abbott ließ ihn ein.

»Wo ist Mrs. Shaw?«

»Im Salon, Mylord«, antwortete Abbott, doch Bran war die Treppe schon halb hinauf, ehe er den Satz beendet hatte.

Er platzte in den Salon. Jo und ihre Schwester saßen eng aneinandergeschmiegt auf dem Sofa. »Wo ist Evie?«, platzte er heraus.

Jo sah ihn blinzelnd an und richtete sich auf. »Was meinst du? Sie ist nicht hier.«

Er fluchte und fuhr sich mit der Hand durchs Haar. »Zu Hause ist sie auch nicht.«

Mit plötzlich blassem Gesicht erhob die Herzogin sich

vom Sofa. »Wir sollten versuchen, die Ruhe zu bewahren. Sie war aufgebracht, nicht wahr?«

Jo erhob sich mit ihr, die Augen verweint und die Wangen gerötet. »Ja. Das ist allein meine Schuld.«

Bran wollte ihr Recht geben, doch das würde ihnen überhaupt nichts helfen. Und ehrlich gesagt, traf ihn die gleiche Schuld. Sie hatten eine grauenhafte Situation hervorgerufen, in der Evie diejenige war, die für ihre Taten zu leiden hatte. Er hatte Jo in sein Haus eingeladen und sie wie ein geschätztes Familienmitglied behandelt – wie seine Gräfin, Herrgott noch mal. Natürlich hatte Evie sich mit ihnen wie eine Familie gefühlt und nun war ihre Familie gerade entzweit worden.

»Ich komme gleich wieder.« Die Herzogin hastete aus dem Zimmer.

»Es tut mir so leid«, entschuldigte sich Jo mit einer vom Weinen zerrissenen Stimme. »Ich habe das sehr ungeschickt gehandhabt. Ich wusste nicht, was ich noch tun sollte.« Sie rang die Hände vor sich und starrte sie mit gesenktem Kopf an.

Unverwandt hielt er den Blick auf sie gerichtet, als Emotionen ihn übermannten – Wut, Angst, Liebe. »Es ist mir egal, ob du unfruchtbar bist.«

Sie riss den Kopf hoch. »Was hast du gesagt?«

»Es ist mir egal, ob du unfruchtbar bist. Ich liebe dich. Ohne dich kann ich keine Zukunft aushalten. Verlasse uns bitte nicht.«

Ehe Jo eine Antwort hervorbringen konnte, war die Herzogin mit Becky zurück im Salon. »Erzähl den beiden, was du mir erzählt hast«, befahl sie streng.

Becky, die ziemlich bockig schien, schmollte für einen Moment. »Ich weiß vielleicht, wo sie ist. Aber ich darf es nicht verraten.«

Bran verspürte eine Mischung aus Erleichterung und

Frustration. Er trat zu Becky und kniete sich vor sie hin. »Ich bin sehr besorgt um sie. Ich möchte nur dafür sorgen, dass es ihr gut geht. Würdest du mir bitte sagen, wo sie sein könnte?« Er hoffte nur, es wäre mehr als ein *könnte* und dass Evie irgendwo sicher in Geborgenheit war.

Becky kaute unsicher auf ihrer Lippe. Sie sah zu ihrer Mutter auf, die ihr ermutigend zunickte. Sie lenkte den Blick zu Bran zurück und sah ihn besorgt an. »Bitte sagen Sie ihr, sie soll nicht wütend auf mich sein. Wir haben einander versprochen, dass es unser Geheimnis sein würde.«

Jo kniete sich neben ihn und ergriff die Hand ihrer Nichte. »Es wird alles gut werden. Evie wird es verstehen.«

»Wir haben ein geheimes Versteck in ihrem Haus. Es ist auf dem Dachboden. In dem kleinsten Zimmer der Dienstmädchen in der Ecke gibt es hinter der Tür eine schmale Treppe.«

Bran sprang auf, doch Jo packte seine Hand und hielt ihn fest, bevor er hinauslaufen konnte. »Danke, Becky«, bedankte sie sich. »Du warst sehr tapfer und es war sehr lieb von dir, uns dies zu erzählen.«

Bran tätschelte dem Mädchen die Schulter, während die Angst ihn innerlich versengte. »Ja. Vielen Dank.« Er sah zu Jo, und sie nickte.

Hastig verließen sie das Zimmer und eilten die Treppe hinunter. Abbott konnte gerade noch die Tür öffnen, ehe sie ins Freie stürzten. »Ich habe nur mein Pferd«, erklärte Bran. Einer der Knechte der Kendals stand mit dem Tier dort.

»Du kannst vorreiten«, schlug Jo vor und ließ seine Hand los.

»Nein, wir werden das zusammen machen.« Er strich ihr eine vereinzelte Haarsträhne aus der Stirn und lehnte sich dann etwas vor, um sie zu küssen, und kurz berührte er ihre Lippen mit seinen. »Von nun an werden wir alles zusammen machen.«

Sie nickte, und sie hatte Tränen in ihren Augen. »Ich liebe dich.«

»Gut.« Er drehte sich um, legte den Arm um ihre Taille und führte sie zum Pferd. Er stieg zuerst in den Sattel und dann bat er den Diener, sie an einem Bein zu fassen und nach oben zu hieven. Bran zog sie vor sich in den Sattel. »Es ist ein bisschen prekär und das tut mir leid.«

»Das ist mir egal«, entgegnete sie und lehnte sich an seine Brust zurück. »Los geht´s!«

Er ritt das Pferd so schnell, wie er es wagte, und einige Minuten später erreichten sie sein Stadthaus. Er glitt aus dem Sattel und half Jo beim Absteigen. Bucket öffnete ihnen die Tür. »Haben Sie sie gefunden, Mylord?«

»Noch nicht, aber das werden wir. Kümmern Sie sich um mein Pferd.«

Bran rannte die Treppe hinauf und hörte Jo dicht hinter ihm. Sie liefen noch zwei weitere Stockwerke nach oben zu der Dieneretage, wo auch das Kinderzimmer untergebracht war. Sie gingen auf ihrem Weg zur hinteren Ecke daran vorbei. »Ist das das richtige Zimmer?«, fragte er Jo.

»Ja, ich denke schon.«

Er öffnete die Tür. Das Zimmer war klein und sehr spärlich eingerichtet. Es war auch verlassen. In der Ecke eingebaut befand sich eine schmale Tür. Er ging quer durch den Raum darauf zu und zog, doch sie klemmte ein bisschen, und er hielt inne. Als er sich umdrehte, sah er Jo an, die direkt hinter ihm stand.

Er zog ein weiteres Mal an der Tür. Dieses Mal gab sie nach.

Die Treppe war tatsächlich sehr schmal und auch sehr dunkel. Doch von oben fiel ein schwaches Licht herab. Langsam stieg er hinauf und beim Gehen knarrten die Dielen unter seinen Füßen.

»Wer ist da?«, ertönte ein verängstigtes Stimmchen.

Bran entspannte sich, als er den Tonfall seiner Tochter erkannte. »Es ist Papa.« Er kam zu ihr auf den Dachboden. Es war kalt und staubig, mit einer tief hängenden Decke, die ihn zwang, den Kopf einzuziehen.

Auf einer Decke saß Evie mit einer Puppe im Schoß und einer Kerze, die in einem Halter neben ihr brannte.

»Dürfen wir uns zu dir setzen?«, fragte Bran.

Evie wirkte unsicher. »Wer ist bei dir?«

Bran hatte Jo nicht auf der Treppe hinter ihm hören können. Er drehte sich um und rief nach unten: »Jo?«

Das Knarren der Dielen signalisierte ihren Aufstieg. Einen Moment später stieß sie mit einem zaghaften Ausdruck im Gesicht zu ihnen.

»Sie sind zurückgekommen«, bemerkte Evie ausdruckslos. »Warum?«

»Weil ich sie darum gebeten habe«, antwortete Bran, als er sich zu ihr setzte.

»Aber sie will nicht mehr meine Gouvernante sein.« Evie warf ihr einen aufrührerischen Blick zu, der Bran das Herz zerriss.

»Nein, das will sie nicht.« Er sah Jo an und rief sich in Erinnerung, was sie ihm vor wenigen Minuten erzählt hatte – dass sie ihn liebte. Hieß das, sie würde ihn heiraten? Er wollte weder Vermutungen anstellen noch Evies Hoffnungen ermutigen, nur um sie dann abermals zerschlagen zu lassen. »Ich hoffe aber, dass sie immer noch ein Teil unseres Lebens sein wird, der eng mit uns verbunden ist.« Er streckte Jo die Hand in der Hoffnung hin, dass sie die Bedeutung erriet.

Sie trat vor und setzte sich neben ihn. Als er ihr in die Augen sah, erwachte die Hoffnung in seiner Brust.

Als sie sich Evie zuwandte hob sie die Lippen zu einem Lächeln. »Anstelle deiner Gouvernante werde ich die Gräfin deines Vaters sein. Wenn das für dich in Ordnung ist.«

Evie blinzelte, Unglauben im Blick. Sie sah von Jo zu Bran. »Wirklich?«

Unfähig, ein Wort hervorzubringen nickte Bran, denn die Freude, die er empfand, hatte ihm die Kehle zugeschnürt.

Voller Erleichterung stieß Evie einen langen Atemzug aus. »Becky und ich haben uns so sehr bemüht. Wir haben das Picknick arrangiert und das Abendessen. Ich war mir so sicher, dass ihr euch verlieben würdet. Aber dann dachte ich, es wäre vielleicht nur meine Einbildungskraft.«

Jo streckte die Hand aus und legte sie auf Evies. »Das war es nicht. Ich war seit einiger Zeit in deinen Vater verliebt.«

Bran riss den Kopf zu ihr herum. War sie das? Natürlich war sie es. Und wenn er etwas aufmerksamer gewesen wäre, hätte er das auch gewusst.

Fröhlichkeit glomm in Evies Blick auf. »Wir werden dann eine echte Familie sein.«

»Ja.«, antworteten Jo und Bran wie aus einem Mund. Sie sahen sich an und nahmen sich an den Händen.

Evie umschloss Jos Hand und dann griff sie nach Brans. Er nahm ihre kleinen Finger in seine und drückte sie.

Evie grinste. »Ich bin das glücklichste Mädchen der Welt!« Sie beugte sich nach vorn und schlang ihnen ihre Arme um den Hals.

Bran hörte Jo murmeln: »Nein, das bin ich.«

KAPITEL NEUNZEHN

Zwei Wochen später, nachdem sie mit einer Sonderlizenz getraut worden waren, brachte Jo Evie ins Bett und begab sich dann in das Zimmer, das sie nun mit Bran teilte, um dort auf sein Eintreffen zu warten. Heute hatte er spätabends eine Besprechung – es ging um Angelegenheiten des House of Lords – und Jo wusste, dass er eine Massage brauchen würde, auf die zweifellos andere Dinge folgen würden.

Nicht lange, nachdem sie es sich mit einem Buch im Bett bequem gemacht hatte, marschierte Bran in das Zimmer und knallte die Tür hinter sich ins Schloss. Eine düstere Aura schien ihm zu folgen, als er weiter in das Zimmer vordrang.

Jo legte ihr Buch beiseite und stieg aus dem Bett. Ohne ein Wort ging sie zu ihm hin und nahm ihm seinen Frack und die Krawatte ab, die er bereits ausgezogen hatte. Einer der Knöpfe seiner Weste flog davon, als er sich auch diese hastig vom Leib riss.

»Verdammter Talbot«, knurrte Bran.

»Oh, meine Güte. Was ist passiert?« Jo nahm seine Weste an sich und legte die Kleidungsstücke auf einem Stuhl ab. Sie würde sich später mit ihnen befassen oder Hudson könnte das am Morgen erledigen. Im Augenblick musste sie sich auf Bran konzentrieren.

Bran saß auf der Bank, die am Fußende ihres Bettes stand und zog die Schuhe und Strümpfe aus. »Ich kann seinen geistlosen Tonfall einfach nicht ausstehen. Er hat mich zu sehr gereizt, fürchte ich. Schon wieder hat er mich mit John verglichen.«

Dies war schon einige Male vorgekommen – Talbot brachte dabei Brans ältesten Bruder zur Sprache und wie bedauerlich es sei, dass dieser nun nicht Earl sein konnte. Er war sehr darauf bedacht, Bran nicht direkt zu brüskieren, doch es war trotzdem beleidigend.

Jo stieg auf das Bett und ging zur Massage seiner Schultern über. Er war steif und angespannt. »Vergiss ihn.«

Bran brummte zur Antwort und ließ den Kopf und die Schultern hängen, während sie arbeitete. Ein paar Minuten später sagte er: »Ich könnte ihn vielleicht bedroht haben.«

Jo hob die Hände und glitt vom Bett herunter. Sie setzte sich neben ihn auf die gepolsterte Bank und nahm seine Hand, während sie seinen Bizeps massierte. »Das *könntest* du getan haben?«

Er drehte den Kopf, um sie anzuschauen, und im Feuerschein wirkte sein Blick eindringlich. »Ich habe ihm gedroht, ihn herauszufordern, wenn er John mir gegenüber noch einmal zur Sprache brächte und verlangt, dass er mir – dem rechtmäßigen Earl – den Respekt entgegenbringt, den ich verdient hätte.«

Stolz wallte, mit ein wenig Angst gemischt, in Jo auf. Sie wusste, wie Bran kämpfte, um sich in seiner neuen Rolle wohlzufühlen, besonders wenn er mit Menschen interagieren musste, die ihm auf die Nerven gingen. Sie streichelte seine Wange. »Ich bezweifle, dass er dich noch einmal belästigen wird.«

Bran drehte den Kopf unter ihrer Berührung und küsste ihre Handfläche. »Unwichtig. Er ist meine Gedanken nicht wert, vor allem nicht, wenn ich endlich hier bei dir bin.« Er lehnte sich an das Bett zurück, während sie wieder dazu überging, seinen Arm zu massieren. »Das war ein überaus langer Tag.«

Ja, das war er gewesen. Früher am Nachmittag hatten sie seine Mutter zu einem kurzen Besuch empfangen und es war ihr erster, seit sie geheiratet hatten. Sie hatte ihnen gratuliert und schien sich auf die Tatsache zu konzentrieren, dass Bran gut daran tat, sich mit einem Herzog zu verbünden und sei es auch nur durch eine Heirat.

»Zum Glück ist er vorüber«, erklärte sie, als sie sich erhob, um auf seine andere Seite zu wechseln.

Für einen weiteren Moment gab er sich ihrer Zuwendung hin, bevor er fragte: »Eigentlich habe ich Angst zu fragen, aber wie hat sich die Sache mit meiner Mutter fortgesetzt, nachdem ich gegangen war?« Er hatte Jo nicht mit der Grafenwitwe allein lassen wollen, aber er hatte einen Termin gehabt.

»Gut. Sie ist kurz nach dir gegangen.« Sie war gerade lange genug geblieben, um Jo zu fragen, ob sie Kinder gebären könnte, da sie kinderlos verheiratet gewesen war. Jo hatte die Frage gefürchtet, aber auch erwartet.

Bran grinste wieder, als Jo seinen Ellenbogen rieb. »Gut. Ich habe dafür gesorgt, dass ihr unterbrochen würdet, damit sie geht.«

Bucket hatte ihr mitgeteilt, dass die Köchin sie dringend sprechen müsste. »Du hast also dahintergesteckt?«

Der Schalk flammte in seinem Blick auf, als er ihr in die Augen sah. »Gern geschehen.«

Jo richtete den Blick nach unten, als sie sein Handgelenk mit den Fingern bearbeitete. »Danke.«

Er löste seinen Arm aus ihrem Griff und legte einen

Finger unter ihr Kinn, das er anhob, damit sie zu ihm aufschaute. »Was hat sie gesagt? Hat sie dich aufgeregt?« Seine Stimme besaß einen leisen, gefährlichen Klang, doch das erschreckte sie nicht. Sie war sich der anhaltenden Feindseligkeit sehr bewusst, die er seiner Mutter gegenüber verspürte und vielleicht immer empfinden würde.

Sie überlegte, ihm die Wahrheit vorzuenthalten, doch sie wünschte sich eine vollkommen ehrliche Beziehung mit ihm. Außerdem gab es niemanden, dem sie sich lieber anvertrauen würde. »Mir geht es gut. Sie hat wissen wollen, ob ich Kinder bekommen könnte.«

Bran fluchte leise. »Ich werde mit ihr sprechen.«

Jo schüttelte den Kopf und schlang ihm die Arme um den Hals. »Es besteht keine Notwendigkeit dazu. Ich habe ihr erklärt, dass niemand imstand wäre, vorauszusagen, was die Zukunft bereithalte, und wir ihr wahrscheinlich viele Enkelkinder schenken würden, wenn unsere Bemühungen in dieser Frage in irgendeiner Form belohnt würden.«

Bran machte große Augen und dann lachte er. Er verzog den Mund zu einem Grinsen. »Habe ich dir heute schon erzählt, wie sehr ich dich anbete?«

»Ich bin mir nicht sicher. Allerdings würde ich es mir lieber von dir zeigen lassen.«

Er zog sie auf seinen Schoß und legte ihre Beine um seine Hüften, sodass sie ihn umspannte. Er hob die Hände und wölbte sie um ihren Nacken und dann durchkämmte er ihr offenes Haar mit den Fingern. »Du weißt, wie egal es mir ist, ob du mir einhundert Kinder oder gar keines schenkst.«

Sie nickte. Sie hatten in aller Ausführlichkeit über diesen Aspekt gesprochen, und obwohl sie noch hoffte, dass ihr Traum wahr werden könnte, hatte sie akzeptiert, dass sie bereits ein Leben führte, das sie liebte. »Es tut mir so leid, dass ich dies zu einer Barriere zwischen uns habe werden lassen.«

Er küsste sie und bewegte die Lippen gekonnt auf den ihren. Einen Augenblick später meinte er: »Du musst nichts bereuen. Wir haben unseren Weg gefunden, oder?«

Sie nickte, während sie seinen Kuss erwiderte. Als sie sich zurückzog, sah sie ihm in die Augen und fand die Liebe, die sie verspürte, dort reflektiert. »Wir haben den Weg nach Hause gefunden.«

EPILOGUE

Knight's Hall, Wales, August 1822

Jo sah zu, wie Evie ihre beiden jüngeren Schwestern den Hügel hinab zum Bach führte, der durch das Anwesen floss. Barfuß tauchten sie ihre Zehen in das kühle Wasser, um die Hitze zu lindern.

Auch Jos Füße waren barfuß, und sie trug ein Kleid, das ihr kaum an die Waden reichte. Es war skandalös, aber in der Privatsphäre ihres eigenen Hauses oder auf ihrem eigenen Anwesen, machte sie sich darüber keine Gedanken. Vor langer Zeit hatte Bran ihr beigebracht, dass das Leben zu kurz war, um sich unwohl zu fühlen. Vor allem, wenn man hochschwanger war.

Diese Schwangerschaft war besonders herausfordernd, doch andererseits hatte sie auch noch nie zuvor ein Kind in der Hitze des Sommers ausgetragen. Nicht, dass ihr das etwas ausgemacht hätte. Da sie mit der Geburt von Kindern, und obendrein noch von dreien gesegnet war, konnte sie sich überhaupt nicht beschweren.

Vier Kinder, korrigierte sie sich, denn Evie war ebenso ihre Tochter, wie Theodosia und Francesca. Und Evie war ihnen absolut ergeben. Beinahe ebenso, wie ihr Vater.

Jo wandte sich wieder dem Haus zu, um sich zu vergewissern, ob Bran eingetroffen war, um ihnen Gesellschaft zu leisten. Er hatte in seinem Wintergarten gearbeitet, der den Status eines Hobbys übertrumpft hatte und zu einer Leidenschaft geworden war. Sie entdeckte eine Gestalt, die den Hang hinunterlief und hob die Hand an die Stirn, um das helle Sonnenlicht abzuschirmen.

Sie bog die Lippen zu einem Lächeln, als er sich näherte. Auch er war barfuß und trug Reithosen, die sich um seine so vertrauten Oberschenkel schmiegten, und ein lockeres, weich fallendes weißes Hemd, das einen V-förmigen Anflug von Haut freigab. Nun, vielleicht mehr als nur einen Anflug.

»Es ist beinahe wie auf Barbados hier«, bemerkte er, als er bei ihr ankam. Er legte eine Hand um ihre Taille und zog sie näher heran, damit er ihre Lippen küssen konnte.

Seufzend gab sie sich dem Kuss hin und lehnte sich an ihn.

Er packte sie fester. »Vorsichtig. Wirf mich nicht um.«

Sie versetzte ihm einen spielerischen Klaps auf den Arm. »Du bist daran schuld, dass ich Gefahr laufe, so etwas zu tun.«

Er legte die Handfläche auf ihren Bauch und wurde mit einem raschen Tritt belohnt. »Unsere Tochter ist bereit, sich ihren Schwestern anzuschließen.«

»Es könnte ein Junge sein«, sagte Jo.

»Das ist mir egal. Und mit Töchtern bin ich ziemlich gut geworden.« Er blickte den Hügel hinunter zu den Mädchen, die jetzt im Bach spielten. Die zweijährige Francesca trampelte mit den Füßen und spritzte Wasser auf die dreijährige

Theodosia, während Evie inmitten der sanften Strömung stand.

Ihm war wirklich egal, ob er einen Sohn hätte oder nicht, und ihr ebenfalls. Sie waren beide einfach sehr dankbar für das, was sie hatten, denn es ging weit über das hinaus, wovon sie jemals zu träumen gewagt hatten.

Jo lehnte den Kopf an seine Brust. »Du hast gemeint, dies sei wie Barbados, aber Evie hat gesagt, dass es nicht ganz dasselbe ist. Sie will wieder nach Cornwall, aber sie versteht, dass wir mit dem Baby, das bald kommen wird, nicht dorthin können.«

»Ich würde auch gern dort sein. Wenn sie bald zur Welt kommt, könnten wir vielleicht im September reisen. Zu deinem Geburtstag.« Mit den Lippen streifte er an ihrer Schläfe entlang und eine warme Brise wehte eine lose Haarsträhne auf. Sie schob sie hinter ihr Ohr.

Nachdem sie vor fünf Jahren geheiratet hatten, waren sie nach Cornwall gereist und hatten sich in die Küstendörfer und das warme, gemäßigte Klima dort verliebt. Bran hatte ein Grundstück erworben und ein Haus für sie gebaut, das sie Knight's Plantage getauft hatten, obwohl es überhaupt keine Plantage war. Es wurde jedoch seinem und Evies Haus auf Barbados nachgebildet und sogar in der gleichen Weise eingerichtet. Für sie alle war es ihr Lieblingsort.

Plötzlich zog sich ihr Bauch zusammen. Sie erkannte diesen Schmerz. Aber es war nur ein Zwicken. Sie würde abwarten und sehen, ob es noch einmal passierte.

Bran streichelte weiterhin ihren Bauch, scheinbar ohne die Kontraktion wahrzunehmen, die sie gerade gespürt hatte. »Irgendwann werde ich dich nach Barbados bringen. Und vielleicht werden wir nicht zurückkehren.«

»Du musst. Du bist der Earl.«

Er zuckte die Achseln. »Wir könnten unseren Tod vortäuschen.«

»Nur wenn unsere Kinder bei uns sind. Ich werde sie nicht glauben lassen, wir seien tot.«

Mit einem Keuchen wich er zurück und dann lachte er. »Meine Güte, nein. Wer wäre schon so grausam?«

Noch einmal schmiegte er sich an sie, doch ihr wurde langsam zu heiß und sie wich einen Schritt zurück. »Ich werde zerfließen.«

Er ließ sie los. »Ich verstehe.«

Sie sah auf ihren Bauch herab und warf ihm einen sardonischen Blick zu. »Das bezweifle ich. Wie sind deine Ananas?«

»Wunderschön. Wir werden heute Abend einen köstlichen Nachtisch haben – Bisquit-Trifle mit Ananasscheiben.«

Jo stöhnte. »Oh, das klingt himmlisch.« Wieder spannte sich ihr Bauch fest an und sie biss die Zähne gegen die Schmerzen zusammen.

Bran musterte sie mit gerunzelter Stirn. »Ist es das Baby?«

Sie nickte. »Ich würde ja sagen, wir hätten reichlich Zeit, wenn man bedenkt, wie lange es bei Theodosia gedauert hat, aber weil Francesca viel schneller da gewesen ist, sollte ich vielleicht hineingehen.«

Bran rief Evie zu: »Deine Mutter muss hinein. Das Baby kommt.«

»Ich *glaube,* es kommt.«

Die Geräusche des Gelächters und Applauses, das vom Bach kam, brachten Jo zum Lächeln. Doch als eine weitere Welle des Schmerzes sie packte, verschwand es. Haltsuchend streckte sie die Hand nach Bran aus. »Würdest du mir beim Gehen helfen?«

»Ich würde dich tragen, wenn ich könnte.«

Sie schnaubte. »Du würdest nie wieder einen Schritt tun.«

Nach einem endlos andauernden Watschelgang zurück zum Haus, war Jo bald in ihrem Zimmer untergebracht. Ein

Diener war unterwegs, den Arzt zu holen, während alle Vorbereitungen getroffen wurden. Jo hatte bisher nur in London entbunden und hoffte, dass es hier ebenso glatt verlaufen würde.

In der Dunkelheit der Nacht hießen sie und Bran ihr viertes Kind willkommen – einen Jungen. Sein Haar war dunkel, sein Gesicht rot und seine zehn Finger und Zehen absolut perfekt.

Als sie ihn stillte, saß Bran auf dem Bett neben ihr, seine langen Finger streichelten das flaumig weiche Haar des Jungen. »Wie sollen wir ihn nennen?«

Jo konnte es immer noch nicht glauben. »Er ist ein Mirakel?«

Bran lachte. »Wir alle sind ein Mirakel, wenn man darüber nachdenkt. *Das Leben* ist ein Mirakel.«

»Wie wäre es mit Michael? Es klingt ein bisschen ähnlich wie Mirakel.«

»Ja, das stimmt. Es ist perfekt. Genau wie er. Genau wie du.« Er küsste sie und seine Lippen verweilten auf den ihren. »Danke, dass du mein Leben in ein wahres Mirakel gewandelt hast.«

Sie sah zu ihm auf und in den Tiefen seiner Augen konnte sie die Liebe schimmern sehen. »Ich habe nichts weiter getan, als dich zu lieben.«

Er lächelte und drückte ihrem Sohn einen Kuss auf den Kopf. »Und dafür werde ich ewig dankbar sein.«

Was passiert, wenn eine Witwe beschließt, den Marquess zu heiraten, der ihren Ehemann in einem Duell umgebracht hat? Finden Sie es im nächsten Buch Der gefährliche Herzog aus der Serie Die Unberührbaren heraus!

Ich danke Ihnen sehr, dass Sie den Der trotzige Herzog gelesen haben. Ich hoffe, es hat Ihnen gefallen!

Möchten Sie erfahren, wann mein nächstes Buch verfügbar ist? Sie können sich für meinen Deutscher Newsletter anmelden, mir auf Amazon.de folgen und meine Facebook-Seite liken. Alle Newsletter-Abonnenten erhalten exklusive Bonus-Geschichten, die sonst nirgends erhältlich sind, unter anderem auch die einleitende Vorgeschichte zur Buchreihe *Der Phönix Club*.

Rezensionen helfen anderen, Bücher zu finden, die für sie geeignet sind. Ich schätze alle Bewertungen, ob positiv oder negativ. Ich hoffe, dass Sie erwägen werden, eine Bewertung bei Ihrem bevorzugten der Seite Ihres bevorzugten Internet-Netzwerkes abzugeben.

Ich mag meine Leser so sehr. Danke!

Sind Sie an weiterer Regency-Romantik interessiert? Schauen Sie sich meine anderen historischen Serien an:

Die Unberührbaren: Die Prätendenten
In der faszinierenden Welt der Unberührbaren spielend, handelt die Saga von einem Geschwistertrio, die sich darin auszeichnen, sich als jemand auszugeben, der sie nicht sind. Werden ein unerschrockene Bow Street Ermittler, ein niedergeschmetterter Viscount und eine desillusionierte Dame der feinen Gesellschaft es schaffen, ihre Geheimnisse zu lüften?

Regeln für Halunken
Als eine junge Lady ruiniert wird, schwören ihre Freundinnen,

dass keine von ihnen sich jemals wieder von einem Herzensbrecher umgarnen lässt. Sie werden dem Charme eines jeden Gentleman widerstehen, selbst – und vor allem – wenn dies bedeutet, sich damit den Ruf zu erwerben, unmöglich zu erobern zu sein. Es braucht schon außergewöhnliche Herzensbrecher, um ihre Regeln zu brechen ..._

Der Phönix Club

Die exklusivste Einladung der feinen Gesellschaft ...

Willkommen im Phönix Club, in dem Londons waghalsigste, anrüchigste und intriganteste Ladys und Gentlemen Skandale, Erlösung und eine zweite Chance finden.

Die Bräute von Marrywell

Kommen Sie nach Marrywell, im schönen England, denn hier findet schon seit Hunderten von Jahren alljährlich das Maifest zur Partnerfindung statt, bei dem hoffnungsvolle Romantiker zusammenkommen. Die Herzöge und Halunken des Regency-Zeitalters begegnen hier temperamentvollen und bezaubernden Ladys, die ihnen ihre Herzen stehlen könnten.

Chroniken der Ehestiftung

Der Pfad der wahren Liebe verläuft niemals geradlinig. Manchmal ist eine Hausparty zur Ehestiftung vonnöten. Wenn Paare sich auf einer Hausparty kennenlernen, ereignen sich provokative Flirts, heimliche Rendezvous und Verliebtheit im Überfluss.

Ruchlose Geheimnisse und Skandale

Sechs unglaubliche Geschichten, die sich in den glamourösen

Ballsälen Londons und den herrlichen Landschaften
Englands abspielen.

Die Liebe ist überall
Herzerwärmende Nacherzählungen klassischer
Weihnachtsgeschichten im Regency-Stil, die in einem
gemütlichen Dorf spielen und von drei Geschwistern und
dem besten Geschenk von allen handeln: der Liebe.

Der Club der verruchten Herzöge
Sechs Bücher, geschrieben von meiner besten Freundin, der
New York Times Bestseller-Autorin Erica Ridley, und mir.
Lernen Sie die unvergesslichen Männer von Londons
berüchtigtster Taverne, dem Verruchten Herzog, kennen.
Verführerisch attraktiv, mit Charme und Witz im Überfluss,
wird eine Nacht mit diesen Wüstlingen und Filous nie genug
sein ...

Ungehörig: Das Mündel des Earls

Leidenschaftlich: Eine zweite Chance für das Eheglück

Intolerabel: Die Schwester des besten Freundes

Unschicklich: Eine Vernunftehe

Unmöglich: Eine Schöne und ein Scheusal im Liebesglück

Unwiderstehlich: Eine Scheinehe mit dem Spion

Untadelig: Eine geheime, verbotene Affäre

Unersättlich: Der geläuterte Lebemann und die unwillige
Debütantin

Regeln für Halunken

Falls der Herzog es wagt

Frohsinn für den mürrischen Baron

Wenn der Viscount lockt

Wie es dem Grafen beliebt

Bis der Wüstling kapituliert

Chroniken der Ehestiftung

Unerwartetes Weihnachtsglück

Der verstockte Herzog

Ein Earl als Junggeselle

Der ausgerissene Viscount

Die unechte Witwe

Die Bräute von Marrywell

Ein Herzog wird verzaubert

Erbin dringend gebraucht

Die Heiratsvermittlerin und der Marquess

Die Liebe ist überall

Darcy Burke ist die USA Today Bestsellerautorin für sexy, emotionale, historische und zeitgenössische Romantik. Darcy schrieb ihr erstes Buch im Alter von 11 Jahren – mit einem Happy End – über einen männlichen Schwan, der von der Magie abhängig war, und einen weiblichen Schwan, der ihn liebte, mit nicht sehr gelungenen Illustrationen. Schließen Sie sich ihr an newsletter!

Darcy, die in Oregon an der Westküste der Vereinigten Staaten geboren wurde, lebt am Rande des Wine Country mit ihrem auf der Gitarre spielenden Ehemann und ihren beiden ausgelassenen Kindern, die das Schreiben geerbt zu haben scheinen. Sie sind eine nach Katzen verrückte Familie mit zwei bengalischen Katzen, einer kleinen, familienfreund-lichen Katze, die nach einer Frucht benannt ist, und einer älteren, geretteten Maine Coon, die der Meister der Kühle und der fünf-Uhr-morgens-Serenade ist. In ihrer ›Freizeit‹ ist Darcy eine regelmäßige ehrenamtliche Mitarbeiterin, die in einem 12-stufigen Programm eingeschrieben ist, in dem man lernt, ›Nein‹ zu sagen, aber sie muss immer wieder von vorne anfangen. Ihre Lieblingsplätze sind Disneyland und das Labor Day Wochenende in The Gorge. Besuchen Sie Darcy online unter https://www.darcyburke.de.

facebook.com/darcyburkefans

instagram.com/darcyburkeauthor

pinterest.com/darcyburkewrites

goodreads.com/darcyburke

IMPRESSUM

Deutsche Erstausgabe von:
Darcy E. Burke Publishing
Zealous Quill Press
13500 SW Pacific Hwy., Ste. 58-419
Tigard, OR, 97223
USA

Für die Originalausgabe:
Copyright © THE DUKE OF DEFIANCE, 2017 by Darcy Burke, All rights reserved.

Für die deutschsprachige Ausgabe:
Copyright © 2019 by Petra Gorschboth
Redaktion: Nicole Wszalek
Umschlaggestaltung: Dar Albert, Wicked Smart Designs.

ISBN: 9781637261514

www.darcyburke.de